이석국 전집 **7**

뻐꾹샘의 꿈

어머니는 나를 안고 소리없이 흐느껴 우셨다

영문도 모르는 나는 어머니를 따라 영영 울었다

아버지는 얼굴도 기억 못하는 나를 두고 세상을 떠나셨던 것이다

한누리미디어

차례

제1편 **번개사또**

1 어머니의 혼인과 번개의 탄생

마당 한쪽 구석에서 깨진 그릇 조각들을 모아놓고 혼자서 풀을 뜯어 아침밥을 짓는 소꿉놀이를 하다가 어머니가 부르는 소리에 벌떡 일어나 달려갔다.

"언년아! 밥 먹어라."

"네!"

"와! 쌀죽이다."

신나서 싱글벙글하는 나를 보고 어머니는 빙그레 웃으셨다.

"쌀밥이 어디서 났어요?"

"응~, 어제가 할아버지 제삿날이었단다. 큰어머니가 주신 밥이야."

큰어머니는 제삿날이면 귀한 쌀로 밥을 지어 아버지 형제 세 집에 조금씩 나눠 주신다. 우리는 그 밥 한 그릇에 나물과 피를 섞어 죽을 쑤고 며칠을 두고 먹었다.

큰아버지는 얼마 되지 않는 논밭을 물려받고 선대 조상님들의 제사를 받들었다. 가난 속에 대대로 지내오신 양반집 셋째 아들인 아버지는 양반 문서와 가난만을 물려받았다. 착하고 지혜로우시다고 외할아버지가 인정하며 사위로 삼으셨다. 어머니와 아버지는 가난 속에 굶기를 밥 먹듯 하시고 어머니가 산과 들에서 구해 오는 피, 두퇴류, 나물, 풀뿌리, 나무뿌리를 죽으로 쑤어 연명하셨다.

그 와중에 아버지는 남달리 허약하시고 양반 체면 차리다가 굶주림에 시달려 돌림병에 걸리고 그러다가 25세도 안 되어 돌아가셨다. 다섯 살도 안 된 나는 아버지가 보고 싶어 누워계신 아버지 방으로 가려 하면 어머니는 못 가게 말리셨다.

"네가 아버지한테 자주 가면 아버지 병이 잘 안 나으신단다."

나는 어머니의 시선을 피해 몰래 아버지 방을 들여다보면 아버지는 언제나 등을 돌리고 누워만 있었다.

어느 날 아침밥을 먹고 아버지 방으로 갔더니 아버지가 안 보였다.

"어머니! 아버지 어디 가셨어요?"

어머니는 나를 끌어안고 소리 없이 흐느껴 우셨다. 영문도 모르는 나는 어머니를 따라 엉엉 울었다. 아버지는 얼굴도 기억 못하는 나를 두고 세상을 떠나셨던 것이다. 아버지의 병구완과 어린 나를 키우시느라 어머니는 말할 수 없는 고생을 하셨다. 어머니는 매일 양식거리를 구하시려고 산과 들을 헤매시며 손바닥은 까맣고 군살이 배기셨다.

부잣집 내 또래의 아이들은 비단옷을 입고 명절이면 댕기를 매고 아가씨 소리를 들으며 이리저리 뛰어놀고 아침저녁 글공부들을 하였다. 촌수와 돌림을 따라 이름들을 예쁘게 지어주었다. 아버지가 안 계신 나는 이름도 없이 모르는 사람들조차 언년이라고 부르는 호칭이 내 이름이 되었다. 가난한 과부의 딸이라고 아무도 놀아주지 않았다.

나이를 먹으면서 누더기 옷을 입고 배가 고파도 더 참을 수 없는 서러움이 있었다. 담장 너머로 들려오는 글 읽는 소리는 별세계처럼 느껴졌다. 어머니가 들에 나가시면 나는 담장 밑에서 눈을 감고 졸고 있었다.

아무도 관심이 없는 나는 눈을 감고 담장 너머에서 들려오는 글 읽는 소리에 온 정신을 쏟았다. 이집 저집 다니면서 들은 글공부는 어느새 천자문과 사서삼경을 모두 외웠다. 글자의 생김새는 몰라도 음과 훈을 익히고 되새기며 나는 천지조화와 삶의 지혜를 배우게 되었다.

철이 들면서 아홉 살이 되어 어머니를 따라 들로 나갔다. 어머니는 손이 거칠어진다. 따라오지 마라 하셨지만 어머니를 따라다니면서 자연 속에서 어머니의 길고 짧은 이야기, 재미있는 효자 효녀 이야기를 들려주시며 철들게 해 주셨다.

어느 날 궁금하게 생각한 나는 "성이 같은 양반이면서 왜 우리는 가난하고 경호네는 부자예요?" 여쭈니 어머니는 쓸쓸한 마음으로 이야기를 시작하였다.

"고조할아버지 두 형제가 계셨는데 큰 할아버지네는 재산을 물려받고 공부를 하셔서 높은 벼슬을 하시고 작은 할아버지네는 물려받은 재산도 적은 데다 작은 고조할아버지 건강이 별로 좋지 않으셔서 공부를 제대로 못한 작은 할아버지는 가난하셔서 자손들 공부도 못 시키시고 대대로 가난한 할아버지의 셋째 아들로 태어나신 아버지는 가난하실 수밖에 없었단다."

"아! 아! 그런 거예요? 또 한 가지 궁금한 게 있어요? 누워계시던 아버지가 갑자기 왜 안 보이셨어요?"

"가슴 아픈 일이란다. 가난하고 양반 체면 차리다 배를 곯고 허약한 와중에 돌림병 때문에 돌아가셨단다. 네가 아버지 가까이 가고 싶어해도 돌림병 때문에 못 가게 했지. 장례를 제대로 치를 수 없어 아버지 시신을 멍석에 둘둘 말아 아무도 모르게 지게에 지어 조상님들 산속에 매장해 드렸단다. 가난한 사람들이 그렇게 야장으로 장례를 지낸단다."

"그것도 모르고 나는 지금까지 어찌 된 일인가 궁금했어요? 아! 그래서 아침에 눈을 뜨니 아버지가 안 보이셨던 거예요!"

"그래."

어머니를 따라 제삿날이면 조그마한 산소를 찾고, 어디서 구해 오셨는지 제삿밥으로 쌀밥 한 그릇을 올리며 제사를 지내시는 어머니 곁에서 나는 어머니의 마음을 읽지도 못하고 나이를 먹었다.

어머니의 이야기를 듣고 있던 언년이의 어린 마음은 찢어지는 듯했다.

장남에게만 재산을 물려주고 지차에게는 아무것도 주지 않았다. 더구나 할머니, 할아버지가 일찍 돌아가신 아버지는 큰아버지네 집에서 일을 했고 어머니와 아버지는 안팎살림을 하면서 언년이를 낳았다.

가난에 굶주리고 모진 돌림병으로 아버지가 병석에 눕고 우리 세 식구는 쫓겨났다. 흰죽이라도 먹던 우리는 그것도 먹기 어려워졌고 어머니는 동네 큰일 하는 집을 찾아 일손을 돕고 밥 한 그릇 얻어오면 나물죽을 쑤어 아버지 병치레를 하며 언년이를 키웠다.

언년이는 못 먹고 못 입는 서러움도 같이 크는 육촌 동생들과 비교할 때 자신이 비참하게 느껴졌고, 그보다 배우지 못하는 서러움과 너나없이 언년이 모녀를 하대하고 따돌리며 사람대우 하지 않는 것이 한이 되었다.

육촌 동생들도 "언년아, 이거해!" 하면서 이름을 부르며 모녀를 하인처럼 부리던 일이 어려서는 어머니 따라 그러는가 보다 했지만 나이를 먹으면서 하나하나 마음에 사무쳤다.

고생하시다 돌아가신 아버지에 대한 슬픔과 지금의 처지를 생각한 언년이는 눈물이 쏟아졌다. 그래 가난을 극복해야지, 하고 주먹을 불끈 쥐고 어머니 품에 안겨 얼굴을 묻은 채 흑흑 흐느껴 울었다. 어린 딸을 데리고 하소연할 곳 없이 가슴앓이하며 지내던 어머니는 언년이를 끌어안고 소리 없이 '흑흑' 흐느끼셨다.

"어머니! 건강하게 오래오래 사서요. 전화위복이란 말이 있어요. 오늘의 이 모습을 옛날 이야기할 날을 기다리며 우리 힘껏 살아봐요. 쥐구멍에도 볕들 날 기다리면서…. 우리가 못 이룬 꿈 자식 대에라도 이루어야지요!"

언년이의 말속에는 무서운 각오와 힘이 서려 있었다.

"그래, 고맙다. 어린애가 그런 생각을…."

큰 고조할아버지 댁 아들딸들은 가마를 타고 시집 장가들을 오고 갔다. 언년이 나이 열다섯 살이 되어도 가난한 과부댁 딸이라 넘겨보는 사람이 없었다. 어느 날 동네 하인인 천씨네서 중매가 들어왔다.

어머니는 대답을 않고 우셨다. 중매쟁이가 세 번 왔다 가자 어머니는 언년이를 불러 놓으시더니 눈물을 흘리시면서 한탄을 하신다.

"하인 천씨네서 중신이 들어왔지만 내 어찌 양반의 딸인 너를 천한 상것에게 시집을 보낼 수가 있겠느냐."

언년이는 평소에 굶기를 밥 먹 듯하고 새까만 손바닥과 군살배긴 어머니의 손바닥을 생각했다. 평소 건강하고 말없이 심덕 좋은 천 씨가 부잣집을 드나들며 쌀자루와 고깃덩어리를 들고 다니는 것을 보면서 천 씨가 부럽게 느껴졌다.

"어머니! 양반이 밥 먹여 줘요? 체면보다 배고픔은 이제 죽어도 참기 싫어요. 어머니! 천씨네로 시집보내 주세요! 쌀죽과 고기가 헤엄친 고깃국이라도 먹으면 살 것 같아요."

그렇게 사흘 동안 어머니를 졸랐다.

점점 어머니는 양반 고집을 꺾으시더니 닷새가 되자 입을 열었다.

"언년아! 네 말대로 고개 숙이고 배나 불리고 살자. 아버지가 안 계시니 여자 둘이 살기도 쉬운 일이 아니구나. 천 서방이 있어 든든하고 심덕이 있어 속상한 일은 없을 것 같다."

그러고는 중매쟁이를 불러 천 씨를 데려오라 했다. 천 씨는 머리를 조아리고 어머니 앞에 앉았다.

"천 서방! 양반의 딸을 어찌 천 서방에게 주나 했지만 천 서방의 심덕이 우리 언년이를 잘 지키고 힘든 가운데 행복을 줄 것 같아 언년이와의 결혼을 허락하니 잘 살아야 하네."

순간 천 씨는 벌떡 일어나 큰 절을 올리며 한 마디 한다.

"어머님! 아씨와 열심히 살며 어머님 잘 모시겠사옵니다. 어머님 감사합니다."

며칠 후 언년이와 천 씨는 냉수를 떠 놓고 중매쟁이와 어머니 앞에서 혼레식을 올렸다.

　배움이 없어 한이 되고 가난은 죽기보다 싫다 하고 천 씨에게 시집 간 언년이는 천하를 얻은 것 같았다. 고기가 헤엄친 고깃국에다 쌀밥 구경 제대로 못한 것보다 남정네 없는 집에서 어머니와 멸시의 눈치를 받던 소굴에서 벗어나니 천하를 얻은 듯했다. 그리고 또 양반집 사위가 된 착한 천 씨도 물불을 모르고 뛰어다녔다. 언년이는 양반 체면보다 상놈 천대를 받아도 속이 든든하고 마음이 기뻤다. 가난은 부지런하면 주어진 밥그릇 아무도 빼앗아 갈 수는 없다고 생각하며 하루하루 즐겁게 지냈다.

　결혼한 지 3년이 되던 해 봄 어느 날 언년이는 이상한 꿈을 꾸었다. 깡마른 갈색 준마가 대문에 들어오면서 언년이 앞에 와 '히잉!' 하며 울더니 언년이 품에 안기는 것이었다. 날 새기를 기다렸다. 어머니께 꿈 이야기를 했더니 태몽인 것 같으니 몸가짐을 조심하라고 한다.

　천 씨도 태기가 있다는 말을 듣고 너무 좋아 어찌할 줄 몰라 했다.

　"여보! 고맙소. 몸조심하고 잘 챙겨 드시오."

　천 씨는 고기와 쌀을 더욱 열심히 구해 왔다. 그 해 늦가을 언년이는 아들을 순산했다. 천 씨는 천하를 얻은 듯 싱글벙글 만면에 웃음을 가득 담고 다니니 사람들이 놀렸다. 놀리거나 말거나 천 씨는 세상에 태어나 가장 기쁜 날처럼 좋다며 장모님께 큰절을 올린다.

　"어머니 수고하셨어요. 감사합니다. 우리 둘 어머님 잘 모시겠습니다.

　"자네가 잘하니 아들을 낳았네. 고맙네."

　언년이는 태몽이 예사롭지 않아서 '우리 아기 잘 키우라' 하시는 어머님 말씀을 마음 깊이 간직하고 못 배운 한과 천대받고 고개 한 번 들지 못하고 가난을 면치 못한 처지를 생각하며 곰곰이 생각했다. 그러면서 누가 뭐래도 집안에서는 양반 대감 부럽지 않게 예우하고 애들에게도 보여주려 했다. 족보도 없이 항렬 돌림도 없는 상것에게는 이렇다 할 이름을 붙일 수가 없어 애가 세 살이 되도록 이름이 없었다.

　남 달리 영리하고 생각과 행동이 민첩하다고 사람들은 '번개' 라고 불렀다. 번개가 크면서 언년이는 어떻게 키울지 생각하며 번개를 가르치고 지켜보았다. 번개가 다섯 살 되던 해 남동생을 보게 되었고, 온 식구들은 어쩔 줄 몰라했다. 번개 동생은 번개와 달리 건장하고 배짱이 있었다. 사람들은 돌쇠라고 이름을 지어 주었다. 두 아들이 태어나면서 집안 형편이 피어나는 듯하고 집안에 웃음꽃이 피었다. 번개는 길 가다 못 들어 본 말은 서서 가만히 듣고 혼자 중얼거리고 있었다.

　번개가 다른 애들과 달리 생각과 행동이 범상치 않다고 생각한 언년이는 번개가 7살 되던 해 어머니를 모시고 가까운 절을 찾기 시작했다. 불전에 공양할 것이 없는 언년이는 천 씨가 받아오는 쌀을 한 줌 두 줌 바구니에 모아 3되를 채우고 4월 초하루 처음으로 말만 듣던 절을 찾아갔다.

　사람도 많지 않은 작은 절에 새벽밥을 먹고 일찌감치 들어섰다. 아직 아무도 오지 않은 절에 스님이 문 쪽에서 누군가를 기다리는 듯했다. 어머니와 언년이가 스님께 공손히 인사를 하자 스님은 반색을 하며 두 손을 잡아 법당으로 안내했다.

　"기다렸습니다."

　"네?"

　"어젯밤 꿈이 생생해 앉아서 손님을 기다렸습니다."

　"우린 가진 것이 없어 보시할 수 없어 부끄럽습니다."

　"아니에요! 빈손으로 오셔도 부처님은 마음을 잘 알고 계시니 편안히 찾아오셔요."

　스님은 지성으로 대해 주셨고, 이후 언년이 모녀는 매월 초하루가 되면 부처님께 불공을 드렸다.

2 번개의 출가

다섯 살이 되면서부터 번개는 아버지 천 씨를 따라 양반집 부잣집을 드나들기 시작했다. 천 씨가 일하는 동안 봉당에 걸터앉아 대감집 도령들의 책 읽는 소리에 귀를 기울이고 있었다. 여섯 살이 되던 어느 날 양반집 도령의 글 읽는 소리가 틀리자 번개가 고쳐서 외웠다.

그때 양반 도령이 나오더니 "뭐? 상놈 주제에 양반 흉내를 내다니!"라고 소리지르더니 주먹으로 번개의 머리와 얼굴을 때렸다. 번개는 코피를 흘리고 울면서 집으로 왔다. 코피를 흘리며 우는 번개를 보던 어머니 언년이는 코피를 닦아주며 눈물을 흘렸다.

"번개야! 상것들은 글공부를 못하는 세상이란다. 글을 머릿속에 넣어도 입 밖으로 아는 체를 해서는 안 되느니라."

그 후 번개는 담장 밑을 따라다니며 글소리를 듣고 외웠다. 돌쇠와 소꿉장난을 하면서 담장 너머 글소리를 따라 이집 저집 다니면서 사서삼경을 익혔다. 천지우주의 섭리를 깨우치며 철이 든 것을 어머니가 보시고 아홉 살이 되던 어느 봄날 저녁 번개를 불러놓고 의미심장한 말을 하였다.

"번개야! 네가 여기서 크면 아버지와 같은 하인을 면치 못한다."

번개는 깜짝 놀랐다.

"어머니! 명심하겠습니다."

"어린 너를 떠나보내는 어미 마음 알아야 하느니라."

그리고는 목욕을 시키시고 머리를 틀어 상투를 틀어 올려 주셨다. 언제 준비하셨는지 양반 옷차림과 봇짐까지 갖고 오셨다. 망건과 갓을 씌워 주시고 양반 옷 입는 방법과 순서 그리고 말씨, 걸음걸이를 알려 주시고 잠시 기본적인 훈련을 시켜 주셨다. 평소 속으로 부럽게 양반 흉내를 내던 번개는 어머니 말씀대로 신나게 자신 있게 흉내를 내니 어머니께서 만족해 하셨다.

"게 앉거라."

그리고 어머니는 앞가슴에서 고운 배주머니를 꺼내었다.

"번개야!"

"네."

"오늘은 천번개요, 날이 밝으면 너는 죽는 날까지 이형세이니라. 이것은 외가댁의 양반문서요, 네 이름은 이형세다. 날이 밝기 전에 집을 떠나고 여기는 두 번 다시 찾아서는 안 된다. 알고 있으렷다!"

"예!?"

번개는 깜짝 놀랐다.

"너의 이름의 뜻은 밝을 형자 인간 세다. 이 어두운 세상을 밝히라는 뜻이다."

그리고는 속주머니에 넣고 꿰매어 주었다.

"예, 어머니 명심하여 잘 하겠습니다."

봇짐 속에는 속옷과 수건 그리고 노자를 두둑하게 넣었고 봇짐 뒤에는 짚신 몇 켤레가 매달려 있었다. 무엇이라 이야기할 사이 없이 밤은 깊었다.

"내일 아침 일찍 길을 떠나야 하니 쉬거라."

번개는 그 밤에 부모님 앞에 큰절을 올리고 작별의 아픔을 나누었다. 갑자기 닥친 일에 번개는 잠이 오지 않아 뒤척이다 깊은 잠을 자고 눈을 뜨니 어머니는 벌써 밥상을 갖다 놓으셨다.

번개는 암담한 마음에 새벽 눈물 섞인 밥을 먹었다. 이제 어디서 무엇을 먹어야 할지 모르는 주점을 다니며 먹어야 하나, 생각하며 어머니의 권유로 아침을 먹고 어머니, 아버지, 할머니 품에 울면서 안겼다.

멀리서 잠자고 있는 동생 돌쇠에게 다가가 머리를 쓰다듬고 어머니께서 챙겨주신 보따리를 받아 메고 동구 밖을 향했다.

나이 어린 번개를 내보내는 어미의 마음은 오죽하겠는가?

그날부터 번개 어머니는 매일 번개의 성공을 축원하며 아무도 모르게 노심초사 축원했다.

3 의형제를 맺다

동쪽 하늘이 붉어지자 번개는 서울을 향해 걷기 시작했다. 해 뜨는 쪽이 동쪽, 반대쪽이 서쪽, 왼쪽이 북쪽이라 생각하고, 서울은 북쪽이라 했음을 상기하고 마구 걸었다.

들판에서는 양반걸음 흉내와 말씨 연습 동네를 들어서면 누가 알아볼까 싶어 뛰듯이 걸었다. 빨리 동네에서 멀어져야 한다는 마음에 뛰어 걸으니 등에서 땀이 흘렀다.

산길을 걸어가노라면 바람소리 낙엽소리 다람쥐 소리만 들려도 등골이 오싹거리고 식은땀이 났다. 점심을 잊은 채 어느 동네에 도착하니 해가 서산에 넘어가고 있었다. 처음 집 밖에서 밤을 맞으니 두려움에 용기가 나지 않았다. 망설이고 망설이다 커다란 대문을 두드렸다. 하인이 나왔다.

"지나가던 행인인데 해는 저물고 주막도 안 보여 하룻밤 신세를 지려 하오니 대감마님께 여쭈어 주시게!"

들어간 하인이 얼마 후에 나오더니 오늘 저녁 손님들이 오시기 때문에 방이 없으니 저녁을 들고 방을 알아보라고 했다. 하인이 쇠죽을 쑤는 것을 거들었다. 바깥마당의 깍지통 속에서 콩깍지와 여물을 삼태기로 퍼서 큰 소죽솥에 넣고 물을 붓고 한참 불을 때니 솥뚜껑 아래로 여기저기서 눈물을 흘렸다. 솥뚜껑을 열고 쌀겨를 넣고 낫같이 생긴 나무 막대 주걱으로 저

어서 뚜껑을 덮었다.

얼마 후 소죽통에 퍼주었다. 얼마를 기다리니 저녁 밥상이 수북하게 나왔다. 시장하여 국밥을 모두 먹었다. 방을 구하려고 이집 저집 알아보아도 마땅한 집이 없고 문을 열고 빼꼼이 내다보고는 모두 거절을 했다.

희미한 초승달밤에 동네를 한 바퀴 돌고 보니 불을 끄기 시작들 하고 사방이 캄캄해지기 시작했다. 번개는 깍지통을 생각하고 걸었다. 대감집에는 저녁 늦은 시간인지라 사랑채에 사람들이 들락날락하더니 조용해졌다. 깍지통의 삼태기를 젖히니 아늑하게 굴이 파여져 있었다.

얼른 뛰어 들어가 어깨에 짐을 멘 채로 눕고 삼태기로 몸을 가리니 아늑했다. 어머니와 식구들이 눈에 아른거리고 눈물이 앞을 가렸다. 하늘에서 뚝 떨어진 듯한 번개는 어머니의 깊으신 뜻을 헤아리고 어머니 말씀 하나하나 간직하며 굳세고 억세게 스스로를 개척해야 한다는 생각에 이르렀다.

"동네를 찾다보면 모든 이름들에는 전설과 같은 의미의 소망 꿈들이 들어 있단다. 모두가 너의 스승이니라. 못한다, 힘들다 하는 말과 생각을 해서는 안 되느니라."

너무 뛰고 먼 길을 달려와 피곤이 덮쳐 어느새 깊은 잠에 빠졌다. 아침에 소죽을 쑤려고 깍지통에 와서 삼태기를 젖히던 하인은 번개를 보자 소스라치게 놀라며 '으악' 소리를 쳤다. 곤히 자던 번개는 '으악' 소리에 떠지지 않는 눈을 뜨고 벌떡 일어나 뛰쳐 나왔다.

"미안하오! 많이 놀라셨구려!"

아직도 잠이 덜 깬 번개는 마루 끝기둥에 기대어 졸고 있었다.

얼마 후 하인이 대감마님이 부르신다 하여 정신을 차리고 대감마님 앞으로 가서 죄송하다고 인사드렸다. 대감께서는 조용하게 한 말씀 하셨다.

"어린나이에 청운의 꿈을 품고 집을 떠난 용기가 자랑스럽고 대견하네.

어젯밤에 고생했네. 아침 따뜻하게 많이 먹고 길을 떠나도록 하게."

하인과 마당을 쓸고 나니 아침밥상이 나왔다. 번개는 밥과 국을 모두 먹고 대감께 허리 굽혀 인사했다.

"대감마님 고맙습니다. 만수무강하세요."

길을 독촉했다. 동네어귀에서 만난 사람을 보고, 이 동네 이름이 무엇인가 물었더니 망치골이라 했다. 번개가 태어난 곳은 '반야골'이다. 어머니께서는 반야는 지혜란 뜻인데 번개는 지혜를 타고 태어났으니 지혜로운 사람이 되어야 한다고 하셨는데 망치골이라니, 망치들이 무성했던 들판에 동네가 들어섰나 보다.

망치 두드리다 돌다리도 두드리라 했던가. 아는 길도 물어가라고, 사람들을 만날 적마다 서울 가는 길을 물었다. 갈림길에서는 넓고 큰길을 택하고 잘못되어 동네로 들어가면 그곳에서도 조금 돌아서 걷기는 해도 길이 또 있다. 어디를 가도 길은 있었다. 산길을 가려는 행인이 있으면 죽기 살기로 달려가 동행을 하고 이곳저곳 주막에서 며칠을 잤다.

어느 날 해가 저물어 대감집 대문을 두드리니 하인이 나왔다. 하루 신세질 것을 부탁하니 쾌히 승낙을 받고 아침에 일어나 마당을 쓸고 아침을 맞으니 세 살 정도 되는 아기 말과 울음소리가 들렸다.

'아! 여기는 공부하는 아기가 없구나' 하고 젊은 대감께 감사의 인사를 하고 길을 떠났다. 어디를 가야 공부를 하게 될까 싶은 생각으로 서울을 향해 걷기 시작했다.

조금 높은 산 아래 주막에 도착하니 사람들이 모여서 쉬고 있었다. 이 산은 산짐승이 있고 도적들이 있어서 한두 명은 산을 못 넘고 이, 삼십 명이 떼를 지어 넘어야 한다고 했다. 다음날 아침 일행은 몽둥이 하나씩 들고 끌고 산을 넘었다.

며칠이 지난 어느 날 저녁에 도착한 마을에서 하루 신세를 지려고 부잣집 대문 앞에 올라서니 번개보다 두세 살 어린 도련님이 밖에서 혼자 놀고 있었다. 신세를 지려 하니 대감마님께 여쭈어 주시게 했다. 사랑채를 안내받고 저녁상을 받았다. 저녁상을 물리고 대감마님께 감사의 절을 올렸다.

"어디서 어디로 가는 누구신고?"

"예! 서울을 향해 길을 떠난 이형세라 합니다."

한참동안 대화를 한 후 사랑채로 와서 잠자리에 들었다. 앞으로 어떻게 자신을 키워야 하나를 곰곰이 생각하니 허공을 잡는 두려움이 앞섰다. 닥치는 대로 헤쳐 나갈 수밖에 별다른 수가 없는 듯싶었다. 그리고 어머니 생각을 하다 늦게 잠을 자고 눈을 뜨니 먼동이 트고 있었다.

그 길로 일어나 앞뒤 마당을 쓸고 나니 하인도 일어났다. 하인과 바깥 마당과 집 어귀를 쓸고 나니 대감이 나오셨다. 친절하게 대해 주시면서 바쁘지 않으면 더 쉬었다 가라고 하신다. 번개는 넙죽 절하고 감사인사를 했다. 아침저녁 도련님 글 읽는 시간이면 문 앞에 쭈그리고 앉아서 듣는 번개를 부르시더니 우리 도령과 함께 글을 보라고 하였다.

천자문과 사서삼경을 달달 외우고 음과 훈을 외워 아는 번개였지만 글자의 생김새를 보여주는 책 구경은 처음이었다. 번개는 아침저녁으로 대감과 도령의 방 청소와 시중을 들고 한낮에는 하인의 일을 거들었다.

번개의 빠른 진도를 보고 대감께서는 형세의 재주가 매우 뛰어나다고 칭찬을 했다.

두 살 아래 도령 민병웅은 번개를 만나면서 학구열이 생기고 활기를 찾자 민 대감은 번개와 병웅이에게 벼루, 먹, 붓 고르는 법을 가르쳐 주고 붓글씨 쓰는 법도 가르쳐 주었다. 번개의 붓글씨를 보시고 감탄하시며 칭찬을 아끼지 않았다.

민 대감은 번개의 영리함에 감탄하고 붓글씨 정자체를 병웅이와 함께 가르쳐 주었다. 배움에 굶주린 번개는 눈과 귀를 쫑긋하고 열심히 배웠다.

붓, 벼루, 먹을 내오라 하시고 연적과 한지를 갖고 오라더니 벼루, 붓을 고르는 요령을 가르쳐 주었다. 벼루에 연적소의 물을 따르시더니 서서히 지그시 힘을 주고 갈기 시작하였다. 같은 방향으로 천천히 진하게 먹을 갈고 붓에 먹물을 천천히 발랐다.

"먹을 갈 때에는 내가 무슨 글자를 어디에 힘의 강약을 주어 쓸 것인가를 생각하며 갈고, 붓은 끝 부분을 잡고 획을 하나하나 힘을 주어 써 내려가야 한다."

"글자를 보면 그 사람의 미래가 보인다고 옛 어른들은 말씀하셨다고 한다."

기본 획을 견본으로 써 주었다. 번개는 몇 번이고 되풀이해 썼다. 번개가 보아도 글씨가 달라졌다. 종이와 먹이 아까워 번개는 배운 획들을 마당에서 써보고 밤에는 허공 속에 그려보았다.

민 대감의 칭찬이 자자하다.

"형세야! 글솜씨가 날로 변해가는구나. 네 획과 글자에는 힘이 있고 생기가 넘쳐 나온다."

그럴수록 번개는 자신감과 용기가 생겨 꾸준히 배워 익혔다. 6개월이 지난 어느 날 민 대감은 칭찬과 함께 격려의 말을 했다.

"형세의 필체가 예사롭지 않구나. 서기가 서려 있다. 더 열심히 하여 너 특유의 글자를 만들어 보거라."

진도가 빠른 번개에게 맹자, 공자를 읽게 하였다.

일 년이 되니 번개와 병웅의 진도 차가 커졌다. 번개는 안 되겠다고 생각했다. 병웅의 마음이 불편하다고 생각한 번개는 다시 길을 떠날 각오를 하고 대감님께 아뢰었다.

"너무 오랫동안 신세를 지었습니다. 다시 길을 떠날까 합니다."

민 대감은 번개에게 아쉬움의 작별인사를 하고 노잣돈을 주고는 동구밖까지 배웅해 주었다.

번개는 서울을 향해 빠른 걸음을 독촉했다. 몇 개의 마을을 지나 큰 동네를 지나는데 정자에 어린 선비들 다섯이 모여 있다가 손을 들어 부른다.

"여보시오! 선비! 쉬었다 가시오."

번개는 시장기도 있고 선비들의 생활모습이 궁금하기도 하여 다가가서 좌석에 끼어 앉았다. 떡, 고기, 과일을 안주로 식혜를 술잔에 담아 돌리고 있었다. 이 사람 저 사람 권하여 번개는 배불리 먹었다.

글공부 자랑이 한창이다. 번개는 선비들의 수준을 알고 나서 분위기에 맞춰 사서삼경을 간신히 외우고 해석을 하였다. 그들은 안쓰럽게 생각했는지 박수를 치며 친절하게 대해 주었다. 잘난 체 하다가는 어머니도 안 계신데, 코피나면 안 될 것이었다. 궁좌실제 중도상이다. 꽃이 예쁘면 꺾으려 하고 잘나도 똑똑한 사람은 경쟁과 시기로 괴로움을 당하게 된다는 어머니 말씀이 생각났다.

번개는 그만 자리에서 일어섰다.

"좋은 시간과 가르침을 주셔서 고맙소이다. 이만 실례하려 하오."

"만나서 반가웠소. 어서 바쁜 길 떠나시오."

번개는 며칠 동안 주막신세를 지고 어느 동네의 대감집 문을 두드리게 되었다.

대감마님이 나오시더니 편하게 맞이해 주신다.

"불편하지만 할아버지 방에서 함께 쉬도록 하게나."

허리를 굽혀 인사를 하고 할아버지 방으로 들어가 큰절을 하니 할아버지는 어른들만 사는 집이라 심심해 하시다 번개를 보고 반겨주었다.

병웅의 동네는 금성이었다. 금성, 샛별이다. 금성에서 번개는 부지런함을 익혔다. 저녁 밥상을 물리고 번개는 할아버지의 팔다리를 주무르고 밤아 주었다.

늦은 시간까지 할아버지는 재미있는 옛날이야기, 웃음보따리, 수수께끼들을 들려주셨다. 그러다 졸고 있는 번개를 보고 잠을 청하신다.

"피곤하지? 자자."

번개는 눕자마자 곯아떨어졌다.

아침에 일찍 눈을 뜨니 먼동이 트고 할아버지는 벌써 일어나셨다. 얼른 밖으로 나가 할아버지 세숫물을 방에 갖다 드렸다. 그리고 방청소도 말끔히 해 드렸다.

아침 밥상이 나왔다. 밥을 먹으려는데 할아버지께서 자신의 밥그릇에서 한 순갈 듬뿍 덜어 번개의 밥그릇에 얹어주시며 한 말씀 하신다.

"많이 먹어라. 집을 떠나면 밥 굶기가 허다할 터인데…."

"고맙습니다."

번개는 밥과 국을 남김없이 먹었다.

"할아버지 정말 고맙습니다. 만수무강하십시오."

할아버지는 웃으면서 조끼 주머니에서 동전을 꺼내 주셨다.

번개는 할아버지의 두 손을 잡고 할아버지 얼굴에 번개의 얼굴을 살짝 대고 비비며 고마워 했다.

번개는 주막을 몇 개 지나 산과 동네를 지나며 뛰면서 걸었다. 지금까지 배운 것을 중얼중얼 외우고 막대기로 땅바닥에 써보기도 하고 익히면서 어느 마을에 들어서니 또 해가 어두워지고 있었다.

늦기 전에 숙소를 얻으려고 큰 집 대문 앞으로 가려는데 번개 또래의 유생이 대감마님과 바람을 쐬고 있었다. 번개는 얼른 대감마님 앞으로 다가가서 허리 굽혀 큰절을 했다.

"대감마님! 지나가는 행인이온데 해가 저물어 하룻밤 신세를 지었으면

합니다."

번개를 훑어보신 대감님은 어서 들어오라고 손짓하신다.

번개가 감사의 인사를 드리고 나니 이것저것 물어보신다.

"글은 어디까지 읽었느냐?"

"논어와 주역을 익히려 합니다."

"오! 우리 인혁이와 비슷한 공부를 하고 있구나! 그럼 친구가 되어 공부를 열심히 해 보거라."

번개는 너무 반갑고 고마워서 벌떡 일어나 대감님께 큰절을 드렸다.

"고맙습니다. 열심히 익히겠습니다."

대감님께 인사를 마친 번개는 사랑채에 누웠다.

'고마운 어른들이 세상에는 많구나!'

병웅의 동네는 금성골이라 했다. 금성은 샛별이다. 샛별이 지기 전에 일어나야 부지런한 사람은 굶지 않는다고 하시던 어머니 말씀이 생각났다.

이곳 인혁의 동네는 두미골이라 했다.

'두미골! 머리두(頭) 자에 꼬리미(尾). 용두사미가 되어서는 안 된다.'

번개는 여기서 어려운 글은 부지런히 익히리라 다짐했다.

다음날 번개는 아침 일찍 일어나 마당을 쓸고 아침밥을 먹었다. 이어서 정 대감의 방과 인혁의 방 청소를 돕고 인혁과 함께 글공부에 몰두했다.

진도가 나갈수록 어려워지는 공부라서 진도는 빨리 나가지 못했다. 어려운 항목은 인혁과 산책하면서 익히고 또 따지며 서로 확인하였다. 서로 문답하며 익히니 혼자 하는 것보다 더 머릿속에 잘 들어갔다. 이런 모습을 지켜보던 정 대감은 대견해 하시면서 쉬엄쉬엄 붓글씨 솜씨를 보시고 초서를 익혀 주고 활터에도 데리고 다니셨다.

인혁은 번개와 동갑인데 번개의 생일이 조금 빨랐다. 인혁의 학구열이 높아지고 진도도 빨라지면서 생기가 돌아 보이자, 번개는 정 대감의 사랑을 듬뿍 받게 되었다.

붓글씨 솜씨도 정 대감을 놀라게 하였고, 예의범절 또한 인혁이 본받도록 영특했다.

어느덧 2년이 지나면서 어려운 공부를 끝냈다.

정 대감께서 과거시험 준비를 해야겠다며 격려차 한 말씀 하신다.

"이제 주역을 익히도록 해라."

2년간 신세를 지며 공부해 온 번개는 인혁과의 진도 차가 느껴지자 마음이 불편해졌다. 정 대감께 작별인사를 드리려고 찾아뵈었다.

"대감마님의 하늘 같은 은혜를 입어 깊은 공부를 익히고 잔뼈가 굵어지었사옵니다. 그간 너무 많은 신세를 진 것 같아 송구스럽습니다. 이제 다시 길을 떠날까 합니다."

"그래? 이제 형세를 잡을 수가 없을 것 같다. 그 뛰어난 재주는 보통 아이들과 다르구나. 어서 더 깊은 공부를 하도록 하여라. 인혁이와 그동안 좋은 친구가 되어 줘서 고맙구나!"

그러면서 노잣돈을 챙겨주었다.

"이 은혜 마음 깊이 간직하겠사옵니다. 만수무강하십시오."

인사를 마친 번개는 인혁과 의형제의 연으로 손가락을 걸고 포옹했다.

그리고 동구 밖까지 배웅해 주는 정 대감과 인혁을 향해 두 손을 흔들며 갈 길을 재촉했다.

서울을 향해 산과 들을 지나 걸었다. 따뜻한 봄날 해는 길었다. 넓은 들을 지나니 커다란 동네가 나타났다. 복사골이라 했다. 평화롭고 풍요로운 부자 동네 같았다.

동네 어귀의 커다란 정자에서 일곱 명의 유생들이 새참을 들고 있는 모습이 보였다.

"여보시오, 선비! 잠시 쉬었다 가시오."

그러면서 모두가 일어나 손을 흔들었다. 번개는 출출한 판에 유생들의 대화도 들어볼 겸 발길을 돌려 정자로 갔다.

"고맙소이다. 잠시 실례하겠습니다."

유생들은 순한 국화주에 고기, 떡, 과일 등을 먹고 있었다. 권하는 것을 사양하면서 먹어도 번개의 배는 불러왔다. 모두들 배가 부르자 글공부 이야기를 시작하며 어려운 구절들을 하나씩 읊어대기 시작했다.

번개는 수준이 조금 낮은 한 줄을 읊었다.

"궁좌실제 중도상!"

모두가 손뼉을 치며 서로를 격려했다.

한 차례 돌자 번개는 자리에서 일어나면서 갈 길이 바쁘다고 작별을 고했다.

"이만 실례하겠소이다."

이때 나이가 연상인 듯한 선비가 자리에서 일어서며 한 마디 한다.

"바쁜 일이 없으시면 오늘 저녁 하룻밤 소생의 집에서 쉬었다 가시면 어떻겠습니까?"

생전 처음 받아보는 초대에 번개는 기쁨을 감추지 못하고 큰 소리로 대답했다.

"좋습니다. 큰 영광으로 알고 신세지겠습니다. 고맙습니다."

그 유생은 복사골에서 제일 부잣집에 사는 홍 대감의 아들 경래로 번개보다 두 살 위였다. 홍 대감은 동네에서 학식과 덕망이 매우 높아 대단한 존경을 받고 있는 대감이시다.

저녁상을 물리고 번개를 살펴보던 홍 대감은 반색을 하셨다.

"네 이름이 무엇이더냐?"

"이형세라 하옵니다."

"글은 어디까지 읽었는고?"

"예! 주역까지 익혔으나 아는 것은 별로 없사옵니다."

"바쁘지 않으면 경래와 함께 며칠 쉬었다 가게나."

번개는 일어나 큰절을 올렸다.

"감사합니다. 초면에 과한 신세를 지게 되었습니다."

다음날 번개는 경래와 배운 공부를 서로 익히며 홍 대감의 산책길과 활터를 따라다녔다. 홍 대감은 번개의 글솜씨를 칭찬하면서 초서를 더욱 깊게 익혀주었고, 가사체로 시조 짓는 법을 가르쳐 주시며 경래와 경쟁을 붙이시고는 잘 잘못도 지적해 주셨다.

하룻밤 신세를 지려 했던 것이 금세 한 달이 지났다.

"대감마님, 과분하신 은혜로 많은 것 배우고 깨우쳤습니다. 이 은혜 마음 깊이 간직하고 학업에 더욱 매진하여 보답하겠습니다. 이제 다시 길을 떠날까 합니다."

번개가 인사를 드리니 홍 대감은 미리 준비해 두었던 옷을 건네주었다.

"어느새 옷이 작아졌구나."

그러면서 노잣돈까지 두둑이 주셨다.

번개는 다시 큰절을 하고 나오면서 경래와 손가락을 걸어 의형제의 연을 맺었다. 경래도 번개를 만나 흐뭇해 하며 애틋한 포옹으로 작별인사를 했다. 동네 어귀로 나와 돌아다보니 홍 대감과 경래는 손을 흔들고 있었다. 번개는 허리 굽혀 절을 하고 양팔을 들어 한참 동안 흔들었다.

번개는 다시 뛰기 시작했다. 며칠을 산과 들을 지나면서 주막 신세를 졌다. 얼마를 가니 커다란 들판에 몇 채의 집들이 여기저기 보였다.

언덕을 넘어 서울을 향해 걷다 보니 가까운 듯한 동네도 멀리 떨어져 있어 해질 녘에 큰 동네로 들어섰다.

이리저리 두리번거리다 어느 큰 대문에 다다르니 마침 대감마님이 번개보다 서너 살 위 되는 듯한 유생을 데리고 출타하려고 나오신다.

번개는 대감마님 앞에 다가가 허리 굽혀 인사를 했다.

"대감마님 지나는 행인이옵니다. 주막은 안 보이고 해는 저물어 하룻밤 신세를 지었으면 하오니 허락하여 주십시오."

이 대감은 번개를 아래위로 훑어보시더니 출타를 중단하고 대문 안으로 들어오라고 허락하셨다.

사랑채로 들어서신 대감마님은 번개를 앉혀 놓고 묻는다.

"성씨와 본은 어디냐?"

"전의이씨이옵니다. 이름은 이형세라 하옵니다."

"글은 어디까지 읽었느냐?"

"주역까지 익혔나이다."

"음! 우리 종영이가 과거시험 준비를 하고 있으니 함께 공부해 보도록 하여라."

번개는 벌떡 일어나 큰절 삼배를 올리며 감사 인사를 했다.

"고맙습니다. 열심히 익혀 은혜에 보답하겠습니다."

저녁을 먹고 잠자리에 들었다.

순간 집을 떠나보내던 어머니의 모습이 떠올랐다.

'어머니! 굳세게, 또 지혜롭게 살겠습니다.'

그리고 이 동네 이름이 용주골이라 들었는데 무슨 뜻일까, 궁금했다.

'그래, 용이 여의주를 얻는 동네라는 뜻이겠지. 종영이 형도 글을 많이 읽고 과거시험 준비를 하고 있다니 나도 여기서 여의주 얻는 능력을 길러야겠다.'

번개는 다음 날부터 대감님과 종영의 방을 청소하며 시중을 들었고, 낮에는 틈틈이 하인들을 따라 일을 도우며 배웠다. 밤늦도록 글을 읽기도 하고, 캄캄한 한밤중에는 손을 들어 허공 속에 중얼거리며 외웠다.

이 대감댁에는 어렵고도 수준 높은 책들이 많이 있어 책 읽는 기쁨은 날이 갈수록 커졌다. 번개의 열성적인 독서열과 글 쓰는 재주를 지켜보던 대감은 종영과 함께 글을 익히고 짓고 쓰게 하며 서로에게 보고 배우도록 하였다. 그리고 또 틈틈이 쉼터를 산책하게도 하고, 활쏘기 등으로 머리를 식혀 주었다.

이 대감께서 이렇게 배려해 주어서 번개는 늘 부담스러웠다. 그래서 열심히 일을 하며 가사를 도왔다. 그런 모습이 마음에 들었는지 이 대감은 어느 날 번개를 불러 결혼 의사를 물었다.

"형세 나이가 벌써 열다섯이구나. 결혼할 나이도 되었으니 혼례를 올리고 과거시험 준비하는 것도 좋을 듯싶구나!"

"대감마님! 아무것도 가진 것 없고 능력이 없는 제가 벌써 결혼을 하면 어떻게 합니까? 저 같은 놈에게 어느 분이 따님을 주시겠습니까?"

"여기서 가까운 곳에 권 대감댁이 있는데 그 집 3남매 중에서 맏딸이 요조숙녀라고 알려졌네. 권 대감댁은 큰 부자는 아니지만 먹고 살 만하다네. 청혼이 들어왔으니 혼례식을 올리도록 하게나!"

번개는 생각지도 못한 이 대감 이야기에 깜짝 놀라 벌떡 일어나 큰절을 올렸다.

"이 은혜 망극하옵니다."

이 대감과 권 대감댁에서 주선하여 번개는 권수영 아씨를 아내로 맞이하였다. 세 살 아래인 수영 아씨는 권 대감댁 맏딸로 효성이 지극하였고, 3남매가 모두 우애롭게 지냈다.

번개는 방 두 개 있는 텅 빈 움막집에서 살림을 차리게 되었다. 두 대감님이 챙겨주신 양식은 오래가지 못하고 동이 났다. 아내 수영이 산과 들을 돌아다니며 피(잡초) 씨를 훑고 두태류를 따다 죽을 끓여 연명하였다.

번개는 굶주림과 걸식 속에서 눈칫밥을 먹고 새우잠을 자던 때에 비하면 피죽을 먹어도 아내가 해 주는 것을 먹으니 마음이 편하고 글공부하는 데도 신이 났다.

번개는 날이 새는지 비가 오는지 세상 모르게 환해지기만 하면 글을 읽었다. 달빛 속에서나 눈빛 속에서도 글을 읽었다. 아내는 반딧불이를 잡아다가 창호지 병에 넣고 불을 밝혀 주기도 했다. 그야말로 형설지공의 실현이었다.

아내 수영이 여름 어느 날 양식거리를 구하려고 멀리 들판에 나가 풀씨를 훑고 있는데 갑자기 무서운 소나기가 쏟아졌다. 비가 그치기를 기다리던 아내는 마당에 널어놓은 양식거리가 걱정되어 뛰어갔다. 그러나 마당의 멍석을 본 순간 수영은 털썩 주저앉고 말았다. 멍석 위에 널려 있던 풀씨는 빗물에 모두 씻겨가고 멍석은 물에 흠뻑 젖어있었다.

정신을 차린 수영은 앞치마에 모은 양식거리를 봉당 가마니 위에 넣어놓고 비가 그치자마자 다시 들로 나갔다. 사실 풀씨를 따다 멍석에 널어놓으면 새들이 쪼아 먹어 반도 안 남는다.

그래도 그것들을 까불러 등바구니에 모아 일 년 양식으로 삼는다. 아무튼 몇 차례 비 피해를 보고나니 양식거리가 턱없이 부족했다. 새해에는 더 많이 모으겠다 다짐하고 새해를 기다렸다. 나물을 뜯어 말리고, 나무뿌리, 풀뿌리도 뽑아 말려서 겨우내 그것들을 솥에 넣어 죽을 쑤어 먹었다.

식량을 마련하느라 과중한 노동에 시달려 수영의 곱던 손바닥은 검게 물들고 굳은살이 배겼다. 게다가 땔감마저 혼자 구해 오느라 수영의 고생은 이만저만이 아니었다.

이듬해에는 연례 없는 심한 가뭄이 들어 풀씨도 나물도 나무뿌리도 구하기가 매우 어렵게 되었다. 모아놓은 식량이라곤 번개 혼자 먹기에도 빠듯했다. 생각다 못한 수영은 남편 번개에게 하직 인사를 했다.

"여보! 먹을거리가 부족하여 당분간 집을 나가 구해 올 테니 찾지 말고 공부나 열심히 하세요!"

번개는 아내 수영을 잡을 면목도 없고 용기도 나지 않아 소리 없이 쳐다보기만 했다. 아내가 집을 떠나면서부터 번개는 밤잠을 줄이고 공부의 강도를 높였다.

깊은 잠이 들기 전에 이 대감댁의 책을 빌려서 더욱 열심히 읽고 외우고 지어보고 다시 썼다. 캄캄한 밤에는 허공을 향해 글자를 쓰면서 되새겼다. 그리고 또 어둠을 향해 손을 들어 정자체 흘림체를 힘차게 써본다.

어느 날 아침, 밥솥을 열고 죽을 쑤려던 번개는 깜짝 놀랐다. 따뜻한 죽이 점심 먹을 양만큼 끓여져 있었고, 물솥에는 더운물이 그득했다. 물동이 속에는 맑은 물이 가득했고, 나뭇가리에는 땔감이 가득 채워져 있었다.

'아! 아내가 나를 위해 어느새 챙겨 놓고 갔구나!'

번개는 가슴이 뭉클했다.

등바구니에 반도 안 되던 양식거리가 소리 없이 채워지고 봉당에 땔나무는 항상 그득했다.

아내가 집을 떠나 일한 지도 일 년이 넘으면서 피죽이 아닌 쌀죽으로 살때도 있었고, 어떤 때는 쌀밥이 죽 속에 들어있기도 했다.

아내 수영은 집을 나가 친정으로 간 것이다. 시집간 딸이 친정에 머무는 것은 흉거리로 부끄럽게 아는 시절인지라 수영은 해 뜨기 전에 집을 나와 남편 번개의 뒷바라지를 하고 산과 들을 찾아 양식과 땔감을 구하고 늦은 밤에 귀가하여 잠을 잤던 것이다.

친정에 행사가 있는 날에는 밥을 얻어다 솥에 넣어 놓았고, 빨랫거리는 몰아서 가져다 빨고 손질하여 궤짝 속에 가지런히 정리해 놓았다.

그러던 어느 날 수영은 남편 번개의 방으로 들어가니 남편이 보이질 않아 깜짝 놀랐다. 외출복과 봇짐이 없어진 것을 알고 그대로 남아있던 죽을 저녁으로 먹었다.

다음날도 언제 돌아올지 모르는 남편을 위해 아침에 끓여 놓은 죽을 늦은 저녁에 수영이 먹었다.

이제나저제나 남편 번개가 오려나 싶어 기다리며 모아둔 양식거리가 어느덧 등바구니 하나 하고 반이 되었다.

4 과거시험을 보러 가다

아내 수영이 집을 떠나 번개의 생계를 위해 헌신하던 시간도 어느새 두해가 지난 해 봄이다.

기다리던 과거시험이 알려지자 번개는 과거시험 날에 늦지 않으려고 서둘러 준비를 했다. 외출을 4년간 하지 않았던 터라 외출복을 찾아보니 모두가 작았다. 그중에서도 결혼 때 장모님이 해 주신 옷이 작았지만 입을만했다. 등짐보따리 속에 노잣돈과 속옷, 수건 등을 챙기고 미투리 세 켤레를 곁에 묶어 달고 자리에 누웠다.

지난날, 염치도 없이 맞닥뜨린 고마운 사람들께 신세를 지면서 굶주리기도 하였고, 눈칫밥에 서러운 눈물을 삼키며 새우잠을 잘 때마다 들려오던 어머니의 음성이 다시금 뇌리를 타고 조용히 들려온다.

"번개야, 지혜로운 사람은 '못한다 힘들다' 라는 말을 하지 않는단다. 자신에게 닥치는 모든 고난을 지혜롭게 헤쳐 나가는데, 그 힘은 너의 능력이 되며 그 기쁨은 삶의 보람이 될 것이다."

'예! 어머니, 힘낼게요!'

그리고 또, 이 대감님께 잘 보여 결혼하게 되었고, 그 착한 아내의 따뜻한 배려 속에 맘 편히 공부하지 않았던가. 아내의 정성에 보답하기 위해서라도 꼭 과거시험을 잘 봐야 할 텐데, 하는 그런 걱정과 설렘으로 번개는 밤을 지샜다.

아침 일찍 일어난 번개는 어머니가 계신 반야골을 향해 큰절을 올렸다.

'어머니! 감사합니다. 최선을 다하겠습니다. 만수무강하소서!'

번개는 여비가 든 속주머니와 보따리를 다시 확인하고 집을 나섰다. 마을을 지나 들과 산을 넘고, 밤이 되면 주막에서 잠을 잤다. 그렇게 며칠을 걷고 걸었다. 이때 난생처음 보는 커다란 산이 앞길을 막아섰다.

산 아래 다다르니 수십 명의 과객과 상인, 행인들이 주막에서 보다 많은 사람들이 모이기를 기다렸다. 산이 험준하여 이따금 출몰하는 산짐승과 도적들이 무서워 사람들은 무리 지어 넘어야 했던 것이다.

아침나절, 사람들은 커다란 몽둥이 하나씩 챙겨 들고 길을 떠났다. 번개 나이 열아홉이다. 힘센 청년 축에 드는 나이다. 번개도 이들과 동행했다. 지금까지 느껴 본 일이 없는 느낌이다. 몸이 으스스해지고 오싹거린다. 사람들은 큰 소리로 웅얼거리며 무리 지어 걸었다.

산상봉에 이르렀을 즈음 일행은 모두 멈칫했다.

커다란 호랑이가 길을 막고 서 있었다. 모두들 몽둥이를 쳐드는 순간 호랑이는 하얀 이빨을 드러내며 입을 크게 벌리고 '어흥!' 하면서 큰 소리를 냈다. 산이 쩌렁쩌렁 울리는 그 큰 소리에 일행은 들고 있던 몽둥이를 떨어뜨리며 얼어붙었다.

공포에 떨고 있던 일행 중에 나이 지긋한 선비가 침착한 목소리로 말한다.

"신령님께서 우리 일행 중 누구를 만나고 싶어 하는 듯하니, 우리 모두 소지품 하나씩을 신령님께 보여드립시다!”

일행 모두는 소지품 하나씩 꺼내 호랑이 앞에 내놓았다. 번개도 땀과 눈물을 닦던 수건, 목에 걸고 있던 그 수건을 호랑이 앞에 내려놓았다. 사람들을 향해 두리번거리던 호랑이는 번개의 땀내 나는 수건을 입에 물고 일행을 휘둘러보았다.

호랑이를 맞닥뜨린 이 와중에 사람들은 누구의 소지품이냐고 수군거렸다. 놀란 번개는 마음을 다잡고 호랑이 앞으로 나아가 큰절을 했다.

‘그래! 호랑이에게 물려가도 정신만 차리면 된다고 했지?’

그리고 사람들을 향해 말했다.

“모두들 절을 하시오.”

모두가 엎드려 절을 하는 중에 번개가 호랑이를 향해 고개 숙여 큰소리로 외친다.

“영험하신 신령님이시여! 어찌 미련한 인간들 앞에 몸소 나타나셨습니까? 신령님을 뵈온 우리들은 한량없는 영광이옵니다. 신령님! 이 자리에 모인 우리 일행에게 가없는 기쁨을 주시고, 이 산을 무사히 넘도록 선처를 베푸시어 길을 활짝 열어 주시옵소서. 신령님께 간곡히 소원 드립니다.”

그리고 다시 절을 하려고 고개를 들었는데 호랑이는 온데간데없이 자취를 감추었다.

번개는 몸이 얼어붙은 듯 꼼짝 않는 일행을 향해 말했다.

“모두 일어나시오!”

일행은 자리를 털고 일어나 살았다는 안도의 한숨을 쉬고 소지품들을 챙겨 길을 떠났다. 올라올 때와는 달리 발걸음이 가볍고 날씨마저 따뜻했다.

또 다시 들과 산을 넘고 주막에서 요기를 하고 낮은 산을 넘으니 난생처음 보는 넓은 강과 가마가 왕복할 수 있는 넓고 긴 다리를 건너게 되었다.

사람들은 광나루 다리라 하며 다리를 건너면 서울에 온 것이라 했다. 다리 아래에는 시퍼런 물이 유유히 흐르며 햇빛을 받아 반짝거렸다. 모두들 신기해 하며 다리에 들어섰다.

번개 역시 아찔아찔해지면서 현기증이 났다. 일행 틈에 끼어 조마조마하게 긴 다리를 건너는데 천 미터 가까이 되는 듯했다.

이른 저녁이 되어 서울 시내 과거시험장 가까이에 도착했다. 가까운 곳에서 값이 저렴한 숙소를 정했다. 그리고 과거시험에 필요한 준비물을 사려고 주변을 돌았다.

상점도 여러 개 있는 데다 물품을 들고 나온 상인들도 많았다. 민 대감인 병웅의 아버님이 가르쳐 주신 대로 이곳저곳을 돌면서 벼루, 연적, 먹, 붓, 화선지 등을 사 들고 숙소로 왔다.

번개는 처음으로 자기가 산 벼루에 먹을 갈고 붓에 먹물을 묻혀 화선지에다 글씨를 힘차게 썼다. '충·효·예·신·부·모·애·지'라고 써 보았는데 붓과 먹물이 마음에 들어 흡족했다. 번개는 붓을 비롯한 필기도구를 챙겨 보따리에 넣고 일찍이 자리에 누웠다.

잠결에 번개가 책상에 앉아 열심히 책을 읽고 있는데 문을 두드리는 소리가 났다. 고개를 돌렸더니 어머니께서 방문을 열고 들어오는 것이었다. 너무 반가워 어머니의 두 손을 잡고 '어머니!' 하고 외친 다음 큰절을 세 번 올렸다.

누런 베로 만든 치마저고리를 입으신 어머니는 아무 말 없이 앞가슴에서 누런 봉투를 꺼내시더니 그 속에 들어있던 노란 천을 꺼내어 번개의 손에 쥐어주신다. 노란 천에는 붉은 글씨로 짧은 글 세 줄이 크고 간결하게 쓰여 있었다. 번개는 두 손으로 받아들고 읽으려 했다.

'무슨 글자인가? 무슨 뜻인가?'

생각하고 또 생각하며 세 번째 다시 확인하고 외웠다.

'어머니! 외웠어요.'

그리고 고개를 들어 어머니를 쳐다보니 어머니는 온데간데 없이 사라졌다. 번개는 깜짝 놀라 '어머니! 어머니!' 하고 소리쳐 불렀다.

그 큰 소리에 번개 스스로가 놀래 눈을 번쩍 떴다. 의아하고 허전함에 번개는 정신을 차렸다. 그리고 어머니가 주신 세 줄의 글귀를 외우고 다시 외웠다.

날이 밝아지기 시작했다. 번개는 그 길로 일어나 아침밥을 먹고 주머니 속의 양반 문서와 소지품을 확인하고 과거시험장으로 향했다.

벌써부터 전국에서 몰려온 과객들이 하얗게 모여들기 시작했다. 사시가 되자 과거시험 본부석에 관리들이 나타났다.

번개도 줄을 서서 수험생등록부에 등록을 했다. 양반문서와 이름을 제시하고 삼십육 번 차례에 이형세라 등록하니 '삼십육 번 이형세'라는 수험표를 주었다. 수험표를 받고 삼십육 번이라 쓰여진 자리에 앉아 벼루를 꺼내 놓고 연적에서 물을 따르고 먹을 갈기 시작했다.

긴장이 되었는지 가슴이 두근거리고 팔다리가 후들거렸다. 번개는 침을 세 번 삼키고 심호흡을 세 번 크게 하였다. 그리고 먹에 힘을 주어 진하게 갈았다.

얼마 있으니 창호지 반쪽 크기의 화선지가 앞앞에 놓여졌다. 그리고 잠시 후 정면 벽에 커다란 글씨의 과거시험 문제가 붙여졌다.

벽보를 보는 순간 번개는 눈을 의심했다. 잘못 본 게 아닌가 싶어 잠시 눈을 감았다가 떴다. 어젯밤 잠결에 어머니가 보여주신 붉은 글씨가 정답이었다. 번개는 뛰는 가슴을 진정시키려고 다시 먹을 간 다음 천천히 붓을 먹물에 담구었다가 꺼내어 크고 힘차게 세 줄의 답을 썼다. 그리고 옆에 삼십육 번 이형세라 쓰고 다시 한번 읽어 보았다.

번개는 먹물이 마르기를 침착하게 기다렸다. 그런 다음 본부석에 답안을 내고 정중히 목례를 하고 과장 밖으로 나왔다.

이틀이 지났다. 과거시험 합격자 발표 날이다.

번개는 초조한 기다림을 이기려고 과장 밖에서 이리저리 서성거렸다.

긴장 속에 과객들은 아침 일찍부터 벽보판이 걸리기를 기다리고 있었다. 사시(9~11시)가 되자 벽보가 나붙었다. '장원급제 삼십육 번 이형세'라고 쓰여 있었다. 이를 본 번개는 뛰는 가슴과 설렘 때문에 팔다리가 후들거렸다. 가까운 댓돌 위에 걸터앉아 마음을 진정시키고 일어나 천천히 본부석으로 갔다.

수험표와 양반문서를 제시하고 장원급제증서와 함께 평성 고을 원님 발령장을 받았다. 그리고 대왕 전하를 알현하고는 긴장된 분위기 속에 큰절 세 번을 하고 물러 나왔다.

"전하! 성은이 망극하옵니다. 나라와 백성을 위하여 헌신을 다 하겠사옵니다. 만수무강하시옵소서."

밖에서는 하인들이 가마를 세워놓고 대기하고 있었다. 번개는 생전 처음 타보는 가마 앞에서 전하 쪽을 향해 다시금 경건하게 큰절 세 번을 하고 가마에 올랐다. 그리고 이 가슴 벅찬 기쁨을 제일 먼저 안겨드려야 할 사람은 어머니라는 생각에 반야골로 향했다.

발가락이 부르트고 퉁퉁 붓도록 뛰며 걷던 다리를 가지런히 모으고 가마 위에서 편히 앉아 있노라니 지나온 일들이 활동사진처럼 하나하나 떠올랐다.

며칠 전에 후들거리며 건너온 광나루 다리를 가마 타고 다시 건너니 새삼 한강물이 더 맑고 깊게 보였다.

하인들의 노고를 생각하며 주막에서 점심을 먹고 천천히 가라고 일렀지만 속마음은 어서 빨리 달려가 어머니 품에 안기고 싶었다.

'번개야, 동물과 사람이 다른 것은 사람에겐 생각하는 지혜가 있는 것이 크게 다른 점이란다. 이기심이 강하면 소인이란다. 이기심은 자신을 작게 만들고, 이타심은 스스로를 큰 그릇으로 만드는 심성이야! 크게 될 사람은 자기보다 남을 먼저 생각하며 사는 사람이다!'

집 나오기 전에 간곡하게 이르시던 어머니의 모습이 또렷이 되살아났다.

'네! 이제 나라님이 이 번개를 믿고 나라와 백성을 위해 일하도록 맡기셨으니 이타심을 키워 백성들을 기쁘게 하도록 열심히 노력하겠습니다!'

평성고을 임지를 제쳐 놓고 며칠 더 걸려 반야골에 도착했다.

'번개야, 이곳을 두 번 다시 찾아서는 안 되느리라' 하신 어머니의 단호했던 말씀이 머릿속을 강하게 스쳤다. 스스로 자신의 삶을 개척하라고 타이르신 어머니의 심정을 헤아리며 굳세게 자신을 지켜온 번개가 아니던가.

번개는 고향 집이 잘 내려다보이는 언덕배기에 가마를 세웠다.

멀리 바깥마당에서 할머니와 어머니는 곡식을 고르시고 다 큰 돌쇠는 아버지와 가마니를 추스르고 있었다. 순간 눈물이 왈칵 쏟아졌다. 눈앞에 있으면서도 마음 놓고 달려갈 수 없는 번개는 두 손으로 얼굴을 감싸고 조용히 눈물을 훔쳤다. 그리고 마음 속으로 외쳤다.

'어머니! 번개가 왔어요! 장원급제하고 왔어요! 어머니 고맙습니다. 가까운 날 뵐게요. 만수무강하세요.'

순간 어머니께서 허리를 펴고 이곳을 바라보는 듯했다. 번개는 기지개를 켜는 척 어머니를 향해 손을 흔들었다. 그리고 다시 가마에 올랐다.

"가자! 조금만 가면 주막이 있을 테니…."

이제는 오늘도 애타게 기다리고 있을 아내에게 기쁨을 안겨주고 싶었다.

사오일이 걸려 번개 일행은 용주골에 들어섰다. 아내가 있을 법한 들판으로 가니 멀리서 낯익은 여인이 풀씨를 훑고 있었다.

가마를 돌려 아내임을 확인한 번개는 하인에게 지시했다.

"저기서 일하는 여인을 불러 이 가마 뒤를 따르게 하라."

아내는 생전 처음 보는 남정네들에게 두 말없이 끌려 오며 놀란 토끼 눈에 안색은 굳어 사색이 되어버렸다. 그리고 죽음을 각오한 듯한 발걸음으로 힘없이 따라오기 시작했다. 가마 속에서 안타깝게 내다보던 번개는 한 발자국도 괴로워하는 아내를 생각하며 점심때가 조금 지난 시각에 주막을 찾으며 가마를 세웠다.

"오늘은 여기서 일찌감치 쉬어가자."

가마에서 내린 번개는 가마 뒤로 갔다. 이어서 죄인처럼 굳어있는 아내를 향해 나지막한 목소리로 명했다.

"여보시오. 고개를 들어 나를 보시오!"

귀에 익은 목소리에 아내 수영은 남편 생각이 났지만 꿈이라 생각하고 고개를 숙인 채 울고만 있었다.

"여보! 나요, 이형세. 당신의 남편 이형세란 말이오."

순간 깜짝 놀라 고개를 쳐든 아내의 두 손을 잡고 번개는 먼지로 얼룩진 눈물을 닦아 주었다. 아내 수영은 그만 자리에 털썩 주저앉아 정신을 잃고 쓰러졌다. 번개는 아내를 들어 안고 주막 방으로 들어가 팔다리를 주무르기 시작했다.

얼마 후 정신을 차린 아내는 벌떡 일어나 번개 앞에 엎드렸다.

"저를 죽여주시옵소서. 남편을 제대로 섬기지 못한 죄인이 어찌 살기를 바라겠습니까? 어서 죽여주십시오."

그리고 울기 시작했다. 번개는 아내를 덥석 끌어안았다.

"여보! 무슨 소리요. 당신의 고생과 숨은 배려 속에 내가 편안히 공부할 수 있었고, 그 결과 오늘의 이 기쁨이 왔는데…. 이제 지난 일은 모두 잊고 편안히 내 곁에서 보필해 주시구려."

감격의 말에 상기된 아내 수영이 일어나 번개에게 큰절을 한다.

"고맙습니다."

"오늘은 우리 둘이 손을 잡고 여기서 편히 쉬도록 합시다. 내일은 평성고을 관아에 가서 사또 부임식을 가져야 합니다."

잠시 생각에 잠겨 있던 아내가 입을 연다.

"이 남루한 몰골로 어찌 고을 원님 관사를 들어갈 수 있어요? 당신의 체면도 그렇고, 주민들을 실망시키는 것 같아요. 친정이 가까우니 그곳으로 가서 어머니, 아버지께 인사드리고 옷이라도 얻어 입고 가면 좋을 것 같아요."

"내 어찌 당신을 두고 가마를 탈 수 있겠소."

가마를 앞세우고 번개는 아내와 나란히 처가로 향했다. 가마를 본 동네 사람들이 달려나왔다. 소문을 듣고 동네에서는 서둘러 잔치를 벌였다. 장모는 눈물범벅이 된 얼굴에 환한 웃음을 가득 담고 장인과 함께 어쩔 줄을 몰라 했다.

하인들은 사랑채에 들게 하고 밤새 음식을 마련하여 잔치판이 벌어졌다. 저녁밥을 먹고 난 번개 부부가 장인 장모 앞에서 지난 일을 대강 이야기하고 내일의 사또 부임식 준비에 관해서 아내가 말한다.

"어머니, 내일 아침 일찍 고을 관아로 가서 사또 부임식을 합니다. 우리 몰골이 사또 체면에 못 미쳐 고을 주민들의 첫인상이 상할 것 같아 부탁 드리는데 어머니, 아버지께서 입으시던 옷을 얻어 입으면 어떨까 합니다, 어머니."

장모는 소맷자락으로 눈물을 닦아내며 답변한다.

"그래. 그렇지 않아도 오늘의 이 영광을 이제나저제나 하며 기다려왔단다. 너희 아버님은 이 서방이 보통 사람이 아니라고 항상 이야기하셨고, 너를 시집 보내고는 힘들게 사는 너희들을 묵묵히 지켜보셨단다. 이것이 오늘을 위해 준비해 온 옷들이다.”

장모는 속옷부터 겉옷 두루마기에다 번개의 도포까지 꺼내 주셨다. 번개 내외는 감격의 눈물을 흘리면서 부모님께 큰절을 하며, 깊은 은혜에 감사를 표했다.

“고맙습니다. 부디 만수무강하세요.”

장모는 장롱 속에서 깊이 간직한 옥비녀를 아내 수영에게 주면서 한 마디 한다.

“이것은 내가 결혼할 때 너의 아버지께서 주신 선물이다. 내가 쓸 일도 없고, 사또 마님께 꼭 어울리는 것이니 받아라.”

수영은 기쁨을 감추지 못하고 고이 받아 챙겼다.

번개는 장인께 종영의 부친이신 이 대감께 인사드리고 오겠다고 말씀드리고 이 대감댁에도 다녀왔다.

동네는 하루 종일 축제의 잔치가 벌어졌다.

번개 내외는 목욕재계하고 새 옷을 갈아입고는 이제 막 결혼한 신랑 신부처럼 부끄러움 속에 밤을 지냈다.

다음 날 이른 아침을 먹고 대문을 나서니 가마 두 대가 기다리고 있었다. 동네에서 결혼할 때 쓰는 가마와 가마꾼까지 대기하고 장인이신 권 대감과 문우 종영의 부친이신 이 대감 그리고 촌장까지 번개사또 부임행에 동행했다.

가마 속에서 번개는 이제부터 자신이 무엇을 어떻게 하여 주민들을 행복하게 하고 나라에 보답할 것인가 곰곰이 생각하며 부임식장에 다다랐다.

5 관직에 오르다

가마에서 내리면서 번개는 아내에게 말했다.

"영접 나온 주민들에게 인사하려 하니 당신도 그대로 뒤따라오도록 하시오."

주민들은 길 양쪽에 도열해서 기다리고 있었다.

번개가 맨 앞에 다가오는 동방서방 관리들의 손을 잡고 인사를 하자, 열두 명의 촌장이 위에 서서 만세를 부르고 손뼉을 치면서 새로 부임하는 사또를 환영했다.

번개는 노인들 앞에 서서 손도 잡아드리고 목례를 하며 젊은이들의 손을 잡고 어린이들은 머리를 쓰다듬으며 감사를 표했다. 잠시 후 관사 마당에 이르자 뒤따르던 아내를 방으로 들여보내고 번개는 준비된 부임식장으로 향했다.

사또 부임식이 시작되었다.

동방관리의 부임식 선언, 사또소개, 환영사, 그리고 촌장 대표의 축사, 신임 사또의 부임 인사, 폐회식 선언으로 진행되었다.

―새로 부임하시는 평성고을 원님 이형세 사또님의 부임식을 시작하겠습니다. … 이형세 사또님의 부임 인사가 있겠습니다.

"친애하는 평성고을 주민 여러분, 새로 부임하는 신임 사또 이형세 인사드립니다. 그동안 우리 평성고을을 잘 가꾸고 지켜 오신 고을 주민 여러분께 진심으로 감사드립니다. 이제부터 저는 우리 평성고을 주민 여러분들과 함께 더욱 살기 좋은 고을로 가꾸어 보고자 노력하겠사오니 여러분들께서 적극적으로 협조해 주시기 바랍니다. 그러면서 몇 가지 부탁의 말씀을 드리려 합니다. 첫째, 부지런한 고을을 만드는데 누구나 앞장서서 일하고 글을 읽는 부지런한 사람이 됩시다. 둘째, 부모에게 효도하고 나라에 충성하는 따뜻한 이웃 만들기에 더욱더 노력합시다. 셋째, 고을 사람 모두가 건강한 생활 속에 행복이 넘치는 평성고을을 만드는 데 진력합시다."

부임 인사가 끝나자 남녀노소 모두 만세를 부르고 박수를 치며 환영했다.

부임식이 끝나고 사랑채로 들어오니 이십여 명의 술좌석이 마련되어 있었다. 관리와 촌장들이 번개사또를 환영하는 환영연이 시작되었다. 건배 제의와 함께 번개의 인사말이 이어졌다.

"평성고을을 위해 일하는 공복으로서 저 이형세는 오늘부터 여러분과 한 배를 탔습니다. 우리 모두 명예만을 생각하는 공복으로서 살기 좋은 고을 가꾸기에 전력을 다해 주시고, 충·효·예·신을 기준으로 상선벌악을 시행하려 하오니 여러분들께서는 주민을 섬기는 자세로 주민들의 행복 찾기에 협조해 주시고, 또 힘들 때나 기쁠 때 서로가 얼굴을 맞대고 조화롭게 해결할 수 있도록 협조해 주시기 바랍니다."

술잔이 돌면서 서로가 상견례를 하고 먼 곳의 촌장들과 가까운 데 있는 촌장들이 서로 어울려 여흥의 시간은 무르익어 갔다.

밤이 깊어 부임식 모두를 마치고 귀가한 번개는 새 옷에 옥비녀를 찌른 모습으로 맞이하는 아내가 마치 선녀처럼 느껴졌다. 둘은 생전 처음 보는 멋진 모습에 꿈인지 생시인지 몰랐다. 서로는 지그시 꼬집어보았다.

"아야! 꿈은 아니에요."

낮은 소리로 행복에 찬 웃음이 절로 나왔다. 지난날 신방도 제대로 차리지 못하고 결혼했던 둘은 지난 이야기를 나누며 칭찬과 격려 속에 달콤한 관사에서의 첫날 밤을 지냈다.

다음 날부터 번개는 저녁마다 아내에게 글을 가르쳤다.

아침 일찍 일어나 관사 안팎을 순회하고 동네를 한 바퀴 돌기도 했다.

어느 날 동헌에 들르니 죄수 대여섯 명이 갇혀 있었다. 번개사또는 이들을 취임 기념 사면으로 석방시키고 싶었다.

동방관리를 불러 열두 개 촌락의 인구조사를 성별, 계층별로 양반, 중인, 하인, 연령대별로 조사하게 하였다. 그리고 촌락별 토지 현황으로 논과 밭의 평수와 특산물 등을 조사하도록 하고, 세금은 촌락별로 조사하여 보고토록 하였다.

서방관리에게는 죄수들을 신상파악하여 죄목별, 촌락별, 연령별, 계층별로 조사하여 보고토록 하였다.

틈을 내어 바쁘게 관내 고을을 초도순시하니 근 한 달이 걸렸다.

두어 달이 지나 평성고을과 반야골이 인접한 경계 마을을 순회할 때 경계 가까이에서 두 개의 집을 나란히 짓는 것이 눈에 띄었다.

처음 보는 일이고 재주들이 좋다 싶어 한참을 눈여겨보던 번개는 소스라치게 놀랐다.

목수 셋서 일하는데 그중에 돌쇠가 보이는 것이었다.

번개는 쿵쿵 뛰는 놀란 가슴과 기쁜 마음에 돌아서서 왔다 갔다 서성거리다 하인에게 저 목수 중에서 제일 젊고 솜씨 좋은 목수를 불러오라 했다. 일하던 목수 셋이 쳐다보았다.

불려온 돌쇠는 번개사또 앞에 두 손을 조아리고 엎드렸다.

"부르셨사옵니까?"

"그래! 네 이름이 무엇이더냐?"

"돌쇠라 하옵니다!"

"네 재주가 무엇이냐?"

"소인이 재주라 할 게 따로 있사옵니까? 형들을 따라 집 짓는 데 다니다 보니 목수 일이 재미있어 솜씨가 조금 늘었을 뿐입니다."

"그래, 저 집 두 채 짓는 일이 언제쯤 끝나느냐?"

"저희 목수 일은 한 달이면 끝나고, 두 달이면 입주가 가능할 것 같사옵니다."

"내 그럼 한 달 후에 다시 들르겠다. 어서 가서 일을 해라."

번개는 평성고을 지역에 반야골이 가까운 조용한 산길 옆에 3백 평가량의 대지를 눈으로 점찍어두고 돌아왔다.

한 달 후에 다시 가보니 집은 거의 완성되어 지붕과 벽을 올리고 쌓고 있었다.

번개는 다시 돌쇠를 불러 지시했다.

"이곳 3백 평 대지에 주막을 조그맣게 안채와 바깥채를 지으려 하니 돌쇠 네가 형들과 상의하여 튼튼하게 짓도록 하라. 재료비와 인건비는 두둑하게 치르겠다. 얼마나 걸리겠느냐?"

"집이 작으니 두 달이면 될 듯합니다."

두 달이 가까워지자 번개는 주막을 찾아가 개업식 날을 물어 하인들과 들렀다. 안주와 술을 준비시켜 놓고 돌쇠를 불렀다.

"돌쇠야! 저 하인들에게 풍성히 대접하도록 하여라. 하인들이나 내가 종종 들러 쉴 주막이다. 내일부터 바쁠 테니 오늘은 모두 취하도록 실컷 마시고 느지막하게 돌아가자."

하인들은 술잔을 신나게 주고받으며 어느새 모두 만취되어 쓰러졌다. 번개는 안채로 돌쇠를 불렀다. 돌쇠를 뒷바라지하는 할머니도 돌쇠와 함께 들어오게 하였다. 돌쇠와 할머니는 땅에 엎드려 하명을 기다렸다.

"돌쇠야, 일어나! 나를 쳐다봐. 형, 번개이니라."

순간 깜짝 놀란 돌쇠를 부둥켜안고 둘 다 흐느껴 울었다. 옆에서 지켜보던 할머니도 벌떡 일어나 눈물 흘리며 번개의 품에 안겼다.

"돌쇠야! 우리들은 극비 속에 만나야 한단다."

"예! 형님, 명심할게요."

번개는 소리를 못 내고 흐느끼는 할머니도 끌어안고 할머니 얼굴에 흘러내린 눈물을 닦아주면서 위로했다.

"할머니 조금만 더 참으세요. 우리는 맘 놓고 만날 수 없는 세상이니 조심하시고 건강관리 잘하세요."

밤이 깊고 달이 기울더니 다시 날이 밝아오고, 술에서 깨어난 하인들이 하나둘 일어나기 시작했다.

번개는 돌쇠에게 비밀리에 약속하고 관사로 돌아왔다.

"보름날 낮에 올 터이니 손님을 받지 말고 부모님을 모셔오너라."

번개가 어머니 이언년께서 만들어 준 이형세 이름의 외가댁 양반 문서를 품고 집을 떠난 지 12년이 되던 해 어느 조용한 저녁 시간이다.

하루 일과를 마친 돌쇠가 뛰다시피 대문을 밀고 들어왔다. 그리곤 어머니 아버지 할머니를 힘껏 부르더니, 손가락을 입에 대고 조용하라 이르고는 속삭이듯 입을 열었다.

"놀라지 마세요. 제가 오늘 번개형을 만났어요. 옆 고을 평성고을 사또로 부임했어요."

번개 어머니는 너무 놀라 정신을 잃었다. 아버지 천씨가 어머니의 팔다리를 주무르자 잠시 후 어머니는 냉수를 마시더니 눈을 뜨시고 기쁨의 소리도 못 내고 눈물을 흘리셨다. 그러다 돌쇠의 손을 덥석 잡고 묻는다.

"어떻게?… 건강은?"

일터에서 번개와의 만남에 관련하여 돌쇠에게서 상세하게 이야기를 들은 식구들은 어쩔 줄을 몰라 했다.

"근데 형이 찾을 때까지 소문내지 말고 건강하게 잘 참고 지내시래요."

순간 가족 모두는 굶어도 신이 나고 힘이 솟구쳤다.

"힘들수록 자중하고, 성실하게 지금처럼 살면 돼요."

사실 사또로 부임한 번개는 눈만 뜨면 어머니 생각이 간절했다.

누구에게도 말할 수 없는 가슴앓이를 하고 있었다.

아버지를 닮은 번개는 체구가 크고 동작이 빠르며 어머니의 지혜를 닮아 가는 곳마다 칭찬을 받고 살았다. 무엇보다 어머니의 지혜와 무서운 모성애로 오늘의 이 영광을 얻게 된 번개다. 그러니 어머니에 대한 존경과 감사의 마음으로 충만한 현시점에서 어머니에 대한 그리움이 얼마나 간절하겠는가.

과거급제의 소원을 성취한 번개는 최선을 다하여 나라에 충성하고 백성에게 보답하고자 지혜를 키우고 있었다. 새벽이면 날 새기를 기다려 꼭두새벽부터 관사와 부속기관을 순회하고 나서 동네 골목을 샅샅이 살피고 일터를 찾아다니며 주민들이 일하는 모습을 눈여겨보고 익혔다.

그러면서 찬사와 격려를 아끼지 않았다. 새벽 물을 길어 나르는 아낙네들은 사또의 부지런함과 자상함에 칭송을 아끼지 않았다.

사또 부임 3년차 되던 해 어느 봄날, 이웃 동네 순회차 비장을 데리고 사시경에 동네 골목으로 들어섰다. 어른들은 모두 들에 나가 조용하고 한적한 마을 어귀 정자나무 아래에서 어린아이들이 노래를 부르고 있었다.

"사또사또 번개사또! 동에 번쩍 서에 번쩍! 동네마다 반짝반짝!"

순간 '번개사또' 라는 말을 들은 번개는 귀를 의심했다.

등골이 오싹하고 눈앞이 캄캄했다. 가까운 정자에 걸터앉아 비장에게 물 한 대접 구해 오라고 명했다. 그리고 그 순간 번개의 온몸에서는 식은땀이 솟아나더니 팔다리가 후들거렸다.

'내가 번개라는 것을 누가 어찌 알았을까?'

자신이 생각해도 온몸이 굳는 것만 같았다.

"번개사또! 정신 차려!"

순간 어머니의 음성이 하늘에서 들려왔다.

"어머니! 어머니!"

그렇게 중얼거리며 번개 스스로 팔다리를 주무르며 얼굴을 마구 비벼 긴장을 풀었다.

그리고 비장이 갖고 온 물 한 대접을 단숨에 들이켰다.

"와! 속이 후련하구나! 그리고 비장은 저 애들의 노랫소리가 무슨 말인지 구장네 가서 알아오너라."

"예. 분부대로 시행하겠습니다."

다시 비장이 자리를 비우고, 번개는 아이들이 부르는 노래에 귀를 기울였다.

"사또사또 번개사또! 동에 번쩍 서에 번쩍! 동네마다 반짝반짝!"

"오, 하느님! 사또는 죄를 짓고는 못 산다더니…."

놀란 번개는 가슴을 진정시키느라 호흡을 가다듬고 있는데 비장이 싱글벙글 웃으며 달려왔다.

"사또 나리! 사또 나리를 칭송하는 노래입니다. 사또 나리께서 번개처럼 동에 번쩍 서에 번쩍 나타나서는 번개처럼 빠른 동작과 지혜를 발휘하여 살기 좋은 고을을 만드셨다고 칭송이 잦아 누군가의 입에서 나온 말이 노래가 되어 어린 아이들이 신나게 부르고 있다는 겁니다."

"아니, 이제 3년밖에 안 된 시작에 불과한데… 그 무슨 노래까지…."

비장의 소리를 듣고 번개사또는 기쁨보다 안도의 한숨을 아무도 모르게 조용히 내쉬었다.

'감사합니다. 어머니! 하느님, 어머니!'

눈을 감고 가슴속으로 외쳤다.

번개사또 노래는 이웃 고을까지 널리 퍼져 불리었고, 훗날 번개가 도관찰사가 되었을 때도 고을 곳곳에서 불리어졌다.

이제 평성고을 사또 이형세의 별칭은 번개사또가 되었다. 번개사또는 노래부터 고을 주민들이 더욱 잘하라는 격려의 가르침이라고 생각하고 더 부지런히 백성들에게 행복을 주는 일에만 골똘히 생각하고 뛰었다.

백성들이 가난에서 벗어나는 길, 그리고 마음의 행복과 인간 평등을 생각하자 반상의 벽이 높은 것도 숙제가 되었다. 번개사또는 권선징악으로 상선벌악을 강화하여 백성들에게 기쁨과 삶의 의욕을 키우기에 집중했다. 공과 사를 구별하며 온화하면서도 서릿발처럼 무섭고 분명한 사또로 소문이 파다하게 되고, 고을 주민들의 마음은 더욱 훈훈해졌다.

"어머니, 건강하세요. '이형세' 어머니의 대를 이어 어머니가 지어주신 이형세 이름으로 나라와 백성을 위하여 누구나 살기 좋은 세상을 만드는데 불을 밝히도록 노력하겠습니다. 어머니의 소원이며 가문의 영광을 위하여 늘 어머니를 생각하며 더욱더 분투노력하겠습니다."

'번개사또' 노랫소리에 땅이 꺼지는 듯 놀랐던 번개는 정신이 더 새로워지고 눈빛이 빛났다.

채신머리없이 싱글벙글할 수는 없었지만 몸이 하늘로 붕 뜨는 느낌으로 생전 처음 들어보는 칭송의 소리에 발걸음이 가볍고 빨라졌다. 비장을 향하여 걸음을 재촉했다.

"가자! 많이 지체한 듯하구나."

바쁘게 하루 일과를 마치고 밤늦게 자리에 누운 번개는 지난 하루를 되새겨 보았다. 아이들의 노랫소리에 아찔했던 그 순간까지도 어머니는 항상 곁에서 지혜와 용기를 주셨다.

새끼송아지를 떼어놓은 소가 며칠 밤낮을 지새워 "음매, 음매!" 울부짖으며 송아지를 찾는 울음소리가 번개의 가슴에 찡하게 다가왔다. 엄하면서도 유별난 어머니의 사랑은 어린 번개를 내보내고 얼마나 많은 날을 지새워 눈물을 흘리셨을까, 그리고 지금도 맘 졸이며 기다리실 어머니를 생각하니 가슴이 저리고 눈시울이 뜨거워졌다. 남다른 모성애와 지혜, 용기로 번개를 굽이굽이 일깨워주신 어머니였다. 천하에 번개의 어머니를 능가할 어머니가 또 있을까 싶다.

"어머니! 어머니의 소원이요, 형제의 소원을 이루었으니 이제 가문의 영광을 위하여 최선을 다하는 공직자가 되겠습니다. 어머니가 지어주신 이름 이형세는 밝은 세상 만들도록 정진하여 어머님의 은혜에 꼭 보답하겠습니다."

번개의 눈에서는 어느덧 눈물이 흐르고 있었다.

"어머니! 건강하세요. 빠른 날에 기쁨을 드리겠습니다."

눈물을 닦고 번개사또 노래를 되새기니 번개의 머리와 마음이 맑아지고 두 눈이 반짝였다.

며칠 후 번개사또 일행은 촌장을 순회하다 어느 작은 마을에 들어섰다.

서당에 가서 공부해야 할 나이의 남자애들 형제가 흙장난을 하면서 맨발로 앉아 있었다.

"너희 집이 어디냐?"

한 아이가 다 쓰러져 가는 싸리문 안에 방이 두 개인 가난한 집을 가리켰다.

"부모님은?"

"어머니는 어려서부터 없었어요. 누나와 아버지는 둘 다 나가셨어요."

황급히 나타난 구장이 엎드려 절하였다.

"사또나리 어찌 이곳까지?"

두 아이도 따라서 절을 했다.

구장 이야기를 들으니 아홉 살, 일곱 살 난 아이들인데, 작은애가 돌이 지나던 해 어머니가 보쌈을 당해서 아버지가 어린 누나와 동생을 키운 지 6년이나 되었다는 것이다.

구장의 세상 이야기를 들으니 동물 같은 세상 이야기를 들은 기분이 되었다. 질병으로 고아가 된 어린이, 어미가 보쌈당해 어미 없이 자라는 아이, 계부 계모 슬하에서 학대 받으며 자라는 아이들 이야기가 번개의 마음을 아프게 했다.

두 아이를 글방에 보내어 글을 배우도록 훈장에게 부탁하였다. 그리고 일 년에 한 번씩 글세를 구장만 알고 내도록 조치해 주었다.

다음날 조금 큰 동네를 순회하려고 동네 가운데 골목을 지나려는데 날카로운 여자의 외침이 들리고 아들 며느리가 울면서 용서를 비는 듯한 소리가 들렸다.

구장을 불러 물어보니, 먹고 살 만한 집인데 결혼한 아들 며느리가 합방을 못하게 하고는 3년이 지났는데 애를 못 낳는다고 쫓은 지 벌써 두세 번째라는 것이다.

이날은 점심 짓는 시간에 아들이 부엌문을 열고 허리춤을 추스르며 나오다가 이웃집에 놀러 갔다 온 어머니한테 들켜서 벌어진 상황이라고 했다.

"합방하지 말라 했더니 이 못난 놈 대낮에 부엌에서 나와?"

동네방네 소문나도록 큰 소리로 욕과 악담을 퍼부은 것이다.

번개사또는 잠시 구장과 대화를 나누다 며느리를 들볶는 시부모와 신랑을 괴롭히는 며느리, 계부모 이야기들을 들으니 사람이 아니고 양의 탈을

쓴 짐승처럼 생각되었다. 그리고 또 연약한 어린이와 아녀자들의 이성 부재가 마음에 깊이 와 닿았다. 죄수들 속에 없는 죄목들이다.

고을을 한 바퀴 순회하고 동방관리와 서방관리의 보고 내용을 분석한 결과 번개는 먹고 살 수 있는 부자와 양반은 힘없이 가난한 주민을 괴롭히고, 먹고 살기 힘든 젊은이들은 있는 집을 털다가 죄를 짓는데, 모두가 가난과 무지에서 생기는 생지옥이며, 이것에 흑백을 가리면서 관리들은 허둥지둥거린다는 생각이 들었다. 먼저 모든 주민이 글을 배워 읽고 써서 지혜롭게 살도록 해야 하고, 일거리를 마련해 주어 바쁘게 살며, 풍요로운 삶의 기쁨을 찾는 길을 곰곰이 생각했다.

양반들은 넓은 들판에 손바닥만 한 논밭을 일궈 하인들을 시켜 농사를 지어 먹고 사니 식량이 부족하고, 가난한 양민은 논밭이 없어 일거리가 없어 놀고 있었다.

며칠 후 번개는 촌장들을 초대했다. 그리고 우선적으로 동네 사람들에게 글을 아는 사람들로 하여금 글을 읽어 주도록 했다. 남자들은 사랑방에 모이고, 여인들은 구장 댁 안방에 모였다. 욕심쟁이 할머니가 욕심내다가 가난해진 이야기, 호랑이 타고 다닌 효자 이야기, 지혜로운 장군 이야기 등을 들으면서 사람들은 기뻐하고 감탄하고 주먹을 불끈 쥐면서 이야기 듣는 것을 즐거워 했다.

책을 통해 번개는 주민들에게 충·효·예를 심어주고 지혜를 싹트게 하였다. 인성을 구별 없이 글을 읽고 쓰도록 권장했다. 하인들은 과거시험은 못 보더라도 의사소통과 함께 삶에 기쁨을 안겨주고자 했다.

다음으로는 습지는 논으로 야산은 밭으로 개간하는 경작지 확장사업을 추진하였다. 그리하여 가난한 양반과 젊은이가 있는 집에서는 논밭을 개간하여 농사를 짓고 세금도 내도록 조치하였다.

세 번째로는 범죄 없는 고을 만들기를 목표로 이미 분석된 범죄 현장을 밝히며 범죄 예방에 힘쓰도록 하고 아녀자의 보쌈은 중벌로 다스리기로 했다. 그리고 어린이를 괴롭히거나 아녀자를 괴롭히는 사실이 생기면 그 가정은 특별히 관리 관찰하고, 며느리의 잘못은 친정 부모를 문책하며, 시부모가 가정불화를 일으킬 때는 벌금을 부과한다고 공표했다.

이어서 이런 내용의 방이 동네 곳곳에 나붙었다. 또 매년 이월 초하루가 되면 문생들의 글재주 대회를 열기로 하여, 촌장 책임하에 대보름 전에 인재를 뽑아 참가하도록 하였다. 글재주가 없고 글공부를 싫어하는 남아들에게는 힘겨루기 대회를 열어 참여하게 하였다. 활쏘기, 씨름, 달리기, 높이뛰기, 짐 나르기 등 다섯 종목을 내걸으니 고을 곳곳에서는 글 읽는 소리, 힘 키우는 소리, 가축 키우는 소리가 어우러져 동네가 매우 바쁘고 활기가 넘쳤다.

할 일이 없으면 죄를 짓고, 바쁘게 일을 하다 보면 온 가족은 서로의 일로 협동심이 깊어져 가족 분위기가 매우 좋아졌다.

해를 거듭하면서 대회의 종목도 늘었다. 농한기 때 틈틈이 만들어 놓은 생활용품, 농기구, 공예품 등의 솜씨를 자랑하는 대회를 열어 물물교환의 기회가 생기면서 돈거래하는 물건들도 만들기 시작하였다. 고을 대회에서는 효자, 효부, 열녀, 장수 노인들을 표창하고, 대회에서 상을 받은 사람들은 동네 훈장으로, 또 힘겨루기 사범으로 추대되었다.

다시 한 달이 지난 보름날 번개는 돌쇠의 주막을 찾아갔다. 관리들에게는 점심을 일찍 먹고 인근 세 개 부락을 돌며 민심과 민생 상황, 가정환경, 농토의 크기, 과수나무 현황 등을 조사하여 해지기 전에 돌아오라고 명하였다.

점심을 먹고 관리들이 길을 떠나자 번개는 안채로 들어갔다. 어머니와 아버지가 애타게 기다리고 있었다. 번개를 보신 어머니는 어쩔 줄 몰라 하였다.

번개는 어머니를 끌어안으며 뒹굴 듯이 흐느껴 울었다.

"어머니!"

"번개야! 장하다. 얼마나 고생이 많았느냐?"

두 사람은 얼굴을 서로 비벼대며 머리를 쓰다듬고 떨어질 줄 몰랐다. 한참 후 자세를 바로 하자 아버지가 곁에 있다가 눈물 범벅이 된 얼굴로 번개를 끌어안았다. 번개는 아버지 품에 안겨 또 얼굴을 비비며 한참 동안 흐느꼈다.

"어머니, 아버지, 절 받으세요!"

번개는 큰절 삼배를 올리고 지금까지 있었던 이야기를 간단히 들려주며 당부의 말도 곁들였다.

"어머니, 맘 놓고 뵐 수는 없지만 종종 찾아뵐게요. 조금만 참고 계세요. 그리고 건강들 하세요."

돌쇠와 할머니 그리고 어머니가 미리 준비한 점심을 먹으며 오가는 이야기는 끊일 새가 없었다. 해가 기울자 돌쇠가 밖에서 들어오면서 이른다.

"형! 관리들이 오고 있어요!"

번개는 부모님과 기쁨의 인사를 나누고 밖으로 나왔다.

돌쇠는 아랫마을을 드나들면서 가끔 놀러 오는 문병철을 사귀었다. 병철과 그의 아버지를 개업식이 끝난 며칠 후 초대를 하였다.

돌쇠는 병철과 동네에서 웅덩이를 퍼서 민물고기를 잡는 가을이 시작되면 붕어조림을 하여 부모님을 모시고 맛있게 먹고, 또 손님 접대도 하였다.

어느 날 번개가 민물고기 붕어조림을 먹더니 맛있다고 좋아했다. 그래서 번개가 온다고 하면 돌쇠와 병철이 그리고 구장은 웅덩이를 퍼서 붕어를 잡아 조림을 준비했다. 하인들도 별미라고 맛있게 먹었고, 맛집으로 소문이 나니 행인들은 오가면서 수시로 돌쇠네 주막을 찾았다.

부모님은 돌쇠가 주막을 차리자 생활이 여유로워지고 번개를 만나니 세상에 부러울 것이 없었다. 번개를 맘 놓고 부르고 볼 수는 없는 형편이지만 세상의 행복 모두를 독차지한 기분이었다.

번개가 평성고을에 온 지 삼년이 되던 그해 아들 두현이 태어났다.

어느 날 번개는 동헌에 들러 죄수들과 면담하는 시간을 가졌다.

"너희들은 지혜롭게 살지 못하고 짐승 같은 탐욕으로 남의 심신을 괴롭히고 피해를 준 것이다. 이제 짧은 기간이지만 많이 생각하고 반성하여 새사람들이 되도록 하라. 그리고 두 번 다시 이곳에 와서는 안 되고, 다시 왔을 때는 형량이 가중되어 중형이 가해짐을 명심하라. 이웃을 내 부모 형제 자녀처럼 생각한다면 하늘은 너희들을 용서하고 복을 주실 것이다. 반성하는 동안 짚신 삼십 켤레를 만들어 내거라. 큰 것은 부모님을 생각하고, 중간 것은 형제와 친구, 작은 것은 아들딸을 생각하면서 정성껏 만들고 제일 먼저 만든 것은 매듭 하나, 세 번째 만든 것은 매듭 세 개를 지어 만들어 놓으면 나는 그 솜씨를 보고 너희들의 반성 정도를 읽을 것이다."

그리고 사흘이 지나면서 번개는 형량이 가벼운 죄수부터 개인 면담을 하고, 함께 마음 아프고 속상해 하며 공감의 마음으로 대화를 이끌어 죄수들의 참회하는 마음을 싹 틔우기에 몰두했다.

그리고 선처로써 죄수들을 조기 석방하자 민심도 훈훈해져 범죄도 거의 없어지고 범죄자 또한 대폭 줄어들었다. 이제는 사회에 모범이 되고 좋은 일을 행하는 사람에게 상을 주도록 했다.

돌쇠 나이가 스무 살이 되자 부모님은 며느리 볼 걱정을 하였다. 돌쇠는 어려서 어머니 보쌈을 당하고 남동생을 아버지가 키우고 있는 양반 한씨의 딸 명희를 마음에 품고 있었다. 세 번이 아니라 열 번이라도 찍어볼 다짐을 하고 돌쇠가 한씨 양반을 찾아갔다.

"돌쇠가 웬일이냐?"

돌쇠는 방에 계신 한씨 양반 앞에 가서 큰절을 하고 잠시 머뭇거렸다.

"돌쇠야, 무슨 볼 일이 있느냐?"

"예. 면목 없는 말씀을 올리려구요!"

"무슨 말이더냐?"

"어르신! 제가 감히 명희 아가씨를 심중에 넣고 지내고 있사옵니다."

한씨 양반은 대답도 없이 뒤돌아 앉았다. 돌쇠는 말없이 일어나 절을 하고 물러 나왔다. 집 짓는 일거리가 생기면 병철에게 주막 일을 부탁하여 드나들게 하고, 부모님이 돌보게 했다.

또 한 달이 지나가자 돌쇠는 다시 한씨 양반을 찾아갔다.

"어르신, 아무리 잊으려 해도 잊을 수가 없습니다. 명희 아가씨를 저에게 주십시오."

"아니, 형편이 여의치 못하지만 그래도 내 마음이 내키지 않는구나. 미안하지만 어서 돌아가거라!"

돌쇠는 다시 절을 하고 말없이 돌아왔다. 돌쇠의 어머니를 잘 알고 있는 한씨 양반은 돌쇠가 재주 있고 건실하며 심성이 고와 싫지는 않았지만 막상 반상의 대우가 다른 세상에서 상민에게 딸을 주기에는 마음이 내키지 않았다.

명희 아가씨는 나이가 먹었어도 가난하고 어머니 없이 고생하며 큰 탓에, 홀아버지의 딸이라고 거들떠보는 사람이 거의 없었다.

돌쇠를 자라면서 지켜보던 명희는 내심 돌쇠를 좋아했다.

다시 한 달이 지나 돌쇠는 밑반찬 몇 가지와 장조림, 국거리를 들고 한씨 양반을 뵈러 갔다. 돌쇠를 본 한씨는 세 번씩이나 찾아오는 돌쇠의 용기와 인내심을 보고 마음이 열렸다.

"또 웬일인가?"

"어르신 제게는 꿈과 젊음이 있사옵니다. 명희 아가씨를 고생시키지 않고, 행복하게 또 어르신을 모시고 살겠습니다. 어서 허락하여 주십시오."

"명희야, 들어와 안거라. 돌쇠가 너를 달라고 세 번씩이나 찾아왔구나! 네 생각은 어떠냐?"

반허락이 떨어진 아버지의 말씀에 명희는 대답을 못하고 얼굴만 빨개졌다. 명희의 마음을 읽은 한씨 양반은 지혜보다 남자답고 믿음직스러우며 화목한 가정을 생각하여 돌쇠의 손을 잡아 허락했다.

돌쇠가 일어나 큰절을 올린다.

"고맙습니다. 열심히 잘 살겠습니다."

"부모님과 의논해서 좋은 날 가려 가례를 올리도록 하게나."

돌쇠가 싱글벙글하고 돌아오자 어머니는 돌쇠 등을 두드리며 말한다.

"장하구나! 뭐라 하시던?"

"네 좋은 날을 택하라고 하셨어요!"

돌쇠 어머니는 생활이 여유로워지자 한달 만에 격식을 갖추어 양가 가족과 동네 사람들 앞에서 돌쇠의 혼례식을 올렸다. 남들보다 떨어지지 않게 비단옷을 해 입히고 제법 풍요로운 결혼식을 마치고 며느리 명희의 손을 잡았다.

"아가, 고맙다. 우리 함께 열심히 남부럽지 않게 살아보자!"

"어머니! 저희도 부모님 잘 모시고 열심히 살겠습니다!"

두 내외의 절을 받고 난 돌쇠 부모는 아들 며느리의 손을 잡고 품에 꼭 안아주었다.

그날부터 한씨 양반의 살림은 돌쇠 어머니께서 챙겨 며느리 편에 보내

드리고, 그의 아들 명현을 글방에 가서 공부하도록 서둘러 조치하였다. 명희가 동생 명현을 데리고 다니면서 담장 너머로 구걸하며 공부를 시키고, 한씨 양반은 집안네 부잣집에서 쓰던 책을 얻어 글을 가르쳤었다.

글방에 다니기 시작하자 촌장은 명현의 영리함을 칭찬했고, 학업 진도도 빨리 나갔다.

번개사또도 이 소식을 듣고 온 가족이 함께 모여 기뻐했다.

번개는 뛰어난 문생들을 대회에서 선발했다. 일곱 명의 훈장과 다섯 명의 촌장을 심사위원으로 하여 선발된 우수한 문생들을 위해 평성고을원 가까이에 서원을 짓고 후생 시설도 지어주었다.

돌쇠와 목수들이 흔하게 이십여 명을 수용할 방과 대청마루를 짓고 서원의 이름을 '전석금' 이라 하여 번개가 친필로 써서 걸었다. 고을과 촌장들의 지원으로 운영되는 서원은 문생들의 꿈의 궁전처럼 인식되었다.

간판은 번개전(電), 돌석(石), 쇠금(金)자로 크게 쓰고, 그 아래 작은 글씨는 '몸과 머리는 번개처럼, 학문은 돌과 쇠를 가는 집념으로 닦으라' 고 써 놓았다. 재주가 뛰어난 명현을 서둘러 입학시키고 한씨 양반은 홀가분하게 작은 농사를 돌쇠 가족과 함께 지으면서 돌쇠네 주막을 드나들며 뒷배를 봐주었다.

부모님의 소식이 궁금한 번개는 비장을 데리고 돌쇠네 주막에 가려고 길을 나섰다. 큰길을 들어서서 얼마를 가니 큰 나무 아래 쉼터가 보였다.

"잠시 쉬었다 가자."

그리고 앉아서 두리번거리는데 멀리 아래쪽에서 한 젊은이가 급한 걸음으로 다가오고 있었다.

"저 아이를 불러오너라."

번개 앞에 불려온 젊은이의 얼굴에는 땀이 송글송글 맺혀 있었다.

"너는 어디 사는 누구이며 몇 살이냐?"

"전라도 전주에 사는 방차돌이라 하며 나이는 16살이옵니다."

"그런데 무슨 급한 일이 있기에 뛰다시피 발걸음이 바쁘냐?"

"예. 사또나리 서한문을 갖고 서울 대감집에 심부름을 가는 참입니다."

"얼마나 급한 일이냐?"

"예. 심부름을 빨리 갔다 오면 저의 집 종문서를 없애준다고 하였습니다."

의아하게 생각한 번개가 다가섰다.

"네가 갖고 있는 그 서한문을 내가 잠깐 보겠다."

젊은이는 놀라며 망설였다.

"나는 이 고을 사또로 이곳을 지나는 사람들을 검문할 권리를 갖고 있으니 어서 내놓아라."

젊은이는 벌벌 떨리는 손으로 서한문을 번개에게 내놓았다. 서한문을 읽어 본 번개의 팔다리가 후들후들 떨렸다.

"아니, 이럴 수가! 세상에 이런 일이 또 있을 수 있을까."

비장과 젊은이는 놀란 눈으로 번개의 얼굴을 쳐다봤다. 번개의 눈에는 눈물이 고여 있었다.

"이놈아, 너는 죽을 운명이구나. 서울을 가도 죽고 고향으로 돌아가도 죽고…."

"네! 죽다니요? 사또나리 살려주세요. 제발 살려주세요. 죽기 싫어요."

젊은이는 사색이 되어 이마를 땅에 박으며 엉엉 소리치고 울다가 기절하였다.

번개는 비장에게 냉수를 구해 오라고 하였다. 냉수를 마시고 정신을 차린 젊은이의 이마에서는 피가 흥건하게 흘러내리는데 그는 살려달라고 애원을 했다. 번개는 눈물을 줄줄 흘리며 앞에 있는 차돌이 번개라는 생각에 가슴이 찢어지는 듯했다.

"차돌아, 너는 죽은 몸이니 이제부터 방차돌이라는 이름은 잊어버리고 새 사람으로 다시 시작하거라."

"예, 살려주시는 거예요?"

차돌은 엎드려 엉엉 울더니 벌떡 일어나 번개에게 휘청거리는 몸으로 큰절 삼배를 올렸다.

"이 은혜 평생 간직하고 사또님을 위하여 열심히 따르고 혼신을 다하겠습니다."

"남자로 태어나서 나라와 백성을 위하여 부모님께 효도하여 가문을 지키는 일은 하늘이 무너져도 떳떳한 일이다. 차돌이 네가 할 수 있다는 생각이 들어 내가 너를 도우려 한다. 이것은 너와 나의 만남도 하늘의 뜻이니라."

차돌은 살았다는 안도의 숨을 쉬고 번개 앞에 수없이 엎드려 절을 했다.

"가자."

셋은 돌쇠네 주막에 도착했다. 번개는 돌쇠에게 부모님 안부를 묻고 차돌을 부탁했다.

"이 젊은이는 오갈 데 없는 사람이다. 동생처럼 생각하고 네가 하는 일을 함께 하도록 하여라."

그리고 차돌에게 형의 말을 잘 듣고 매사 성실하게 일하며 공부도 하라고 이르고는 한 대감에게 차돌이 공부를 부탁하였다.

번개 일행이 떠나고 그날 밤 차돌은 잠을 이룰 수가 없었다. 산불이 났고 배움이 없는 차돌이 화약을 안고 불속으로 뛰어들었던 일이 몸서리치게 두려웠다.

'나는 이제 오고 갈 곳이 없다. 내가 방차돌이라는 사실과 방차돌이 살아 있다는 사실만 알아도 나는 물론 나의 부모님과 어린 동생 갑돌이까지 죽

음을 면치 못한다.'

이렇게 생각하니 앞이 캄캄했다. 대감댁을 드나들면서 심부름을 잘하고 똑똑하다 하여 탐관오리들의 비행을 많이 알고 있는 차돌을 속여 죽음으로 내몰면서 부모님들께는 종문서를 태워 없애겠다고 거짓으로 약속하여 아무것도 모르는 부모님과 동생은 기쁨으로 뛰었지 않은가. 가족들은 차돌이 빨리 심부름을 하고 오기만을 기다리며 서두르던 것이다.

차돌의 생사를 모르는 부모님은 오늘이나 내일이나 하며 까막까막 기다리는 모습이 느껴져 안타까웠다. 차돌은 자신도 모르게 두 주먹을 불끈 쥐고 굳은 결심을 하였다.

'살아보자. 살아서 사또님 가르침대로 나라와 백성을 위하고 가정을 일구는 사람이 되리라.'

차돌은 먹이에 굶주린 사자처럼 매사 배움에 몰두하기 시작했다. 한 대감은 차돌의 영리함과 고운 심성을 종종 번개에게 알리며 칭찬해 주었다.

몇 개월이 지나자 한 대감은 차돌에게 더 이상 가르칠 것이 없다 하여 번개는 차돌을 서당으로 보냈다. 번개는 차돌을 불러 앉히며 말했다.

"오늘부터 너는 방차돌이 아니구 홍석인으로 사는 것이다. 네 뛰어난 재주를 닦고 익히도록 서당에 가서 공부를 하여라."

차돌은 번개 앞에서 큰절을 하였다.

"사또 어른, 이 은혜 평생 간직하고 열심히 가르침대로 배우겠습니다."

"홍석인이란 이름은 넓을홍(洪), 클석(碩), 어질인(仁)이니라. 그 이름 넓고 크게 어진 사람이 되어 나 아닌 모든 사람을 유익하게 하는 큰 그릇이 되어 나라에 공헌하라는 뜻이다."

차돌의 눈빛은 반짝이었고, 얼굴은 기쁨으로 희망에 차 있었다.

번개의 큰아들 두현이 다섯 살 되던 해 둘째 아들 광현이 태어났고, 돌쇠는 규찬을 낳았다. 큰아들 두현이 아홉 살이 되면서 돌쇠아들 규찬에게 양반가 아기 옷을 입혀 광현과 규찬은 훈장 밑에서 글을 익히기 시작하였다. 9년 후 돌쇠의 둘째 아들 현찬도 이곳에서 글공부를 하게 되었다.

평성고을은 번개와 하인들이 종종 순회를 하며 구장과 주민들 속에서 주민들의 이야기를 청취하고 촌장들을 격려하며, 일하고 글공부 힘겨루기를 적극 장려하며 시상하였다.

충·효·예를 바탕으로 촌장 책임하에 상선벌악을 권장하고 대회에서 우수하고 좋은 사례가 발굴되면 촌장을 초청하여 시상하였다. 어린이들은 모두 글을 깨우치도록 하고 문생의 숫자를 늘리자 고을에서는 번개사또를 선비사또라고 일컬었다.

힘겨루기 훈련에도 집중하니 동네마다 힘센 청년들이 모여들고 저마다의 무생들이 규칙을 만들고 자진하여 좋은 일 찾기에 경쟁을 벌였다.

산짐승들의 피해가 줄어들고 일손 달리는 집안일을 도우며 동네 길 넓히기, 다리 놓기 등의 봉사활동을 하니 동네가 훤해졌다. 도둑이 들까 불안하다고 호소하던 양반 부잣집은 자진하여 구장을 통해 문무생들 후원금을 내놓았다.

가을 농사가 끝나면 동네잔치를 하여 남녀노소가 흥겨운 가을 축제 속에 가을 시루떡하기, 거북이 놀이 등을 하며 훈훈하게 지냈다.

정월이 지나면 대회 준비에 여념이 없고 솜씨 자랑과 돈거래의 기쁨으로 가족들은 분담과 협동으로 가정 불만이 줄어들고 시상 내역의 수준이 높아졌다. 해를 거듭하니 수건대회 능력의 수준이 높아지고 손재주 자랑은 소문이 나서 이웃 고을에서 구경을 오고 돈거래가 시작되었다.

거래가 활성화되자 1년에 네 번 하면서 한 달에 한 번씩 장터를 만들어 물건을 사고파는 상거래가 시작되니 공예품 외에 농산물, 특산물, 과일 등이 유통되어 생활이 편리해지고 풍요로워졌다.

번개는 사또로 부임하면서 의형제 다섯이 1년에 한 번씩 모임을 갖고 대감님들을 2년에 한 번씩 초대하여 장날 구경시켜 드리고 하루 쉬고 가도록 하였다.

어느새 10년이 흘러갔다. 이 대감댁 종영과 홍 대감댁 경래도 과거에 급제하여 멀고 가까운 고을에 원님이 되었다.

어느 날 번개는 궁전으로 들어가 도 관찰사의 승진 임명장을 받게 되었다. 과거시험에서 장원급제하고 고을 사또 부임장을 받으면서 전하께 인사드린 10년 전의 기억이 되살아났다.

과연 10년 동안 한 일이 무엇인가? 자기 자신이 부끄럽게 느껴졌다. 궁궐로 들어가 전하를 알현하니 반갑기 그지없었다. 삼정승과 팔도 관찰사들이 모여 승진 전보 임명장을 받았다.

번개는 삼정승과 다른 관찰사 등과 함께 전하께 삼배를 올렸다. 어깨에 더 무거운 짐과 가슴에 더 큰 책임감이 느껴졌다.

"전하! 충성을 다하여 나라와 백성을 위해 일하겠습니다. 전하! 만수무강하소서."

그리고 전하 앞을 떠나 나왔다.

도 청사는 서울에 있었다. 가정의 안정을 위해서 먼저 부모님의 집터를 생각했다. 서울서 돌쇠의 주막에 가려면 일주일은 걸릴 듯했다. 번개는 돌쇠의 주막을 우선 옮겨야 안정될 것 같았다.

서울을 벗어나 시흥쯤에서 주변을 살피면서 길가 작은 산 아래의 주막터를 눈도장 찍고 평성고으로 가서 이사 준비와 함께 고을 사또 업무를 마무리했다.

그리고 돌쇠를 찾아갔다. 서울로 이사하는 날 돌쇠와 병철이도 동행시켰다. 가마를 태우고 돌쇠를 불러 시흥 인근의 땅 3천 평 중에서 5백 평은 집터로 하고 나머지는 논과 밭을 만들라고 했다. 5백 평 중에서 반은 주막으로 나머지에는 농가 주택을 서둘러 짓도록 하되 집터는 어머니께 여쭈어 진행하도록 하였다.

"3개월 후에 내가 들르겠다."

그리고 서울 도 청사로 들어갔다.

동방 관리의 주관으로 십여 명의 도 관리와 27개 고을의 사또들이 모인 가운데 열린 도 관찰사 부임식에서 이형세 도 관찰사는 부임 인사를 했다.

"만나서 반갑습니다. 우리 도의 발전과 도민의 행복을 위해 노심초사로 수고하시는 여러분께 감사를 드립니다. 이 자리에 선 이형세도 오늘부터 여러분들과 같은 배를 탔습니다. 우리는 모두 백성이 내는 세금의 국록을 받고 있습니다. 우리는 도 주민의 공복으로 도민의 행복을 위하여 최선을 다해야 할 것으로 압니다. 우리는 어려운 공부들을 하고 나라의 부름을 받았습니다. 우리 모두 물질보다 명예를 위해 살아봅시다. 부끄러운 탐관오리는 되지 맙시다. 우리 도의 발전과 도민의 행복을 위해 저 이형세는 글 읽는 도민, 일하는 충·효·예로 서로 아끼고 돕는 이웃이 되려 합니다. 이 자리에 오신 여러분의 많은 협조를 바랍니다. 상선벌악으로 고을 관리들을 지혜롭게 다스려 주시기 바라면서 저 역시 충·효·예를 상선벌악으로 분별하여 엄히 다스리려 합니다!"

부임식이 끝나고 오찬과 함께 환영식이 있었다.

환영식에서 번개는 도 대회에 관해 포부를 밝혔다.

"오월 단옷날 도대회에서는 문생들의 글솜씨와 무생들의 힘겨루기 대회를 실시합니다. 상선벌악의 세부지침이 될 장수 노인 현황과 충·효·예의 우수한 사례를 제출해 주시기 바랍니다. 도민들 중에서 반상 차별 없이 엄선하여 참여시키고, 과거시험은 양반만 볼 수 있지만 재주나 힘겨루기는 누구나 참여할 수 있습니다. 무생의 숙련도 점검을 위해 6개월 후에 우리 모두 이 자리에서 다시 모여 대화하겠습니다."

사또들은 큰 숙제들을 안고 돌아갔다.

번개는 동방 관리들을 불러 도내 27개 고을의 인구와 축산물 생산 지역들의 장단점을 조사하여 제출하게 하였다. 서방 관리들에게는 현재 도내 동헌에 감금되어 있는 죄수 현황을 성별 나이별 반상별 죄목별로 세분하여 제출하고, 최근 3년간의 통계를 별도로 조사 분석해 오도록 하였다.

민생차원으로는 열다섯 명의 관리를 선발하여 두 달에 한 번씩 고을마다 암행 감찰을 하며 도민들의 생활상태 가정경제 가정 분위기 등을 살피도록 하였고, 사단의 고을 경영상황과 고을 주민의 여론을 경청하여 조사 분석토록 지시하였다.

평성고을에서는 주민들이 모두 합심하여 더욱 열심히 문생 무생들은 글공부와 기술을 익히고, 주민들은 글을 읽고 솜씨자랑 준비에 몰두했다.

6개월 후에 사또들이 모임을 갖고 상선벌악의 지침에 따른 시상식을 마련하였다. 사또들은 머리를 짜내어 저마다의 고을을 가꾸었다. 다음 해 단옷날 대회에서는 평성고을이 우수상을 받았다. 다른 고을 사또들이 직접 평성고을을 찾아 촌장들을 만나 대화를 하려고 했다.

결과적으로 재주나 솜씨 자랑 등은 인구가 많은 고을에서 많은 인재가 나왔지만 사또의 열성에 따라 좌우되었다.

돌쇠는 주막에 방 두 개와 마루를 크게 만들고 행인들의 편의시설도 만들었다. 안채는 디귿자 모양으로 방 네 개를 남향으로 앉히고 안방은 어머니와 아버지가 쓰고, 윗방은 할머니가, 건넛방은 돌쇠 부부가, 사랑방은 돌쇠 장인 한씨 양반이 썼다.

산줄기에서 나오는 샘을 파서 샘물을 만들고 넘치는 물은 논의 웅덩이로 돌렸다. 낮은 지역은 논, 높은 곳은 밭을 일구어 부모님과 가족들의 식량을 마련하였고 밖에서 나오는 자원은 가정을 여유롭게 하는 경제원이 되었다.

서울로 드나드는 길목이라 행인 중에 상인이 많았다. 상인들이 주로 파는 물건은 돌쇠의 생활도 윤택하게 해 주었다. 병철이 구해 오는 물 생선은 주막의 별미로 소문나 고객이 많아졌다.

번개 어머니는 할머니와 가까운 절을 찾았다. 매달 한 번씩 절을 찾았고, 번개 부부도 일 년에 몇 번씩 절을 찾아다녔다.

다음 해 단옷날 행사는 수준이 한결 높아졌다.

번개는 기념사에서 주민들을 칭찬했다.

"사람들은 일거리가 없어지면 살림 생각과 걱정으로 그릇된 일을 저지르고 죄를 지으니, 배움이 없어 지혜롭지 못하면 짐승처럼 탐욕심을 제어하지 못하고 가정풍파까지 일으키며 나만 아는 이기심으로 소중한 인생을 산산조각냅니다. 이타심은 남을 이해하고 배려하여 단합을 이루고 협동심으로 일을 하게 합니다. 바쁘거나 일손이 부족해 협동과 단합을 하게 된 주민들은 글을 읽혀 지혜를 키워주고 놀고 있는 땅을 일구어 일거리를 만들도록 해 보십시오. 고무적인 일은 해마다 범죄의 수가 줄어가고 있습니다. 우리 사또 여러분의 헌신적인 보살핌으로 주민 여러분의 삶의 질이 상승한 결과라고 여겨집니다. 앞으로도 지속적인 보살핌으로 주민들의 삶이 더욱 윤택해지기를 기대합니다."

암행감찰단의 보고 중에는 좋은 이야기 외에 슬프고 가슴 아픈 이야기도 있었다. 번개는 사또들에게 가정불화를 일으키는 원인과 구실을 찾아 벌과 벌금을 물리도록 지시하고, 특별히 연약하고 나약한 여인을 보쌈하여 가정마저도 파괴시키는 사례는 없애도록 당부했다.

두 달에 한 번씩 찾아뵙고 초대하여 융숭하게 식사 대접해 드리던 민 대감, 홍 대감, 징 대감은 번개가 바빠지자 일 년에 두 차례 정도 모시게 되었고, 공부하던 의형제는 일 년에 한 번씩 모임을 가졌다.

이종영과 홍경래가 도내 고을 사또 발령을 받았고, 이어서 정인혁도 고을 사또가 되더니 민병웅은 암행어사 발령을 받았다. 또한 처남 권오영도 암행어사 발령을 받았다. 대감들과 형제들의 모임은 돌쇠의 주막에서 이루어졌다.

대감들의 지난날 이야기와 근래 이야기는 재미있는 이야기의 소재가 되었다. 번개는 관찰사가 되면서 도내의 민심과 발전적 이야기에 더 귀가 기울어졌다.

번개는 단옷날을 기다렸다. 무생들의 재주가 몰라보게 달라졌다. 솜씨 자랑도 갈수록 섬세해져서 물을 들여 모양을 내고 그림을 잘들 그려 넣었다. 3년이 되던 해 관찰사는 고을의 실적이 오르지 않고 범죄도 여전한 고을을 골라 암행 보고를 다시 들었다. 열다섯 명의 암행들은 서로 담당구역 이야기들을 자랑삼아 이야기했다.

고을마다 글소리와 무생들의 훈련소리, 짐승소리, 활기차고 무생들의 봉사활동으로 일하는 고을, 깨끗한 고을을 만들어 몇 년 사이에 고을과 일손들이 바빠졌다는 것이다.

번개는 발전이 늦고 소문이 안 좋은 고을 사또 다섯 명을 초대했다. 한 솥 가득 푸짐하게 삶은 돼지고기를 차려놓고 술잔을 돌리면서 일장 훈시를 한다.

"멀리서 오시느라 수고들 하셨습니다. 고을 가꾸기에 얼마나 노고가 많으십니까? 더욱 잘들 해 주시기 바랍니다. 여기서 제가 공부할 때 들은 훈장님 이야기를 한 가지 들려 드릴까 합니다."

번개는 옛날 훈장 이야기를 시작했다.

"옛날에 훈장 어른이 똘똘하다고 아껴 키운 제자 셋이 있었습니다. 이중 한 제자가 촌장을 하여 자랑스러운 맘으로 훈장 어른이 찾아가셨더니 허리 굽혀 인사를 하고는 바쁜 일이 있다 하여 훈장 어른께서 그대로 돌아왔답니다. 다음엔 고을 사또를 하는 제자를 찾아갔더니 사또가 훈장님을 보고는 반색을 하며 방으로 모시더니 닭을 잡고 떡을 하여 대접을 풍성히 해 드리고 자주 들르시라고 당부도 하였답니다. 그리고 다음 어느 날 훈장님은 관찰사를 찾아갔습니다. 관찰사는 버선발로 뛰어나와 두 손으로 훈장님을 잡고 방으로 모시더니 큰절을 하고 고기, 술, 떡 등으로 풍성히 대접하며 사흘을 붙들었다는데 사흘 만에 가려 하니 새 옷 한 벌과 노잣돈을 주시더랍니다. 훈장님이 망설이는 모습을 보고 관찰사가 무슨 걱정거리가 있느냐고 물었더니 한참 망설이시다가 촌장과 고을 사또 이야기를 했는데, 이야기를 듣고 나서 관찰사는 얼굴을 찌푸리면서 부모와 스승의 은혜를 모르는 사람이 어찌 백성을 사랑할 줄 알겠냐며, 서운하게 생각하지 마시고 우리 키울 때 사랑하신 마음처럼 용서하시라고 했답니다. 그리고 얼마 후 촌장은 파면되었다는 이야기인데 작은 벼슬을 빙자하여 약한 이웃 주민을 괴롭히는 사람이 되어서는 안 된다는 훈장님의 말씀이 생각납니다."

술상을 물리고 자리에서 일어나려던 다섯 명의 사또들은 모두 한 보따리씩 선물을 내놓았다.

번개는 반색을 하며 감사의 인사를 하였다.

"먼 길에 갖고 오시느라 수고하셨습니다. 이 자리에 있는 제가 세상에 무엇이 먹고 싶고, 갖고 싶은 게 있겠습니까? 나라에서 주시는 녹봉만으로도 풍족하고, 이 명예만을 생각하면 하늘 아래 무서울 것이 없습니다. 우리 사또들이 우리 도의 발전과 백성들의 행복만 찾아준다면 그보다 더 큰 선물이 어디 또 있겠습니까? 이 선물들은 내가 받은 것과 진배없으니 되가져 가시고, 어렵고 불쌍한 주민들께 성심으로 베푸시기 바랍니다."

그리고 돌려보냈다.

다시 일 년이 지난 어느 날 암행의 보고를 들으니 이들 중 4개 고을이 달라졌다 하며 아직 한 고을에서는 범죄가 줄지 않고 사또의 과욕에 부자 양반들이 괴로움을 당한다고 들려왔다.

번개는 도청에 파견된 암행어사를 출동시켜 진상을 알아보도록 하였다.

암행어사가 포졸들을 대동하고 늦은 한밤중에 어느 동네를 지나는데 남자 서넛이 커다란 자루를 번갈아 메고 가는 모습이 보여 뒤를 따라가니 이들은 큰 부잣집 앞에 멈춰 섰다.

포졸들이 이들을 포박하고 자루를 여니 여인의 입을 수건으로 묶어 자루 속에 넣고 대감네로 데려가는 것이었다. 주안 대감과 이들을 데리고 관가로 가니, 마침 관가에서는 양반 재판이 벌어지고 있었다.

양반이 하인들을 괴롭히고 때리며 학대했다는 죄목으로 볼기를 때리는 찰나 암행어사가 출두하여 이 고을 사또를 심문하게 되었다.

억울하게 불려와 볼기를 맞을 뻔한 양반은 안도의 한숨을 내쉬었다. 사또가 양반 부잣집을 돌려가며 없는 죄목을 걸어놓고 벌금이라면서 금품을 착취했던 것이다.

암행어사는 보쌈한 양반을 형틀에 매어놓고 볼기 열대를 치게 하고 보쌈 당한 여인을 집으로 데려다주고 쌀 세 가마니를 갖다 주도록 했다. 그리고 볼기 맞은 양반에게 삼년 동안 쌀 다섯 가마니를 관가에 벌금으로 내도록 판결하였다.

이렇게 번개의 암행 감찰이 성과를 거두어 도내 고을 사또들이 청렴하고 대쪽같이 다스린다는 소문이 퍼지자 주민들은 열심히 일하기 시작했다.

번개가 도 관찰사로 부임하면서 방차돌의 서당을 서원으로 바꾸어 주었다. 5년이 지나자 차돌은 주역까지 익혔고 번개는 차돌을 부모님이 다니는 절에 보내어 더 깊은 공부로 우주 진리를 깨우치게 했다. 스님께 불법 공부도 받고 마음 공부에 몰두한 차돌은 학문과 더불어 관상과 풍수도 볼 수 있게 되었다.

3년만에 큰 고을에는 복지시설이 갖추어진 서원이 열다섯 곳이나 생기고 평성고을에서 문관 무관들이 속속 나오기 시작했다.

일손이 바빠지니 범죄수가 완연하게 줄고 솜씨자랑은 다양해지고 고을에서 가공제품들이 많아지니 고을마다 장날이 생기면서 닷새에 한 번씩 장이 섰다. 고을 경쟁이 생기면서 고을 특색의 공예품과 농산물이 시장을 돌면서 유통되기 시작하였다.

3년차 단옷날이다. 예쁜 돗자리 화문석과 유기 촛대, 도자기 등이 번개의 눈을 놀라게 했다. 전시장을 돌면서 놀라운 눈으로 칭찬을 하고 행사 끝날 무렵 문생 무생을 인재로 키운 고을 사또와 인재들을 표창했다.

해를 거듭하니 주민들은 바쁘게 글 읽고 재주를 익히며 솜씨를 기르니 고을의 특색이 눈에 띄게 나타났다. 도자기 만드는 고을, 맛있는 쌀농사, 과일, 놋그릇, 대나무 제품, 왕골 제품의 돗자리 바구니 등 소품이 도내의 시장을 장식하고 있었다.

어느 날 촛대와 술잔, 향료를 갖고 주민과 함께 고을 사또가 번개를 찾아왔다. 선물을 하겠다는 것이다. 번개는 너무나 기뻤다. 하지만 그들에게 덕담을 하고 사례금을 주어서 돌려보냈다.

"그 귀하고 예쁜 솜씨에 내가 감격하고 기뻤던 것으로 흡족하오. 그 이상 나는 욕심을 낼 수 없소. 이 귀한 물품은 상감마마께 올리도록 하시오."

번개의 말을 듣고 그들은 갖고 싶을 만큼 귀한 그것들을 임금님께 드리러 갔다.

임금님께서 그들에게 물었다.

"그래, 그대들은 어찌하여 여기까지 왔느냐?"

"저희 도내 단옷날 행사에서 상을 탄 주민이 관찰사님께 선물을 가져갔더니 관찰사님께서 '이 어찌 귀한 물건들을 내가 갖느냐? 나는 구경하는 것만으로도 기쁘니 임금님께 전해 드리라'고 하셨습니다. 그리하여 이렇게 가져왔습니다."

이밖에도 갖가지의 귀중품들이 나왔는데 도자기 중에서도 청자와 백자가 나왔다. 이것도 임금님께 바치도록 하였다.

해마다 처음 나온 햅쌀도 정성스럽게 챙겨 바쳤다.

또 관내 주민들이 책을 읽어 지혜가 늘면서 가정불화도 줄어들고 범죄도 줄어들었다. 일을 많이 하니 경제도 좋아지고, 시장에 생활용품들이 풍성하게 유통되었다. 생활도 편리해지고 협동 속에 일자리도 늘었다. 경제적으로도 풍요로워져 곳곳에서 즐거움의 노래가 넘쳐났다.

돌쇠네 집에서 가족들과 생일을 맞으며 번개의 마음에도 여유가 생겼다.

사또 대감 오형제의 모임과 암행들의 좋은 소식을 보고받고, 기쁜 맘으로 오지를 방문하여 고을 사또를 격려하였다.

서울에 인접한 큰 고을에 커다란 서원을 지었다. 고을마다 선발한 유생들로 하여금 과거시험을 준비할 수 있는 장으로 활용하도록 하고 후생시설도 지어놓았다. 도에서 직접 운영하여 인재양성하는 기쁨을 누리고 있던 번개다.

가내에서 소량으로 만들어 머리에 이고 어깨에 메고 지게에 져 나르던 뚝배기, 체, 키, 광주리, 소쿠리, 조리, 맥고모자 등이 시장이 생기면서 골목 장사가 없어지고 가게에서 사고팔기 시작했다.

물물교환이 동전을 매개로 교환되면서 상거래가 왕성해졌다. 가게수입이 늘고 생활이 편리해지자 채소와 과일도 시장에 나와 유통되고 자급자족했던 살림이 분업화되어 더욱 풍성해졌다.

번개는 세상 이야기를 살펴보려고 단옷날 올라온 공적 사항과 열다섯의 암행보고서를 세심하게 들여다보았다. 칭찬거리, 웃음거리, 슬픈 이야기, 그리고 혼내주고 벌주어야 할 이야기들을 수집하여 틈나는 대로 상선벌악의 거울로 삼았다.

단옷날 표창시에 효자 효녀, 열녀, 장한 부모 수상자로 여인들의 표창을 강화했다. 가문의 성패가 안주인인 어머니의 손에 달려 있다고 생각하고 결국 나라를 부강시키는 것도 어머니들의 숨은 저력이라 생각했다.

솜씨자랑과 함께 글 읽기를 장려하며 부지런하고 건강한 가정 꾸리기의 사례를 공적서로 작성하고 심사하여 표창하였다. 가난 속에서도 시부모를 봉양하고, 철저하게 근검절약하며, 앞 못 보는 엄마를 대신하여 아기를 키워준 옆집 유모 아줌마, 지혜로운 아기와 신동 이야기, 행인을 재워주고 거지를 위해 곡식 가마를 따로 챙겨 놓은 어느 양반집 안방마님 등, 수없이 많은 공적 사례와 암행들이 보고한 마음 아프고 슬픈 이야기들을 사례집에 모았다.

어느 날 심한 시어머니로 소문난 동네에 암행이 나타났다.

다섯 살에 어머니를 잃고 계모 손에 크면서 학질에 걸려 담장 밑 옥수수 밑에 쓰러져 잠을 자며 계모 손에 설움으로 커 열네 살이 된 아가씨, 그리고 아홉 살에 아버지를 여의고 열네 살에 어머니마저 잃고 남의 손에 자란 남자가 스물한 살 되던 해 만나 결혼을 했다.

둘이 남의 집 안팎 머슴살이를 하면서 살림을 시작하여 삯바느질과 장사를 하며 이 동네 저 동네 다니며 옷감도 팔아 오막살이 집을 장만하면서 살림이 피었다. 슬하에는 남매를 두었다.

남의 땅 야산을 개간하고 새벽이면 동트기를 기다리며 그 날 할 일을 서로 의논하여 실행했다. 밤에는 등불을 켜고, 달밤에도 낮 삼아 한 뙈기의 농토라도 늘리니 무서운 부잣집이라고들 했다.

며느리를 얻었다.

부잣집이라고 하여 시집을 와 보니 일이 너무 많아 놀면서 곱게 자란 며느리들은 일이 무서웠다. 틈만 나면 새댁들이 모여 쑥덕거리고 손가락질을 했다. 굶어 죽는 것도 아닌데 왜 그리 극성이냐는 것이다.

그러나 개의치 않고 일을 열심히 함으로써 육남매를 공부시키게 되었다. 놀면서 쑥덕거리던 집들은 애들도 놀고 공부도 못 시켰다.

그 와중에도 딸 셋을 두고 일찍이 하늘나라로 간 이복동생의 딸들도 거두어 키우고 시집도 보내고 있었다.

암행을 다녀온 관리들의 이야기를 듣던 번개는 '사촌이 땅을 사면 배가 아프다더니 열심히 사는 사람들을 갖고 험담을 하고 있다'는 생각이 들었다.

관찰사가 된 지 십여 년이 흐른 어느 날 번개는 임금님의 부르심을 받았다. 궁궐에 들어가 전하를 알현했다.

"너는 어찌하여 아랫것들에게 글을 가르쳤느냐?"

"죽을죄를 졌습니다. 변명을 허락하신다면 미흡하나마 신의 생각을 여쭐까 하옵니다!"

"말해 보거라."

"몇 가지로 나누어 생각해 보았습니다. 첫째, 사람 중에는 짐승만도 못한 사람이 있고, 짐승 중에도 사람보다 영리한 짐승이 있는데 하물며 같은 사람이면서 반상의 벽 때문에 하인들은 짐승처럼 살고 있는 실정입니다. 둘째, 성군이신 세종대왕 마마께서 훈민정음을 선포하시면서 말과 마음이 통하지 못하는 백성들 모두가 한글을 배워 밝게 살도록 하신 뜻이 생각났습니다. 셋째, 온 백성이 글을 읽어 충과 효와 예를 익혀 나라 전체가 동방예의지국을 만들고 싶었습니다. 넷째, 온 백성이 바쁜 가운데서도 글을 읽고 힘을 길러 부지런하고 건강하고 지혜로운 백성의 질을 향상시켜 보고자 했고, 다섯째로 문생무생을 길러 숨은 인재를 배출하여 나라의 힘을 기르고자 하였으며, 무생들을 평소 마을지킴이 봉사단으로 활용하는 여력을 확보하고자 하였사옵니다."

번개의 말이 끝나기도 전에 전하는 무릎을 치면서 격려를 하신다.

"오, 이보다 더 큰 기쁨이 또 있겠느냐! 내 곁에 머물면서 짐을 보필하라!"

"성은이 망극하옵니다."

번개는 큰절 삼배를 하고 뒷걸음으로 물러 나왔다.

그 길로 번개 이형세는 좌의정에 임명되어 일을 시작했다. 삼정승이 머리를 맞대고 나라와 백성을 위하는 일에만 몰두했다. 전하는 삼정승을 불러 신분과 계층 차별 없이 온 백성이 평등하게 살며, 온 백성이 글을 읽고 문생 무생을 길러 누구나 과거에 응시하도록 하였다.

좌의정 이형세는 각도의 관찰사들을 초대했다. 그리고 지시했다.

"온 백성에게 알리시오! 첫째, 신분의 계층을 없애고 누구나 과거에 응시할 수 있음을 알리시오! 둘째, 온 백성이 글을 읽어 지혜롭게 살며 충과 효와 예를 가르쳐 훈훈한 민심 속에 동방예의지국 만들기에 최선을 다하시오! 특히 충·효·예를 바탕으로 상선벌악의 풍토를 만드시오! 셋째, 백성의 소리에 귀를 기울여 백성을 위한 관리로서 청렴결백의 본보기를 보이고 다스리시오!"

삼정승과 팔도 관찰사들이 모여 술잔을 나누며 상면과 친목의 시간을 가졌다.

온 나라는 정신없이 바뀌기 시작했다. 양반들은 하인들을 의지하며 보살피기 시작했다. 하인들은 양반의 농지에서 농사를 지으며 소작료를 내고 자립하였다. 어려움 속에서도 자녀들을 글공부시키며 뒷바라지를 하였다. 그야말로 숨이 막히는 일상 속에서 꿈을 펴보지도 못했던 하인의 자녀들이 분발하여 문생 무생의 길을 닦았다.

도 관찰사를 비롯하여 고을 사또들은 청렴한 마음으로 정사를 보고 양반들의 정도 예법에 고심했다. 좌의정 이형세는 암행어사 숫자를 늘렸다. 문과의 급제는 문관층에서 지, 정, 용이 특출한 문관을 골라 일년의 문관 수련 후에 이년의 무관 수련을 마치게 하고, 도 관찰사 아래 암행어사 삼년 경력을 갖게 하고, 일년 이상 고을 사또의 경력을 갖게 한 다음 도 관찰사로 승진시키도록 하였다.

무생이 무과에 급제하면 우수한 무관을 선발하여 일년의 수련기관과 이년의 문과 공부를 거치게 하고 성적순대로 고을 사또 삼년의 경력을 거치게 한 다음 역시 성적순대로 관찰사 소관 장군으로 임명토록 하였다.

이렇듯 문관과 무관의 질을 향상시켜 나라의 기반이 튼튼해지니 전하께서는 물론 온 백성이 태평가를 불렀다. 신분계층이 없어지자 평성고을에서 문관과 무관이 속출되고 주민들은 선비사또 만세를 부르고 있었다.

번개가 좌의정으로 임금의 부름을 받자 이때부터 사실상 반상의 벽이 무너졌다. 다음 해부터 반상의 구별 없이 과거시험에 응시하게 되었다.

기회를 기다리던, 홍석인으로 개명한 방차돌은 뛸 듯이 기뻤다. 차돌은 상민의 신분으로 첫 번째 과거시험에 합격한 최고령자의 기쁨을 누렸다.

차돌은 28세에 등과하여 암행어사의 직책을 받았다. 번개는 차돌을 불러 놓고 특별지시를 했다.

"석인아, 너는 남다른 고통을 겪었으니 어렵고 힘든 백성들을 보살피기에 앞장서야 한다. 탐관오리의 만행으로 소문난 지역을 찾아 많은 실적을 보여 주어라."

그리고 번개는 차돌을 한양에서 먼 경상도, 전라도 지역의 암행어사로 파견시켰다.

차돌을 암행어사로 파견시킨 번개는 시흥에 있는 부모님의 집 옆에 200여 평의 대지를 마련하여 안채와 바깥채를 깔끔하고 단단하게 지어 차돌의 부모님이 살 집을 마련하였다.

번개는 사람을 보내어 차돌의 가족을 늦은 시간에 쥐도 새도 모르게 시흥으로 모셔왔다. 영문도 모르는 가족들은 어리둥절했지만 이들이 한양 쪽으로 살림집을 옮겨준다며 친절하게 대해 주는 고마움에 모두 믿고 따라왔다. 꿈도 꾸지 못했던 대감집 같은 집에 들어온 가족들은 의아해 하면서도 번개의 어머니가 드나드시며 살림을 마련해 주고 비단 옷감으로 세 식구의 옷을 손수 지어주시자 갈아입고 입고 온 옷들은 모두 아궁이에 태워 버렸다.

비단옷으로 단장한 세 식구는 서로 쳐다보며 항상 부러워하던 양반의 모습으로 변하고 보니 만면에 웃음이 감돌았다.

"아~, 옷이 날개라더니 양반 상놈 따로 없구나!"

어색하고 기쁜 마음에 어쩔 줄 몰라 할 때 번개 어머니가 차돌 어머니에게 양반 상놈 따로 없으니, 우리도 양반처럼 흉내내며 잘 살아보자고 다짐한다.

"오늘부터 우리 식구들과 함께 어울리며 의지하고 지난날 상놈의 티 절대로 보이지 말고 옷도, 걸음걸이도, 말씨 흉내 제대로 내고, 여자는 반찬하고 바느질하며 양반가정으로 가꾸어 갑시다."

그러면서 말부터 조심조심 배우라고 타일렀다.

그러던 어느 날 차돌이 어머니가 급한 마음에 "쉰네가" 하다가 번개 어머니한테 눈물이 쏙 빠지도록 혼이 났다. 차돌의 어머니도 차돌처럼 머리 회전이 빠르고 기억력이 좋으며 한이 맺힌 여인이어서 번개 어머니의 가르침에 몰두하여 짧은 시간에 많은 것을 배우고 익혔다.

차돌은 경상도 전라도를 다니면서 존경받는 대감집의 숨은 덕담과 미담, 그리고 무지에서 빚어진 가정파탄과 탐관오리들의 비행을 파헤치면서 수많은 선악의 사례를 찾아 상선벌악의 수행으로 백성들을 기쁘게 하려고 노력하였다.

소식을 들은 번개는 달려가지 못하는 곳곳의 기쁘고 어려운 일들을 차돌이 실행하고 있다는 것이 정말 대견하고 흐뭇했다.

한 달 만에 돌아온 차돌에게 번개는 기쁨의 폭탄을 선사하려고 가족 상봉의 자리를 마련하였다. 차돌의 부모님이 기다리는 집 방문을 열고 번개와 차돌이 들어섰다. 부모님은 번개와 차돌을 보자 벌떡 일어나 큰절을 하였다.

영문도 모르고 따라 들어갔던 차돌은 소스라치게 놀랐다.

"앗! 어머니! "

차돌은 얼떨결에 어머니 품에 안겼다.

"어머니! 어머니, 차돌이에요."

"아니, 어머니라니! 뉘신데? 뭐, 차돌이! 죽은 차돌이가 무슨 말이야."

"네. 차돌이에요. 차돌이가 살아왔어요."

차돌의 어머니는 차돌의 얼굴을 쳐다보고 어루만지며 그만 기절을 하였다. 곁에서 정신없이 지켜보던 차돌의 아버지와 동생 갑돌도 그만 방바닥에 털썩 주저앉아 넋을 잃고 있었다.

번개는 얼른 밖으로 나와 냉수를 떠다 부모님께 드리고 자책했다.

'내가 이들에게 갑자기 너무 큰 충격을 드렸구나.'

번개는 자신이 부모님을 상봉하던 그때를 기억하고 기쁨을 드리려고 했었는데 너무 놀라게 해 드린 것 같아 미안했다.

정신을 차린 가족들은 차돌을 끌어안고 방안을 딩굴었다. 더 이상 그 모습을 볼 수 없어 번개는 부모님이 계신 집으로 향했다.

차돌의 가족은 그동안에 있었던 이야기들을 나누고 울고 웃으며 얼마간의 대화를 나눈 뒤 정신을 차리고 나서 가족들 모두 번개의 부모님 댁으로 왔다. 차돌의 가족은 번개 앞에 눈물을 흘리며 큰절을 삼배하고 번개의 부모님께도 큰절 삼배를 올렸다.

번개의 가족과 차돌의 가족은 서로 인사를 나누었다. 그리고 번개가 정리했다.

"우리 양가는 아무도 의지할 곳 없는 외로운 사람들입니다. 우리 양가의 부모님들은 의형제처럼 서로 의지하고 우리 모두 한 가족처럼 뜻을 모아 행복을 가꾸도록 하십시다. 차돌이와 저는 부모님의 고생 덕분으로 이렇게 잘 커서 나라의 일꾼으로 성장했으니 충성을 다하도록 최선을 다하겠습니다."

그리고 양가의 가족들 모두는 세상에 다시 태어난 듯 지난날은 말 못하고 현재와 미래를 생각하며 화기애애한 분위기 속에서 눈물 섞인 만찬을 먹었다.

차돌은 남달리 용모와 지혜, 성품이 뛰어나 번개의 중매로 우의정인 박대감의 셋째 딸과 결혼하였다.

차돌은 번개의 손을 잡고 뜨거운 눈물을 흘리며 감사를 표했다.

"이 은혜 백골난망으로 혼신을 다하여 보답하겠습니다."

"그래 석인아, 자랑스럽다. 우리 함께 잘 해 보자."

번개는 차돌의 등을 두드리며 칭찬해 주었다.

차돌이 암행 순례에서 많은 실적을 올리고 경상도 전라도의 민심이 훈훈해지자 번개는 차돌을 평성고을 사또로 발령을 냈다. 차돌은 번개의 기대대로 나라와 백성을 위하여 불철주야 고심하며 노력하니 제2의 번개사또라고 칭송이 자자하였다.

6년이 지나면서 번개정승은 차돌을 경기도 관찰사로 승진시켰고, 차돌은 타도 관찰사들에게 모범을 보이자 번개는 물론이고 나라 안은 태평성대를 이루어 태평가를 불렀다.

암행어사 숫자를 늘려 민심을 살피고 탐관오리를 색출하여 징벌을 엄격하게 집행하니 각도에서는 의외의 미담들이 쏟아져 나왔다. 가문의 전통을 엄격히 세우고 지키며 소작인들과의 화목한 삶이 지속되었다.

암행어사들이 미담을 조정에 품신하면 관찰사부터 표창을 했다. 이어서 관찰사는 고을 사또, 촌장, 동네 구장에 이르기까지 선별하여 표창하고, 대감 부잣집에서는 동네잔치를 열어 즐거운 나날이 이어지고 있었다.

번개이자 좌의정 이형세의 아들 두현과 광현이 문과에 급제하여 암행어사 발령을 받았다. 돌쇠의 아들 규찬도 암행어사가 되었고, 현찬은 체력이 특출 나서 무과에 급제하여 하인 출신 최초의 장군으로 궁중에서 근무하는 무관 장수가 되었다.

좌의정 번개는 두현, 광현, 규찬, 현찬을 종종 불러 마음을 수양시키는 공부를 시켰다.

"벼는 익을수록 고개를 숙이느니라! 큰 사람은 자기보다 타인을, 너와 나 개인보다 백성을 생각하는 큰 그릇이 되어야 하느니라."

그러면서 칭찬과 격려를 아끼지 않았다.

의형제를 맺은 다섯 양반의 자제와 돌쇠 처랑 명현이 모이니 믿음직스럽고 힘이 솟아 충·효·예 가꾸기에 더욱 집중할 수 있었다. 반상의 벽이 무너지자 진짜 실력 있는 사람이 득세하게 되어 세상은 공정하고 평화롭게 안정되었다.

번개는 어머니를 찾아가 이러한 세상의 변화를 알려드렸다.

어머니는 이루 형언할 수 없는 기쁨에 번개의 얼굴을 품에 안고 쏟아지는 눈물 속에 번개의 얼굴을 비비며 놓을 줄을 몰랐다.

천하 태평가를 부르던 세월은 더욱 빨리 지나갔다. 백성들의 삶이 평안하고 풍요로워지며 나라가 튼실해지니 이웃 나라에서도 부러워했다.

 ## 6 하향길에 들다

전하께서 삼정승을 부르시더니 간단하게 격려의 말씀을 하시고는 퇴청을 명하였다.

"그동안 수고들 했소. 오늘은 짐이 일찍 쉬고 싶구려."

좌의정 이형세는 전하를 궁중전으로 안내해 드리고 퇴청하였다.

"전하, 편히 쉬시옵소서."

전하는 이른 저녁을 드시고 왕비와 세자, 왕자와 공주들을 부르시더니 평소와는 다르게 하나하나 손을 잡고 다둑이신다.

"모두들 잘 커 줘서 고맙다."

그러시더니 왕비와 세자를 남겨 몇 마디 말을 하시고는 피곤한 듯 눈을 감으시더니 그대로 승하하셨다.

비보를 받고 좌의정 이형세는 정신없이 달려갔다. 왕의 친족들이 모인 가운데 많은 사람들이 곳곳에 엎드려 흐느끼기 시작했다. 이형세도 엎드렸다.

"전하! 전하! 어찌하여 이승을 하직하셨습니까? 신을 두고 어찌 이리 황망하게 승하하셨습니까?"

하늘이 무너지고 땅이 꺼지는 듯한 슬픔을 무엇으로 형언할 수 없어 '흑흑흑' 흐느꼈다.

흘러간 이십여 년 동안 전하의 총애를 받던 날들, 번개 이형세는 하나하나 가슴에 사무쳤던 나날이 필름처럼 지나가며 그 모든 날이 하루같이 짧게 느껴지는 아쉬움에 울고 또 울었다.

번개사또의 큰 꿈을 실현시켜 나라와 백성을 위해 일할 수 있는 기회를 주시었고, 전폭적인 신임으로 키우시고 묵묵히 지켜봐 주셨던 전하. 아무리 소리쳐 불러도 풀리지 않을 전하와의 안타까운 이별의 슬픔은 도무지 억누를 수가 없었다.

칠일간 온 백성의 슬픔 속에 국장으로 지냈다.

좌의정도 사람들의 출입이 빈번한 시간을 피해 잠깐 동안 눈을 붙이며, 칠일 동안 전하의 곁을 떠나지 못하고 밤샘을 하였다.

좌의정과 세자는 피로를 서로 위로하며 달랬다.

장례 후 며칠이 지나 세자가 새 임금으로 등극하였다. 좌의정 이형세는 서둘러 새 임금을 알현하였다.

"무슨 의논할 일이 있는고?"

"예, 전하. 성은이 망극하여 신이 오랫동안 궁궐에 머물렀사옵니다. 이제 새 전하를 젊은 후배에게 보필토록 물려주고 신은 하향코자 청하오니 윤허하여 주시옵소서."

그러자 새 임금은 선왕의 승하를 슬퍼한 나머지 허전함을 달래지 못하고 반쪽이 된 좌의정 이형세의 손을 덥석 잡으며 노고를 치하한다.

"그대의 공과 노고는 하늘과 땅이 아는 바, 이제 하향하여 심신을 풀고

여생을 편히 보내도록 하시오."

"망극하옵니다. 전하! 만수무강하시옵소서."

이형세는 큰절 삼배를 하고 물러섰다.

이임 인사와 함께 자리바꿈을 하는 날이다.

신임 삼정승과 도 관찰사들 앞에서 이형세에게 전하께서 특별히 한 말씀 하신다.

"가는 세월 잡지 못하고 가는 님도 잡을 수가 없구려. 대쪽 같은 마음으로 나라와 백성을 위해 일하고 남다른 충성심으로 선왕을 모시었기에 그 공덕을 기리고자 하는데, 선왕께서 하사하실 상품을 미리 준비하시고 꼭 전하라는 하명이 있으셨소."

강원도에서 바다가 보이는 야산의 땅 이십 만 평을 기록하고 옥새를 찍은 문서를 건네주었다.

—이 문서에 적힌 땅은 짐이 평소에 간직했던 곳으로 짐이 전하는 마음의 선물이니라.

자그마한 상자도 주었다. 그 속에는 용의 그림이 새겨진 벼루와 연적이 있었고, 커다란 묵 두 개, 크기가 각기 다른 붓 다섯 자루가 들어있었다. 삼정승과 도 관찰사들은 부러움의 눈으로 쳐다보며 예를 갖추었다.

"성은이 망극하옵니다."

이형세는 큰절 삼배를 하며 감복의 눈물을 감추지 못하고 그대로 흘러 옷소매로 닦으면서 아뢴다.

"전하! 성은이 망극하옵니다. 신명이 다하도록 나라와 백성을 생각하며 심적으로나마 충성을 다하겠습니다. 전하! 부디 옥체 보존하시고 만수무강하시옵소서."

그리고 감사한 마음으로 전하께 다가가자 전하께서 등을 두드리며 고마움을 표하신다. 이형세는 다시 허리를 굽혀 인사하고 뒷걸음으로 자리를 물러나왔다.

이형세는 흐르는 눈물을 닦고 또 닦으면서 가마에 올랐다. 하향길에 오른 번개 이형세는 이제부터 할 일이 무엇인가를 곰곰이 생각했다.

먼저 부모 형제를 생각하며 가정을 반듯하게 세울 것이며, 다음으로 아직도 당당하게 사는 백성에게 기쁨을 주어야겠다는 생각이 크게 남아있었다.

전하께서 하사하신 붓과 벼루는 가보가 아니라 백성을 위한 소중한 보물로서 다 닳도록 쓰는 것이 나라에 보답하는 길이라 생각하고 읽을거리 문집을 쓰리라 다짐했다.

먼저 시흥으로 가서 부모님께 하향하는 길이라 알리며 강원도에 가서 터를 잡고 모시러 오겠다고 하였더니, 어머니께서 온 식구가 같이 가서 일을 해야 더 빨리 자리를 잡는다며 함께 가겠다고 하셨다.

어머니 말씀대로 따르기로 하고 어머니께서 다니는 절의 스님을 모시고 부모님과 돌쇠 등과 함께 강원도로 향했다. 전하께서 하사하신 토지 내 산을 탐방하고 마을 위치와 집터를 잡았다. 산 아랫마을 구장을 방문하여 사랑채 다섯 개를 빌리고 구장의 협조로 장비와 인력을 지원받았다.

돌쇠와 같이 일하던 목수와 병철도 합세하여 급한 대로 이십여 채의 집을 짓고 논밭을 개간하기 시작했다. 번개와 돌쇠의 집은 위쪽에 나란히 지었다. 동남향으로 안채는 방 네 개 바깥채에는 큰방 하나, 작은방 두 개를 마루를 가운데 끼고 지었다. 마루 기둥에는 향나무 두 개씩을 세우고 적송으로 짓느라 시간이 걸렸지만 탄탄하게 지었다.

아담한 대문에는 문패를 달았다. 번개의 집에는 이형세, 돌쇠의 집에는 천금석이라 새겨 붙이고 부모님은 돌쇠가 모셨다. 집이 완성되면서 돌쇠의 장인댁, 번개의 처가댁, 번개를 따르는 하인들에게 집을 하나씩 지어주고, 어머니의 사촌오빠 두 분께도 집을 지어드리고 모셔왔다. 연줄 인척 관계와 어렵게 사는 친지들을 모셔오니 동네는 어느새 사십여 가구가 조성되었다.

대청마루를 사이에 두고 건넛방 두 개를 만들고, 사랑채에도 방 두 개를 큼직하게 만들고 마루에 향나무 기둥 하나씩을 세웠다. 앞뒤로는 부속 건물과 화단을 만들었다.

이십여 채의 집을 큼직하게 백 평이 넘는 대지에 안채와 사랑채를 짓고 어머니의 사촌 형제와 용주골 장인 장모, 돌쇠의 처가 형제, 병철의 가족, 그리고 하인들에게 집을 주고 논밭을 개간하여 분배하고 경작하도록 했다.

동네 중간 쯤에 마을회관을 짓고 마당을 만들었다. 서당을 짓고 어린 문무생을 위한 작은 수련장도 만들었다. 곳곳에 정자 세 개를 지었다. 문생무생과 어른들의 쉼터를 마련하고 동네 진입로도 넓히고 산쪽에는 산책로를 만들어 놓았다. 동네 자리와 집터를 잡기 위해 시흥에서 모셔왔던 스님을 위한 작은 암자도 만들었다.

생땅에 농사를 지으니 수확이 별로 없어 퇴비 만들기, 가축 기르기를 시작하며 감자와 수수, 콩을 주로 심었다.

해를 거듭하면서 땅에 거름이 들고 웅덩이에 물고기가 모이며 가축소리가 들리니 제법 동네는 사람 사는 마을로 커갔다. 이곳에 와서 살고자 하는 사람들에게 입주를 허락하며 집을 짓고 개간하니 동네는 커지고 인구도 많아지고 논밭도 기름지기 시작했다.

번개는 삶의 터전이 이루어지자 마을 가꾸기에 여념이 없었다.

권 대감과 한 대감을 훈장으로 모셔 어린 생도들을 기르기 시작했다. 젊은이들은 농한기에 체력단련을 시키며 무사도와 화랑정신을 익히도록 하였다.

글을 못 배운 사람들은 글을 아는 사람을 찾아가 글을 익히고 책을 읽어 주는 소리를 듣도록 하며 부지런히 일하여 가난 극복은 물론 자립과 협동하는 정신을 길렀다.

번개는 갖고 있는 책을 필사하여 열권씩 만들었다. 글방에서 글을 깨우치면 읽을 책 마련하기가 바빴다. 오년이 지나니 동네가 안정되고 산속에서 과일이며 논밭에서 가꾼 곡식과 채소가 풍성해졌다. 가축도 키워 고기를 먹으며 손님 접대도 할 만해지자 번개는 의형제와 대감들을 초대하여 열흘씩 쉬었다 가도록 하였다.

대감들은 돌쇠의 집에서 묵고 의형제는 번개의 집에서 묵으며 자연을 벗하여 긴 대화를 나누었다. 바닷가를 구경하도록 하고 생선회도 대접했다.

번개는 지난 이야기들을 정리하고 충·효·예를 근간으로 전해오는 전래동화, 수수께끼까지 모아 책으로 엮고 있었다. 의형제들과 일 년에 한 차례씩 모이면서 이야깃거리를 구해 오고, 또 창작 집필도 부탁했다.

번개가 쓴 책을 글방의 문생들을 시켜 열권씩 베껴 오도록 하였다. 다섯 명의 의형제는 만날 때마다 책들을 써서 교환하였다. 만나는 사람들마다 대화 속에서 이야깃거리를 찾으며, 지혜로 적을 물리친 장군 이야기, 기생의 몸으로 적의 두목을 잡아 싸움을 승리로 이끈 이야기, 호랑이가 어머니를 업고 다닌 이야기 등을 모아 책으로 엮었다.

효자, 효녀, 열녀 이야기에다 탐관오리를 혼내준 젊은이 세 명, 거지들에게 은혜를 베푼 대감집 안방마님, 어린이의 지혜로 고려장을 면한 할아버지, 의리의 도적 이야기도 책으로 만들어졌다.

이밖에도 다양한 이야깃거리를 수집하여 책을 쓰고 관찰사를 고을에 내려보내고, 다시 촌장이 베껴 써서 동네까지 들여보내 돌려가며 읽으니 글공부도 되고 지혜로운 삶으로 충·효·예가 보편화 되었다.

번개가 쓴 이야기 한 편이다.

어느 한 젊은이가 길을 가다가 산길을 걷고 있는 할머니를 만났다. 며칠을 굶었는지 힘이 없고 걸음걸이가 휘청거렸다.

"할머니, 어디 가세요?"

"우리 집 가는 거지!"

"어느 쪽으로 가세요? 제가 모셔다 드릴게요."

젊은이는 할머니를 업고 산길을 벗어나니 동네가 있었다.

"이 동네인가요?"

"응, 맞아!"

젊은이는 동네로 들어가 어느 아주머니에게 물었다.

"이 할머니 댁이 어디인가요?"

"우리 동네에 사는 분이 아니신데요."

젊은이는 할머니에게 다시 물었다.

"여기는 할머니 동네가 아니에요!"

"응, 조금 더 가면 동네가 나와."

다시 한참을 걸어가니 동네가 나왔다.

동네 입구에서 또 물었더니, 이 동네 할머니가 아니라는 것이다.

젊은이는 큰 대문집 앞에 서서 허기진 할머니께 요기를 시켜 드리려고 음식을 부탁했더니 젊은이 밥도 주었다. 다시 기운을 차려 이 동네 저 동네를 다니다 날이 저물었다. 그렇게 할머니 집을 찾아 이집 저집 다니며 며칠을 구걸하고 한뎃잠을 잤다.

또 산길을 걸어 어느 동네를 지나가는데 할머니가 갑자기 엉엉 울기 시작하였다.

"할머니, 왜 그러세요?"

그러나 할머니는 아무 대답도 없이 엉엉 울기만 했다. 어쩌지 못한 젊은이는 서둘러 산길을 내려가는데 맞은편에서 고을 순시를 하던 사또를 만났다.

사또가 묻는다.

"할머니, 무슨 일이세요?"

할머니는 울음을 그치며 대답한다.

"이놈이 나를 업고 이 동네 저 동네 다니면서 팔아먹으려다 안 팔리니까 나를 산속에 버리려고 여기로 왔다우!"

"할머니, 누가 보고 싶으세요?"

"우리 아들이지!"

"걱정 마세요. 아들한테 모셔다 드릴게요."

사또는 할머니와 젊은이를 관가로 데리고 갔다. 그리고 고을에 방을 붙였다.

'길 잃은 할머니 팔려다 잡힌 젊은이 재판.'

그 방을 보고 사람들이 구경을 왔다. 재판 날, 할머니는 사또 옆에 앉히고 꼼짝없이 납치범이 된 젊은이는 포박되어 마당에 꿇려있었다.

방을 보고 다급히 달려온 육십대 대감이 사또 옆의 어머니에게 달려가 반색을 하고는 안도의 한숨을 쉬며 물었다.

"어머니, 어찌된 일이세요?"

"저 젊은이가 나를 팔아먹으려고 이 동네 저 동네 업고 다니다 안 팔리니까 산속에 버리려 했어!"

대감은 젊은이에게 달려갔다.

"젊은이, 우리 어머니를 구해 줘서 고맙소이다. 어찌 된 일이오?"

"길을 가다가 기진맥진하신 할머니를 만나 집을 찾아드리려고 업고서 할머니가 가리키시는 동네를 따라다니다 며칠이 되었습니다. 지금 생각하니 할머니는 동네 방향으로 알려주셨나 봅니다. 산길을 넘다가 고을 사또님을 만나 여기까지 왔습니다."

이야기를 듣고 난 대감은 젊은이의 손을 덥석 잡았다.

"고맙소이다."

그리고 사또 앞에 나아가 엎드려 아뢴다.

"사또 어른, 젊은이가 죄인이 아니고 제가 죄인입니다. 어머니를 잘 보살피지 못한 죄가 크오니 젊은이를 용서하시고 저를 벌하여 주십시오. 저의 어머니는 약간의 노망기가 있어 집을 나가시면 되찾아 오지 못하시고 아무 데나 한 방향으로 가서서 종종 어머니를 찾아온 가족이 헤매곤 했는데, 이번에도 제가 일을 하느라 잠깐 자리를 비운 사이에 나가서서 못 찾아오고 하루하루 더 멀리 가신 것입니다. 저는 어머니를 찾으면서 혹시 돌아가셨을까 걱정되어 울면서 이 동네 저 동네를 헤매다가 고을에 붙은 방을 보고 혹시 집 나가신 우리 어머니가 아닌가 싶어 이렇게 달려왔습니다. 사또 어른 저를 벌하여 주십시오."

사또가 웃으면서 답한다.

"할머니 모습이 이상해서 의아하게 생각하면서도 신중을 기하려고 방을 붙여 사람들을 오도록 하였소. 대감의 이야기와 젊은이의 이야기를 들으니 대감의 효심과 노고를 본받을 만하며, 젊은이 또한 남의 부모를 내 부모 섬기듯 며칠을 함께한 갸륵한 효심이 돋보이는데 경로사상 차원에서 두 사람 다 칭찬하고 싶소. 대감이 늦게 찾아왔으면 내가 젊은이를 벌하는 실수를 범할 뻔했소."

그러면서 사또는 대감과 젊은이에게 상을 주었다.

대감은 젊은이와 함께 어머니를 모시고 집으로 가려 하니 난처했다. 젊은이가 말한다.

"제가 더 젊으니 대감님 댁까지 모셔다 드리겠습니다."

대감은 젊은이에게 후히 대접하고 다음날 아침에도 마차에 사례의 선물을 가득 싣고 젊은이의 집으로 향했다. 대감 옆에 어머니도 동승하고 젊은이를 뒤따랐다.

대감께서 날씨, 경치, 재미있는 이야기 등을 어머니께 들려 드리는 모습을 보고 젊은이가 말한다.

"대감마님, 효심이 본받을 만하십니다."

"효심이라니? 아버지 일찍 여의시고 외아들 글공부시켜 대감 소리 듣게 하시기까지 그 노고를 어찌 말로 다 하겠소. 동네에서 사리 밝으시고 부지런하시며 똑똑한 어머니로 소문이 나셨는데 연세 드시고 노망이 있으시니 친구도 없으시고 외롭게 헤매시는 것을 보면 가슴이 무너진답니다."

젊은이 집에 도착하자 대감은 젊은이 부모님께 그간 젊은이의 행적에 대해 설명하고 고맙다는 인사말과 함께 싣고 온 선물을 넘겼다.

그러자 대감과 연세가 비슷한 아버지께서 인사를 한다.

"수고라 할 게 무엇 있습니까? 당연히 할 일을 했을 뿐인데, 사또님의 사려 깊고 지혜로우신 판단으로 우리 아들이 무사히 집에 왔으니 고마울 뿐입니다. 노모를 모시느라 수고가 많으십니다."

"그 아버지에 그 아들이라는 말이 있듯이 자녀 교육을 반듯하게 하셨으니 복을 많이 받으실 겁니다."

이들은 서로를 칭찬하며 헤어졌다.

번개 이형세가 모으고 지은 책들을 대청마루에 책꽂이를 만들어 채우기 시작했다.

집과 동네를 끼고 샘물이 흐르는 모퉁이 산에 다섯 평 정도의 땅굴을 파고 문을 짚으로 해 달았다. 여름에는 시원하고 겨울에는 따뜻한 움집 두 개를 만들어 동네 큰 행사와 축제 때 쓸 음식과 과일, 고기 등을 저장했다.

가축들을 기르면서 동네 마차가 세 대 만들어져 동네 밖에서 볼일이 있을 때 동네 사람들이 타고 다녔다. 어린이부터 젊은이들은 글을 읽고 운동하며 무예를 기르기 시작했다.

정월 대보름과 단오절이 되면 동네 대회를 열어 축제가 벌어지고 표창도 했다. 축제의 비용은 이형세가 부담했다. 풍성한 행사로 자리 잡으면서 남녀노소 누구나 기다리는 행사가 되었다.

형세의 부인은 동네 여인들을 불러 음식 만들기, 바느질하기를 가르치며 서로 솜씨 자랑을 시켰다. 농한기에는 공예품 자수를 놓으며 산속에 핀 꽃들로 물을 들여 옷, 버선, 모자, 장갑 등을 만들게 했다. 틈틈이 재목을 만들어 집을 지으니 어느새 사십 채에서 육십 채가 넘는 큰 동네가 만들어지고 문생과 무생들도 늘어났다. 문생들에겐 화랑도 정신을 가르쳐 문무를 겸비한 지, 정, 용을 완성하였다.

번개와 돌쇠의 손자 손녀들이 설과 추석 때면 명절을 쇠러 온다. 명절이면 동네에 가마들이 열 대씩 드나드니 동네 주민들의 사기가 높아지고 이사 오는 사람들이 하나둘씩 늘어났다.

마을이 커지자 동네 어귀에 마을 이름을 새긴 석물도 세워졌다. 번개가 동네 이름을 읽어보니 '천석군마을'이라고 쓰여 있었다.

아버지 어머니가 사시는 돌쇠의 문패를 사람들이 발음하기 좋게 '천석군'이라 했다. 덕분에 동네는 부자마을이 되어 이때부터 부잣집을 '천석군'이라 했다.

번개와 의형제들이 집필한 책들이 온 나라 안에 유통되자 번개는 돈도 많이 벌게 되어 그 돈으로 인재 양성에 마음을 썼다. 틈틈이 문생, 무생들을 모아놓고 마음공부도 시키고 긴장을 주는 시간도 갖게 하였다.

논밭이 늘어나자 동네 공동으로 모내기를 시작했다. 준비가 부지런하게 된 집부터 시작하여 모두 끝날 때까지 구장의 지휘 아래 서로 돕고 챙긴다. 풍성한 음식을 나누며 일하는 일꾼들의 외침은 생기가 넘쳐 흘러 모내기가 시작된 날 듣는 번개를 기쁘게 했다.

어머님과 노인들을 모시고 번개도 들로 구경 나갔다. 구장의 안내로 새참은 물론 한 번도 집 밖에서 음식을 먹어보지 못한 번개는 호기심이 대단했다.

이십여 명의 일꾼들 속에 돌쇠도 있었다. 돌쇠의 부인도 광주리에 음식을 담아 몇 명의 아낙네와 함께 나왔다. 쪽박 삼십여 개가 달그락거리며 줄에 묶여 있었다. 일꾼들은 쪽박 하나씩을 들고 큰 그릇에서 밥을 담고 무생채, 겉절이, 봄나물, 고추장 등을 넣고 쓱쓱 비벼 먹고 된장국을 곁들여 먹었다. 한 동이 받아 놓은 막걸리도 물 먹듯이 마시고 물러섰다.

번개도 어머니를 따라 바가지에 밥을 담아 먹었다. 생전 처음 먹는 들밥의 맛을 처음 느꼈다. 밭둑, 논둑에 걸터앉아 들판의 바람을 쐬며 봄풀의 향기도 맡았다.

이 자연 속의 진정한 맛을 모르고 양반 체면 차리다 굶어 죽은 양반네들을 생각하니 불쌍하고 안쓰러웠다. 반상의 벽이 그대로 있다면 오늘의 기쁨은 못 느끼고 죽을 뻔했으니 지금 세상에 살고 있는 것이 천만다행이고 앞에 계신 어머니가 더욱 소중하게 느껴졌다.

"어머니! 맛있어요! 어머니 덕분에 오늘 이 기쁨의 맛을 봐요."

어머니와 서로 얼굴을 보면서 눈 흘기며 밥 한 그릇을 거뜬히 비웠다. 논둑길을 걸으면서 웅덩이의 잡초와 들풀에 매달린 우렁이, 방개, 송사리 떼를 구경하며 자연 속에서 생명의 주체들이 공생공존하는 모습을 들여다보며 산책을 하였다. 향기를 풍기며 자연이 번개를 반긴다고 생각하니 자연이 더 사랑스러웠다.

산책로에 돌과 통나무로 쉼터를 만들어 놓았다. 정자에 올라서니 멀리 있는 바다가 가까이 보였다. 가슴이 활짝 열려 심호흡을 몇 차례 했다.

갑자기 이 아름다운 경치 속에 빛나는 자연을 한 번도 만끽하지 못하고 승하하신 전하를 생각하니 눈시울이 뜨거워졌다.

'전하! 하늘나라에서는 심신이 편안하시온지요. 전하! 이 아름다운 자연을 보시옵소서.'

번개는 행복의 천국으로 이끌어주신 전하께 끝없이 감사했다. 부모님과 연세 드신 어른들을 모시고 마차로 바닷가 구경을 하고 처음 먹어보는 신선한 생선과 회를 대접하였다. 날마다 신기함이 펼쳐지는 미지의 세계를 돌면서 그렇게 새 세상을 만끽하였다.

집안에만 묶여 살던 노인들은 가는 곳곳마다 번개와 같이 감탄하고 즐거워하였다.

천석군마을에서 몇 년이 지나는 사이에 자연의 변화와 지구상의 생물 공존을 깨닫고, 철마다 피고 지는 풀과 나무, 산속의 사계절 모두가 번개에게는 감동으로 다가왔는데, 이 모든 느낌을 글로 쓰게 되었다.

일 년을 주기로 일어나는 일과 기쁨을 미리미리 계획하며 끌려가는 삶이 아니라 자연의 흐름을 타면서 자연과 공생공존의 삶을 영위토록 지역주민들을 도와 기쁨을 만들었다. 연중행사도 빠짐없이 알차게 지내며 자연사랑을 강조했다.

번개와 어머니는 석가탄신일에 암자를 찾았다. 이웃 주민들도 찾기 시작하자 새 스님이 왔다. 초파일 행사준비를 스님과 의논하여 어머니께서 추진토록 준비해 주었다. 번개는 이웃마을 구장을 불러 노인들의 상황을 듣고 오월이면 경로잔치를 열었다. 사십 분 가까운 이웃 동네와의 길을 넓혔다. 서로 왕래하며 가까운 이웃으로서 행사들을 가졌다.

칠십 세가 넘으신 할머니들이 모이니 열두 명이 되었다. 번개네 대청마루에서 소찬을 베풀었다. 할머니들은 지난 이야기에 꽃들을 피웠다. 시집살이 이야기, 나이 어린 남편의 지혜, 아들 며느리 손자 손녀들과의 기쁘고 서운했던 이야기 등, 책을 쓸 이야깃거리가 많아졌다.

어느 할머니 이야기다.

젊은 시절 열 살 아래의 신랑을 만나 시집살이를 하는데 어느 날 부엌에서 점심을 짓느라 아궁이에 불을 때고 있었다. 닭들이 멍석에 널어놓은 벼를 쪼아 먹고 있어 쫓으면 도망갔다 또 오고 하여 홧김에 들고 있던 부지깽이를 집어 던졌다.

그 바람에 안타깝게도 닭의 다리가 부러져 쓰러지고 말았다.

'일 났구나. 친정으로 쫓겨가겠구나' 싶어 벌벌 떨고 있는데 신랑이 때맞춰 일찍 들어왔다. 아내의 안색이 안 좋아 무슨 일이냐고 물었다. 아내는 겁에 질린 채 남편에게 자초지종 이야기를 하자, 남편은 고개를 갸우뚱하더니 아내에게 말한다.

"걱정 말고 밥이나 먹어."

아내는 걱정이 앞서 밥을 못 먹었다.

저녁때가 되어 들에서 일하시던 시부모님이 들어오셨다.

남편이 시어머니 앞으로 다가가서 한 마디 한다.

"엄마! 내가 닭을 잡았어요!"

"뭐? 명절 제사 때 쓰려고 기르는 닭을 잡았다고?"

"벼를 쪼아 먹고 있는 닭을 쳐다보고 있는데 갑자기 닭고기 생각이 났어요. 그래 부지깽이를 던져 맞추었더니 그냥 쓰러졌어요!"

"아! 어쩔 수 없구나. 그럼 좀 늦더라도 오늘 저녁에 해 먹어야지. 다음에는 미리 말을 해."

"예!"

떨고 있던 아내는 남편 덕분에 위기를 면하고 모처럼 닭고기도 먹었다는 이야기다.

맏며느리로 어린 신랑에게 시집 온 어떤 색시가 키가 작아 부뚜막에 올라가 밥을 푸는데 곁에서 다섯 살짜리 아기신랑은 누룽지를 기다리고 있었다. 밥이 부족해서 색시가 먹어야 할 누룽지인데 그것을 어린 신랑이 기다리고 있으니 미울 수밖에. 아무튼 아기신랑은 색시를 이리저리 따라다니며 놀자 하고 먹을 것 해달라고 졸라댔다.

하루는 밭에서 콩을 뽑는데 따라와서는 도랑을 건너달라더니 색시 따라 콩을 뽑다가 안 뽑힌다고 발을 구르며 소리를 지르고 있었다. 앞에서 콩을 뽑던 색시는 되돌아와 신랑의 머리를 쥐어박았다.

콩 뽑기를 마치고서 콩단을 지고 집으로 오던 길에 색시에게 도랑을 건너달라고 발을 동동 구르던 아기신랑 때문에 화가 난 색시는 한 손으로 건네주며 바닥에 쾅 놓고는 또 군밤을 매겼다. 신랑의 입이 삐쭉이 나왔다.

사태가 심각함을 느낀 색시는 쫓겨날까 걱정되어 저녁상을 갖다놓고는 자기는 밥을 안 먹었다. 시어머니께서 걱정되어 밥 먹으라 했지만 꼼짝 않고 요지부동이자 아기신랑에게 말한다.

"네가 저녁 먹으라고 해라."

"어머니, 그냥 두세요. 오늘 밭에서 일하다 제가 뭐라고 했더니 말대꾸를 하여 한 번 쥐어박았더니 골이 났나 봐요."

"뭐~? 하루 종일 힘들게 일하는데 니가 뭐라고 귀찮게 했구나. 어서 데리고 와서 밥 먹게 해라."

그 말과 함께 신랑이 색시 뒤에 와서 방쪽으로 떠밀고 갔다. 어리다고 생각했던 신랑의 사랑과 배려에 감동한 색시는 그 후 힘든 줄 모르고 신랑을 한평생 하늘처럼 모셔왔다는 이야기다.

이틀 후 양쪽 동네에서 칠십 세 넘으신 남자 어른 아홉 분을 모시고 돌쇠네 집에서 회식을 마련했다. 손재주가 많고 머리 회전이 빠른 돌쇠는 목수들과 함께 마차 세 대를 만들었다. 튼튼하게 만든 마차를 타고 장을 보러

다니고 곡식을 나르기도 했다.

마차 네 귀퉁이에 커다란 대나무 기둥을 세우고 지붕을 해 덮었다. 가볍게 대나무를 엮어 만든 지붕 위에는 밀짚과 볏짚으로 햇빛과 비를 피하게하고, 사람들이 떨어지지 않도록 난간을 붙들어 매었다.

그리고 바깥 부분에는 볏짚을 엮어 비바람을 막게 하니 방 같았다. 바닥에는 볏짚으로 자리를 엮어 깔았다. 남녀노소 누구나 타고 싶어 하는 마차를 만들고, 돌쇠가 부모님과 동네 노인들을 태워 동해안 가까운 바닷가 구경을 시켜 드렸다. 모두들 좋아라 하였다.

그 마차로 이웃 동네 노인들까지 모시고 동해안 여행까지 시켜 드렸다. 바깥출입을 시작한 번개의 가족들은 마차를 자주 쓰게 되었다. 번개는 봄이 가기 전에 어머니를 비롯한 사돈어른들을 모시고 보름동안 설악산 구경을 다녀왔다.

대자연의 웅장함과 기기묘묘한 바위들, 그리고 천불동이 건너다보이는 산꼭대기에서 천불동에 들어서니 멀리 산등성이를 타고 크고 작은 돌들이 만물상으로 끝없이 이어져 있었다.

사람의 힘으로는 어떻게 할 수 없는 경치에 황홀해 하였다. 수천 년 지켜온 우리나라의 명사 설악산에 있는 하늘이 만들어 주신 부처님들 덕분인가 싶었다.

가는 곳마다 봄꽃과 풀 향기, 그리고 약초의 향기는 숨만 쉬어도 불로초를 먹은 듯했다. 피곤하면서도 서로를 쳐다보며 서로 신선이라도 된 듯 흐뭇해 하였다. 높은 벼랑과 깊은 골짜기를 서로 부추기며 밀고 끌어 보름만에 집에 오니 모두들 피곤해 보였다.

어른 세 분은 한 번 밖에 못 가볼 천국을 다녀왔다고 감격해 했다. 힘이들면서도 보람된 여행을 하고 느낀 소감들을 주제로 서로 만날 때마다 대화로 풀었다. 번개와 돌쇠도 난생 처음 여행을 하니 몸과 마음이 더 커진 듯한 느낌이었다.

다음 해 의형제 다섯이 모였다. 열 권씩의 책을 써왔다.

다시 열 권씩 필사하여 도 관찰사에게 한 권씩 돌리니 나라 백성들이 읽을 책이 늘고 전국 곳곳의 전설과 풍속이 온 나라에 알려졌다.

의형제 다섯은 그해 오월 금강산 여행을 떠났다. 돌쇠와 병철까지 일곱 명이 비상식량으로 미숫가루와 소금을 갖고 집을 떠나 한 달이 걸려 다녀왔다.

누구나 가고 싶어 하는 그 아름답고 신기한 금강산을 해안선을 따라 올라가 금강산 끝자락에 있는 아담한 절을 방문하고 안내판을 따라 잘 보이지 않는 오솔길을 따라 걸었다. 짐승들이 다닌 길인지 도사들의 통행로인지, 어쩌다 찾는 산행객들의 길인지 괘념치 않고 봉우리를 향해 거침없이 올랐다.

도인들이 도를 닦는 암자나 절을 찾아 들어서니 자연이 만들어 놓은 그대로 맑고 깨끗한 청정지역이다. 골짜기마다 피어있는 꽃과 나무 모두가 생전 처음 보는 것들이며, 산속에서 나는 향기는 약초에서 나는 냄새라서 더욱 향기로웠고, 풀벌레와 이름 모를 새들도 모두 진귀하게만 느껴졌다.

커다란 바위와 절벽은 감히 오를 수 없는 위용을 과시했고 중턱에 올라서니 고요와 적막 속에 산새 소리조차 조용조용했다. 일행의 숨소리가 크게 들리는 듯 다음 골짜기를 가니 높은 벼랑에서 하얀 물줄기가 폭포를 이루어 적막을 깨뜨린다. 웅장한 폭포 소리는 오장과 마음까지 닦아 내리는 듯 시원하게 느껴졌다.

정상을 향해 서로가 밀고 끌며 가파르고 험한 산을 오르는 동안 오막살이 집채만한 동굴과 마당만한 커다란 바위가 마치 사람이 살고 있는 것처럼 보였다. 곳곳에 보이는 바위 절벽과 골짜기의 기이한 경치와 풍경은 일행의 입을 벌린 채 황홀경에 취하게 하였다. 이름도 아름다운 금강산, 누구나 죽기 전에 꼭 한 번은 가보고 싶어 하는 산이라는데, 그래서인지 똑같은 것은 볼 수가 없다.

조물주가 지구를 만들 때 깊이 파인 곳은 바다요, 높이 쌓아 올린 곳은 산인가 보다. 그 많은 산중에서 금강산은 조물주가 정성 들여 아름답게 꾸민 산이라 하는데 그 산은 아무나 들어갈 수 없는 아름답고 험한 산으로 구경만 하도록 했나 보다. 일만이천 봉 중에서 세 개의 봉우리만을 들르고 금강산을 다녀왔다고 하기에는 표현이 매우 궁했다. 수없이 많은 굴과 절벽, 폭포를 곳곳에서 감상하고 작은 암자에 앉아 잠을 청해야 했다.

가장 높은 봉우리에 올랐다. 구름 한 점 없는 쪽빛 하늘이 손에 잡힐 듯하고, 멀리 혹은 가까이에 겹겹이 싸인 푸른 산은 신선들의 도량처럼 보였다. 내려다보면 어지럼증까지 일어날 듯 낮게 깔려 있는 산들 속에 서 있는 번개 이형세는 잠시 신선이라도 된 듯한 황홀경에 빠졌다.

눈을 감고 있으려니 번개는 총애해 주셨던 선왕이 눈앞에 아른거렸다. 이 하늘 아래 선왕이 계신다면 금강산을 휴식처로 삼아 축지법으로 이 봉우리 저 봉우리를 산책하시며 비호처럼 유람하실 선왕의 모습이 눈앞에 아른거려 눈물이 나왔다.

"전하! 어디 계십니까? 이형세가 여기 있습니다. 전하께서 키워주신 이형세가 여기까지 왔습니다. 전하의 음덕으로 이형세가 천국 구경도 하고 있사옵니다. 전하! 하늘나라에서 심신의 고통이 없으신 상태로 영생하소서!"

번개의 눈에는 눈물이 고여 있었다. 번개는 비호처럼 이 봉우리 저 봉우리를 뛰어다니고 싶은 충동까지 생겼다. 작열하며 비치는 햇빛 아래 맑은 공기와 약초 향을 맘껏 마시며 일행은 큰 소리로 '야호!'를 외쳤다.

거대한 우주 속에 인간의 존재, 웅장한 자연 속에 서 있는 인간은 바닷모래가 부서진 미세먼지보다 작은 존재라고 생각하니 남들 앞에 나설 것도 없고, 아무것도 큰소리칠 것 없는 미미한 존재라는 부끄러운 마음에 머리가 저절로 숙여졌다.

일행은 서로를 쳐다보며 웃었다. 행복감과 감사와 겸허 속에 스스로를 질책하면서 조물주가 자신을 탄생시킨 한 생명으로서의 할 일을 소중히 감수하였다. 그리고 최선을 다해 칭찬도, 부끄러움도 없는 평범한 인간 개체로 살아보는 생각이 맘속에 생겼다.

일행은 하산을 시작했다.

올라가는 길보다 내려가는 길은 더 힘들었다. 벼랑길을 서로 손을 잡아주고 받쳐주기도 하며 애꿎은 나뭇가지에 매달리면서 힘들여 내려오는 길에 조금 넓은 길로 들어서려니 백발노인이 서 있었다. 그 노인께서 '여기는 길이 없으니 돌아서 능선을 따라 오솔길로 가라'고 했다.

일행은 두 손을 합장하여 감사의 인사를 표하고, 능선을 따라 얼마를 내려오다 일행이 가려 했던 길쪽을 쳐다보니 골짜기로 들어가는 길이 보였다. 그 길 끝에 있는 커다란 암벽 밑으로 난 굴과 넓은 바위 위에 백발노인이 앉아 있었고, 그 아래는 수십 길 되는 절벽에 큰 골짜기를 따라 커다란 폭포 물이 하얗게 흘렀다. 백발노인의 모습은 소의 등에 붙은 하루살이만큼이나 작게 보였다. 언제 어디서 어떻게 자연 속에 묻혀 버린 생명체인가 싶었다.

일행은 가져간 비상식량이 떨어지기 전에 귀가하려고 서둘러 내려왔다. 산 아래 있는 작은 절에 들어가 하룻밤 신세를 지고 아침 일찍 집으로 향했다. 세 개의 봉우리만을 구경하고 왔는데 보름이 걸렸다.

봉우리로 올라갈 적마다 일곱 명은 펼쳐지는 경치와 겹겹이 싸인 주름잡힌 크고 작은 산등성이를 내려다보았다. 아찔한 계곡을 따라 흘러나오는 새소리와 물소리가 마치 천국에서 들려오는 소리처럼 감미롭고 가슴에 사무쳤다.

　그리고 번개는 철 따라 갈아입는 옷처럼 천하가 단풍으로 물들어 오색찬란하게 변신한 풍무산을 지켜보는 기쁨과 감개무량함을 무어라 형언할 수 없었다.

　'어두운 삶의 하인을 반성 없는 세상으로 저를 구제해 주시고, 이 천국에 잠시나마 머무를 수 있는 행복을 주심에 감사드리며, 그 은혜 백골난망이옵니다.'

　이곳저곳 살피면서 맑은 물과 청량한 공기 마시며, 절경 속에서 불로초를 섭취하며 고통 없는 일만이천 봉의 신선이 되어야 다 구경할 것만 같았다.

　번개 일행은 세 개의 크고 작은 봉우리를 구경하면서 힘들기는 했어도 자연의 위대한 경치 속에 푹 파묻히고 싶었지만 속세를 포기할 수 없어 발길을 돌렸다. 그리고 여행소감문이라고 할 만큼 순간순간 구경했던 기억을 되살려 시와 글을 쓰기 시작했다.

　번개와 돌쇠는 거대한 자연 속에서 미소로 정착한 인간의 모습과 삶을 생각하며, 더욱 보람되고 부지런한 나날 속에 좋은 일거리를 열심히 찾았다.

　번개 어머니는 두 며느리와 함께 암자를 찾는 횟수가 늘어났다. 번뇌와 망상으로 고통을 겪는 많은 사람들이 암자를 찾아 스님의 법문을 듣는다. 예불이 끝나면 신도들이 모여 앉아 기쁜 일과 힘든 일 등을 털어놓고 같이 기뻐하고 서로에게 용기를 준다.

　인간의 모든 번뇌를 스스로 보고 느끼고 생각하기 때문에 기쁘거나 힘들게 생각하는 것에서 생겨나는 탐욕심을 버리고 마음을 비우는 길이 자신을 극락세계로 이끄는 길이라고 믿는다. 그리하여 대화를 통해 희비애락을 보듬고 지혜롭게 극복하는 마음공부를 하려고 암자를 찾는 신도들이 많아졌다.

부모님의 생일을 제대로 챙겨 드리지 못하고 오십세를 훌쩍 넘긴 번개는 구십 세가 되신 외할머니 생신날 이웃 동네 주민과 함께 구순 잔치를 벌였다.

마을 회관 마당에서 소연을 베푸니 노래가 끊임없게 나오고 구장이 어디서 구해 왔는지 북, 장고, 꽹과리가 흥을 돋우니 모두들 춤을 추기 시작했다.

명주 치마저고리를 곱게 물들여 지은 한복이 할머니를 천사처럼 돋보이게 했다. 번개가 어머니를 쳐다보니 눈에 눈물이 그렁그렁 고여 있다.

"어머니, 어디 불편하세요?"

"아니다. 너무 기뻐서 그런다. 손바닥이 까맣게 되도록 풀을 뜯고, 굶기를 밥 먹듯이 하고, 동네 사람들의 천시를 받으며 입을 옷이 없어 얻어 입고 다니시던 할머니 모습이 엊그제같이 눈에 선한데, 오늘 할머니의 모습은 천사 같고, 할아버지 생각나고 너를 보니 너무 기뻐서 눈물이 멈추질 않는다."

그러면서 눈물이 범벅인 얼굴에 웃음이 가득했다.

"어머니, 이제 아무 걱정 마시고 좋은 생각에 좋은 일만 하시면서 만수무강하세요."

어머니는 고개를 끄덕이면서 번개의 손을 잡고 덩실덩실 춤을 추었다. 그 후 어머니는 할머니를 모시고 동네 골목과 산책로를 돌면서 들판의 곡식들이 자라는 모습을 살펴보시고 기쁨이 충만한 가벼운 발걸음으로 더욱 바쁘게 움직였다.

늘어가는 가구 수와 아이들의 소리, 가축 소리는 어머니 이언년의 가슴을 뿌듯하게 하였다. 산과 들판의 사철 변화까지 감상할 수 있는 마음의 여유가 생긴 어머니는 마음이 풍요로웠고, 가난을 모르는 이웃의 삶을 보는 재미에 마음은 더욱 행복했다. 가난에 시달리고 천대받던 시절을 생각하면 오늘은 두 번 다시 보기 힘든 천국에 사는 기쁨으로 나날이 행복에 감사하고 있었다.

　어느 날 사촌오빠가 사는 동네 골목길을 들어선 어머니 이언년은 할머니 손을 잡고 잠시 멈춰 선다.

　"어머니, 저 글 읽는 소리, 낭랑한 저 목소리 들리세요?"

　"그래, 참 듣기 좋구나."

　"누가 읽는 줄 아세요?"

　"글쎄다."

　"언년이가 신나게 읽고 있어요."

　할머니가 어머니를 쳐다본다.

　"어머니, 제가 읽는 것보다는 이제 손녀 손자들이 읽는 소리를 듣는 것이 더 기쁘네요. 우리 손자 손녀들이 비단옷 입고 댕기머리에 예쁘게 앉아 책 읽는 낭랑한 목소리는 이 언년이의 소원을 풀어 준 듯 기뻐요."

　"그래도 뭐, 아쉬움이 있겠지?"

　"이제는 먹고 입는 걱정 없고 남들의 존경까지 받으니 무슨 소원이 있겠어요. 어머니, 좋은 생각으로 기쁘게 만수무강하세요."

　"그래, 고맙다. 쥐구멍에 볕들 날을 기다리던 어릴 적 너의 이야기는 오늘을 두고 했던 것 같구나. 너의 지혜와 투지력은 누구도 따를 수 없는 것 같다. 이렇게 행복한 삶을 지내면 지낼수록 너의 아버지 생각이 나고 불쌍하고 함께 하지 못해서 마음이 너무 아프단다."

　"어머니, 가난 속에 일찍 돌아가신 아버지는 저 하늘나라에서 우리의 행복한 삶을 지켜보시고 기뻐하실 거예요. 마치 저의 소원을 이루어준 손자 손녀들을 보는 기쁨처럼…."

"그래, 그렇구나. 지혜롭고 착하신 아버지는 할아버지와 큰아버지의 사랑과 이웃 사람들의 칭송으로 컸었지. 미인박명이라더니 그래서 일찍 돌아가셨나 봐."

"네. 그래서 우리는 천국에 계신 아버지를 더욱 기쁘게 해 드리려면 행복하게 잘 살아야지요."

좋은 일과 좋은 생각도 찾아가면서 번개 어머니는 할머니의 두 손을 잡고 서로의 눈물을 닦고 있었다.

때마침 약속이라도 한 듯 식솔이 나와서는 이들을 반긴다.

"어머니, 모시러 가던 참이었어요. 오늘 저녁 별식으로 팥죽을 쑤고 형제들이 모여 먹으려고요."

"그래? 그런 줄도 모르고 우연히 발걸음이 이리 들어서더라니…."

"어머니, 이심전심이에요. 어서 가요."

별식을 할 때마다 어머니, 할머니를 모시고 어머니의 사촌 형제와 큰 조카들이 한 자리에 모였다.

"그래, 요즘 어떻게들 지내니?"

할머니의 말씀에 이들 중 한 명이 웃음을 머금고 답한다.

"행복하게 지내요. 새집에서 새 동네 좋은 이웃들과 함께 농사지을 땅이 있고, 저 손자 손녀들의 글 읽는 소리는 우리들의 한을 풀어주고 있죠. 가축까지 기르고 채소도 키우며 바쁜 일손은 지난날 가난했던 우리 시절의 꿈이었지요. 부자들이 눈물 나게 부러웠던 그 시절을 생각하면, 지금 우리들이 부자가 되어 소원을 성취하고 보니 이보다 더한 천국이 어디 또 있겠어요? 모두가 누이동생 언년이 덕택이지요."

"그래, 우리 가문의 원과 한을 풀었으니 열심히 일하고 건강관리 잘 해서 시시각각 변하는 좋은 세상에 오래도록 재미있게 만수무강들 하거라."

기쁨의 손뼉들을 치고 나서 맛있는 팥죽을 맘껏 먹고는 지난날 힘들었던 일과 재미있던 이야기들에 울고 웃으면서 밤이 깊어가는 줄 몰랐다. 외롭던 어머니는 멀리서 고생하던 사촌들을 가까이 모셔 놓고 지내니 마음이 편하다며 형제가 있다는 기쁨에 젖어 행복해 했다.

어느새 사촌들도 80세가 가까워 얼굴에 주름살이 깊게 지고, 자손 숫자가 늘어나니 부잣집 할아버지로서의 의젓한 모습이 평화롭게 보였다.

설날에 번개네 집에서는 이형세의 이씨 성을 물려준 외할아버지 제사를 지내고, 돌쇠네 집에서는 아버지의 부모이신 천씨 할아버지와 할머니 제사를 지냈다.

오랫동안 제사와 생일을 모르고 지내던 가족들은 외할머니와 아버지의 제삿날을 찾아 지내기 시작하였다. 생일날은 외가의 애들까지 모여 하루를 힘차게 지냈다.

설날엔 각 집에서 차례가 끝나면 온 마을 사람들이 서로들 세배를 다닌다. 제일 상노인이신 외할머니부터 세배가 시작된다.

돌쇠네와 번개네 집은 명절 때가 되면 마을 사람들이 별식들을 해 온다. 별식과 과일 과자를 풍성하게 준비해 놓고 세배 오는 아이들 주머니에 듬뿍 넣어 준다.

육십세, 칠십세, 팔십세, 구십세가 되는 어른들은 동네잔치를 한다. 돼지를 잡고 닭을 잡아 대접을 한다.

번개는 충분한 부조를 하며 인심을 훈훈하게 한다.

번개가 하향한 지 12년이 되던 해. 홍석인은 전하의 부름을 받고 좌의정이 되었다.

석인은 전하께 삼배를 올린다.

"전하! 아직 미진한 제게 이 막중한 임무를 주시니 망극하옵니다. 혼신을 다하여 성은에 보답하겠습니다."

전하는 석인의 손을 잡고 이른다.

"충성을 다해 일해 달라. 자네를 보니 선왕 재세시 좌의정 이형세를 보는 듯 믿음이 가는구나."

석인은 감복의 눈물을 줄줄 흘렸다. 이형세의 명성만큼이나 나라와 백성을 위하여 열심히 일할 것을 굳게 다짐하고, 다시 전하 앞에 큰절 삼배를 올리고 물러나왔다.

차돌 홍석인이 좌의정이 되고 선정을 베풀고자 몰두하던 어느 날, 석인의 집으로 한 젊은이가 김칫독을 지고 찾아왔다.

전라도 순천에서 민 대감의 심부름으로 갓김치를 가져온 것이다. 차돌은 암행어사 임무를 띠고 민심이 흉흉한 전라도와 경상도를 순회하면서 탐관오리 색출과 처벌을 하고, 민가에 전해 내려오는 미담, 덕담들을 수집하기에 바빴었다. 그 중에서 특별한 일 하나가 기억난다.

암행어사 차돌은 보름이 되던 어느 날 부유한 마을에 들어섰다.

저녁을 먹고 골목을 순회하던 차 커다란 대감 집 안채에서 조심스럽게 흘러나오는 통곡 소리가 들렸다. 발길을 돌려 대감 집 사랑채에 문을 두드리고 들어서니 젊은 남자 형제가 눈물을 닦으며 한숨을 쉬고 있었다.

이야기를 들어보니 민 대감인 형이 다음날 관가에 가서 문초를 받을 예정이라는데, 사또가 이놈 저놈 불러서는 없는 죄목을 만들어 트집을 잡고 추궁하며 뇌물을 받는다는 것이다.

대쪽같은 민 대감은 뇌물을 싫어하여 오히려 그 뇌물 대신 불쌍한 사람들을 도와주는 것이 더 큰 기쁨이라고 말하며 문초를 받아도 참고 견디었다고 한다.

이번에는 민 대감에게 당치도 않은 보쌈이라는 죄목으로 문초를 한다는데, 듣고 있던 어사 차돌은 가슴이 답답했다.

"저녁 먹은 것이 좀 불편한데 김칫국 한 그릇 청해도 될까요?"

그러자 두 사람 중에 동생이 벌떡 일어나 안채에 가서 김칫국을 한 사발 그득하게 담아서는 상에 받쳐 들고 왔다.

한 모금 들이키니 향긋한 냄새와 함께 물맛이 생전 처음 먹어보는 꿀맛이었다.

"와~! 속이 후련하네. 이게 무슨 김칫국인데 이토록 맛이 좋나요?"

"네, 맛있지요. 우리 형수님 갓김치는 근동에서 알아주는 남도 일미의 솜씨랍니다."

차돌은 고맙다 인사하고 마을구장 집을 찾아가서는 민 대감과 사또에 관한 여론을 들었다. 그리고 동네를 한 바퀴 돌며 살펴보았다.

다음날 관가로 가서 문초 현장에 출도하여 사또의 비리를 자백받았다. 그리고 목숨까지 잃을 뻔한 아찔한 기억을 되살려 민심 수습에 전념했다. 한치라도 허점 없이 억울한 일을 당하는 사람이 없게 조치하고, 모든 사람에게 기쁨을 주려고 발걸음을 재촉했다.

덕분에 어둠 속에서 괴로움에 시달리던 백성들에게 기쁨의 불을 밝히니, 탐관오리들은 몸을 움츠리고 밝은 정사를 하기에 앞을 다투었다.

전라도 지방에서 '홍석인 어사' 이야기가 화제가 되었고, 어린이들도 기쁨의 노래를 불렀다.

세월이 많이 흘러 까마득하게 잊고 있던 민 대감 이야기를 들으니 차돌은 혈기 왕성했던 그 시절이 떠올라 마음이 기뻤다.

그때를 생각하고 민 대감이 좌의정이 된 홍석인의 소식을 듣고 당시에 맛있게 먹었던 갓김치를 젊은이에게 들려 보낸 것이다.

석인은 그 무거운 갓김치 통을 힘든 줄 모르고 멀리서부터 지고 온 청년에게 고마운 마음을 표했다.

"정말 수고했구나. 어디 그 고마운 갓김치 한 그릇 먹어보자."

그리곤 그때 난생 처음 먹어 본 그 갓김치 생각을 되살리며 김칫국 국물을 쭉 들이켰다.

"아니! 아니! 이게 무슨 갓김치냐?"

순간 차돌의 일그러진 얼굴을 보며 젊은이는 물론 자리에 있던 동료와 신하들의 눈이 휘둥그레졌다.

"갖고 오는 동안에 어찌하여, 왜 이리 김치맛이 변했는지 이실직고하라."

차돌의 외침에 놀란 젊은이는 어떤 것이 갓김치 맛인지 모르고는 가지고 온 것만 생각하고 아뢴다.

"예. 이 김치통을 지고 오다가 날은 무덥고 힘이 들어 땀을 흘리다 보니 주변에 먹을 물은 없고 땀은 비 오듯 하는 데다 목이 타서 김칫국물 한 모금을 마셨더니 오장이 시원하고 생기가 돌아 발걸음을 빨리할 수 있었습니다. 하여 오면서 한 모금, 한 모금 마셨더니 국물이 바닥나 동네 샘터에서 물을 가득 채우고, 또 오다가 마시고, 또 마시며 물을 몇 차례 부어 갖고 왔습니다."

함께 지켜보던 신하들은 어의가 없고 기가 막혀 혀를 찼다.

"어허! 쯧쯧…. 이그 죽었구나, 어찌 살기를 바라겠는가."

그 소리를 들은 젊은이는 그제서야 자기가 김칫국을 먹은 죄가 크다는 것을 깨닫고 죽을죄라고 생각했는지 차돌 앞에 엎드려 엉엉 울었다.

"죽을죄를 지었사옵니다. 죽여주시옵소서."

모두들 긴장 속에 시간이 잠시 흘렀다.

차돌은 번개 앞에 엎드려 살려달라고 애원했던 그 옛날 자신의 모습처럼 안쓰럽게 느껴졌다. 이 무식한 사람, 짐승같이 먹고 일만 하던 이 불쌍한 젊은이를 어떻게 도와줄까, 하는 생각이 번개처럼 스쳐 갔다. 배움이 없으면 짐승과 다를 바 무엇일까 싶었다.

"얼굴을 들고 나를 보라. 그대는 어디 사는 누구이고 몇 살이냐?"

눈물범벅이 된 채 죽음을 각오한 젊은이는 고개를 제대로 들지도 못하고 답한다.

"예! 순천에 사는 방망이이고, 나이는 열일곱 살이옵니다."

"방망이!"

순간 차돌은 속으로 깜짝 놀랐다.

'너와 나의 만남은 우연이 아니로구나. 네 숙명과 내 숙명이 어찌 이렇게도 기구하더냐.'

우리에게도 소중한 조상이 있다는 것을 우리는 잊어서는 안 된다는 생각으로 차돌은 망이를 내려다보며 솟구치는 눈물을 감당하기 힘들었다.

"망이? 왜 그 많은 이름 중에 하필 망이더냐?"

"제가 어려서부터 힘이 세고 단단하다고 하여 사람들이 지어준 이름이옵니다."

"옛일을 잊지 말라고 민 대감이 보내주신 갓김치를 잘 먹었는데, 네가 그 뜨거운 폭염 속에서 힘들게 가져온 것을 생각하니 정말 고맙구나. 네 입이 내 입이나 다름없고 나 같아도 능히 그랬을 것이다. 네 입장은 알고도 남는다. 장차 큰 인물이 되어 나라에 충성할 큰 장군이 될 얼굴이구나. 힘만 세면 짐승과 같고 지혜와 덕을 갖추면 참 인간이 되어 만인의 존경을 받느니라. 네 얼굴이 바로 장군상이로다."

그러고나서 차돌은 망이에게 비단과 엽전을 선물로 주었다.

"이 비단은 민 대감댁에 고맙다는 인사로 드리고, 김칫독에 든 돈은 부모님께 갖다 드려 농토를 장만하고 농사를 지으며 살도록 하라."

말이 떨어지자 죽음을 각오했던 망이는 귀를 의심했다. 속으로 '이럴 수가! 이런 어른이 천하에 또 계실까' 싶은 생각에 엉엉 소리를 내어 울면서 대감님께 감사드렸다.

"이 은혜 백골난망입니다. 가르치심 받잡고 혼신을 다해 따르고 열심히 배워 나라와 백성을 위하여 충성을 다하겠습니다."

이 소리에 자리에 있던 동료 신하들도 벌떡 일어나 홍석인 대감에게 큰 절을 하며 감복해 하였다.

"너는 나라에서 공부를 시켜주니 지난날 못 다한 아쉬운 마음으로 촌음을 아껴서 지혜와 덕을 쌓도록 하여라."

차돌의 말이 끝나자 망이는 머리를 땅에 수없이 박으며 엉엉 울었다. 죽는 줄 알았던 망이에게 선처를 베풀어 칭찬과 격려로 희망까지 심어준 은혜, 난생 처음 들어보는 자상하고 따뜻한 차돌의 용기 주는 언사에 망이는 어쩔 줄 몰라 하며 벌떡 일어나 절 삼배를 올렸다.

그리고 석인 대감의 은혜 평생 가슴에 간직하고 참사람이 되겠다고 다짐하며 물러 나왔다.

망이는 무거운 김칫독을 지고 한 달만에 한양에 도착했었는데 비단과 무거운 돈 항아리를 짊어지고 돌아오면서 발걸음은 빈손으로 달리듯 훨훨 날았다. 힘들 때마다 쉬면서 마음은 날아갈 듯했고, 몸속은 희망으로 힘이 솟구쳐 온 세상 모두가 밝고 아름답게 보였다.

쉴 때마다 망이는 망이 자신의 얼굴을 매만지고 또 만지면서 '내가 장군이 될 수 있다고? 그래, 꼭 되고 말 거야. 좌의정 대감이 하신 말씀 남아일언 중천금이라 했는데 사나이가 뜻을 세우면 무엇인들 못하겠느냐'를 되새기며 날듯 뛰듯 가벼운 발걸음으로 보름 만에 고향에 도착했다.

민 대감댁에서는 망이의 수고와 다녀온 이야기를 듣고 동네잔치를 벌였다. 다음날부터 망이는 절치부심, 와신상담으로 남모르게 밤낮없이 무예를 닦고 공부하며 지혜와 덕을 쌓았다.

'반상의 벽이 없는 좋은 세상에 태어난 것만도 감사해야지. 우리 조상들

이 양반 밑에서 사람 대우 받지 못하고 설움 받던 때를 생각하면 힘들고 배고픈 게 어디 대수랴….'

망이는 먹이에 굶주린 사자처럼 학문에 몰두하여 10년 만에 무과에 등과하여 남해안을 지키는 장수가 되었다.

망이가 남해 수군 장수에 임명을 받자 석인은 흐뭇한 마음에 번개 이형세 대감께 기쁨을 드리고자 망이를 데리고 강원도 이형세 대감댁 방문길을 떠났다.

책을 쓰고 있던 번개에게 돌쇠가 헐레벌떡 달려와 알린다.

"대감님, 지체 높은 가마 두 대가 우리 집을 향해 오고 있어요."

깜짝 놀란 이형세는 버선발로 뛰어나갔다. 대문을 나서니 좌의정 시절 이형세가 타던 가마와 또 다른 지체 높은 대감의 가마가 뜰 아래로 다가왔다.

가마에서 내린 좌의정 차돌 홍석인과 망이는 번개를 보자 뜰 아래에서 큰절 삼배를 올렸다. 마침 모내기를 하던 마을 사람들이 구경하려고 마당에 하얗게 모였다가 차돌과 망이가 큰절을 하자 동네 사람들도 따라서 큰절을 하였다.

번개는 차돌과 망이의 손을 잡고 사랑채에 들어갔다. 차돌이 자신의 지난 이야기와 망이 이야기를 하며 번개에게 다시 큰절을 올렸다. 번개는 덕담을 아끼지 않았다.

"고진감래라 하였거늘 고생 없이 어찌 큰 사람이 되겠는가. 그 고생 속에서 사람은 덕과 지혜가 여물고 익어가는 거라네. 두 사람 모두 하늘이 낸 사람들이며, 내게는 정말 소중하고 자랑스러운 사람들이지. 우리는 나보다 이웃을 생각하며 나라와 백성을 아끼고 충성하여야 하네. 부모님께 효도하고 늘 하늘과 국민께 감사드리며 우리를 지켜주신 고마움에 보답하는 마음으로 평생 소임을 다 해 주길 바라네."

번개를 처음 만난 망이는 속으로 하늘처럼 고마운 홍석인 같은 분이 또 계시는구나, 하는 생각으로 뒤늦게 친견하게 된 이 기쁨을 평생 간직하리라 다짐했다.

'대감님들께서 제게 가르쳐 주신 교훈을 받잡고 부끄럼 없는 참인간으로 충성을 다하여 살겠습니다.'

번개는 두 사람의 손을 꼭 잡고 치하한다.

"그대들을 보니 내가 현직에 있는 듯한 기쁨과 믿음으로 더 없는 행복감에 쌓이는구나."

때마침 모내기철이라 싱싱한 채소와 아직 지하 냉장창고에 남은 과일, 그리고 물생선 조림에다 손님을 보고 이집 저집에서 별식으로 차려 온 식혜와 수정과, 떡들로 만찬을 이루어 세 사람은 땀을 흘리며 맛있게 먹고 먼 길 여정이라 일찍이 귀갓길을 떠났다.

어느 날 마을 주민들이 주선하여 번개의 집 가까운 산에 공덕비를 세웠다. 앞에는 공덕비라고 크게 쓰고 작은 글씨로 좌의정 이형세라고 썼다. 뒤쪽에는 과거급제부터 마을 건립까지의 경력을 쓰고 공적 내용으로 첫째, 반상의 벽을 허물다. 둘째, 질 높은 문무관의 틀을 잡다. 셋째, 드높은 충절로 이곳 천석군의 땅 이십만 평을 상금으로 하사받아 고을을 일구시다. 옆에는 건립 연월일과 '천석군' 주민 일동이라 쓰고, 다른 쪽에는 두 아들 이름과 번개의 이름을 썼다.

번개가 입주하던 날을 건립일과 같게 하고 그날은 동네잔치를 했다. 바로 동네 생일이다.

인구가 늘면서 하향한 선비와 무관들은 훈장 사범으로 일하게 하여 문무를 다지며 복지 사업에 마음을 썼다.

일 년 내내 행사도 많아 주민들은 항상 분주했다. 명절, 민속놀이, 생일잔치, 경로잔치, 대보름날 솜씨 자랑 등을 열었다. 오월이 되면 이웃마을 노인과 함께 경로잔치를 베풀어 마차를 타고 가까운 산, 암자, 바닷가를 관광시켜 드리고 별식도 해 드렸다. 틈틈이 문생, 무생들의 정신교육 충·효·예·지·덕·용을 가르치기도 했다.

어느 여름날 저녁 바깥마당에 멍석을 깔고 온 식구들이 야참을 먹으며 쉬고 있었다. 몇 군데 피워 놓은 모깃불에서 나는 쑥 향기로 그윽했다. 감자, 참외, 옥수수를 먹으며 누웠다.

밖에 누워본 일이 없던 자유인으로서의 번개도 마음 편히 뒹굴었다. 유난히도 깜깜한 밤하늘에 반짝이는 별들이 일어서서 팔을 펴면 쉽게 잡힐 듯이 보였다. 밤하늘에 보석을 깔아 놓은 것처럼 반짝이는 별들을 쳐다보며 크고 작은 별들을 하나둘 세면서 느껴 본다.

'우리가 사는 이 땅 위에 저 많은 별처럼 사람도 무수하겠지? 그러면 저 하늘에 내 별도 있을까?'

금강산과 설악산에서 무엇이라 형언할 수 없었던 자연의 신비에 감탄했었다. 그리고 다시 밤하늘을 쳐다보니 우주 속에 남겨진 자신의 존재가 바닷가의 모래알처럼 미미하고 작게만 느껴졌다.

이 금수강산에서 임금과 신하로 만났던 군신의 인연, 부모형제로 만나 가정을 이룬 인연이 얼마나 소중한가. 한동네 사는 모든 이들과의 만남, 그 만남의 인연을 생각하니 모두가 반갑고 또 고맙게 느껴졌다.

이제 번개의 가슴에는 다시금 감사하는 마음이 뭉게구름처럼 피어오른다. 내일은 무엇을 해서 기쁨을 드릴까. 드릴 것이 없으면 마음이라도 기쁘게 해 드리자고 생각했다.

"어머니, 안으로 들어가 주무세요."

번개는 생각했다.

'어머니는 대단하시다. 하인을 남편으로 맞아 평생을 잔잔한 호수 같은 마음으로 섬기고 똑같이 힘들게 사는 양반집 딸들을 며느리로 삼아 친정 어머니마저 모시며 다정한 여인들의 덕과 지혜로 행복을 가꾸시니 우리 어머니는 누구보다 장하시다.'

할머니의 구순잔치를 치르고 얼마 후 어머니는 큰며느리인 번개의 아내를 불렀다.

"큰 애기야, 나 좀 보자."

"네. 무슨 하실 말씀이라도 있으신지요?"

"할머니 연세가 연만하시니 언제 닥칠 줄 모르는 큰일을 대비해야겠다. 올 춘삼월에 윤달 들어 윤달에 수의를 꾸미면 좋겠는데 큰 애기는 수의 짓는 것을 본 일이 있느냐?"

"볼 기회가 없어 전혀 모르니 어쩌나요."

"우리 세 고부는 모두 어둠 속에서 살아와 경험이 없으니 어떻게 하면 좋을까, 생각해 보렴."

"네."

큰며느리는 혹시나 하고 친정어머니를 찾아갔다.

"웬일이냐?"

"네. 뭐 좀 의논드리려고요. 시모님께서 춘삼월 윤달에 친정어머님 수의를 준비하셨으면 해서요. 혹시 수의 짓는 것 보신 일 있으세요?"

"몇 차례 지어본 일은 있지만⋯."

"그럼 어머니! 시모님과 제가 지을 테니 가르쳐 주세요."

"그러지 말고 삼베가 준비되면 나랑 셋이서 짓도록 하자. 돌아가서 시모님께 전하거라."

큰며느리의 얘기를 전해 들은 번개 어머니는 다행스럽다는 듯이 말한다.

"고맙다, 아가야. 가끔 우리 동네에 들르는 피륙장사 아저씨께 삼베 고운 것으로 세 필을 가져오도록 부탁해라. 수의는 정성을 다해 신중하게 지어야 한다. 실에 매듭을 짓지 않고 고름도 없이 수의에 바늘이 끼어들까 해서 꼭 한 개씩만 방에 들고 들어간다. 이번에 할머니 수의를 짓고 남은 천으로 여자 수의 네 벌을 더 지어 다섯 벌을 채우자. 그리고 삼년 후에 남자 수의 다섯 벌을 지어 커다란 보자기에 차곡차곡 싸서 번개네 건넛방 다락에 잘 보관해라."

이 사실을 보고 들은 두 동네에서는 집집마다 칠십세 넘은 노부모들의 수의를 짓게 되었다. 노인들은 어떤 수의가 지어질까 기대하며 서로가 자랑과 칭찬을 하였다.

그 후 오년이 지나고 번개의 어머니, 아버지 팔순이 되었다.

번개 어머니는 팔십이 넘은 동네 노인들을 모셔다 큰 잔치를 벌이고 하루를 즐겼다. 노인들을 모시고 십여 명이 마차를 타고 하루 여행을 다녀왔다.

다음날 구십칠 세의 번개 외할머니는 몸이 불편하다 하시며 방에 드러누웠다. 번개 부모는 할머니 곁을 떠나지 않고 자리를 지켰다.

"애야! 애들이 보고 싶다."

번개 형제 내외가 들어와 함께 앉으니 할머니는 자리에서 일어나 앉으시며 딸의 두 손을 잡고 눈물을 지으면서도 웃는 얼굴로 말씀하신다.

"고생이 많았지? 네가 지혜롭게 살아 아들 둘을 잘 키워 오래도록 영화를 누리니 내가 죽어도 여한이 없구나. 천 서방이 심지 깊게 내 딸을 아껴준 것 정말 고맙고, 외손자 내외들 건강하고 훌륭하게 키워 이 나라 재상까지 되었으니 이제 죽어도 여한이 없다. 그간 분에 넘치는 행복을 누렸으니 모두가 고맙구나."

"장모님! 고맙습니다. 에미가 천씨 가문을 일구고 대가를 이루니 제 원은 없습니다."

어머니도 할머니 품에 안겨 속삭인다.

"어머니, 젊은 날에 고생 많이 하셨으니 이 행복 오래 누리도록 어서 기력 회복하세요."

"오냐! 고맙다."

할머니는 두 외손자 번개와 돌쇠 내외의 손을 잡고도 쓰다듬었다.

어머니가 할머니를 다시 눕혀 드리며 자리에서 일어난다.

"어머니! 힘이 없으시니 좀 쉬었다 저녁 드세요."

번개 아버지가 방을 지키고 어머니는 문밖으로 나갔다.

잠시 후 아버지가 급하게 어머니를 부르셨다. 숨소리가 이상하다 하여 온 식구가 뛰어들어가니 번개 외할머니는 힘들게 눈을 뜨셨다가 다시 감으시고는 그 길로 구십칠 세를 일기로 운명하셨다.

어머니는 사실상 세상에 태어나 처음 겪는 죽음을 목도한 것이다. 세상 물정 모르는 아주 어린 나이에 병명도 모르게 아버지를 여의고 팔십 년 가까이 청상의 어머니와 동고동락하면서 어머니가 겪는 고초를 그저 지켜봐야만 했지 않은가.

그래서 번개 어머니는 100세 가까이 장수하신 어머니가 오늘의 행복을 더 누리지 못하고 떠나신 아픔과 아쉬움이 더욱 컸던 것이다.

평소의 어머니 분부대로 동네서 좀 떨어진 산에 스님을 모셔다 풍수를 보고 커다란 산소 터를 마련했다. 맨 위쪽에 좋은 자리를 잡아 할머니를 모시면서 외할아버지의 유골을 옮겨와 합장을 해드렸다.

작은 표석으로 산소를 표시하고는 딸과 사위 이름을 쓰고, 손 이형세, 외손 천금석이라 쓰고 옆에 돌아가신 날짜를 써 놓았다.

번개 할머니 돌아가시고 부모님은 백일 동안 아침저녁으로 상식을 올리며 삼년상을 치르고는 할아버지와 함께 천도재를 지냈다.

시간이 흘러가면서 어머니의 아픔이 가라앉으며 번개는 동네에 경로당(복지관)을 지어드렸다. 방 두 개를 마련하여 남녀 구별하고 부엌을 만들어 돌아가면서 아주머니들이 돌보도록 했다. 간식을 마련하고 산책을 할수 있게 산책로에 쉼터를 마련했다.

어린이들은 여섯 살이 되면 모두 글방에 다니도록 하고 초급, 중급, 상급 과정의 글을 읽도록 반도 구분하여 만들었다. 일년, 이년, 삼년, 육년을 마치면 문생, 무생을 구분하여 육년의 과거시험 응시 준비를 시켰다. 총 12년의 과정을 거치고 문과 무과에 급제하면 외지에 나가 국록을 먹으며 나라에 충성을 다하게 하고, 과거 급제를 못하면 훈장으로서 백성의 학력 향상, 건강 증진에 공헌하도록 하였다.

번개 이형세의 둘째 아들 이광현은 문생을, 처남 권오영은 무생을 훈육시키면서 규칙과 제도를 다지기 시작했다. 번개가 70세가 넘어서면서 번개와 돌쇠의 네 아들도 하향시기가 되었다.

글방의 인원이 늘고 소문이 나자 외지에서도 글방공부를 희망하는 자가 늘었다. 번개는 동네 건너편에 터를 크게 잡고 서원을 지었다. 이십여 개의 방과 마루를 만들고 서원 앞에는 큰 마당을 만들어 운동도 하고 쉬기도 하는 운동장 겸 쉼터로 썼다.

문생 수가 늘면서 글방에는 초급, 중급, 서원에는 상급, 과거 응시반을 배치하였다. 본 마을 젊은이들은 무료로 하고, 외지에서 오는 문생들에게는 기성회비를 받도록 하였다.

서원 등성이 너머에는 무사들을 위한 무예 수련장을 만들고, 후생시설을 마련하니 동네가 제법 번화해졌다. 서원의 간판을 번개가 친필로 '천석금'

이라 써서 붙였다. 전하께서 하사하신 대붓으로 힘차게, 큼지막하게 써 놓
으니 보는 이마다 고개를 끄덕인다.

번개의 큰아들 이두현을 '천석금서원' 원장으로 임명하여 인재 양성의
총괄을 맡게 하고 현영, 광현은 훈장으로, 돌쇠의 아들 천규찬과 처남 명현
은 무생들을 가르치도록 하니 문관, 무관이 지속적으로 배출되어 나라에
큰 소문이 나니 많은 인재가 모여들어 서원은 점차 내실화 되었다.

번개는 구십 세가 가까워지는 부모님과 동네 어른들을 모시고 산책 운동
을 하며 후손들을 상담하는 기쁨으로 소일했다. 구십이 넘는 당숙부 두 분
이 2년 간격으로 돌아가시고 3년 후에 아주머니 두 분이 돌아가셨다.

모두 가난했기에 번개의 육촌 형제들은 글을 배울 기회가 없어 농사를
지었고 조카들은 번개가 공부를 시켰다. 번개의 후손이라는 생각에 어머
니의 사촌 가족들을 마음으로 챙겼다. 번개의 당숙모님 두 분의 산소를 외
할머니 아래 나란히 합장하여 썼다.

할아버지 제사나 명절 때 찾으시던 번개의 조상들이시다. 어머니께서 준
비하신 수의 네 벌이 유용하게 사용되니 번개의 외가 이씨 친척들은 더욱
친목이 두터워져 서로가 의지하게 되었다.

번개 나이 칠십이 되던 해 동네잔치를 간소하게 치뤘다. 일년에 한 차례
씩 모이는 의형제들은 일년에 두 차례씩 모임을 갖고 자연 속에서 심신을
풀었다.

어머니를 모시고 산책길을 따라 높은 곳에 오르던 어느 날이다.

"어머니, 하늘이 너무 맑고 높아 보이네요."

"그래, 매일 땅만 보고 살아 느끼지 못하고 살았구나."

"어머니, 저 멀리 바라보세요. 하늘과 바다색이 짙지요? 맑은 하늘빛 바
다, 희고 짙푸른 색깔들을 쪽빛 하늘 바다라고 해요. 바다와 하늘이 맞닿은

곳 안 보이시죠? 끝이 없어요."

"이 좋고 평화로운 곳을 보니 내가 천국에 온 것 같구나."

"네~. 어머니, 아버지 만수무강하세요."

동네에서 저녁연기가 모락모락 피어오르며 개 짖는 소리와 어미소가 새 끼송아지 찾는 소리가 들린다.

"어머니, 음메 소리를 들으니 천국에도 짐승들이 있을까 싶네요."

번개와 어머니는 서로 처다보며 웃었다. 돌아오는 길에 지붕 위에 널린 빨간 고추와 함께 박이 주렁주렁 달린 박넝쿨이 아름다운 풍경으로 다가 온다. 마을에 들어서니 빨간 고추잠자리가 번개와 어머니, 아버지의 머리 위를 빙빙 날고 있다.

"어머니, 잠깐 쉬었다 가실까요?"

"그러자."

통나무의자에 나란히 앉았다.

동네 앞에 있는 넓은 논에는 벼들이 고개를 숙이고 황금 물결을 이루고, 멀리서부터 산속의 나뭇잎이 단풍 들기 시작했다. 가을이 깊어간다고 생각 하니 번개 자신을 생각할 겨를이 없이 앞만 보고 살아온 자신을 돌아본다.

'아하, 번개도 황혼 길에 접어들었구나.'

순간 부모님을 처다보니 두 분도 모두 백발이 되었다.

"어머니! 어머니, 머리가 백발이세요."

새삼스럽게 놀라는 번개를 처다보고 아버지는 빙그레 웃으신다.

"번개야, 네 머리도 이미 반백이 되었다."

"네? 반백이라뇨."

번개는 어머니 품에 얼굴을 묻었다.

"어머니! 어머니 곁에 있으면 저는 언제나 여덟 살 같은데 벌써 일흔 셋 이네요. 올해 어머니 연세가 구십이에요. 올가을 구월 이십팔일에는 구순 맞이 동네잔치를 해야지요.”

번개의 머리를 쓰다듬으며 어머니는 나직한 음성으로 말한다.

“번개야, 내가 온 백성의 존경을 받던 좌의정 이형세 대감의 어머니가 맞
냐?”

번개는 고개를 번쩍 들고 큰 가슴을 활짝 열고 작아지신 어머니를 품에
안고 등쪽을 향해 외친다.

“네~. 온 백성의 존경과 전하의 총애를 받던 좌의정 이형세! 부모님 곁
에 있사옵니다.”

세 식구는 큰소리로 하늘을 쳐다보며 힘차게 웃었다. 쪽빛 하늘은 어느
새 석양 노을에 곱게 물들고 있었다. 어둡기 전에 집으로 들어가자고 어머
니께서 먼저 자리에서 일어났다.

번개는 아버지와 어머니를 양옆으로 부추겨 드리며 대문에 들어섰다. 대
문에 들어서자 어머니께서 두 팔로 번개의 팔에 매달리고 걸음을 멈추시
더니 갑자기 큰소리로 외친다.

“여봐라! 게 아무도 없느냐? 온 백성의 추앙을 받았고 전하의 총애를 받
으셨던 좌의정 이형세 대감 드시느니라.”

평소 인자하시고 자상하시어 소곤소곤하기만 하셨던 어머니의 큰소리
에 갑자기 천하를 휘두르실 것 같은 사기충만한 목소리에 번개는 깜짝 놀
랐다. 그 목소리 속에는 한평생 키워 오신 꿈의 성취감에 가슴속에 쌓여 있
던 쓰레기가 순간적으로 폭발하듯 하늘을 꿰뚫은 기쁨과 통쾌감의 외침이
었다. 깜짝 놀란 큰며느리는 저녁을 짓다 말고 앞치마에 손을 씻으며 뛰쳐
나왔다. 어머니의 쾌감을 공감하면서 어머니 두 손을 잡고 대답한다.

“예, 어서 드시옵소서.”

언제 뛰어왔는지 마당에서 고추를 고르던 돌쇠 내외가 어머니 손을 잡고
거든다.

"어머니! 신들도 대령하였나이다."

갑자기 여섯 식구는 박장대소를 했다. 번개는 잡고 있던 어머니를 아버지 팔에 안겨드리고 돌쇠와 멍석 두 장을 펴 자리를 깔았다. 두 며느리는 커다란 밥상을 들고 나왔다.

멍석 위에는 평소 번개가 좋아하던 민물 생선 붕어조림이 커다란 냄비에 가득했다. 넓적넓적 무조각과 무시래기가 벌겋다. 게다가 어디서 났는지 두부 조각이 군침을 돌게 했다.

부모님께서 좋아하시는 된장아욱국, 잘 익은 열무김치, 김장배추 솎아 담근 겉절이, 새콤달콤한 양념을 한 고추장, 둘째 며느리의 솜씨 좋은 물김치가 큰 상을 가득 채웠다.

제2편 **뜨거운 눈물**

1 양부모님을 만나다

황해도 해변가 작은 어촌마을에서 삼남매의 맏딸로 태어난 봉희는 두 살 아래인 봉석이와 함께 놀면서 어머니의 곁을 맴돌면서 컸다. 해방이 되던 해에 어머니는 막냇동생 봉미를 낳으셨다. 봉희는 아기가 신기하고 예뻐 아기 곁을 떠나지 않았다.

봉미가 따로 서고 걷기 시작하면서 봉희는 봉미를 업어주고 씻겨주고 기저귀도 갈아주며 어머니가 만들어 놓으신 죽, 미음을 먹이고 봉석이와 함께 어머니, 아버지가 들어오실 때가 되면 봉미를 등에 업고 마중을 나갔다.

시원한 바닷가에는 예쁜 해당화가 봉희를 기쁘게 했고 야산이 있어서 올라가 밭 언저리를 오르며 동생들과 어울려 돌보기에 바빴다. 아침에 아버지가 동네 배를 타고 고기잡이 나가시고 어머니가 해녀복을 입고 바닷속의 소라, 전복, 게 등과 작은 물고기를 잡아 한 짐 지고 나오신다. 이때 봉석이와 봉희는 어머니가 그릇에 나누기 위해 앉으실 때 흐뭇한 마음으로 힘든 어머니 얼굴을 처다본다.

"봉희야! 동생들 돌보느라 혼났다."

어머니는 봉희에게 칭찬하고는 해녀 그릇을 머리에 이고 집으로 오신다. 그 하나하나가 돈이다. 그것들을 돈으로 바꿔 쌀을 사고 그 돈으로 식구들의 식량과 옷감을 사서 추운 겨울에 집에서 옷을 만드신다. 가난하여 속옷도 모르고 앞치마처럼 생긴 무명치마와 저고리가 옷의 전부다.

여덟 살이 되면서 바지를 입기 시작했고 맨발로 살았다. 생일이나 명절 같은 날은 생선과 전복으로 죽을 쑤어 식구들이 배불리 먹는다. 그믐이나 보름 때면 바닷물이 가장 많이 나가고 가장 많이 들어와 해산물이 가장 많이 잡힌다.

바닷물이 여섯 시간 나갔다가 여섯 시간 들어온다. 뻘이 펼쳐질 때 어머니는 갯벌에 나가 멍게, 해삼, 조개를 따시고, 게, 가재, 낙지, 전복 등을 잡는데 아이들은 갯벌 구경만 하며 어머니를 기다린다.

바위에 붙은 굴 껍데기는 칼날같아 아이들에게 얼씬도 못하게 하신 어머니다. 배가 들어올 때쯤 되면 아이 셋은 작은 부둣가에 가서 아버지를 기다리고 어머니는 저녁준비를 하신다.

그물 가득히 채워온 생선들은 몫을 지어 집으로 가져오시거나 장날에는 장사꾼들이 가져간다. 집으로 갖고 온 생선, 새우, 조개 등은 밭돌 위에 널어 말리고, 조개와 새우, 작은 물고기는 잘 말려 갈무리를 하여 판다.

안방과 뒷방, 광, 헛간만 있고 울타리도 대문도 없는 오막살이 집에서 다섯 식구는 안방에서 먹고 자며 살았다.

작은 마루가 쉼터이고, 넓은 마당은 해산물 말리고 갈무리하는 곳이어서 새우젓 항아리가 그득하여 갖가지 젓갈 냄새와 비린내가 그윽했다.

봉희가 아홉 살 되니 봉석이가 일곱 살이 되어 생선 말리고 거둬 들이는 일을 돕기 시작하였다. 비가 올 때면 둘이 말린 것을 거둬 들이고 궂을 때는 그릇이나 멍석조각으로 덮었다.

바닷가이어서 물이 귀했다. 물독에 어머니 아버지가 동네 우물에서 길어 와 쓰기 때문에 넉넉하지 못했다. 비가 오면 그릇마다 빗물을 받아 목욕하고 빨래들을 했다.

마지막 물에 발들을 씻고 봉당에서부터 발의 물기를 털고 들어가야 했고, 땔감도 귀해 넉넉하지 못했다. 학교는 근처에 없어 학교 공부한다는 것은 생각조차 못했다. 그야말로 먹고 사는 일에 바빠서 식구 모두 정신없이 움직였다.

이 바쁜 와중에 힘드신 부모님은 '우리 딸 봉희가 수고한다' 하시며 격려해 주었다. 봉석이와 봉미도 아침저녁으로 안아주시며 머리를 쓰다듬고

궁둥이도 토닥여 주었다. 이렇게 아이 셋은 부모님 덕에 배고픔은 모르고 오손도손 행복하게 지냈다.

봉희가 아홉 살 되던 해 설날이 지난 어느 날, 말리던 새우와 조개를 거둬들이는데 멀리서 쿵쿵하는 소리가 들려왔다.

"어머니 저게 무슨 소리예요?"

"글쎄다? 대포 소리 같은데…."

귀를 기울이신 어머니는 놀라시며 소리친다.

"대포 소리구나, 웬 대포 소리야!"

어머니는 저녁을 서둘러 짓기 시작하였다. 아버지는 이장네 집에 가서 알아보겠다고 나가셨다. 잠시 후에 돌아오신 아버지는 심상치 않다고 하신다. 그리고 다섯 식구가 밥상 앞에 앉아 저녁을 먹고 있는데 군인들이 이 집 저 집 뛰어다니며 알려준다.

"전쟁이 났어요. 내일 새벽 일찍 피난을 떠나시오."

저녁을 서둘러 먹고 밤새 피난 짐을 보자기에 쌌다. 봉희는 아홉 살이라 해도 체구가 유난히 작아 일곱 살처럼 가냘팠다. 새벽밥을 먹고 나서 어머니는 봉미를 업고 아버지는 봉석이 손을 잡으셨다. 그리고 머리에, 등에, 손에 크고 작은 보따리를 갖고 자리에서 일어났다.

봉희는 짚신을 신고 부모님의 뒤를 따르며 미끄러운 빙판길에서 넘어지고 뛰면서 동구 밖을 나섰다. 벌써 피난민들이 줄을 지어서 가고 있었다.

들판과 산을 넘어 동네에 도착하면 밥을 지어 요기를 하고, 해가 지면 동네 회관이나 부잣집 사랑방에 앉아서 밤을 새기도 하며 새우잠을 잤다. 며칠이 지났는지 갖고 간 식량이 떨어져 가는데 부모님은 끼니를 거르시면서도 아이 셋은 굶기지 않았다.

며칠을 걷고 나니 애들은 발이 퉁퉁 부어 힘들어 했는데 궤짝에 서로 다리들을 올려놓으며 불편한 가운데 잠을 잤다. 갖고 간 식량이 떨어지자 동네에 들어가 구걸을 하며 허기를 면하고, 또 날이 새면 다시 걸었다.

봉희보다 어린 봉석은 두 말도 없이 잘 걸었다. 다시 며칠을 걸어가니 멀리서 들리던 대포 소리가 점점 가까워지고 크게 들렸다. 여기저기 군인 아저씨들이 뛰어다니며 더욱 빨리 가라고 독려한다. 모두들 더 빨리, 뛰듯이 걸었다. 그때 대포 소리가 코앞에서 들리더니 여기저기서 대포알 터지는 소리와 함께 빛이 번쩍거렸다.

봉희 식구도 불꽃 속을 헤치며 걷고 있는데, 갑자기 바로 앞에 대포알이 떨어지고 화염이 치솟았다. 그 불 속에서 어머니 아버지, 그리고 봉석이 봉미가 사라져 안 보였다. 봉희는 미친 듯이 식구들을 부르며 이리 뛰고 저리 뛰며 대포 터진 구덩이에 쓰러져 정신을 잃고 말았다.

봉희가 정신이 들었을 때는 어떤 아저씨의 품에 안겨 있었다.

"정신이 드니?"

봉희는 자기도 모르게 식구들 이름을 부르다 또 다시 정신을 잃었다. 얼마가 지나 다시 봉희의 정신이 돌아왔다. 봉희의 얼굴에 뜨거운 눈물이 뚝뚝 떨어지는 것을 느꼈다. 눈을 뜨니 아무것도 보이지 않았다. 봉희는 아저씨 품 안에서 꼼지락거리면서 아저씨 품에 깊이 파고들었다.

"이름이 뭐니?"

"서봉희요."

그리고 또 정신을 잃었다. 한참 후에 봉희의 언 다리와 팔을 주무르는 아저씨를 알아차렸다. 그러나 목소리는 들리고 얼굴은 보이지 않았다.

아저씨가 꼭 안아주자 봉희는 품을 파고들면서 흐느껴 울기 시작했다. 봉희를 안고 있던 아저씨는 뜨거운 눈물을 흘리면서 봉희를 달랜다.

"봉희야, 정신 차려! 여기는 피난민 수용소이고, 이 방에는 봉희처럼 부모, 형제를 잃은 전쟁고아가 수없이 많단다. 이 아저씨도 피난길에 처와 딸을 폭탄 속에 잃고 미친 듯이 울며 내려왔다. 바로 요 앞에서 봉희가 가족들을 잃고 미친 듯이 헤매다 대포구덩이에서 정신을 잃고 쓰러진 것을 보고 순간 내 딸이라는 착각 속에 너를 무릎에 안고 단숨에 폭탄 속을 뚫고 예까지 달려왔단다. 봉희야! 굳세게 살아야 한다. 강하게 살지 못하면 죽어! 강하게 살아야 한다."

아저씨는 봉희를 꼭 껴안고 눈물 범벅된 얼굴을 봉희의 얼굴에 마구 비벼댔다. 봉희는 아저씨 품에 파고들면서 소리 없이 흐느끼며 눈물을 흘렸다. 한참 후 봉희가 정신이 들고 완전히 깨어난 것을 알고 아저씨가 당부한다.

"봉희야, 너는 어리고 기운이 없어 이제는 더 이상 피난길을 갈 수 없단다. 이 동네에서 살 곳을 찾도록 하여라. 아저씨는 좀 더 남으로 내려가 살자리를 알아봐야겠다."

봉희는 눈을 감은 채 아저씨 품에 죽기 살기로 안겼다. 아저씨는 봉희를 꼭 껴안고 두 볼을 맞대고 다시 타이른다.

"봉희야, 강해야지. 따뜻한 방에서 한숨 자고 정신을 차리렴."

그리고 봉희를 품에서 내려놓으니 봉희가 다시 매달린다. 아저씨는 봉희의 손을 꼬옥 잡아주었다가 떼어 놓았다. 순간 봉희는 눈을 부릅 떴는데 아무것도 보이지 않는다. 봉희는 다시 정신을 잃었다.

얼마가 지났을까, 봉희가 눈을 뜨니 온몸이 물에서 건진 것처럼 땀에 흠뻑 젖어있었다. 땀을 흘리고 눈을 뜨니 피난민들이 계속 오고 가는 것이 보였다. 그 순간 일어나려고 하니 팔다리에 힘이 없고 다리가 후들거렸다. 다시 앉아 쓰러진 채 잠이 들었다.

또 다시 온몸에 땀을 흘리고 깨어나 정신을 차리고는 후들거리는 다리에 힘을 가해 천천히 밖으로 나갔다. 그 지역의 높은 터에 위치한 관사에서 정신을 차린 것이다.

아래를 내려다보니 팔십여 채의 집들이 옴팍하고 평화롭게 자리 잡고 있었다. 사방을 둘러보니 대문 높은 집의 큰 대문이 보였다. 휘청거리며 다가가 대문을 두드리니 어머니 연세의 아주머니가 나왔다.

봉희를 본 아주머니는 두 말없이 봉희를 안으로 데리고 들어갔다. 안방으로 데리고 들어간 아주머니가 묻는다.

"누구니? 넌…."

"저는 황해도 해변가에서 삼남매의 맏딸로 태어나 가난하지만 행복하게 살다가 피난길에서 부모님과 동생들을 모두 잃고 혼자가 되었어요. 이 댁에서 일하고 살게 해 주세요."

"알았다. 아직도 정신이 안 들었으니 한숨 자고 일어나거라."

그러고는 아랫목에 눕혀 주고는 포대기를 덮어 주었다. 다시 정신없이 자고 일어나니 또 온몸이 땀으로 흠뻑 젖었다.

"애야! 부엌에 가면 솥에 더운물이 있으니 손발을 씻고 세수하고 들어오렴!"

봉희는 부엌에 가니 아무도 없고 더운물이 많아 머리를 감고는 손발과 몸에 비누칠을 하여 깨끗하게 씻고 들어왔다. 아주머니가 걱정스럽게 말한다.

"이 추운 날에 머리까지 감았니? 감기 들면 어쩌려구. 여기 앉아라."

그러고 나서 옷을 한 보따리 꺼내 놓으며 다시 묻는다.

"이름이 뭐니?"

"서봉희예요."

"나이는?"

"아홉 살이에요."

"그래? 이 옷은 너보다 두 살 아래인 영란이가 입던 옷인데 너한테 맞을 게다. 영란이 아래는 세 살 어린 기석이가 있다. 동생처럼 생각하고 잘 지내거라."

봉희는 너무 고마워 자신도 모르게 일어나 큰절을 하였다.

"어머니, 감사합니다."

"그래. 그리고 이제부터 네가 지낼 방은 마루 건넛방이다. 가서 옷부터 갈아입고 오렴."

봉희는 한 아름의 옷을 안고 건넛방으로 들어가 옷을 펴보니, 순간 동화 속의 공주가 된 것 같았다. 속옷을 모르고 살던 봉희에게 예쁜 속옷과 구경도 못해 봤던 예쁜 옷들은 봉희를 황홀하게 했다.

옷을 갈아입고 안방으로 오니 어머니는 밥상을 차려 놓았다. 며칠을 굶주림과 공포에 떨다 잠도 제대로 못 이룬 봉희는 밥상 위에 놓인 반찬까지 모두 깨끗이 비웠다.

어머니께서 조용하고 자상하게 한 말씀 하신다.

"봉희야, 이제부터 우리를 어머니 아버지라 부르고, 두 동생들과도 편안한 마음으로 지내거라."

그 순간 봉희는 너무도 감사하여 어머니 앞에 얼굴을 묻고 답하였다.

"어머니, 정말 감사합니다. 이 은혜 마음 깊이 간직하고 효도하겠습니다."

어머니는 봉희의 머리를 쓰다듬고 등을 토닥토닥해 주었다.

"봉희야! 오늘은 많이 피곤하니 일찍 자거라."

그리고는 건넛방에 데려다주었다.

방에는 따뜻한 이부자리가 깔려있었다.

"어머니, 안녕히 주무세요."

"그래, 너도 잘 자거라."

봉희는 난생처음 좋은 옷을 입고 따뜻한 이부자리에 넓고 큰방에서 잠을 자게 된 것이다. 봉희는 새로 태어난 듯 기뻤다. 이 은혜 꼭 보답하겠다는 마음을 다짐하고 또 다짐했다. 자리에 누우니 다른 생각할 사이 없이 또 깊은 잠에 빠졌다.

아침에 눈을 뜨니 날이 밝아 있었다. 얼른 방을 정리하고 부엌으로 나갔더니 어머니는 벌써 큰 솥에 물을 데우고 계셨다.

"어머니, 안녕히 주무셨어요?"

"피곤할 텐데 벌써 일어났니?"

"잘 잤어요. 제가 불 땔게요."

"그래라. 너무 일찍 일어나지 말거라. 바쁜 일도 없는데….."

"네."

어머니는 아침밥을 지으러 갔다.

봉희는 걸레를 빨아 안방과 마루를 걸레질하였다. 영란이 마루로 나오면서 엄마를 찾는다.

봉희는 얼른 대야에 더운물을 떠갖고 방으로 가서 영란을 세수시켰다. 기석도 눈을 떠서 세수를 시키고, 그 물에 걸레를 빨아 방을 걸레질하고 나왔다.

기석이 칭얼거렸다. 달래주고 포대기로 업고 나와 어머니에게 갔다. 영란이 묻는다.

"누구야?"

어머니가 조심스럽게 답한다.

"영란아, 언니다. 언니 말 잘 듣고 언니하고 사이좋게 지내라."

"네."

영란은 대답하고 안심이 되었는지 방으로 들어갔다.

얼마 후 아침 밥상이 차려지고 어머니께서 소리친다.

"아침 드세요!"

그 소리에 아버지와 열댓 살쯤 된 남자가 방으로 들어온다.

"봉희야, 아버지께 인사드려라."

아버지는 아랫목에 앉으셨다. 봉희는 큰절을 올렸다.

"아버님, 저 봉희예요. 어머님, 아버님 말씀 잘 듣고 잘 모실게요. 그리고 동생들하고도 사이좋게 잘 지내겠습니다."

"그래, 봉희야. 나이는 아홉 살이라고?"

"네."

"아직은 애기이구나. 걱정 말고 너의 집처럼 생각하고 잘 지내거라."

"네, 아버님, 감사합니다."

"여기는 김서방이다. 이름은 김정민이라 하고 나이는 너보다 네 살 더 먹었구나. 너보다 열흘 전에 피난길에 우리 집에 왔단다. 오빠처럼 생각하고 한 식구로 지내거라."

봉희와 정민은 서로 고개를 숙여 인사했다.

여섯 식구는 둥근 상에 모여 앉아 아침식사를 마쳤다.

어머니와 정민오빠는 밥상을 내갔다.

봉희가 설거지하려고 팔을 걷으니 어머니께서 말린다.

"앞으로 많이 할 텐데…, 애기들하고 방에 들어가 놀아라."

"설거지는 많이 해 봤어요."

"그래도 들어가 기석이하고 놀아줘."

"네."

기석과 영란은 봉희를 보고 잘 따랐다. 이것저것 장난감을 갖고 와서 놀자고 했다. 얼마 후 어머니가 들어왔다. 봉희가 얼른 나가 부엌부터 봉당을 거쳐 마당을 쓸고 들어와서 전날 벗어놓은 옷들을 수돗가에 갖고 가서 빨고 있는데, 어머니가 말씀하신다.

"봉희야, 이따가 햇살이 퍼지거든 더운물에 천천히 빨아라."

"어머니, 안 추워요. 고향에서는 칼바람에 살얼음을 깨어서 빨래하고 세수하고 지냈어요. 근데 여긴 깊은 펌프 물에서 김이 무럭무럭 나는 걸요."

"그래도 안 돼!"

"네. 얼른 하고 들어갈게요."

봉희는 재빠르게 빨래를 하여 얼른 널고 들어갔다. 아홉 살이라고는 하나 일곱 살 된 영란보다 크지는 않았다. 일곱 살의 영란은 내년이면 학교에 들어간다. 어머니는 영란에게 한글을 가르쳐 주었다. 봉희도 옆에서 영란과 같이 한글을 배웠다.

햇살이 퍼지면서 봉희는 영란과 함께 나가 고무줄놀이도 하고 사방치기도 한다. 기석이 칭얼거리면 등에 업고 왔다 갔다 서성거린다. 그러면 등에서 잠이 든다. 기석을 방바닥에 뉘어 따뜻하게 재우고 영란과 공부도 하고 온 뒤 마루에서는 공기놀이, 바깥마당에서는 땅따먹기 놀이를 한다. 그리고 또 기둥에 고무줄을 매어놓고 둘이서 고무줄놀이도 한다.

날이 따뜻해지면서 봉희는 영란의 손을 잡고 들로 나가기 시작한다.

봄이 되어 어머니께서 들로 나가실 때면 봉희는 집에서 영란과 기석을 돌보면서 놀아주다가 공부도 한다. 봉희는 못하던 공부를 하게 되니 재미있었다.

영란과 함께하니 재미있었고, 영란도 머리가 좋아 공부를 잘했다. 어머니가 텃밭에 일하러 나가면 기석을 업고 영란과 셋이서 어머니한테 간다. 그러면 어머니는 걱정스럽게 타이르신다.

"봉희야! 잘 다녀. 넘어지면 둘 다 다친다."

"네."

봉희는 어머니가 하는 일이 모두 신기했다. 파란 바다와 갯벌 모래사장만 보였고, 꽃이라고는 해당화 밖에 모르며, 산에 한 번 올라가 볼 겨를 없이 자랐던 봉희는 모든 게 신기했고 아는 것이 없어 답답했다. 어머니는 논과 밭, 산에서 나는 곡식과 풀꽃, 벌레 이름들을 닥치는 대로 가르쳐 주고 또 가르쳐 주었다.

아이 셋이 밖에 나가 놀면 어머니는 부엌이고 빈방이고 두루 다니며 먹을 것을 만들고, 겨울이면 바느질을 열심히 하였다. 봉희는 어머니 곁을 따라다니면서 눈으로 일을 익혔다.

기석이 잠들면 봉희는 따뜻한 장독대와 물항아리 등을 물청소하고, 부엌 부뚜막에 올라가 거미줄과 그을음을 떼면 어머니는 깜짝 놀라며 만류한다.

"봉희야! 넌 아직 어리니 크면 해, 내가 할게."

어머니는 기뻐했다. 뒤꼍에는 커다란 감나무 가지가 흐드러져 있었다. 대추나무도 있고, 울타리 바깥 야산에는 살구나무 두 그루와 밤나무가 대여섯 그루가 심겨져 있었다.

할아버지 윗대 조상 때부터 글도 하시고, 주변의 땅을 거의 다 조상님이 물려준 부잣집 후손이어서 아버지도 어머니도 배움이 많으셨다. 농사는 심심풀이로 지으시며, 수만 평의 논밭은 소작을 주어 소작료를 받으신다.

생활이 어려운 소작인에게는 소작료 없이 그대로 지어먹게 하고, 가뭄이 있어 흉작일 때는 소작료를 감해 주었다. 동네의 애경사를 모두 챙겨서 주민에게 존경을 받고 있다.

김정민은 아버지를 따라다니며 소작지를 둘러보고, 작은 농사를 지으면서 아버지의 잔심부름을 했다. 정민이나 봉희는 아직 어려서 부모님이 해 주는 것을 아들, 딸처럼 먹고 지냈다. 과일을 따러 가거나 곡식을 거둬들일 때 아이들 넷은 바구니만 들고 주워 담기만 했다.

안마당에서 멍석을 깔고 일할 때 봉희와 영란, 기석은 별을 큰 별 작은 별로 나누어 세다 잠이 들었는데 아침에는 방에서 눈을 뜬다. 어머니와 아버지께서 아이들이 잠들기 전에 모깃불을 피워 놓고 부채질하다가 밤이 깊어 잠이 들면 방에 안아다 눕혀 준 것이다. 봉희는 너무도 고마워서 어쩔 줄 몰라 하며 날마다 행복감에 빠져 살았다.

영란이 학교에 들어가자 봉희는 영란을 데리고 함께 학교에 간다. 그리고 창밖에서 공부 소리를 들으며 배우고 온다. 수업이 끝나면 영란과 함께 집으로 와서 숙제를 같이 한다. 영란이 덕분에 봉희는 한글을 배우고 숫자 공부도 했다.

한 달이 지나면서 영란이 혼자 학교를 다니게 하고 숙제는 같이 했다. 영란은 그날 배운 것을 봉희에게 설명하면 봉희는 책을 보고 숙제를 했다. 학년이 올라가도 영란은 열심히 배우고 나서 봉희를 가르쳐 주었다.

영란이 사학년이 되던 해 기석이 학교에 들어갔다.

봉희는 기석을 데리고 학교에 한 달을 다니면서 공부를 가르쳐주고 숙제도 같이 했다. 기석은 남자라서 그런지 공치기 놀이를 좋아하면서 공부에는 몰두하지 않았다. 영란과 고무줄놀이를 하면 기석은 고무줄을 잡아 주며 함께 놀았다. 학교에 들어가면서 기석은 아버지, 김정민과 더 잘 맞았다.

아버지가 시장에서 고무공을 사다 주면 마당에서 셋이서 공차기를 하고, 제기나 썰매, 연 등을 만드는 방법을 가르쳐 주면 정민이 만들어 기석과 함께 놀았다.

어머니는 음식 솜씨와 바느질 솜씨가 좋았다. 명절이면 아버지는 마차에 모든 식구를 태우고 시장을 향한다. 어머니는 옷감과 명절준비용으로 술 등을 여기저기 들러 잔뜩 사 온다. 마차를 세워놓고 모두 따라다니면서 시장 구경을 하였다.

영란이 삼학년이 되던 해 시장에 고무신과 나일론 양말이 나오기 시작했다. 어머니는 식구들의 신발과 양말을 골라 주시고 한 짐 사놓은 뒤 먹거리

장터에 가서 떡과 과자도 사주었다. 고깃국을 사서 맛있게 먹고 신이 난 아이들은 마차 위에서 영란이 가르쳐준 노래를 신나게 부르며 온다. 어머니와 아버지도 덩달아 싱글벙글하신다.

아들딸이 많아서 좋은가 보다. 봉희는 어머니를 따라 음식도 맛있게 하고 살림도 잘 했다. 명절 때는 어머니가 여섯 식구에게 새 옷을 만들어 주고 아이들 넷의 세배를 받으셨다.

의지할 곳 없는 봉희에겐 친동생 또래의 두 동생 영란과 기석이 의지의 대상이 되었다. 더군다나 나이가 위인 정민에겐 터놓고 말 한 마디 제대로 나누지 못하고 자랐지만 똑같은 처지의 오빠가 있다는 것은 하늘이 준 행운 같았다. 공부를 가르쳐 주던 영란은 부모님께 말 못할 사연도 세세히 이야기하며 의지가 되었고, 업어 키운 기석은 영란을 따라 봉희 말이라면 잘 들어줬다.

정민은 맘 놓고 이름 한 번 부르지 못하면서 부모님과 동생들이 따라도 기가 죽어 큰 소리 한 번 못하고 말없이 그저 행동으로 정을 나누며 컸다. 봉희가 재봉 바느질을 하게 되니 정민은 조심스럽게 작은 소리로 부탁한다.

"나에게 작은 자루 주머니 한 개 만들어 줄래?"

봉희는 고개를 끄덕이고 낮에 주머니를 재빠르게 만들어 다음 날 아침에 주었다. 그랬더니 싱글벙글해져서는 아버지를 따라 들로 나갔다. 그러다 나무에 달린 열매만 보면 따려고 했다.

"아버님, 저 열매 따도 돼요? 먹어 보게요."

"안 된다. 높아서 못 딴다."

순간 정민은 다람쥐처럼 올라가 주머니 속에 넣어두었던 자루에 번개처럼 하나 가득 따왔다. 그렇게 매일같이 송화, 오디, 딸기, 보리수, 도토리 등 먹는 것이라면 뭐든지 하나 가득 따 들고 온다.

아버지는 정민이 부지런하고 일 잘한다며 늘 칭찬하고 잘해 주었다. 주말이 되면 영란과 기석에게 줄 열매, 몸에 좋은 맛있는 것들이 기다려진다. 정민이 한 자루 가득 따 들고 와서 봉희에게 준다.

그러면 봉희는 어머니에게 신이 나서 보고한다.

"어머니, 정민오빠와 아버님께서 멍석딸기를 이만큼 따왔어요."

어느 여름날 정민은 봉희에게 살며시 부탁을 했다.

"봉희야, 어머니께 창호지 한 장 달라고 할래."

"응!"

그때 어머니께서 창호지 한 장을 주시니 정민은 반을 자르고 또 반을 잘라 봉지를 만들었다. 그리고 마당에 봉희와 멍석도 깔아 모깃불을 피워 놓고 기석이 잠들기를 기다렸다가 잠이 들면 시원한 베 이불을 덮어 주고 부모님이 일하는 틈을 이용해 아이들은 창호지 봉투를 들고 들로 나간다.

봉희와 정민은 반딧불을 잡아 창호지 봉투에 넣고 영란은 불을 들고 뛰어다닌다. 열 마리쯤 잡고 집에 오면 땀이 줄줄 흐른다. 수돗가에 가서 셋이서 씻고 멍석으로 오면 어머니는 어느새 쪄 놓은 옥수수, 감자, 참외, 수박 등을 소쿠리에 담아 오신다.

다섯 식구는 맛있게 먹고 영란이 노래를 시작하면 모두가 영란을 따라 듣고 배운 노래를 함께 신나게 부른다. 이때 창호지 봉투를 어머니에게 갖다 드린다.

"얘들아, 등불처럼 환하구나. 옛날 선비들은 눈빛 달빛 반딧불 밑에서도 글을 읽고 훌륭한 사람이 많이 되었단다."

그러자 신이 난 영란이 말한다.

"어머니도 노래 하나 해 보세요."

"그래…. 새야 새야 파랑새야 녹두밭에 앉지 마라. 녹두꽃이 떨어지면 청포장수 울고 간다."

"어머니, 그게 무슨 노래예요?"

"우리나라는 금수강산이어서 옛날부터 중국쪽이나 일본의 침입을 많이 받아 전쟁이 많았지. 청나라 군대의 피해가 커서 온 국민은 슬픈 마음으로 이 노래를 불러 지금까지 전해지고 있는 거란다. 나라를 지키겠다는 백성들 중에서 애국지사가 많이 나왔지. 우리나라 백성은 어느 나라 백성보다 단결력이 강하고 애국심과 충성심, 효심 등이 세계에서 제일로 손꼽힌단다."

"아버지! 아버지도 노래 하나 하세요."

"그래. 산에 산에 산에는 산에 사는 메아리, 언제나 찾아가서 외쳐 불러도 반가이 대답하는 산에 사는 메아리, 산에 산에 산에다 옷을 입히자 나무를 심자, 산에 산에 산에다 옷을 입히자, 메아리가 살게 시리 나무를 심자. 당시 일본 놈들이 우리나라를 침략하고 나무를 베고 산에 나쁜 짓을 하여 우리나라를 횡하게 하여 일본의 속국으로 만들려 했었지. 이 노래는 우리나라 금수강산 만들게 전력하고자 하는 노래이고 식목일도 생겼단다."

그렇게 다섯 식구는 문교부 주제가, 농림부 주제가, 고추 먹고 맴맴, 무궁화 노래 등을 신나게 부르다 잠이 들었다.

겨울 어느 날 바느질하는 어머니 곁에서 윷놀이를 한다. 봉희는 기석과 한편이고 정민은 영란과 한편이다. 정민이 지면 손을 얼른 내밀고, 정민이 이기면 영란이 신이 나서 세게 손목을 때렸어도 정민은 때리기 싫은 듯 살짝 손만 대었다 뗀다. 기석도 한몫 끼어 두 손으로 윷가락을 던지고 이기면 손바닥으로 정민과 영란을 때린다.

영란이 중학생이 되자 정민과 기석은 영란이 버스에서 내려오는 시간에 맞추어 마중을 나간다. 가방과 짐을 정민이 들고 오면 영란은 기석과 손을 잡고 다 함께 노래를 부르면서 집으로 온다.

봉희는 어머니와 영란, 기석이 좋아하는 인절미와 찐빵을 쪄 놓고, 일요일이면 삼계탕도 해 놓았다. 정민은 동생들을 즐겁게 해 주려 하고, 어머니는 맛있고 귀한 별식을 해 주시려 하신다. 봉희는 어머니를 따라 음식 만들기와 바느질을 즐겁게 익혔다. 반찬도 제법 잘하니 어머니께서 봉희 칭찬이 여간 아니다.

"봉희가 많이 컸구나. 그리고 봉희는 눈썰미가 있고 머리도 좋은 데다 재주가 많아서 잘 살 것 같구나."

틈틈이 어머니는 한가하실 때면 애들 넷을 불러 놓고 지혜롭게 살아온 사람 이야기와 어린이 관련 수수께끼와 귀신 이야기로 즐겁게 해 주었다. 봉희와 정민은 부잣집 애들처럼 부모님 사랑을 듬뿍 받고 컸다.

어머니는 돼지 밥을 주고, 봉희는 닭장을 관리하며 닭의 숫자를 세고 모이 주는 것이 당번이고, 정민은 아버지를 따라다니며 소풀을 베어다 소죽 쑤는 것이 당번이다.

나이를 먹으면서 정민도 아버지만큼 일을 하니 아버지는 칭찬을 한다.

"정민이도 많이 컸구나. 힘도 세지고…."

그 뒤 마차 끄는 것도 가르쳐 주고는 정민과 함께 가끔 장터에도 다녀왔다. 봉희와 정민은 날마다 일 배우고 살림하는 것이 재미있었다. 부모님은 둘을 보고 대견하게 생각하고 든든해 하였다.

영란이 육학년이 되니 봉희 나이가 열다섯 살이 되었다. 김장을 하려고 배추를 씻어서 절였다. 어머니가 일어나기 전에 배추를 씻으려고 새벽에 씻었다. 밤새 얼었던 찬 배추를 펌프 물에 씻었는데 새벽 찬바람 속이라 손이 시려 왔다. 언 손을 녹이려고 입에 넣었다.

언 손을 호호 녹이면서 김장배추를 씻는 봉희에게 소죽을 쑤던 정민이 아궁이 속 숯불 덩어리를 화로에 담아 갖다 주었다. 이글거리는 화롯불의 훈기에 언 손을 쬐면서 배추를 다 씻어 건져 놓았다. 그때 어머니께서 나오더니 호령을 한다.

"무엇이 급해서 고생을 사서 하니? 햇살이 퍼진 후에 씻어 건져도 얼마든지 할 김장을, 내가 알아서 할 텐데 나를 돕는다고 고생을 사서 하네? 다음부터는 혼자 하지 말고, 뭐든지 같이 해."

"네."

열흘쯤 지났다. 어머니께서 봉희를 찾는다.

"봉희야, 김 씨를 안으로 들어오라 해라."

봉희가 정민을 데리고 온다.

"봉희도 함께 앉아라. 봉희 나이 열다섯이고, 김 씨도 열아홉 살이니 장가들 나이가 되었구나. 결혼해도 달라질 것 없으니 둘이 우리 집 안팎의 일을 하면서 결혼하여 살면 어떨까 해서 불렀네."

"……."

"둘의 생각은 어떤가?"

봉희는 입을 다문 채 얼굴이 빨개지고 정민은 조용히 대답한다.

"네, 어머님, 감사합니다."

"그럼 춘삼월 좋은 날에 혼례식을 올리도록 하지."

김정민과 서봉희는 가족들 앞에서 냉수를 떠놓고 간소하게 혼례식을 올렸다. 그리고 사랑채의 방 하나를 내어 살림을 차렸다.

둘은 더 부지런히 일하고 부모님과 동생들에게 잘했다. 부모님을 따라 하던 일을 대신 알아서 하도록 배우고 익혔다.

어머니와 봉희는 송화를 따서 말려 송홧가루를 받아 모으고, 왜무를 꾸덕꾸덕 말려 약 장아찌를 만들었다. 벼가 누렇게 익으면 어머니와 함께 메뚜기를 잡아다 가마솥에 볶아 술안주로 만들고, 콩자반 속에 넣어 맛있는 콩장도 만들었다. 고추장과 된장도 잘 담갔다. 바느질도 손바느질과 재봉

바느질 모두 닥치는 대로 잘했다.

　하루는 기석이 바지를 만들어보려고 재봉바느질을 하는데 '딱' 소리와 함께 재봉 바늘이 부러졌다.

　"어머니!"

　"왜 그러니?"

　"큰일을 저질렀어요."

　"뭔데?"

　"바지 솔가리를 꿰매다 재봉 바늘이 부러졌어요."

　"손은 안 다쳤니?"

　"네."

　"그러면 됐다. 바늘은 새로 사면 되지. 솔가리는 두터워서 바늘이 잘 부러진다. 솔가리를 꿰맬 때는 바퀴를 손으로 살살 돌려 천천히 박고 바늘이 잘 안 들어가면 그만 넘기고 바느질을 해야 해."

　"네. 다음부턴 조심할게요."

　집에서 입는 옷은 봉희도 잘 만들었다.

　다음 해 영란은 중학교에 들어가고 봉희는 아들 준식을 낳았다. 부모님의 사랑 속에서 정민을 좋아하며 조심스럽게 넷이 지내다가 결혼을 하니 봉희와 정민은 시간 가는 줄 모르도록 행복했다.

　고향 이야기에서부터 매일 매일 하는 일에서 생겨나는 기쁜 이야기를 나누며 더욱 바지런하게 일을 했다. 그야말로 부모님께 보답하려 알뜰살뜰 열심히 살았다.

　준식을 낳으니 남편 정민은 어쩔 줄 몰라 들락거리며, 어머니께서 해 주시는 산바라지에 신이 났다. 정민에게 아버지와 함께 어머니께서 산바라지 준비물을 상세하게 알려 주신다. 기저귀감과 미역 등을 좋은 것으로 골라 사다 두었다.

아버지는 영란과 기석이 낳을 때 경험해서 그런지 정민에게 걱정 말고 다녀오자고 데리고 가면 정민은 기쁨을 참지 못하고 싱글벙글한다. 어머니는 웃으시며 잘 다녀오라고 손짓한다.

어머니, 아버지는 첫 손주를 보신 듯 기뻐하며 아기 옷도 몇 벌씩 사다 주고, 아기 보러 아침저녁으로 드나든다.

영란과 기석도 좋아했다. 아기 손가락과 발가락을 만져보고 눈을 뜨면 '이모다, 삼촌이다' 하며 자주 드나들었다. 어머니께서 살짝 주의를 주신다.

"애들아, 애기는 잠을 많이 자야 무럭무럭 잘 자란단다. 잠자게 두렴…."

"예."

아기 울음소리가 나면 둘이서 경쟁하듯 달려와 얼러준다.

첫돌이 되면서 따로 서기 시작하니 영란은 아기를 업어보고 싶다 하여 업혀주면 마당으로 나간다. 그리고 대답 없는 아기에게 말한다.

"준식아! 하늘이 보여? 닭, 돼지, 소구경 가자!"

영란은 주말이 되면 서울에서 준식이 장난감으로 딸랑이 등을 골라 신나게 달려왔다. 영란은 초등학교 때부터 항상 공부를 잘해 일등을 뺏기지 않았다. 집에 오면 언니 봉희에게 영어를 가르쳐주고 아기도 보고 싶어 하니 정신없이 바빴다.

준식이 다섯 살이 되고 봉희는 둘째 관식을 낳았다.

영란은 고등학생이 되고 기석은 중학생이 되어 서울로 갔다.

주말이 되면 여덟 식구가 시끌시끌 반갑게 모여 즐거운 시간을 보냈다, 명절 때면 다식을 한다.

송화 꼬투리를 따서 장독대 위에 커다란 종이를 깔고 널어놓으면 마르면서 송화 꼬투리에서 송홧가루가 쏟아진다. 그것을 모아두었다가 명절과 제사 때마다 조청에 반죽해 놓고, 쌀을 볶아 가루를 내어 설탕물로 반죽하고, 검은 깨를 볶아 절구에 넣고 찧으면 덩어리가 생기면서 번들번들 기름 범벅이 된다.

그것을 그릇에 담아 놓고 어머니는 봉희를 부른다.

"봉희야, 다식판과 모판을 갖고 오렴."

"네."

그렇게 준비된 송홧가루 반죽을 다식판에 넣고 꾹꾹 눌러 무늬 박힌 다식을 만든다. 봉희는 모든 게 신기하고 재미있고 침이 질질 나왔다. 이 모습을 본 어머니께서 반죽을 동글동글하게 손으로 떼어 다식판에 넣으면서 봉희 입에도 한 개 넣어 준다.

"먹어 봐. 먹고 싶지?"

"어머니! 생전에 구경만 했지, 맛은 처음이에요."

다음부터 봉희는 때가 되면 으레 다식 준비를 하고 만들었다. 엿은 초겨울이면 해마다 고았다. 겉보리로 엿기름을 만들어 만든 엿은 정말로 맛있었다. 엿밥은 밖에서 얼리면 맛있는 얼음과자 맛이 났다.

설날에 김치만두를 빚었는데 돼지고기를 넣어 만들었다. 봉희는 고향에서 구경도 못한 음식 종류와 맛을 내는 방법을 열심히 배워도 끝이 없다.

설날에는 동네 노인부터 어린이들까지 세배를 다닌다. 애들한테 주려고 과자, 다식, 떡 등을 방에 준비해 놓고, 떡국은 큰 자배기에 한가득 끓여 놓고 저녁까지 세배 오는 사람들에게 대접한다.

떡도 갖가지로 계절에 맞추어 식구들이 풍족하게 먹을 만큼 하였다. 아버지 생신 때는 동네 노인들을 모셔다 국, 밥, 고기, 술, 떡을 준비하여 대접한다. 봉희는 바쁘면서도 즐겁게 살림을 했다.

영란과 기석은 서울에서 하숙을 하며 학교에 다녔다.

봉희는 영란의 교복을 세탁하고, 카라 열 개를 빳빳이 풀을 먹여 놓고, 손수건을 만들어 준다. 영란은 좋아하며 일주일간 소중히 쓰다가 주말이면 봉희는 다시 빨아 가방에 챙겨 넣어 준다.

아버지는 다섯 살짜리 준식을 데리고 다니기 시작했다. 집 안팎을 다니면서 보이는 가축을 가리키며, 송아지 엄마는 소, 강아지 엄마는 개, 돼지 엄마는 그대로 돼지, 병아리 엄마는 닭이라 하였다.

아버지께서는 아들 기석이 때보다 손자 준식을 데리고 다니면서 자상하게 보여주고 일러주었다.

밥만 먹으면 준식은 할아버지 곁으로 간다.

일곱 살이 되던 해 아직도 산골짜기에 눈이 있는 봄날 할아버지는 준식을 데리고 뒷산에 갔다.

"준식아, 뒷산으로 꽃구경 가자."

"할아버지, 벌써 꽃이 피었어요?"

"글쎄다."

둘은 뒷산 따뜻한 양지쪽에 있는 산소 앞에 멈춰 섰다.

"여기 꽃이 있나 찾아보자."

잔디 위를 두리번거렸다.

준식은 누런 잔디밭 위에서 하얀 솜털을 뒤집어쓴 것 같은 풀에 꽃이 핀 것을 보았다. 자세히 들여다보니 허리가 굽은 꽃은 고개를 숙이고 있었다. 꽃 안에는 아주 새빨간 예쁜 꽃잎과 샛노란 꽃술이 박혀 있었는데 정말 예뻤다.

"할아버지, 여기 예쁜 꽃들이 피어있어요. 자세히 보니 여러 개예요."

"준식이가 먼저 찾았구나! 그건 할미꽃이란다. 할미꽃 이야기해 줄까?"

"네, 할아버지."

"옛날에 어떤 할머니가 딸 셋을 키워서 시집을 보냈어. 언니 둘은 부자인데 막내딸은 가난하게 살았단다. 할머니는 늙어서 이 딸 저 딸 찾아다니면서 사셨지. 언니 둘은 이 어머니를 귀찮아하며 막내딸네로 보냈어. 할머니는 막내딸이 가난해서 며칠 있다가 큰딸과 둘째 딸네로 가서 겨울을 지냈지. 막내딸은 어머니가 오시기를 기다리고, 오시면 오랫동안 계시라고 붙들곤 했어. 할머니는 막내딸이 보고 싶어 봄이 되자 아직도 추운 어느 날, 지팡이를 짚고 산등성이까지 간신히 오셨어. 힘에 지쳐 꼼짝 못하고 앉아 있다가 막내딸이 보고 싶어 할머니는 동네를 향해 '아가, 아가~, 엄마가 왔다' 고 외쳤어. 근데 막내딸은 오지 않았고 할머니는 조금 있다가 다시 '아가~, 아가' 하시다가 힘이 없어 그만 쓰러져 돌아가셨단다. 막내딸은 너무 마음이 아파 끝없이 울면서 길가 잔디밭 양지에 산소를 만들어 드렸어. 그런데 다음 해 봄에 산소 앞에 허리 굽고 고개 숙여 막내딸 아가를 부르던 할머니 같은 꽃이 피어있었지. 이 꽃을 사람들이 할미꽃이라 했고, 할미꽃은 봄이 되면 제일 먼저 핀단다. 이어서 진달래, 개나리가 피기 시작하거든."

준식이 눈에는 눈물이 흐르고 있었다. 아버지는 손자 눈물을 닦아 주며 말한다.

"준식아, 추운데 이제 집으로 가자."

"할아버지, 이 꽃 꺾어다 어머니, 할머니께 보여드려도 돼요?"

"그래라. 그렇게 하렴."

준식은 할미꽃 한 송이를 꺾고는 서둘러 집으로 향했다.

"할머니! 할미꽃 예쁘지요?"

"그래, 정말 예쁘구나. 나도 올해 처음 본다. 근데 추위 속에서 피어나느라 솜옷을 입고 있구나."

준식은 고개를 끄덕이며 할아버지께 들은 할미꽃 이야기를 들려 드렸다.

할머니께서는 빙그레 웃으시고 할아버지는 칭찬하며 준식의 머리를 쓰다듬어 주신다.

"우리 준식이가 들은 이야기를 빠뜨리지 않고 잘 전해 주는구나."

논에 벼를 심고 난 어느 날 아버지는 손자 준식을 논 가운데 웅덩이로 데리고 갔다. 웅덩이 가장자리로 난 작은 풀줄기에 우렁이가 주렁주렁 매달려 있었다. 물속에서는 물고기들이 쌩쌩 달리고 방개가 헤엄을 쳤다. 그런데 날씨가 흐려지더니 싸늘했다.

"춥다, 오늘은 그만 가자."

그리고 며칠이 지난 어느 날 아버지와 정민은 웅덩이 물을 논에 퍼주고, 웅덩이 안에서 붕어, 미꾸라지, 구구리, 방개, 우렁이 등을 한 대야 가득 잡아왔다. 어머니와 봉희는 무와 무청을 넣고 큰 붕어를 별도로 생선 조림을 만들었는데 매우면서도 맛있어서 온 식구들이 맛있게 먹었다. 영란과 기석도 생선 조림을 잘 먹었다.

제삿날이 가까워지자 아버지는 준식을 마차 앞자리에 앉히고 정민이 마차를 몰았다. 논밭을 한 바퀴 돌면서 아버지가 한 마디 하고 장터로 향한다.

"올해도 풍년이 들어야 하는데…."

"네. 그렇습니다."

어머니께서 말씀하신 나물, 고기, 생선 등을 사고서 아버지는 의례 신발가게, 양말가게를 들러 준식이 발에 꼭 맞는 것을 골라 사셨다. 그리고 과자를 한 아름 사서 마차에 실어 놓고는 셋이서 고깃국을 시켜 배불리 먹고 온다.

한여름날 저녁을 먹고 영란과 기석을 따라 밖으로 나온 준식은 논둑길을 따라 반딧불이를 쫓아다닌다.

한바탕 땀을 흘리고 들어오면 어른들은 모깃불을 피워놓고 바구니와 멍석 등을 만든다. 어머니는 김이 모락모락 나는 감자, 옥수수 그리고 참외를 한 바구니 내어온다. 신나게 먹으면서 준식은 영란이모에게서 옛날이야기와 수수께끼를 듣고, 기석삼촌에게서 귀신 이야기를 듣는다.

  벼가 누렇게 익어가면서 아버지와 정민은 논두렁에 우거진 풀을 베어 퇴비로 재운다. 준식은 논두렁을 뛰어다니며 메뚜기와 귀뚜라미, 땅강아지를 잡아 강아지풀에 끼워 들고 할아버지 곁으로 간다.
  아버지와 정민이 준식을 격려하며 칭찬하면 준식은 신이 나서 펄쩍펄쩍 뛴다. 그때 아버지가 손자 준식에게 주의를 준다.
  "뱀 조심해야 한다. 벼메뚜기는 물지 않는데 여치가 물면 아프단다."
  들판에서 여치 한 마리를 잡아들고 들어온 아버지는 밀짚 한 움큼을 들고 온다. 단단한 밀짚을 잘라 십자로 엮어 실로 묶고 밀짚을 끼워 기둥을 만들고는 돌려가면서 여치 집을 보기 좋게 만들었다. 그리고 여치 한 마리를 넣어 주었다.
  준식은 연한 풀잎을 밀짚 틈 사이로 넣어 주고는 여치 집을 문에 매달았다. 그리곤 아침마다 여치가 얼마나 컸는지 지켜봤다.
  들판에서 메뚜기를 본 어머니와 봉희는 메뚜기를 잡으러 가야겠다고 하더니 준비하고 나섰다. 준식도 따라나섰다.
  메뚜기들은 배추밭으로 도망갔다. 누런 메뚜기는 새끼메뚜기를 업고 있어 한 번에 두 마리도 잡혔다.
  추석날이다. 갖가지 송편과 술떡이 맛있었다. 국화잎과 맨드라미와 검은깨를 넣어 무늬를 만든 떡은 두고두고 먹었다.
  콩가루로 만든 콩다식과 쌀다식이 맛이 있었다. 검은깨다식과 송화다식은 아이들의 간식으로, 호박과 수수를 넣은 시루떡은 가족 모두가 기다리는 별식이다.

추석이 지난 어느 날 아버지는 수숫대 잎을 한 아름 훑어 왔다. 그리고 그 잎들을 작게 쪼개 거북이를 만들었다.

"이게 뭐에요?"

호기심 많은 준식의 질문이다.

거북이 놀이감이다. 동네 형들이 수숫잎으로 엮은 것을 뒤집어쓰고 거북이 놀이를 하고 있는데 준식의 할아버지께서 작은 것도 만들어 어깨에 씌워 준다. 그리고 짚 망치와 양재기를 주면서 준식에게 말한다.

"너도 거북이 놀이하고 와!"

아버지는 손자 준식이 노는 것을 보면서 기뻐하였다. 아들 기석이 갖고 놀던 공도 손자 준식에게 주고는 기석에겐 새것을 사다 준다. 그리고 마당에서 함께 공치기, 자치기, 팽이돌리기, 연날리기 등을 해 주시고 설 무렵엔 제기도 만들어 주었다.

아버지는 널판때기에 굵은 철사를 감아 준식에게 썰매도 만들어 주었다. 동생 관식은 얼음판에서 추운 줄도 모르고 놀다 오면 할머니는 화롯불에 떡을 구워 놓고 기다리셨고 어머니 봉희는 바느질을 하고 있었다.

준식이 아홉 살 되던 해 봉희는 셋째 진식을 낳았다.

식구들은 점점 바빠졌다.

준식이 열 살이 되던 해 어느 날 점심을 먹으라고 관식이를 부르러 밖으로 나갔다. 관식은 친구와 둘이서 벌집을 쑤시고 있었다. 벌들이 관식의 머리에 까맣게 붙었다. 준식은 뛰어가 관식의 머리에 붙은 벌을 떼어내니 그 벌들이 모두 준식의 머리로 옮겨붙었다.

숨넘어가듯이 우는 관식과 준식의 울음소리를 듣고 이들의 할머니와 어머니께서 뛰쳐나오더니 할머니는 어느새 된장 한 움큼을 들고 관식과 준식의 머리에 더덕더덕 붙였다.

어머니 봉희가 야단을 친다.

"왜들 이렇게 극성스런 것이니?"

그때 할머니께서 나선다.

"애야, 애들은 좀 극성스럽게 커야 한다. 너무 야단치지 말아라."

준식은 너무 따갑고 쑤시고 아파 정신없이 밥을 먹고 그대로 쓰러져 잠을 잤다. 눈을 뜨니 앞이 잘 안 보였다. 관식과 준식은 서로 퉁퉁 부은 눈과 얼굴을 보며 웃다 울다 하였다.

다음해 가을이다. 그해는 대풍이 들어 뒤꼍의 커다란 감나무에도 감이 주렁주렁 매달려 빨갛게 익어가고 있었다. 일곱 살의 관식과 열한 살의 준식은 작대기를 들어 축 늘어진 감나무를 두들겼다. 커다란 감 두 개가 떨어졌다.

이들 둘은 달려가 한 개씩 집어 들고 앞자락에 쓱쓱 닦았다. 군침이 돌아 입을 크게 벌리고 한입 물어 씹었다. 그런데 갑자기 입안이 텁텁해지면서 목구멍까지 아려와 어쩔 줄을 몰라 했다.

죽을 듯이 울어대는 관식의 울음소리를 듣고 부엌에서 일하던 애들 할머니와 어머니가 뛰어나왔다. 할머니는 금방 왕소금 한 움큼을 갖고 오더니 관식과 준식의 입에 가득 물려주고는 한참 동안 물고 있으라고 말한다. 이때 어머니 봉희가 야단치며 나선다.

"아니! 어른들 허락도 없이 과일나무에 손을 댔어?"

"그러니 애들이지. 철들면 시켜도 안 한다, 그만둬!"

할머니가 봉희 말을 제지하더니 다시 애들에게 말한다.

"감은 익으면 먹어야지, 안 익은 것 먹으면 큰일 난다. 그리고 우리 집 것이 아닌 남의 집 물건에 손을 대면 절대로 안 된다. 부모님을 욕 먹이는 짓이다."

준식은 짠 소금을 한입 물고 할머니를 쳐다보고 고개를 끄덕였다.

준식이 할머니 댁에는 가축이 여러 마리 있다. 아버지 정민은 소먹이, 어머니 봉희는 개와 돼지, 준식은 닭먹이 책임을 지고 있었다.

아침이 되면 닭들은 닭장 입구에 모여 문을 열어 달라고 '꼬꼬꼬' 한다. 그러면 준식은 얼른 뛰어가 닭장 문을 열어 놓는데, 닭들은 차례대로 뛰어내린다. 어린 병아리는 괴어놓은 빗자루를 타고 내려오고 어떤 놈은 날아서 내려온다.

내려와서는 닭장 앞에 모여 '꼬꼬꼬' 하며 먹이를 내놓으란다. 닭 모이 몇 움큼을 뿌려준다. 그러면 날쌔게 모두 주워 먹고 이리저리 흩어져 돌아다닌다.

봄이 되면 몇 마리씩 병아리를 깐다. 알을 품고 병아리가 나올 때까지 어미닭은 고생을 한다. 알이 병아리로 깨어나면 어미닭은 병아리를 데리고 다니면서 먹이를 찾아 먹인다. 얼마 있으면 병아리가 어느 정도 자라 스스로 모이를 쪼아 먹는다. 가만히 생각하니 신기하다.

수십 마리의 닭은 제사, 명절, 생일 등 특별한 날에 잡아서 먹게 된다. 모이를 주는 준식의 머리를 할머니께서 쓰다듬는다.

"우리 준식이가 닭 모이를 잘 주니까 닭들이 무럭무럭 잘도 크는구나."

준식이 열세 살 되는 해 설을 지내고 며칠이 지났다.

정민은 아들 삼형제를 보고 아이들 걱정을 많이 하는 것 같았다.

그런데 겨울 농한기 어느 날에 사랑방에 모여서 노름하는 것을 보았다. 노름판에서 쌀가마가 왔다 갔다 하는 것을 보고 자기도 쉽게 돈을 딸 줄 알았던 정민은 누구 꾀임에 빠졌는지 노름판에 본격적으로 뛰어들고 말았다.

배움이 없고 계산이 느리고 순박한 정민은 판판이 잃고 그동안 쌓아놓은 새경을 다 날리고 큰 빚을 지었다. 빚을 지고는 그 동네에서 살 수가 없다고 생각한 정민은 아내 봉희에게 아이들의 미래를 부탁하고 동트기 전에 집을 나서 자취를 감추었다.

"여보, 미안하오. 내 어리석은 생각으로 놀음판에 뛰어들어 빚을 크게 졌으니 이곳에서 살 수가 없소. 애들을 잘 부탁하오."

정민은 아버지와 어머니에게는 새벽에 살짝 하직인사를 하였다.

2 생이별

봉희는 한없이 울었다. 하늘이 무너지는 아픔과 슬픔의 눈물을 아무도 모르게 밤새 울었다. 하늘처럼 믿고 의지하던 남편이 떠났으니 가는 남편 마음은 어떠했으며 사랑하는 이 씨앗 셋을 가꿀 생각을 하니 두려움과 걱정이 앞섰다.

정민을 사랑하는 만큼 애들도 잘 키워야 하겠다는 마음을 다짐하면서 다음날도 아무렇지 않게 지내려 했으나 아버지를 찾는 애들의 애끓는 눈물과 잃어가는 사기를 보며 봉희는 마음을 정리하였다.

'그래. 천하의 고아 서봉희와 김정민이 하늘의 도움으로 지금까지 행복하게 살아왔는데 무엇이 두렵겠는가? 강하게 애들을 잘 키워야지. 애들이 두려워하는 마음의 앙금을 없애고 손색없이 키워야지. 오빠! 건강하게 꼭 돌아오세요. 제가 애들은 최선을 다해 키울게요.'

봉희는 부모님의 부담을 덜어드리고자 분가를 결심했다. 아침에 눈을 뜨니 아버지가 안 보이셨다. 어머니는 아버지께서 돈 벌러 가셨는데 언제 돌아오실지 모른다고 하셨다.

순간 가슴이 딱 내려앉으면서 앞이 캄캄했다. 이제 아버지도 안 계시니 어머니 혼자 식구들을 감당해야 한다고 생각하니 눈물이 쏟아졌다.

며칠이 지났다. 봉희는 준식을 불러 앉혔다.

"준식아! 아버지가 여기 살림을 도와 드리지 못하는 형편이니 언제까지 할아버지 할머니께 신세를 지고 살 수가 없구나. 우리가 따로 살면서 니 동생들을 키워야겠다."

잠시 후 봉희와 큰아들 준식은 할머니 앞에 무릎을 꿇고 앉았다.

"어머니! 애비는 없고 애들은 크고 하니 제가 분가하여 애들을 키워야 되지 않을까요?"

생각에 잠기시던 준식의 할머니께서 입을 여신다.

"그리 하거라. 지혜로운 너는 재주가 많아 애들을 잘 키울 것 같구나."

며칠 후 가까운 빈집으로 이사를 했다. 대문도 없이 방 두 개인 집이다. 준식은 저녁에 잠자리에 누우니 기와집이 오막살이로 바뀌어 거지 신세로 쫓겨난 것 같았고, 아버지 정민 생각에 머리가 지끈거렸다.

어려서부터 엄하신 어머니 밑에서 할머니 할아버지 이모 삼촌의 사랑을 독차지하며 지내던 날들이 하나하나 활동사진처럼 떠올라 잠이 오지 않았고 눈물이 끊임없이 흘렀다. 아침에 눈을 뜨니 베개가 흠뻑 젖어있었고 눈은 퉁퉁 부어 있었다.

준식 어머니는 벌써 일어나 아침밥을 짓고 감자를 한 솥 삶아 놓으셨다. 진식은 어머니께서 아침에 할머니 댁에 데려다주고 저녁에 데려온다.

준식 어머니는 할머니께서 주선해 주신 옷감장사를 시작했다. 아침에 옷감 보따리를 잔뜩 머리에 이고 이 동네 저 동네로 팔러 다녔다. 해가 어두워지면 돌아오셨다.

준식은 아침에 빨랫줄에 널어놓은 빨래를 걷어다 개어 놓고, 늦는 날은 어머니 대신 저녁밥을 지었다. 준식은 친구들과 싸우지 않는 성격이라서 친구들이 잘해 주었다.

영란이모와 기석삼촌이 사다 주는 학용품은 동네에서는 볼 수 없는 세련된 학용품이었다. 관식이 학교에 들어오니 학용품을 같이 쓰게 되었다.

어느 날 학교에서 영란이모가 사다 준 24색 크레파스로 그림도 그리고 글도 쓰고 있었다. 준식은 크레파스를 아끼고 소중하게 생각해 왔는데 관식이 그림을 그리다 두 개를 부러트렸다.

머리끝까지 화가 난 준식은 주먹으로 관식이 머리를 때렸다. 속도 모르는 관식은 벌떡 일어나 대들면서 큰 소리로 울어댔다. 마침 날이 저물어 집으로 들어오시던 어머니가 이 모습을 보고 슬그머니 나가더니 싸리나무 회초리 다섯 개를 들고 왔다.

관식과 준식은 어머니 앞에 종아리를 걷고 서 있다.

"아버지가 안 계시면 공부를 더 열심히 하고 사이좋게 지내야 하는데, 싸우다니…. 남들과는 사이좋게 지내면서 형제끼리 싸운다면 내가 어찌 너희들을 믿고 밖에 나가 일을 할 수 있겠니?"

그리고는 싸리 회초리 한 개로 관식이 종아리를 다섯 대 때렸다. 관식은 팔팔 뛰면서 울었다. 다음에는 준식에게 회초리 두 개를 들고 수없이 마구 때렸다. 생전 처음 맞아보는 준식은 너무도 아프고 죄송하기도 해서 어머니 앞에 무릎을 꿇고 울면서 빌었다.

"어머니! 잘못했어요. 다시는 안 싸우겠어요."

관식도 따라서 무릎을 꿇고 잘못을 빈다.

"어머니! 잘못했어요. 다시는 안 싸우고 형 말 잘 들을게요."

어머니는 진식과 한방을 쓰시고 준식은 막내 관식과 한방을 썼다. 저녁을 먹고 자리에 누운 준식은 눈물이 쏟아졌다. 아버지 계실 때 할머니 댁에서 한 번도 안 맞아본 매가 너무 아프고 서러웠다. 종아리는 울퉁불퉁 부풀고 따갑고 아파서 만질 수가 없었다.

준식은 자다가 화장실 가려고 잠에서 깼다. 어머니께서 곁에 앉아 있었다. 준식의 아픈 다리를 쓰다듬으며 탄식하신다.

"에그, 얼마나 아플꼬! 네가 형이고, 아버지가 안 계시니 네가 동생들을 지키고 가르쳐야지, 싸우면 어떡하니…."

그렇게 한참을 쓰다듬던 어머니는 안방으로 건너가서 하던 바느질을 계속하셨다.

아침에 눈을 뜨니 눈이 퉁퉁 부어 있고 베갯닛은 흠뻑 젖어 있었다. 어머니는 장사를 하면서 단골이 생기고 바느질감을 부탁받아 삯바느질을 밤늦도록 하였다. 요령이 생기고 단골이 생기니 발길이 빨라지고 집에 돌아오는 시간이 빨라지셨다.

학교에서 돌아오면 관식과 준식은 솥에 찐 감자를 점심으로 먹었다.

준식은 육학년이 되었다.

한 동네 사는 같은 반 친구 덕수의 형이 결혼하는 날이라며 덕수가 준식의 손을 잡고 자기 집으로 갔다. 덕수 어머니께서 맛있는 음식 한상을 가져다주면서 말씀하신다.

"어서 오너라. 둘이서 많이 먹어라."

준식은 식구 중에서 혼자 먹으려니 어머니와 동생들 생각이 났다. 맛있게 잘 먹고 덕수 어머니께 감사의 인사를 드렸다.

"고맙습니다. 잘 먹었어요."

그리고 나서려는데 덕수 어머니께서 봉송한 보따리를 건네신다.

"동생들 갖다 주렴."

준식은 신이 나서 덕수에게 손을 흔들어 작별하고 콧노래를 하면서 집으로 왔다. 어머니께서 일찍 돌아오셨다. 준식은 자랑하듯 어머니에게 보따리를 내밀었다.

"어머니, 덕수 형이 오늘 결혼하는 날이라고 덕수가 끌고 가서 잘 먹었고, 또 덕수 어머니께서 동생들 주라고 싸 주셨어요."

순간 좋아하실 줄 알았던 어머니의 표정이 굳어졌다.

"준식아! 너만 먹어도 신세를 지는 것인데 선물 보따리까지 들고 왔어? 다음부터는 엄마와 할머니 할아버지가 주시는 것 외에는 받지 말아라. 공짜는 다 빚이라고 생각해야 한다. 불로소득은 빚이라고, 알아두어라."

"네."

다음부터 준식 형제 셋은 동네잔치가 있으면 그 집을 피해서 빙 돌아다니고 문밖에 나가 있거나 할머니 댁에 가 있었다.

초등학교 졸업 때가 가까워졌다. 봉희는 준식을 데리고 어머니 댁에 갔다.

"어머니! 준식이가 중학교 갈 때가 되었어요. 서울로 가서 공부를 시켜야 할 것 같아요."

어머니는 기다리셨다는 듯이 대답했다.

"그래야지."

그리고 이삿날을 잡아주었다.

이삿날 아침 일찍 봉희와 아이 셋은 할머니 댁으로 인사를 갔다.

"갈 집은 골랐느냐?"

"네. 어머니 말씀대로 동대문 시장 포목점에 들러 부탁하고 급한 대로 판잣집을 고르고 왔어요."

어머니 아버지께 봉희를 비롯한 준식이 삼형제는 열심히 살겠다며 큰절을 하였다.

"봉희가 우리 집에 온 지 벌써 이십 년이 지났구나. 정말로 그 정이 무섭구나! 네 재주 그만하면 무엇인들 못하겠니? 이것을 가지고 가서 애들을 키우도록 하여라."

어머니께서 시집오실 때 갖고 와서 아껴 쓰던 손재봉틀을 싼 예쁜 보자기를 놓고 기다리다 봉희 손에 쥐어주었다.

"어머니!"

봉희는 어머니 무릎에 엎드려 함께 흐느꼈다. 다시 큰절을 한다.

"열심히 잘 살겠습니다. 어머니! 아버지! 만수무강하세요."

다 큰딸 시집보내는 부모님처럼 할머니 할아버지는 눈에 눈물이 고여 있었다. 아이 셋은 번갈아 할머니 할아버지 품에 안기고 볼을 비벼댔다. 할머니 할아버지는 아이들을 꼭 껴안아 주며 머리를 쓰다듬고 있었다.

"엄마 말씀 잘 듣고 공부를 열심히 해라."

그리고 할머니는 아이들 어머니인 봉희 손에 지갑을 쥐어주었다.

"늦기 전에 빨리 떠나도록 하여라."

할아버지는 벌써 싸놓은 짐과 먹을 식량, 장항아리에 밑반찬 등을 마차에 실어놓았다. 할머니는 대문 밖에서 앞치마로 눈물을 닦으면서 손을 흔들었다.

"이랴!"

마차는 달리기 시작했다. 마차가 달려가니 할머니 댁이 멀어졌다.

점심때가 되어 개천가 판잣집 앞에 마차가 멈춰섰다. 준식이 할아버지께서 짐을 내리고는 대강 어머니 봉희와 정리를 하시고는 점심 이야기를 한다.

"오늘 점심은 간단히 짜장면을 먹자!"

그리고는 가까운 중국집으로 모두 데리고 갔다. 봉희와 애들은 난생처음 먹어보는 짜장면이 정말 맛있었다.

집으로 와 애들 할아버지가 떠날 채비를 하자 봉희는 아버지 품에 얼굴을 묻고 흐느꼈다.

"아버지! 정말 감사합니다."

모든 걸 봉희 어머니께 맡기고 멀리서 지켜보며 봉희를 아끼던 아버지다. 아버지는 봉희를 힘껏 끌어안고 당부의 말을 한다.

"봉희야! 이제부터 또 다른 인생의 도전이다. 고생은 잠깐이니 용기와 자신감을 가져라. 네가 지혜롭고 의지가 강하다고 늘 어머니는 널 칭찬하시고 믿고 계신단다. 건강은 재산이니 먹는 것 아끼지 말아라. 우리는 너희들 크는 것을 보는 기쁨으로 사니, 먹는 걱정은 하지 마라. 내가 종종 들를게."

아버지는 봉희의 등을 토닥토닥하시고 용기를 심어주셨다.

준식이 할아버지 볼에 뽀뽀를 하자 관식과 진식도 할아버지 품에 안기더니 손등에 뽀뽀를 하고 말한다.

"할아버지! 걱정 마세요. 우리 모두 어머니 말씀 잘 듣고 공부 열심히 할게요."

할아버지께서는 눈물을 닦으며 답한다.

"그래, 모두 고맙다."

그리고 할아버지는 부천으로 떠나셨다.

판잣집은 방 두 개에 물은 펌프물이어서 조금 편했다.

다음날부터 어머니 봉희는 장사를 다녔다.

봉희는 서울에서 고가의 중학교 입학원서를 사 왔다.

일류중학교 교복의 배지와 모자를 쓰고 나니 준식은 하늘이 작아 보였다. 배도 고프지 않고 춥지도 않았다.

봉희는 옷감장사를 시작하였다. 시골보다 집들이 가까웠고 부자들이 많아서 장사가 잘 되어 몇 차례씩 시장에서 옷감을 떼어다 팔았다. 날이 갈수록 장사가 잘 되어 단골 맞춤 한복도 짓게 되었다. 밤낮이 따로 없이 바빠졌다.

준식은 학용품, 노트, 사전을 영란과 기석이 갖다 주어 불편할 것이 없었다. 준식의 학교는 버스정류장 다섯 개 거리에 있었다. 버스 한 번 타는 요금은 일원이다. 봉희는 월요일이면 빨간 일원짜리 지폐 열장을 주며 차비라 하였다.

준식은 처음 만져보는 지폐가 아깝고 소중해서 버스를 안 탄다. 한 번 걸을 적마다 빨간 지폐가 눈에 보였다. 일찍 아침을 먹고 빨리 걸어 30분 정도 지나면 학교에 도착한다. 등굣길에 시계 가게에 걸려있는 커다란 시계를 보고 학교 도착시간을 따지면서 뛰다시피 달려가면 교실에는 서너 명의 친구들이 먼저 와 있었다.

수업시간에 선생님과 속으로 대화하며 하는 수업시간은 날마다 즐거움을 안겼다. 점심시간에 도시락을 꺼내놓고 먹다 보니 반찬 냄새가 친구들한테 호감이 가지 않는다는 것을 알게 되었다.

도시락을 들고 이학년이 되면서 준식은 3교시만 끝나면 화단으로 나간다. 도시락 뚜껑을 열고 반찬통을 쏟아 넣고 뚜껑을 다시 덮은 다음 서너 번 흔들면 깍두기, 콩자반, 장아찌, 고추장 등이 잘 비벼진다. 도시락을 입에 대고 숟가락으로 쓸어 담듯 입에 넣고 후루룩 넘기고는 수돗가에 가서 물로 도시락을 휘휘 저어 마시고 교실로 들어오면 조금 있다가 4교시 시작종이 울린다.

점심시간에는 밖으로 나가 철봉에 매달리고 운동장을 이리저리 뛰다 보면 친구들이 공을 갖고 나온다. 말이 적고 공부를 잘하며 친구들이 모르는 것을 갖고 와서 물으면 알 때까지 몇 번이고 가르쳐 주는 준식을 친구들은 척척박사라고 불렀다.

어느 날 학급에서 돈 분실사고가 나자 담임선생님은 속상해 하시고 가져 간 사람은 나오라고 하였다. 한참 지나가자 분위기는 점점 어두워졌다.

"우리 학교가 어떤 학교인지 알지! 너희들이 높은 경쟁률을 뚫고 들어온 명문학교로 너희들이 자랑스럽게 생각하는 학교다. 나쁜 짓을 하는 사람은 퇴학 맞는다는 것을 알고들 있겠지?"

"선생님!"

"왜!"

선생님이 준식을 쳐다본다.

"제가 어느 책에서 읽었는데요. 자신도 모르게 갖고 갔다가 금방 후회를 하고 갖다 놓으려 했는데, 기회를 놓쳐 괴로워하던 차 우연히 선생님과 둘이 울면서 용서를 받으니 살 것 같았다며 죄짓고는 못 살겠다는 이야기를 본 일이 있어요. 우리 반 애들 모두가 착하고 훌륭하게 크도록 선생님 조금만 기다려 주시면 어떨까요?"

그러자 학생들이 손뼉을 치면서 호응한다.

"선생님! 용서해 주세요."

"그래? 그럼 기다려 주지."

선생님은 밝은 표정으로 종례를 마쳤다.

다음 날 아침 돈 잃어버린 친구의 책상 위에 낯 모르는 새 노트 한 권과 함께 잃어버린 빨간색 오원짜리 지폐가 들어있었다. 선생님과 친구들은 모두 기뻐했고, 선생님께서는 칭찬의 말을 남겼다.

"너희들은 공부만 잘 하는 줄 알았더니 모두 착하구나, 고맙다. 착한 친구들인 우리들에게 힘차게 박수를 치자."

준식은 중간고사가 있는 날 집에 일찍 들어왔다. 골목에 들어서니 동네 구멍가게 앞에서 진식이 친구와 셋이 앉아 있었다. 손에는 유리구슬 세 개를 쥐고 새까만 두 손은 땀에 얼룩진 얼굴에 턱을 받치고 친구 둘이서 과자를 먹는데 진식은 친구들 얼굴을 열심히 쳐다보고 있었다.

"진식아!"

진식은 깜짝 놀라 벌떡 일어나 쫓아온다.

"앗! 형이다."

"얼른 손과 얼굴을 씻고 들어와. 진식아, 친구들이 먹는 과자를 그렇게 쳐다보면 친구들이 나눠주니?"

"아니."

"배고프고 먹고 싶은 게 있으면 집에 와서 감자를 먹으면 되지 않겠니?"

"응!"

진식이 고개를 끄덕였다.

"진식아, 과자 사러 가자."

"엉? 뭐라구!?"

진식의 눈에 빛이 났다. 준식은 진식의 손을 잡고 구멍가게 앞에 가서 먹고 싶은 과자 세 개만 골라보라고 했더니 아까 그 친구들이 먹던 과자를 집어 들었다. 한 개에 일원짜리다. 삼원을 주고 돌아서자 진식은 놀리듯 친구들을 향해 외친다.

"나도 과자 있다. 세 개!"

그리고 집으로 왔다.

"진식아, 하루에 한 개씩만 먹어."

진식이 고개를 끄덕인다.

"응! 알았어."

다음날 학교에서 돌아와 보니 과자는 다 먹고 없었다. 준식은 어머니께 말씀드리고 진식이 간식과 애들이 잘 먹는 과자들을 사 놓으라고 부탁했다.

어느 날 화단에서 도시락을 먹으려고 뚜껑을 열고 반찬을 쏟는데 갑자기 선생님의 음성이 들렸다.

"준식아, 맛있니? 벌써 배가 고파?"

준식은 얼른 도시락 뚜껑을 덮었다.

"준식아, 괜찮아. 선생님도 고추장, 깍두기, 장아찌를 반찬으로 먹고 학교 다녔어. 어서 먹어!"

준식은 슬그머니 다시 도시락을 흔들고 뚜껑을 열었다.

선생님은 한마디 하시면서 뒤돌아 교무실로 향하였다.

"시간이 없지, 어서 먹어."

가끔 점심시간에 선생님이 교실에 오면 준식이 안 보여 애들한테 물어보니 3교시만 끝나면 준식은 배가 고파서 도시락을 들고 나가 화단에서 도시락을 먹고 온다고 했다.

어느 토요일 오후 담임선생님께서 가정방문을 나왔다. 손에는 새로 산 한영사전을 들고 있었다.

"준식아! 너는 공부를 잘하니까 궁금한 게 많을 게야. 우리말을 영어로 어떻게 전환하는지 궁금할 테고…."

준식은 선생님이 어찌 준식의 마음을 이토록 잘 아실까 싶었다.

"네."

"그럴 줄 알고 하나 사 왔지."

"선생님! 고맙습니다."

대답과 함께 준식은 어머니가 있는 쪽을 향해 외쳤다.

"어머니! 선생님께서 오셨어요."

어머니 봉희는 허둥지둥 자리를 치우고 선생님을 모시고 갔다. 그리고 한참 동안 대화를 나누시곤 선생님은 돌아갔다.

준식은 선생님이 왜 방문했는지 궁금했다.

"어머니, 선생님이 어떻게 오셨대요?"

"네가 공부도 잘하고 착실하여 집 구경하러 오셨단다. 집이 누추해 창피하지?"

"어머니, 그런 말씀 하지 마세요. 서울 구경도 못하고, 우리 학교 교문에 들어오지 못한 친구들에 비하면 저는 행복해요."

"그래서 선생님이 너를 칭찬하시는구나."

봉희는 부모님이 주는 식량을 절약하느라 보리밥이나 감자밥으로 바꿔 먹던 어느 날 쌀과 밑반찬을 갖고 부모님이 오셨다.

때마침 보리밥과 감자밥을 보신 부모님은 깜짝 놀라더니 화를 내면서 당부한다.

"절약하는 것도 좋지만 건강은 돈 주고도 사지 못한다. 크는 애들의 배를 주려서는 절대로 안 된다. 애들 크는 것이 우리의 기쁨이니 식량 걱정은 하지 말고 실컷 먹이며 키워라."

준식이 중학교 삼학년 되던 해 오월 어느 날, 담임선생님이 준식에게 다음날 어머니께서 학교에 방문하시도록 말씀드리라고 하였다. 어머니 봉희는 깜짝 놀라더니 '무슨 일이 있나' 싶어 단정하게 한복을 입고 학교에 갔다.

담임선생님께 인사드리고 선생님을 따라 교장실로 들어갔다. 점잖은 교장선생님이 자리를 안내하고 말한다.

"준식이는 우리 학교에서 소문난 모범 학생입니다. 준식 어머님을 장한 어머니로 추천을 많이들 해서 이렇게 오시라 했습니다."

그리고는 표창장과 함께 은수저 두 벌을 주었다.

"우리 준식이를 잘 가르쳐 주시고, 사랑해 주셔서 감사합니다."

감사의 인사말을 하고 봉희는 집으로 왔다.

오랜만에 밝아진 어머니의 얼굴을 본 준식은 집안이 더욱 따뜻하게 느껴졌다.

졸업식 날이 되자 준식의 할머니, 할아버지를 비롯한 가족 모두가 학교로 총출동하였다. 어머니 봉희는 교장선생님과 담임선생님, 그리고 1학년과 2학년 때 담임선생님께 드릴 목도리를 직접 만들어 선물로 준비했다. 준식은 우등상, 3년 개근상, 서울시장상 등을 푸짐하게 끌어안고 나왔다.

온 가족을 모시고 이모 영란이 갈빗집에 가서 푸짐하게 점심을 샀다.

준식이 중학교를 졸업하자 봉희는 준식을 데리고 동대문 근처에서 가장 큰 한약방을 찾아 들어갔다.

"웬 일이십니까?"

"주인 어르신, 이 애가 이번에 중학교를 졸업한 저의 아들이온데 어르신 밑에서 일을 하면서 야간고등학교를 다닐 수 있게 선처해 주십사 이렇게 찾아뵈었습니다."

주인은 준식의 배지와 얼굴을 훑어보더니 쾌히 승낙하였다. 중학교 졸업이면 대단한 실력이고 명문중학교 배지를 본 주인은 반가워 하였다.

다음날부터 준식은 아침 일찍 출근하여 약방 안을 깨끗이 정리 정돈을 하고 손님들에게 친절하게 대했다. 약초 냄새도 좋았지만 한자 공부가 재미있었다. 주인 한의사의 심부름을 하면서 약초 이름과 한자도 배우게 되어 약방 하는 것이 재미있었다.

야간고등학교 공부는 더욱 수월해져 3년 동안 장학금을 타게 되었고, 약방 손님도 점점 늘어 한약방이 번창해지자 용돈까지 두둑하게 받았다.

대학을 가려 하는데 마침 한의과 대학이 생겼다. 한약방 주인은 준식에게 대학교도 다닐 수 있도록 후원하겠다고 했다.

준식은 대학교도 우수하게 장학금을 받고 다녔다.

준식이 고등학교를 졸업하고 대학에 입학하여 1학년이 끝날 무렵 동생 관식은 고등학교 입학시험에 합격하였다. 관식도 공부를 잘하여 친구들 사이에서 변호사라고 불렀다.

친구들 간에 의견충돌이 생기면 흑백을 가려 주면서 이해와 관용으로 타협하도록 중재하여 친구들의 우애를 더욱 돈독하게 해 주었다.

관식도 졸업식 날 우등상, 3년 개근상, 서울시장상 등을 탔다. 이번에는 외삼촌 기석이 가족들을 모두에게 고깃집에 가서 점심을 푸짐하게 샀다.

관식의 졸업식이 지나고 어머니 봉희는 관식을 데리고 을지로에서 가장 큰 변호사 사무실을 찾아갔다. 마침 변호사 사무실에는 변호사 혼자 있었다.

봉희는 준식이 때와 마찬가지로 변호사에게 허리 굽혀 사정을 하였다.

"변호사 어르신께 부탁드리러 왔습니다. 이 애는 이번에 중학교를 졸업한 저의 아들입니다. 이 사무실에서 일을 시키시고 야간고등학교 졸업을 시켜 주셨으면 해서 찾아뵈었습니다."

변호사는 관식의 깔끔하고 인상 좋은 용모에다 모자에 붙은 모표와 배지를 훑어보더니 반가운 얼굴빛으로 대답한다.

"예, 그렇게 하세요. 마침 사람을 구하려던 참이었습니다."

다음 날부터 관식은 아침 일찍 출근하여 사무실을 정리 정돈하고 청소를 깨끗이 했다. 머리 좋고 눈치 빠른 관식이 업무처리를 잘하니 변호사가 용돈까지 충분히 주었다. 장학금을 받으며 야간고등학교를 다니니 더욱 아껴주었다.

손님과 변호사와의 대화를 통해 관식의 상식이 부쩍 늘어나고 사무처리가 빠르니 손님들도 부쩍 늘어났다. 법 조항을 세부적으로는 잘 모르지만 나름대로 문제를 잘 해결했다.

관식은 가난하고 억울한 사람들을 위해 일을 한다고 생각하니 보람되고 재미 또한 있었다.

어느덧 3년이 지나가고 관식이 대학에 가려 하니 변호사는 대학을 보내 줄 테니 법대를 가라고 권하였다. 변호사 사무실에서 보고 들은 법도 많이 알게 되니 관식은 법대에 들어가서도 장학금을 받으며 다녔다.

봉희는 그동안 모은 돈으로 방 4개짜리 고얏집을 전세를 끼고 샀다. 대문 옆에는 '부천한복집' 이라는 간판을 걸고는 주문받은 옷감만 배달하고 집에서 주문을 받아 옷을 만드니 집에 있는 시간이 많아졌다.

고얏집으로 이사하고 '부천한복집' 간판을 걸던 날 준식이 할머니 할아버지께서 마차에 쌀과 밑반찬 그리고 장항아리 등을 싣고 오셨다. 밖에서 기다리던 진식은 마차가 도착하자 재빨리 봉희에게 알린다.

"어머니! 할머니 오셨어요."

진식의 큰소리에 바느질 손을 멈추고 봉희가 뛰쳐나왔다.

"어머니, 아버지 오시느라 고생하셨어요. 어서 안으로 드세요. 그리고 무얼 그리 많이 갖고 오셨어요?"

"그래. 집도 큰 집이고 애들도 커서 먹는 양도 많아지니…, 장독대도 있고 해서…."

방안으로 들어선 어머니는 봉희의 두 손을 잡고 다시 끌어안으며 말을 이어 간다.

"장하다, 장해! 어느새 이렇게 일구었니? 그동안 얼마나 무서운 고생을 참고 견디었니? 네가 그럴 줄은 알았지만 이토록 빨리 이루리라곤…."

어머니는 가슴을 들먹이며 눈물을 흘리셨다.

"어머니와 아버지께서 키워주신 덕분이에요. 이제 큰 고비는 넘긴 것 같아요. 어머니, 아버지 생각하면 무서움이 없고 기쁨과 용기만 생겼어요. 그리고 저 애들이 잘 커 주어서 힘든 줄 몰랐구요."

"그래, 고맙다."

봉희는 어머니의 얼굴에 흐르는 눈물을 닦으며 자리를 권한다.

"어머니, 아버지 앉으세요."

그리고 봉희는 큰절을 했다. 세 아들도 절을 하고, 할머니 할아버지 품에 안겼다.

봉희는 미리 준비해 놓은 점심상을 차렸다. 불고기, 생선구이, 구수한 아욱국, 김치, 나물, 동태찌개 등에다 할머니 할아버지께서 좋아하는 인절미도 사다 한 상을 차렸다.

오랜만에 먹는 봉희 솜씨의 식사와 가족 모임에 할머니와 할아버지는 흐뭇했다. 기쁜 마음에다 대견하고 자랑스럽게만 생각하며 지난 얘기에 빠져있느라 어느덧 저녁 해가 저물었다.

다음날 어머니, 아버지께서 부천으로 가시려고 하자 봉희는 준비해 놓은 명주로 만든 봄옷으로 갈아입고 가시게 했다. 주말이나 명절 때는 부천 할머니 댁에 모여 회식을 하였고, 전세를 내보내고는 할머니 할아버지를 하루씩 주무시게 하였다.

관식이 대학 이학년이 되자 진식은 중학교를 졸업하였다. 진식도 공부를 잘하여 졸업식 날 서울시장상을 탔다. 온 식구는 신들이 났다. 봉희는 애들 할머니 할아버지께 당부드린다.

"이제 힘든 일은 거의 지났어요. 어머니, 아버지! 건강하시기만 하세요."

진식이 졸업하자 봉희는 진식을 데리고 동대문시장에서 가장 크게 장사하는 포목점을 찾아갔다.

"우리 막내아들이 중학교를 졸업하고 이제 고등학교를 가려 합니다. 여기서 심부름을 시키시고 야간고등학교를 다니게 해 주십시오."

그러자 포목점 주인은 웃으면서 쾌히 승낙한다.

"아들도 잘 키우셨네요. 그 들어가기 힘든 명문 중학교를 졸업했다니…, 걱정 마세요."

다음날부터 진식은 아침 일찍 일어나 가게를 보았다. 물건이 들고 나는 것을 세밀히 파악하며 주인 따라 심부름을 하니 가게 경영의 공부가 눈에 들어왔다. 부지런하고 건강하며 인성 좋은 진식이 서글서글하게 손님을 대하니 고객도 점점 늘어났다. 특히 장학금을 타면서 학교에 다니는 데다 가게에서 용돈까지 타게 되니 생활도 풍요로웠다.

또다시 삼년이 흐르고 진식도 상대를 지망하여 경영학과에 다니기 시작하였다.

준식은 한의사 자격을 취득하여 공식적으로 한의원 간판을 걸었다. 한약방 주인은 한의원을 준식에게 임대하고는 가까운 곳에 다시 한약방을 개원하였다.

관식은 변호사 사무실에서 사무장을 하며 법대를 졸업하였다. 그리고 그해 사법시험에 합격하고 사법연수원을 거쳐 변호사가 되었다. 그러다 관식을 키워준 변호사의 도움으로 관식은 변호사 사무실을 개설하였다.

진식도 대학교 경영학과를 졸업하게 되었는데, 역시 포목점 관리에 능력있는 것을 인정받아서 주인이 큰 포목점을 하나 더 개설하며 기존 것을 진식에게 세를 놓았다.

봉희도 손에 많은 돈을 쥐게 되었다. 부모님을 서울로 모시면서 두 분께 외출용 사철 비단옷과 활동복을 손수 지어드렸다. 어머니의 앞치마도 개량하여 주머니에 원앙수를 놓아 드렸다.

살림이 풍요로워지면서 가족 모두 한 달에 한 번씩 모여 외식도 하였다. 봉희는 부모님을 모시고 창경궁과 덕수궁 등을 관광하고는 관악산과 남산을 찾아 바람도 쐬며 마음을 평화롭게 안정시켰다.

어느 날 봉희는 1.4후퇴 때 피난길에서 폭격을 받아 가족 모두 죽고 혼자만 살아남았을 때 보호소로 옮겨 생명을 구해 주신 아저씨를 찾고 싶었다.
준식은 관식과 의논하고 라디오 방송국과 신문사를 찾아갔다. 이산가족 찾아주기 행사가 오래 전부터 실시되고 있었다. 광고판에 '피난길에서 서봉희 여아를 구해 주신 아저씨를 찾고 있습니다' 라고 광고를 내고 돌아와 연락오기를 기다렸다.
한 달이 넘어 할아버지 한 분이 관식의 사무실을 찾아왔다. 이야기를 들어보니 어머니 말씀과 같았다. 일주일 후에 어머니와 만나기로 약속을 했다.
다음 토요일 점심때 준식은 어머니를 모시고 관식의 사무실로 갔다. 사무실 문에 준식과 어머니 봉희가 들어서자 기다리던 노인께서 벌떡 일어나 다가오더니 반색을 한다.
"봉희구나!"
귀에 익은 아저씨의 음성을 들은 봉희는 아저씨 품에 안기더니, 서로가 소리 내어 흐느껴 울다가 다시 세차게 끌어안으며 한참 동안 울고 있었다.
준식은 두 분을 소파에 앉게 했다.
"봉희야! 유난히 작았던 봉희가 이토록 크고 건강해졌구나!"
"잘 먹고 일 잘하고 좋으신 부모님을 만나 잘 지내니 저도 모르게 쑥쑥 컸어요."
"정말 고마우신 양부모님을 만나서 잘 컸나 보구나. 세상이 참으로 살기 힘든 형편이었는데, 억세고 굳세게 잘 이겨내고 제대로 성장하여 자식들도 잘 키웠구나. 그때 나는 그 길로 남쪽을 향해 며칠을 더 피난을 갔더니 수원이라 했어. 군인들이 따라다니고 곳곳에 방이 붙었어. 전쟁이 끝났으니 더 이상 피난을 가지 말고 고향으로 돌아가라 했는데, 그 후 휴전선이 철책으로 막히고 통제되면서 고향이 이북인 사람들은 돌아가도 가족이 없었고 철책선이 가로막아 갈 수도 없었지. 그래서 나는 피난민 수용소에서 당분간 지내면서 직장을 찾기 시작했지. 하지만 쉽게 직장을 구할 수가 없어 어느 큰집에 문을 두드리고 피난민이라 밝히고는 직장을 구할 때까지 신세를 지게 해 달라고 했더니 그 집 아주머니와 아저씨께서 쾌히 승낙해 주셨지. 그 내외분은 딸 하나 키워 시집보내고 두 분이 작은 농사를 짓고 소일하셨지. 나는 매일 지나간 신문을 들여다보며 구직 광고만 읽었고 밥만 먹으면 벽보만 찾아다녔단다. 어느 날 화서문 앞에 있는 전매청 앞을 지나다 전매청 벽보에 사원모집이란 광고를 보고 곧장 들어가 면접을 보게 되었어. 무엇을 했었느냐고 묻기에 평양관청에서 사무직으로 근무했었다고 하니 3일 후 벽보에 합격자로 발표되었지. 수십 명이 몰려왔는데 합격자는 3명이고, 그중에서 나만 사무직으로 총무과에 근무했지. 봉급을 타면서 하숙비를 내고 틈나면 아주머니댁 농사일을 거들어드렸어. 주말이면 주변 농대 가까이에 있는 서호변 잔디밭에 앉아 고향과 식구들을 생각하면서 뒹굴었지. 어느 날 두 여자가 내 곁을 지나다 말고 인사를 해서 처다보니 피난민 수용소에서 만난 아줌마였어. 아줌마는 평양에서 연구실에 근무했던 경력으로 농촌진흥청 연구실에 취업해서 다닌다고 했고…, 우리는 주말이면 만나 고향과 직장 이야기를 하며 여기저기 수원 구경을 다니다가 이듬해 하숙집 식구와 직장 동료들을 모시고 잔디밭에서 결혼식을 했지. 그리고 우리 하숙집에서 살림을 차려 아들딸 남매를 낳았는데 주인 내외분께서 정성을 다해 키워주셔서 아들은 수원 시내에서 변호사 사무실을 차려 업무중이고, 딸은 의대를 졸업하고 전공의 수련 중이지."

"잘 되었군요. 이제 시장하실 텐데 저의 집으로 가서 점심 식사를 하시지요."

봉희는 어린아이처럼 아저씨 팔에 매달려 집으로 향했다. 대문 앞에 걸린 '부천한복집' 간판을 보고 한 마디 한다.

"그래, 거기가 부천이었어."

그리고 대문에 들어섰다. 점심 식사를 하면서도 이야기꽃은 끊이지 않았다. 울다가 웃다가 하며 몇 시간을 그렇게 보낸 듯하다.

"아저씨도 고생 많이 하셨지만 좋으신 하숙집 주인을 만나셨네요."

"애들도 잘 컸고, 이제는 애들이 돈을 벌고 우리 둘은 작으나마 연금을 타고 있지. 일장춘몽이라더니, 인생 참으로 순식간에 지나간 것 같구먼…."

아저씨는 주소와 사는 위치를 알려주고 수원으로 갔다.

준식은 그 다음 주 토요일에 어머니 봉희를 모시고 수원 아저씨 댁을 찾아갔다. 밑반찬과 고기를 사 들고 갔다. 수원 아저씨 부부는 점심을 해 놓고 기다렸다.

봉희는 사 갖고 간 고기를 들고 얼른 부엌으로 가서 굽고 밑반찬을 곁들여 점심을 차렸다. 때맞추어 그 집 딸 성희가 들어왔다.

"성희야, 인사드려라."

아저씨는 봉희와 준식에게 딸을 인사시키고 함께 점심을 먹었다. 성희보다 준식이 두 살 위였다.

성희는 반갑게 준식을 맞이하고 다섯 식구는 팔달산에 올라가 수원 화성 성곽과 시내를 구경하였다. 아저씨는 손짓을 해 가며 열심히 설명한다.

"저기 보이는 호수가 서호이고, 그 앞에 보이는 건물이 농촌진흥청, 오른쪽을 빗겨 보이는 곳이 전매청이야."

깨끗하고 조용한 작은 도시 수원이다.

집은 옛날 부잣집 대감댁 같았다. 아저씨 부부가 주인집 내외분을 모시고 살았는데 재산 모두를 아저씨께 물려주시고 두 분 모두 작년에 작고했다는 것이다. 부모님처럼 고마웠던 분들이기에 장례를 치르고 제사도 모신다고 하였다.

해가 저물어 준식은 어머니 봉희를 모시고 서울로 왔다.

준식은 성희의 근무지를 알고 자신의 근무지도 알려주었다. 주말이면 틈틈이 만나 고궁과 교외 산으로 놀러 다녔다.

여동생이 없는 준식은 성희가 친절하고 고맙게 느껴졌다.

영란은 서울에 있는 명문 의대에 합격하여 장학금을 받으며 다니다가 2학년 겨울방학 때에 자그마한 예식장에서 양가 친지와 친구들의 축복 속에 결혼식을 올렸다.

남편은 대학병원에 근무하면서 모교 의대에 교수가 되었다.

영란은 의대를 졸업하고 다른 병원에 근무하면서 전공의 과정을 마쳤다.

기석은 운동을 좋아하여 대학 대표선수로 활약하다 공부도 열심히 하여 모교 체육과 교수가 되었다. 그리고 교수가 되던 그해 봄에 종로에 있는 어느 예식장에서 성황리에 결혼식을 올렸다.

봉희는 아들 셋을 데리고 수원에 사는 영란과 기석의 가족들에게 인사시키기 위해 갔다.

성희네 아저씨 내외의 춘추 한복과 두루마기를 지어 들고, 밑반찬도 장만하여 갖고 갔다. 그날은 성희의 오빠 명현이도 기다리고 있었다.

한복을 입으신 아저씨 내외분은 생전 처음 입어보는 예쁜 한복이라면서 매우 기뻐하였다.

명현이 앞장서 양쪽 집 여덟 식구를 유명한 갈빗집으로 안내하고 점심을 샀다. 농원에서 이곳저곳 골짜기에 흐드러지게 피어있는 꽃구경을 하며 시간을 즐겼다.

갑자기 남동생 둘이 생기니 성희의 기분이 매우 좋은 모양이다.

"누나 소리를 처음 들으니 기분 좋다."

성희는 관식과 진식에게 수원에 관한 이야기를 많이 해 주었다. 수원에는 갈빗집이 유명하며 조금 밖으로 나가면 융건릉이 있다며 정조대왕과 사도세자에 관련한 이야기를 들려주었다.

3 남편과 재상봉

어느 토요일 오후 준식이 일찍 집으로 들어오는데 집골목을 들어서니 아버지 연세의 아저씨가 집안을 들여다보고 기웃기웃하며 누구를 기다리는 듯했다. '누구일까?' 생각하고 빠른 걸음으로 다가서는데 아저씨는 더 바쁘게 떠나가고 안 계셨다.

집에 들어와 어머니께 말씀드렸다.

"그런 생각이 들었으면 달려가서 아버지이신가를 확인하고 얼른 모시고 왔어야지!"

"네!"

그 후 준식은 토요일에는 바로 집으로 올 생각에 다른 볼일을 만들지 않았다. 그런데 바로 그 다음 토요일에 골목을 돌아서는데 지난주의 그 아저씨가 집 앞에서 기웃거리고 있었다.

준식은 있는 힘을 다하여 달려가 아저씨 앞에 섰다. 기다리던 아버지였다. 너무 반가워 "아버지!" 하고 소리치며 두 손을 잡으니 아버지는 깜짝 놀라며 한발 물러선다.

"네가 준식이냐?"

"네."

아버지 김정민은 준식을 쓰다듬고 등을 토닥토닥였다. 준식은 아버지의 손을 잡고 대문을 열고 들어서며 큰 소리로 외쳤다.

"어머니! 아버지께서 오셨어요."

방안에서 바느질을 하고 있던 봉희는 일감을 밀어젖히고 뛰어나왔다.

"뭐? 아버지가?"

"……."

정민과 봉희 부부는 믿어지지 않는지 서로 쳐다보고만 있다. 준식은 아버지 정민의 손을 끌고 방으로 들어가고, 어머니 봉희는 방을 치우며 말한다.

"앉으세요. 이 애가 준식이, 다음이 관식이, 그리고 막내가 진식이에요."

그러면서 정민을 아랫목에 앉히더니 자식들에게 이른다.

"얘들아, 아버님께 큰절 올려라."

아들 셋은 큰절을 올리고 아버지 앞에 다가가 앉았다. 봉희는 어린애처럼 정민의 팔에 매달린다.

"여보! 지금까지 어디서 무슨 고생을 하고 지내셨어요?"

"내 고생은 아무것도 아니오. 당신이 혼자서 애들 셋을 데리고 이렇게 잘 키우느라 얼마나 고생이 심했소? 내 어리석은 생각으로 처자를 고생시켜 부끄럽기 그지없소. 불로소득은 빚이요, 재앙을 불러온다는 생각을 하고 돈 되는 일이라면 무엇이든 닥치는 대로 했소. 서울역 지게 품팔이를 시작으로 굴뚝 쑤시고, 하수구 뚫고, 똥지게도 지었소. 힘들고 더러운 일을 하면 돈은 더 많이 받아 힘든 일을 찾아 공사판을 따라다니니 돈을 많이 주길래 받는 대로 저금을 했더니 만만치 않게 통장에 돈이 쌓이더군요. 그렇게 모은 것 얼마를 갖고 왔소."

그러면서 잠바 속주머니에서 누런 대봉투를 꺼내어 봉희 앞에 내밀었다. 그 속에는 교외에 500평 대지에 2층집 등기와 삼백육십만 원의 현금이 든 통장이 들어있었다.

봉희는 정민의 무릎에 엎드려 엉엉 울었다.

"먹지도, 쓰지도 못하고 이 돈을 모으느라 그 고생을 하시고 이제 오셨어요?"

자식 셋도 아버지 팔다리에 매달려 엉엉 울었다. 그들보다 더 큰 고생을 한 아버지의 모습을 생각하니 준식의 가슴도 아팠다.

"이 집은 고생한 당신과 노후에 살 집이고, 이 통장은 애들을 위해 쓰려고 조금 모은 것이오."

"이제 모두 고생을 끝내고 건강하게 만났으니 이보다 더 큰 기쁨이 어디 있겠어요. 아참, 저녁이 늦었네요. 식사 준비할게요."

봉희는 평소 이제나저제나 하고 기다리다가 지난주 준식의 이야기를 듣고 준비해 온 반찬과 고기 밑반찬으로 금방 진수성찬을 차려 왔다. 15년여 만에 다섯 식구가 한 자리에 모여 맛있게 먹었다. 밥상을 물리고 후식으로 과일을 내왔다.

정민은 아이들에게 타이르듯 말한다.

"말은 쉽지만 좋은 일 하기는 그리 쉽지 않단다. 그런데 좋은 일을 하고 난 후의 기쁨은 겪어봐야 안단다. 나는 오늘처럼 기쁜 날을 두 번 다시 못 느꼈다. 한 달 정도 집 앞을 배회하면서 식구들을 기다리고 처자식을 버리고 간 나를 얼마나 너희들이 받아줄까 하는 죄의식을 갖고 왔더니 모두 반겨주니 이보다 더 큰 기쁨이 어디 있겠니? 게다가 오늘 버스를 타고 오는데 옆자리에 앉은 아저씨는 나이는 나보다 열 살 더 먹은 듯한데 큰 근심이 가득하고 고생에 찌든 얼굴로 한숨을 푹푹 쉬면서 손을 이마로 갔다 가슴으로 갔다 하면서 손등으로 눈물을 닦고 있었어. 그래서 내가 물었지."

― 실례하지만 무슨 큰 근심이 있으신지요?
"말하면 무슨 소용이 있겠소. 젊어 고생하면서 부모 모시고 오형제의 맏이로 동생들을 뒷바라지했는데 하나같이 못살고 막냇동생이 좀 나아서 혹시나 하고 찾아갔더니 여의치 못하여 빈손으로 돌아가는 속이 의논할 데도 없고, 노환으로 누워계신 부모님 병원 한 번 못 모시고 가면서 뒤늦게 낳은 막내아들 대학 학비가 없어 한숨만 쉬고 있을 뿐이랍니다."

"그래서 어디까지 가시느냐고 물었더니 마침 나와 같은 정거장에서 내린다 하여 같이 내린 다음 그 아저씨 손을 잡고 은행으로 가서 현금 10만원을 찾아 봉투에 넣고 화장실로 갔지. 아무도 없는 화장실에서 배쪽에 깊이 눕혀서 넣어드리고 허리띠를 다시 졸라매며, '이 돈이면 등록금과 병원비를 하고도 조금 남을 거예요. 잘 쓰시고 모두 건강하세요' 라 말하고 밖으로 나와 집으로 걸어오다 꺾어지는 골목에서 아저씨를 쳐다보니 아저씨는 두 손을 합장하고 서서 허리를 굽혀 나를 쳐다보고 계셨어. 나는 양팔을 들어 흔들어주고 달려오느라 다른 날보다 늦게 도착했지. 아저씨께 기쁨을 드렸다고 생각하니 아저씨의 입장이 된 나는 나의 기쁨처럼 발걸음이 가벼웠단다. 이제 너희들도 살만하면 불쌍한 이웃을 찾아 일 년에 한 번씩이라도 좋은 일하면서 기쁘게 살아봐."
이 말에 어머니 봉희와 자식들 셋은 박수를 치면서 모두가 매달렸다.
"아버지 만세!"

다음 날 아침부터 준식 아버지는 어머니를 따라 옷감을 떼어왔고 힘든 일을 도와 살림을 하면서 월요일이면 부천 할머니 댁에 가서 집안일을 하고 금요일이 되면 다시 와서 서울 살림을 하였다.

지난주 금요일에는 할머니, 할아버지를 모시고 서울로 왔다. 그리고 모처럼 동대문시장과 못 가보신 고궁을 구경시켜 드리고 양식을 사드렸다.

일요일에는 영란이모와 기석삼촌까지 열한 명이 커다란 한식집에 모여 외식을 하니 가족 모두 좋아하였다.

2주 후 준식은 수원 아저씨 댁 가족을 서울로 초청했다. 그리고 아버지 정민에게 인사를 시키니 가족의 은인이라 생각한 정민은 너무 고마우신 분이라 하며 어머니 봉희를 도와 음식준비를 하였다.

마루에 상을 차리고 장지문을 젖히니 자리가 넓어 보였다. 큰상 두 개를 펴고 갈비를 굽고 생선 찌개에 잡채까지 준비하고, 가까운 중앙시장에서 금방 만든 떡을 사와 김 밑반찬과 함께 놓으니 두 상이 가득 찼다. 메뚜기 콩 콩장과 겉절이도 인기 있게 맛을 돋우었다.

점심을 먹고 어른들은 고궁과 서울운동장을 구경하였고, 애들 다섯은 장충단공원에서 남산에 올라가 서울 시내를 구경하고 돌아왔다.

식구들이 모여 사니 안정이 되고 자식들도 돈을 벌기 시작하니 살림에 여유가 생겼다.

준식 형제는 아버지 말씀대로 봉사활동을 시작했다.

준식은 장학금을 받았던 모교를 찾았다. 가난하고 어려운 환경에서 공부하는 학생 두 명을 추천받아 일 년 학비 4회씩 지원하기로 약속하고 반년 분을 지불하고 학교를 나왔다.

20여 년 동안 학교는 많이 변해 있었다. 나무들도 부쩍 커졌고 선생님들도 모두 바뀌었다. 교문을 나서는 준식은 다리가 가뿐하고 어깨에 힘이 주어지며 마음이 흐뭇했다. 타인을 위해 처음 해 보는 좋은 일인데, 그늘에서 얼굴도 펴지 못하고 공부하는 어린 친구들이 밝게 즐길 것을 생각하며, 학창시절 생각에 빚을 갚는 기쁨으로 발걸음이 가벼웠다.

다음 달에는 어릴 때 살던 판자촌을 찾아갔다. 옛날 집에는 노인 부부만 집에 있었고 아들은 돈벌이를 갔다고 했다. 쌀 한 가마니를 사드렸다.

반장 집을 찾으니 젊었던 반장님은 많이 늙어 있었다. 라면과 국수 10박스를 사서 반장님께 드리면서 어려운 집에 하나씩 돌려드리라고 했다.

관식과 진식도 모교에 불우학생 돕기를 하며 시장 골목에 쭈그리고 앉아 채소를 팔고 계신 할머니들께 선물을 사드렸다고 했다.

자식 셋은 다음부터 일 년 계획을 세워 불우이웃돕기에 학비조달을 시작하니 자신도 기뻤지만 부모님이 더 좋아했다.

다시 삼년이 지나던 어느 날 어머니 봉희는 준식을 불렀다.

"준식아, 성희도 나이를 먹었고 너희들이 사이좋게 지내는 것을 보니 결혼하면 좋겠는데 어떻게 생각하니?"

준식은 부끄러워 얼굴이 빨개졌다.

수원 아저씨를 어머니 봉희가 만나고 의논하더니 그해 가을 준식은 성희와 조촐한 예식장에서 많은 축하객을 모시고 결혼식을 했다. 부모님보다 할머니, 할아버지가 더 기뻐하였다. 할머니는 어머니의 손을 잡았다.

"수고했다. 벌써 손주며느리를 보게 되어 정말 기쁘구나."

예식이 끝나고 양가 폐백을 드리고 나서 어머니 봉희는 성희의 손을 잡았다.

"아가, 고맙고 예쁘게 컸구나. 항상 오늘의 마음으로 재미있게 살아라."

성희도 어머니 손을 잡았다.

"네. 어머니. 부모님 잘 모시고 재미있게 살게요."

수원아저씨 내외분은 준식을 쓰다듬으며 등을 토닥토닥해 주셨다.

어느 날 어머니 봉희는 준식 부부와 아들 둘을 불렀다.

"이제 며느리 둘을 골라야 하는데 살면서 무엇보다 중요한 것은 첫째가 건강이고, 두 번째는 인성, 그리고 세 번째는 능력이라고 생각한다. 삼형제 의리 지키고 가정 잘 가꾸는 것은 여자들 손에 달려 있으니 이타심을 가지고 서로를 배려하며 순서를 지키는 덕성 있는 여자를 찾아라. 배운 사람이 좋지만 배움을 떠나서 배우려 하고 부지런한 사람이 굶지를 않으니 참고해라. 큰 애기는 우리가 세상을 뜨면 어머니 역할을 해야 하느니라."

"네!"

2년이 지나 관식은 5남매의 막내, 셋째 딸을 아내로 맞아들였다. 진식은 다시 3년 후 3남매의 맏딸을 아내로 맞아 결혼을 했다.

준식이 결혼한 이듬해 명현은 중학교 영어교사와 결혼을 하였다.

준식은 영란이모와 건물을 세내어 병원을 차렸다. 1층에 반은 한의원, 반은 영란의 정형외과, 2층은 정형외과의 물리치료실, 3층은 아내 성희가 내과와 소아과를 내어 주사실을 마련하였다.

병원은 생각보다 손님이 많았다.

3년이 지나자 어머니 봉희는 준식을 불렀다.

"준식아, 벌써 할머니, 할아버지의 연세가 칠십을 넘으셨구나. 이제 일은 그만하셔야지?"

준식의 할머니와 할아버지 칠순 때는 부천에서 어머니와 아버지가 주관하여 동네잔치를 두 번 해드렸다. 그리고 서대문 밖 일영지에 현대식으로 집을 대판 수리하고 두 분을 모시어 살게 하였다.

4 봉희마을

아래층 안방에 할머니, 할아버지를 모시고 건넛방은 부모님께서 쓰시고, 이층 방 두 개는 준식 부부가 썼다. 어머니는 혼자 짐을 정리하고 서대문 근처에 허름한 땅 이백 평을 샀다.

7층 건물을 올리고 1층에는 한의원과 현관 건너에 사무실, 뒤에는 검사실을 만들고, 2층에는 정형외과, 3층에는 성희 관할로 내과와 소아과를 차리고, 그 위는 다른 병원에 세를 놓았다.

영란이모의 남편은 의대 교수이면서 힘들고 어려운 수술은 퇴근하여 하며 이모를 도왔다. 병원차 앰불런스 두 대를 뽑으면서 아버지께 자가용 봉고를 하나 뽑아드렸다.

어머니는 마당 한켠에 노인정으로 방 2개를 지었다. 마당과 노인정에는 노인들을 위한 운동기구와 쉼터를 만들어 놓았다. 집 옆을 흐르는 냇물에 다리를 놓고 700m 가량의 산책로에 쉼터를 만들어 놓았다. 가까운 동네 이장 집을 찾아 노인들께 놀러 오시라 했다.

할머니, 할아버지와 함께 운동하고 대화하시며 소일하시게 해 드렸다. 오시는 노인들의 나이 많은 며느리 동네 아줌마들이 점심 준비들을 하게 시작하자 어머니는 한가한 아가씨나 부인들을 불러 바느질을 가르쳤다. 어머니는 할머니를 모시고 절에도 다니셨다.

아버지가 운전하시고 어떤 때는 할아버지도 모시고 절에 들렀다. 가까운 곳에 바람을 쐬어 드리기도 하였다. 오월 어버이날이 되면 동네 할머니, 할아버지들을 모시고 경로잔치를 베풀었다.

준식은 경로당에 한방 건강차를 연중 준비해 드렸다. 진식은 타올을 준비하고 셋이서 음식 마련을 하면 영란이모와 기석삼촌은 어머니께 항상 용돈을 통장에 넣어드린다. 그럴 때마다 부모님은 노인들의 별식 간식을 준비하고 가까운 명승지 바람을 쐬어 드린다.

노인정에 노인들이 모이기 시작하자 노인들의 화색이 좋아지고, 좋은 일과 서운한 일들을 서로 나누면서 마음공부를 하게 되니 마음이 너그러워지고 자식들과의 사이도 좋아지기 시작했다.

남이 내 부모에게 잘해 드린다고 생각하고 꾸중 들을 일이 줄어드니 가정불화가 줄어들기 시작했다. 바쁘게 사는 사람들은 행복하다고 생각한 어머니는 일거리 없는 아가씨와 아주머니들을 모아 노인들 수의를 짓기 시작했다.

먼저 할머니를 모시고 어머니는 두 분이서 할머니, 할아버지 수의를 지어 놓았다. 진식이 최고의 삼베를 사다 드리니 할머니는 좋아하였다. 그리고 할머니, 할아버지와 어머니, 아버지의 모시 삼베옷을 지어 드리니 노인들이 부러워했다.

경로당에 오시는 노인들의 수의를 원가의 재료비로 진식이 갖다 주니 노인들은 경로당에 모여 수의를 지어 갔다. 수의를 만들어 본 며느리들은 수의를 짓기 시작했다. 진식이 포목점에 놓고 팔아 주었다.

집집마다 여자들의 일거리가 생겼다. 소문이 나자 수의 짓는 마을이 되어 서울이나 근처에서 사러 오기 시작했다. 어머니는 한복 짓기를 가르쳐 주었다.

예쁘고 고운 한복들을 어린이 설빔부터 노인들 두루마기까지 짓기 시작했다. 여인들은 어머니께 선생님, 선생님 하면서 배우기 시작하고 서로 나누어 어린이 옷 전문점, 두루마기 전문점, 남자 한복, 여자 한복 분담을 하니 솜씨가 점점 섬세하고 모양을 내어 남자들은 서울 포목점에 들고 가서 팔았다.

돈을 만지게 되니 마을 사람들은 더욱 바쁘게 일을 하고 거동이 가능한 노인들은 집에서 바느질 일손을 도와 주머니, 모자 등을 손바느질하게 되었다. 소문이 나자 포목점에 들고 다니며 팔던 것을 집에 쌓아놓고 팔게 되며 이 동네 제품에 서로 봉희한복 마크를 붙였다.

동네가 바빠지자 아버지도 바빠졌다. 인근 노인들을 모셔 오고 모셔다 드리며 관광을 시켜드리느라 바쁘셨다. 어머니는 옆에 공터를 600평 사셨다. 그리고 수원 아저씨, 아주머니를 모셔왔다.

어느 날 퇴근길에 동네에 들어서려 하니 못 보던 커다란 돌이 서 있었다. 까만 현무암에 봉희마을하고 괄호 속에 한복이라고 쓰여 있었다. 부업이 생기며 동네가 부유해지고 각 가정이 화목해지자 이장이 군수에게 건의하여 군에서 마을 표석을 세웠다는 것이다.

어느 날 이장이 어머니에게 군수 표창이 있으니 같이 가시자며 어머니를 모시고 군수실에 다녀왔다. 동네가 번창해지고 바빠져 소문이 났고 노인정의 복지시설, 후원이 잘되고 숫자가 많아지자 식구와 동네 사람들은 바빠졌다. 어머니는 노인정에서 일손을 돕는 아주머니에게 봉급을 주게 되었다.

사러 다니던 부식들은 인근 가게와 농가에서 배달해 주었다. 부모님은 할머니, 할아버지와 매월 초하룻날이면 동네 노인들도 모시고 절에 갔다. 스님은 노인들의 가정과 건강을 축원해 드리니 노인들은 더욱 생기 있게 돌아온다. 행사 때마다 어머니는 준비물과 수고비도 지불하면서 노인들의 밝은 안색을 보고는 흐뭇해 한다.

갈 때마다 스님은 강조한다.

"마음을 비워야 욕심들을 버리서서 가정도 이웃도 극락이 됩니다. 오늘은 가시면서 무슨 욕심을 버릴까 생각하고 다음에 이야기를 나누세요!"

할머니들과 주민들이 절을 찾는 숫자가 늘어났다. 어머니는 두 팀으로 나누어 보름날에 참가하게 하고 한 달에 한 번 셋째 수요일은 경로당에 스님이 직접 오셔서 설법하도록 하여 초청하여 경로당에 주민들이 찾아왔다.

성희 부모님도 배움이 있고 고생을 많이 해서 부천 할머니, 할아버지를 형님처럼 잘 모시고 노인들과 따뜻하게 잘 어울려 지내셨다.

할아버지 팔순 잔치를 하고자 남산 아래 커다란 회관에 가족이 모였다. 20여 명의 어른과 어린이 8명이 모이니 회관 예약실이 가득 찼다. 민속단을 초청하여 북과 장구에 맞추어 신이 나게 춤을 추고, 민속단이 할아버지, 할머니를 노래하게 하였다. 두 분이 노래를 부르고 나니 성희 부모님도 따라서 큰소리로 노래를 불렀다.

어린애들의 생일축하 노래와 어버이 은혜를 부르니 애 어른 할 것 없이 손뼉을 치며 함께 불렀다. 온 식구가 고운 한복에 할머니, 할아버지는 어린애들과 같이 색동저고리를 입으시니 애기들처럼 좋아하였다.

다음날 경로당에서 다시 노인들을 비롯한 주민들을 모시고 북과 장구를 치며 춤을 추니 지나가던 행인들도 구경하며 동참하였다. 팔순 기념잔치라고 쓴 수건을 100장 준비하고 음식과 함께 한방차를 준비하여 오가는 사람들에게 대접했다.

할아버지 팔순이 지나면서 어머니, 아버지는 항상 할머니, 할아버지 곁에서 함께 식사하시며 돌봐드리고 하루에 한 차례씩 산책을 해 드렸다.

군수님이 오신다고 했다.

어머니는 언젠가 갖다 드리려고 마련한 모시 저고리를 선물로 드렸더니 상상외의 예쁜 옷을 입게 되었다고 매우 기뻐하셨다.

군수님도 일 년에 한 번 사모님과 같이 절을 방문하셨다.

어느 날 이장이 경로당을 방문했다. 웬일이냐고 했더니 오월 단옷날 군수와 함께 청와대에 가서 대통령 표창을 받는다는 것이다.

어머니는 대통령의 체격을 물었다. 대강 체격을 어림하여 어른 모시바지 저고리를 예쁘게 하여 들고 가셨다. 남다른 경로사상으로 우리나라 최초의 경로당을 마련하여 노인 복지에 선구자로 공이 크며, 일하는 마을 전통옷 만들기를 장려하여 가난을 극복시킨 사회복지의 유공자로서, 또 남다른 효심과 행복한 가정 가꾸기에 상담소 운영의 공로가 지대하여 오월을 맞이하여 표창한다는 표창장과 커다란 괘종시계를 선물로 받고 은수저 두 벌을 곁들여 받았다.

어머니께서 대통령님께 감사의 인사를 드리고 준비해 간 한복을 드렸더니 의외의 선물에 깜짝 놀라시고 기뻐하시며 국가 행사 기념일인 제헌절과 광복절 등에 그 모시옷을 아껴 입으셨다.

어머니는 상장은 거실 벽에 걸어놓고 은수저 두 벌은 할머니, 할아버지께 드리고, 괘종시계는 노인정에 놓았다. 상을 타고 돌아오시는 어머니를 보시고 할머니, 할아버지는 기쁨의 눈물을 감추지 못하셨다.

"어머니! 이 상은 어머니가 타신 거예요. 사랑으로 두 고아를 키워주시고 말없이 행동으로 삶을 가르쳐 주신 어머니 덕택에 잘 배워 오늘의 기쁨도 안겨 주신 거예요."

할머니, 할아버지는 어머니 등을 두드려 주셨다.

3년 후에는 할머니의 팔순이 되었다. 회관에서 식사를 음악 속에 흥겹게 마치고, 다음날 경로당에서 마을 잔치를 크게 열었다. 그 날은 주말이어서 온 가족이 모이고 친구들까지 모였다.

비구니 스님 두 분도 모시고, 군수님까지 모셨다.

기념 타올 200개를 준비하고 음식을 배로 준비하여 가까운 마을 주민들

까지 초청하여 일요일까지 잔치를 베풀었다. 군수님이 은수저 4벌을 갖고
와서 어머니께 드리면서 감사 인사를 한다.

"사모님 덕분에 제가 도지사 발령을 받았어요."

그러면서 악수를 청하였다. 어머니도 반색을 하며 손을 잡으셨다.

"정말, 축하드립니다."

도지사가 된 군수는 그 후에도 절 행사날 만나면 서로 찾아 반기셨다.

어머니는 할머니 곁에서 한복을 열심히 지으셨다. 손자, 손녀 설빔 짓기
와 세배 받는 것이 큰 기쁨이시고 할머니, 할아버지 좋아하시는 음식 만드
시는 것이 또한 큰 기쁨이셨다.

어느 날이었다.

"준식아, 할머니, 할아버지께서 연만하시니 산을 하나 사야겠구나."

"어디가 좋을까요?"

"예부터 살아서는 진천, 죽어서는 용인이라 했으니 용인에서 찾아보고
마땅한 산이 있으면 지관을 모셔다 산소 자리로 좋은 곳이 몇 개나 있는지
알아보렴."

이후 준식과 관식은 주말이면 용인 일대를 쫓아다니며 찾아보았다. 보름
만에 지관을 데리고 가서 보고 어머니, 아버지, 할머니, 할아버지를 모시고
갔다. 높지도 않고 낮지도 않은 산이다.

그 산 뒤에는 더 큰 산이 둘러싸고 있고 그 큰 산줄기를 따라 내려온 계
곡으로 높은 산의 샘물은 작은 산을 감돌고 있으며, 산 아래는 넓은 들판과
주변의 산에 둘러싸여 있어 아늑한 게 보기에도 좋았다. 좀 비싸다고 생각
하면서 5만 평을 샀다.

틈나는 대로 경계를 측량하고 경계에 조경 삼아 적송 50그루와 잣나무를
심었다. 그리고, 그 사이에 편백나무와 사철나무 등 작은 나무들을 둘러 심

고 잡목을 간벌하기 시작했다. 산에서 내려오다 낮고 아늑한 곳은 주택지로 정하고 그 아래는 논밭으로 개간할 계획을 세웠다.

성희는 동서들과 한 달에 한 번씩 회식을 하며 남대문과 동대문을 데리고 다니면서 구경도 하고, 명동을 거쳐 백화점 구경도 시켜주고 선물도 사주었다. 한 달에 한 번씩 외출을 하면서 서로 돌아가며 밥을 사고 선물들을 같이 사서 하나씩 나누어 가졌다. 그러다 어른들 여섯 분의 선물과 좋아하실 간식 과자 별식들을 챙겨 집으로 왔는데 어머니는 그렇게 셋이 다니는 것을 좋아하였다.

산책을 하다 어머니께서 "메뚜기 잡으러 가셔야지" 하면 모두들 깔깔대고 웃는다.

"어머니, 오늘은 마당에 자리 깔고 감자, 옥수수, 참외, 수박 등을 먹도록 준비할게요. 내일은 손칼국수를 해 먹어요."

할머니도 어머니에게 한마디 하신다.

"봉희야, 그때가 좋았지? 무엇이고 무엇이든 힘들단 말 한마디 없이 재미있고 맛있다며, 일 잘하고 잘 먹던 그 시절, 세월은 살같다더니 정말 빠르구나."

"어머니, 돌아갈 수 없는 것이 인생이라더니 어머니, 아버지께서 힘드셨지요?"

"아니다. 젊어 고생은 돈 주고도 사지 못한다더니 네가 일심으로 배우고 애들 가르치며 판잣집에서 깡보리밥에, 김치 깍두기 고추장을 먹고 고생하며 애들 잘 키워, 뒤늦게 이렇게 호강하고 있잖니. 또 네가 지혜롭게 노인들 돌보고 이웃사람 가르쳐 부자마을로 만들고 대통령상까지 탔으니, 내가 이 기쁨을 받고 또 무엇을 부러워하겠니? 봉희야, 장하다 장해."

"어머니, 감자 옥수수 찔게요. 당신은 마당에 넓게 자리 깔고 상 펴놓으세요."

저녁 먹고 쪄 놓은 감자와 옥수수들을 한 쟁반씩 들고 나와 마당에서 먹다가 봉희가 말한다.

"어머니, 맛이 좀 떨어져요. 부천에서 어머니께서 쪄주신 것이 더 맛있었어요."

"그래 그때는 젊어 한참 먹을 때이니까 젊어서는 돌도 소화를 시킨다 하지 않니?"

"어머니, 우리가 어렸을 적에 영란이와 제가 멍석 위에서 잠들었을 때 누가 방에다 들어다 눕혔어요?"

"으응, 너는 아버지가, 영란이는 내가 들어 옮겼지."

할아버지께서도 곁에서 한마디 하신다.

"봉희는 영란이보다 나이가 두 살 많아도 몸무게는 같거나 작은 것 같았어."

이때 수원 아저씨가 끼어든다.

"포연 속에서 기절한 봉희를 안고 가는데 그때는 너무 거뜬했어요."

이 말에 모두가 한바탕 웃었다.

"어둡기 전에 들어가서요."

"건강하실 때 구경 가서야지."

일요일에는 가평, 양평, 소양강, 남이섬 구경을 여섯 분이서 재미있게 하셨다.

한 번은 2박 3일로 강릉 바닷가에서 바다 구경을 하고 회를 먹고 오더니 할아버지께서 서해안보다 동해안이 물이 더 맑다고 하였다.

"예. 동해안이 더 경사가 급하고 깊어서 맑아 보여요."

어머니는 할머니, 할아버지의 치아가 약하신 것을 감안하여 고깃국도 잘

게 저며서 끓였다. 건더기는 안 보이지만 물컹한 무와 어울리는 구수한 고 깃국을 자주 끓였고 된장찌개도 자주 하였다.

용인 산 아래 집터 자리를 자주 가보니 산은 몰라보게 조경이 되어 있었다. 집터 자리에 집 세 채를 짓기 시작하였다.

논밭의 모양도 가꾸어지고 있었다. 길목의 작은 개천에는 두꺼운 나무토막으로 만든 다리까지 놓여 있었다. 개울물에는 밑바닥이 보이도록 맑고 작은 물고기들이 헤엄을 치고 있었다.

3개월 만에 집이 완성되었다. 인근 주민 3가구가 입주하여 산 관리를 하고 살집이다.

6개월이 지난 어느 주말 밭에는 옥수수가 무르익고 논밭에는 곡식들이 풍성하고 집집마다. 닭, 개, 돼지를 기르고, 소는 한집에서 기르고 있었으며, 문 옆에서는 염소를 기르고 있었다.

앞에 나가면 버스길이 나온다. 거기까지는 자전거들을 사용하고 시장도 모여 다녔다.

어느 더운 여름날 아버지는 친지 여섯이서 하루를 쉬고 오셨다. 먹을 것을 잔뜩 사서 싣고 가면 관리인들은 닭을 잡으며 대접을 한다.

산에 올라가 산책을 하며 닦아놓은 산책로를 따라 산 위에 올라가면 산 넘어 커다란 동네가 펼쳐진다. 공기는 맑고 개울물에 발들을 담그고 아침 세수를 하고 꽃과 나물을 구경하면 할머니는 산속이라 꽃과 나물의 종류가 좀 다르구나, 하신다.

저녁을 먹고 멍석 위에 자리를 깔고 노인들이 누우면 하늘도 높고 별들도 총총히 많구나, 하시며 산속에서 하루 야영을 하고 오시니 몇 년은 젊어지신 듯 기분이 좋아서 생기가 들어 보였다.

할아버지 연세가 92세가 되셨다.

성희 부모님이 오시면서 준식은 성희 부모님과 한집에 살면서 2층에는 처남 명현형이 주말에 오는 쉼터를 만들었다. 준식이 쓰던 어머니 댁 2층은 관식이 살면서 부모님을 도와드렸다.

봉희마을과 근동의 환자는 아버지께서 서대문 병원으로 안내해 드렸다. 7층 병원은 여러 종류의 병원과 약국이 들어와 종합병원이 되었다. 병원 이름도 봉희병원이라 칭하고 옥상과 정문에 간판을 크게 써 붙였다.

넓은 정원과 쉼터를 만들고 주차장도 마련하였다. 할아버지 연세가 드시면서 산책을 하고 나면 아버지와 준식은 꼭 다리를 주물러 드린다. 할아버지 손을 잡고 따라다니던 어린 시절이 떠올라 힘이 줄고 가늘어진 팔다리를 볼 때마다 가슴이 아팠다.

5 뜨거운 눈물

92세가 되신 할아버지께서는 산책을 하고 저녁을 일찍 드시더니 준식과 부모님을 부르셨다. 할머니 곁에 누우셔서 어머니와 아버지, 그리고 준식의 손을 잡으신다.

"고맙다. 수고했어. 준식아…."

할아버지는 할머니 손을 잡으신 채 사르르 눈을 감으시며 돌아가셨다. 그렇게 할아버지는 두 눈을 감은 채 깊은 잠에 빠지셨다. 이승에서의 생로병사와 희로애락을 수없이 보고 겪으신 할아버지는 이제 고통을 모르는 저승으로 가셨다.

병원을 모르고 싫은 소리 한 번 않으시고, 침묵으로 덕을 베푸시던 할아버지….

이승을 하직하고 바쁘게 저승을 가시는 할아버지께 외로움을 드릴세라 모두 엄숙한 침묵으로 할아버지의 모습을 지켜보았다.

봉희와 정민은 아버지를 반듯하게 눕혀 드리고 얼굴을 쓰다듬어 눈을 잘 감겨드렸다. 머리를 받쳐 입을 예쁘게 다물게 해드리고 팔다리를 주물러 편하고 바른 모습으로 해 드렸다.

아버지의 얼굴은 점점 편안해지고 주름마저 없어지며 웃음 띤 밝은 모습까지 보여 젊은 시절 봉희가 처음 뵈었던 모습이 생생하게 기억나도록 했다.

봉희는 성스럽게 살다 가시는 아버지의 길을 뜨거운 감사의 마음으로 축원하려고 무릎을 꿇고 눈을 감고 합장했다.

아버지는 노란 명주 바지저고리에 두루마기를 예쁘게 입고 길 떠날 준비를 하셨고, 동쪽 하늘에 유난히 밝은 해가 떠오르고 있었다.

밤새 내린 비로 서쪽 하늘에는 난생처음 보는 크고 진한 무지개가 생겼다. 아버지는 자손들을 향해 미소를 지으시며 손을 흔들었고 무지개는 아버지 앞에서 하늘까지 이어져 있었다. 서서히 아버지가 무지개에 오르시자 무지개는 하늘로 떠오르고 아버지는 더 멀리멀리 하늘나라로 가시는 모습이 봉희의 눈에는 선명하게 보였다.

기쁜 봉희는 합장하여 수없이 절을 했다.

"고마우신 아버지! 감사합니다. 꼭 극락왕생하소서."

밤새워 식구들은 침묵 속에 기도를 했다.

아버지가 편안하게 잠을 주무시도록 흰색 홑이불로 덮어드렸다.

다음날 아버지의 입관을 마치고 훌쩍거리며 울음을 참던 봉희는 울음이 터졌다. 봉희는 가족들과 재배를 올렸다. 아버지의 다정하신 눈빛과 손길을 이제 다시는 볼 수도 들을 수도 없는 아버지의 모습과 음성을 생각하니 하늘이 무너지는 듯 마음이 애절했다.

"아버지! 아버지! 아이고~, 아버지!"

봉희의 온 가족이 슬픔을 깨뜨려 통곡이 커지자 봉희는 땅바닥에 엎드려 애통해 하며 울다 아버지 관을 잡고 더듬으며 얼굴을 비비며 미친 듯이 통곡했다. 보다 못한 어머니는 "그만해라" 하셨다.

어머니의 음성을 들은 봉희는 어머니 마음 아플까 조심하던 울음을 대성통곡하더니 어머니 품에 안겨 "엉엉, 흑흑" 어쩔 줄을 몰라 했다. 어머니의 뜨거운 눈물이 봉희의 얼굴에 흘러내렸다.

봉희는 어머니의 품에 파고들면서 어머니의 두 손을 꼭 잡고 몸부림치듯 울었다.

"그만해라. 딸의 슬픔이 관속에 스며든다 했는데, 네 울음은 아버지 가시는 저승까지 따라가겠다."

어머니는 봉희의 머리와 등을 어루만졌다. 아무것도 모르는 어린 전쟁고아를 둘씩이나 키워 주시고 손자 셋을 아들딸보다 더 사랑으로 키워 주시고 지켜주신 아버지….

대문을 들어서면서 오늘까지의 일들이 활동사진처럼 눈앞에 아른거렸다. 순간순간 따뜻한 사랑에 마음이 뜨거웠던 사연들이 떠오를 때면 봉희의 가슴은 찢어지는 듯했다.

봉희 생일 때면 슬그머니 장터로 가서 쇠고기와 미역을 사오시면서 '내일이 봉희 생일이지?' 하시면 어머니는 '당신 차림새가 장에 다녀오시는 줄 알았어요. 나는 옷을 하나 준비했어요'라 답했었다.

두 분의 이야기는 봉희의 눈시울을 뜨겁게 했다.

서울로 이사 가던 날 아버지께서 마차에 이삿짐과 쌀, 간장, 된장, 고추장 등 밑반찬을 싣고 가 판잣집에 내려 주시면서 하신 격려의 말씀도 생각난다.

'봉희야, 고생은 돈 주고도 사서 한단다. 고생은 잠깐이니 참고 이거라. 이제 막 크는 애들 먹는 것은 수월치 않아 애들 배 주리지 말고…. 양식방 아 찧으면 또 갖고 올 테다. 너희들 뒷바라지하는 것이 낙이니 걱정 마라.'

어머니 앞에서 야무지게 보고 배워 생각하고 하는 일이 예의 바르고 똑똑하다며 지혜로운 봉희를 어머니는 대견스러워 하신다고 했다. 그러면서 아버지는 봉희의 머리를 쓰다듬고 등을 두드리시며 두 손을 꼭 잡아주셨다.

봉희도 아버지 품에 안겨 감사의 인사를 잊지 않았다.

"네! 열심히 잘해서 어머니 아버지 은혜에 보답할게요!"

봉희의 눈물을 닦아 주시던 아버지가 부천 한복집을 오시던 날, 아버지의 눈빛과 대견하여 만족해 하시던 아버지의 기쁨에 찬 얼굴은 봉희에게 자신감과 용기를 북돋아 주셨다.

걷잡을 수 없는 기억이 봉희의 눈앞에 아른거리며 번쩍번쩍 스쳐 지나갔다. 팔다리가 힘없이 떨렸다.

가정의 안정과 심신의 여유가 생겨 효도해 보려고 만수무강하시기를 학수고대했지만 세월은 더욱 빨리 지나갔다. 부모님 슬하에서 잔뼈가 굵어진 지 60년 봉희는 애통한 슬픔에 다시 울었다.

"김서방! 에미는 잠깐 밖에 나가 바람 좀 쐬도록 데리고 나가게!"

어머니가 만류하시자 남편 정민과 아들 준식이 봉희의 손을 잡아끌었다.

"아니에요."

봉희는 손을 뿌리치며 울음을 그치고 눈을 감고 기도를 했다. 아버지의 곁을 봉희는 한순간도 떠날 수가 없었다.

다음날 눈은 퉁퉁 붓고 지쳐 있었다. 조문객들은 줄을 잇고 있었고 봉희는 한 사람 한 사람에게 지성으로 감사의 예를 갖추었다. 놀람과 슬픔에 온 식구들은 정신없이 하룻밤을 지새며 준식 할아버지를 지켜드렸다. 어머니 봉희는 할머니를 위로해 드리면서 조용히 장례준비를 했다.

삼일장을 치르는 동안 절에서 스님들이 와서 정성으로 염불을 해드리며 성황리에 장례를 모셨다. 유택은 용인에 있는 봉희산 맨 위쪽에 자리를 골라 마련했다.

봉희는 매일 아침 저녁으로 식사를 준비하고 상식을 올렸다. 일주일에 한 번씩 7주 동안 온 식구가 절에 가 49재 천도재를 올렸다. 49재와 백일제사는 경로당과 이웃 마을 사람들을 모두 초청하여 성대하게 모셨다.

할아버지 장례를 모시고 난 다음 해 아버지(김정민) 칠순 잔치를 했다. 생일도 모르고 살아오신 부모님은 칠순이 되어서 어머니(봉희)는 경로잔치를 아버지 칠순에 함께하자고 하였다.

전날 가족이 회관에 모여 식사를 하고 경로잔치를 했다. 가정이 안정되고 애들이 크면서 봉희마을도 부자가 되니 동네 이장이 선물과 봉투를 모아들고 참여했다. 기쁨 속에 하루를 보내면서 준식의 가족은 한 달에 한 번씩 용인에 있는 할아버지 산소를 찾았다. 봉희산은 나무와 잔디로 조경이 잘되어 있었고 산책로도 깔끔하게 닦여져 있었다.

3가구의 관리인들은 농사도 비옥하게 지었고, 가축도 잘 키우니 가까운 곳 주민들이 별장을 짓고 작은 동네를 만들고 있었다.

준식이네는 무더운 여름 한 차례씩 휴양지로 택해 봉희산을 찾았다. 동네가 모습을 드러내자 동네 어귀에는 봉기마을이라고 커다란 표석이 세워졌다. 그동안 준식은 아들 둘, 관식은 남매, 진식은 아들 하나, 영란이모는 남매, 기석삼촌은 아들 둘, 준식의 처남 명현 남매를 낳아 길렀다.

어머니를 따라 둘째, 셋째 며느리는 바느질을 배우고 어른들과 어린이들 옷을 예쁘게 만들어 입혔다. 진식의 아내는 병원 사무실에서 병원 관리를 하면서 시간을 비울 때는 기석의 아내 즉 외숙모가 사무실 협조를 했다.

사람들 채용하려 하니 병원 가족도 수월치 않았다. 할머니께서 연세가 드시면서 노쇠해져 부모님은 할머니 곁을 떠나지 않으셨다.

병원을 모르고 사신 할머니는 90이 되도록 산책을 잘 하시고 절에 갔다 오시면 더욱 표정이 밝으셨다.

할머니의 구순 잔치를 하면서 어머니의 칠순 잔치도 같이했다. 식사가 끝나고 가족과 친지들을 모시고 잔치를 벌였다. 할머니와 어머니, 아버지 상을 차려 드렸다.

할머니는 예쁜 옥색 치마저고리를 입으시고, 어머니는 색동저고리에 빨간 치마, 아버지는 색동저고리에 연보라색 바지를 입으셨다. 할머니는 아버지와 어머니를 양옆에 끌어안고 사진을 찍으셨다.

어머니께서 "엄마!" 하니 모두들 박수를 치며 웃어댔다.

어머니께서는 먼저 할머니를 업고 실내를 한 바퀴 돌았다. 이어 아버지가 할머니를 업어 드리니 할머니는 애기처럼 좋아하셨다. 잠시 후 아버지께서 어머니를 업고 실내를 한 바퀴 돌아오셨다. 음악과 박수 소리는 모두를 황홀하게 했다.

끝으로 영란이모의 막내딸은 할머니께, 준식의 아들은 어머니께, 관식의 딸은 아버지께 예쁜 옷을 입고 건강과 안녕을 빌며 꽃다발을 안겨드렸다. 똑같이 모두 일어나 음악에 맞추어 생일축하 노래와 부모님 은혜 노래를 합창하고 집으로 돌아왔다.

다음날엔 노인정에서 동네잔치를 차렸다. 할머니와 부모님은 어제와 같은 옷차림으로 할머니를 업고 마당을 한 바퀴 도시고 어머니를 아버지가 업고 도시니 마을 사람들이 재미있고 부럽다며 박장대소를 하였다. 그날은 선물을 주려고 타올과 모찌떡 한상을 차려 올렸다.

며칠 후 어머니는 노인정에서 법회가 있는 날 스님을 모시고 주민법회를 열었다. 끝나면서 노인정에 대한 덕담 한마디도 잊지 않았다.

"팔순 구순 잔치들은 여기서 하세요. 간단한 경로잔치를 곁들여 할 테니 즐거운 하루들을 보내셔요."

그 가을 어느 날 아버지는 노인들을 모시고 강릉 해변가에서 하루를 즐기시며 1박 2일 관광을 해드렸다.

또다시 4년이 지나고 준식의 장인 장모이신 성희 부모님의 구순 잔치를 같은 날로 정하여 열었다.

회관에서 30여 명이 즐거운 하루를 보내고 20여 명의 자손들이 할머니 앞에서 절을 하고 성희 부모님께 절을 했다. 어머니, 아버지도 절을 받으셨다. 집에 돌아오신 어머니는 할머니 앞에서 아버지와 나란히 앉으시며 말한다.

"어머니! 천하에 고아가 이제 든든한 언덕이 많아졌어요."

할머니께서 어머니의 손을 쓰다듬으시며 대답한다.

"정말 세월도 빠르구나. 옛날부터 세상은 끝없이 변해 바다가 육지 되고 육지가 바다 되듯, 음지가 양지 되고 양지가 음지 된다고 했어. 끝까지 인생을 성실하게 살아야지…"

마을 사람들은 그때부터 부모님의 팔순 구순 잔치를 경로당에서 해드리기 시작했다. 그리하여 경로당은 동네 행사장이 되어 항상 번화했다. 지나가던 행인들도 한 차례 들러 한방차와 점심을 먹고 가기도 하였다.

어머니는 할머니 앞에서 초등학교에 입학하는 손자 손녀들을 놓고 공부도 가르쳐 주고 숙제 검사도 하셨다. 애, 어른 모두 어머니를 좋아하고 존경을 받으셨다.

할머니 연세가 97세가 되었다. 봄부터 천천히 어머니가 모시고 산책하던 어느 날, '봉희야' 하고 부르시던 때를 생각하고 그때 먹던 별식을 해드리며 옛날이야기를 해 드렸다.

나물 캐고, 송화 따고, 간간이 인절미 만드시고, 닭 잡으시며 감자, 참외, 옥수수, 수박, 밤을 따고, 감 따고, 시루떡, 메뚜기볶음, 콩자반, 민물고기조림, 찌개도 만드시고, 다식, 송편, 시루떡, 가래떡, 부꾸미, 엿까지 고아서 옛맛을 되살려 드렸다.

입에 들어가면 언제 넘어갔는지 모르게 침 흘리며 먹던 시절을 되새기며, 할머니와 함께하는 별식은 애들은 신기해서 맛있다고 잘 먹는데 할머니는 앞에 놓고 싱글벙글하시지만 한 구석을 조금 떼어 잡수시고 "애들아, 이 좋고 입맛 좋을 때 많이 먹어라" 하셨다.

다음 해 3월이 되었다.

날이 따뜻해지자 산과 들에 꽃이 만발했다. 할머니께서 꽃구경과 산책을 하고 돌아오셨다. 저녁을 잘 잡수시고 방으로 들어가면서 "오늘은 좀 피곤하구나" 하시며 부모님과 준식을 부르셨다. 아버지께서 할머니를 자리에 눕혀 드렸다.

할머니는 어머니와 아버지 손을 양쪽으로 잡으신다.

"고생들 했다. 고맙다."

"어머니…"

준식도 두 손으로 할머니 손을 잡았다.

할머니는 있는 힘을 다해 준식의 손을 잡으신다.

"준식아~."

얼마 후에 할머니는 셋을 둘러보시더니 무거운 듯 눈을 감으셨다. 어머니와 아버지는 조용히 이불을 덮어드렸다 돌아가신 것이다. 어머니와 아버지는 할머니께 두 번 절을 하셨다. 준식도 따라서 절을 했다.

식구들이 모였다. 할머니는 두 눈을 감으신 채 두 번 다시 눈을 뜨지 않으셨고 숨소리마저 멈췄다. 영원히 깊은 잠이 드셨다. 돌아가신 것이다.

봉희의 가슴이 덜컹 내려앉으며 앞이 캄캄했다.

잠시 눈을 감고 봉희는 정신을 차렸다. 가시는 어머니를 위해 할 일을 생각했다. 남편 정민과 봉희는 어머니를 반듯하게 그리고 편안한 모습으로 만들어 드렸다.

머리를 반듯하게 해 드리고 머리를 받쳐 입을 예쁘게 다물게 해 드렸다. 이어서 두 눈을 편안하게 감겨 드리고 얼굴의 주름을 매만져 펴 드렸다.

팔다리를 주물러 펴 드리고 봉희는 어머니의 손등에 입맞춤을 했다. 그리고 어머니 볼에 봉희의 볼을 살며시 대고 마지막 인사를 했다.

"어머니, 편히 쉬소서. 부디 극락왕생하옵소서."

그리고 잠시 어머니를 지켜보았다. 어머니의 얼굴이 점점 편안해지시며 주름마저 줄어드는 듯했고, 젊었을 때의 모습으로 변해 미소마저 머금은 듯 천사처럼 보였다.

봉희는 장롱 속에 손질해 둔 흰 홑청을 꺼내어 정민과 함께 발끝에서부터 덮어드렸다.

이제 만져 볼 수도 없는 어머니 곁에서 눈과 마음이 더 머물고 싶은 봉희는 천천히 아주 천천히 홑청을 덮어드리며 마지막 얼굴을 덮을 때 봉희는 쏟아지는 눈물을 감당할 수 없었다. 가슴속은 터지는 듯 울음을 참는 봉희는 혁혁댔다.

봉희는 이를 악물고 울음을 참았다. 어머니 가시는 길에 방해가 될까 봐 조심조심 어머니 앞에 병풍을 둘렀다. 그리고, 작은 상을 갖다 놓고 그 위에 향로를 놓아 향을 불붙여 꽂았다.

온 가족은 침묵 속에 재배를 올렸다. 봉희는 뜨거운 마음으로 어머니의 극락왕생 기도를 올렸다. 절에서 배우고 익힌 염불을 수차례 독송하고는 두 손을 합장하며 무릎을 꿇고 눈을 감았다.

감은 봉희의 눈앞에 어머니는 봉희가 해 드린 노란색 명주 비단 치마저 고리에 두루마기까지 입으시고 외출 차림으로 나오셨다. 대문을 나서자 동쪽 하늘에는 유난히 밝은 해가 떠 있고 서쪽 하늘에는 예쁜 쌍무지개가 대문 앞 어머니 앞에 와 멈추었다.

하늘에 연결된 쌍무지개에서 아버지가 내려오셨다.

아버지가 어머니의 손을 잡자 어머니는 기쁜 얼굴로 봉희를 향해 손을 흔드셨다. 무지개는 어머니, 아버지를 태우고 하늘로 올라갔고 안 보일 때 까지 봉희 가족은 손을 흔들었다. 어머니와 아버지는 마치 하늘나라에서 내려오신 선녀와 선관 같았다.

봉희는 어머니를 향해 허리를 굽혀 수없이 절을 하고 어머니가 안 보이 자 땅바닥에 엎드려 세 번 절을 했다. 기쁨으로 작별인사를 한 봉희는 흐뭇 한 마음으로 살그머니 눈을 떴다.

봉희의 앞에 어머니가 누워 계셨다. 봉희는 어머니 곁에 있는 기쁨과 아 픔, 아쉬움을 생각하며 날이 새도록 염불에 몰두했다.

조문객들은 밤낮없이 줄지어 애도의 뜻을 표했다.

다음날 침묵으로 지켜보는 가족들 앞에서 어머니 입관이 시작되었다. 봉 희가 만든 예쁜 수의를 입혀드리고 절에서 가져온 다라니경을 덮어드렸 다. 지칠 줄 모르고 봉희의 눈과 마음이 어머니 곁을 떠날 줄 몰랐다.

입관을 마친 후 봉희는 정신을 잃었다.

잠시 후 정신을 차린 봉희는 대성통곡을 했다.

"어머니! 어머니! 아이고~ 아이고~."

참고 있던 아픔의 진통이 터진 것이다. 어머니 앞에 엎드려 울던 봉희는 방바닥을 두드리고 헤맸다. 그리고 어머니를 찾으며 관을 붙들고 쓰다듬 고 머리를 부딪고 비비며 몸부림쳤다.

한참 울던 봉희는 옆에서 애절하게 어머니를 찾으며 우는 동생 기석과 영란을 보고 두 손을 잡으며 엉엉 울었다.

영란이 봉희의 품에 안겨 몸부림쳤다. 봉희는 영란을 끌어안고 엉엉, 찢어지는 마음을 달래듯 영란의 등을 쓰다듬으며 울고 또 울었다. 울다 지친 봉희는 어머니의 관에 머리를 대고 어머니께 감사의 인사를 하면서 어머니의 극락영생을 빌었다. 눈을 감고 있으니 어머니를 만나 지금까지 있었던 일들이 활동사진처럼 떠올랐다.

유난히 작았던 봉희, 건드리면 쓰러질 듯 굶주림에 지쳐 불쌍한 전쟁고아 봉희를 두 말없이 손을 잡아 방으로 데리고 가셨고, 늦은 저녁상을 차려 주신 천사 같은 어머니, 부잣집 딸처럼 지혜와 능력을 길러 주신 어머니, 애들을 친손주처럼 뜨거운 사랑으로 키워 주셨던 고마우신 어머니, 서울로 이사 가던 날 어머니는 시집올 때 갖고 오신 어머니의 가보인 손재봉틀을 보자기에 싸 주시며 가난한 집에 맏딸을 시집보내는 어머니처럼 비장한 각오로 말했었다.

'봉희야, 너는 어디 가서 무슨 일을 하고 살아도 거침없이 지혜로 잘 헤쳐 나갈 거야. 이것만 있으면 애들 잘 키울 수 있을 게다. 참고 견디어라. 고생은 잠깐이니…. 자식에겐 재산보다 능력을 길러주는 것이 현명한 선택이니 잘 가르쳐!'

그러면서 어머니는 눈물을 줄줄 흘리며 봉희 손에 손수건을 쥐어 주셨다.

'얼마 안 되니 우선 급한 대로 써라.'

뜨거운 모성애의 어머니, 부모님이 주시는 식량을 절약하려고 보리쌀에 감자 섞어 애들에게 주던 어느 날 부모님이 오셨었다. 그리고 어머니는 봉희의 손을 잡고 타일렀다.

'건강이 우선이다. 애들의 배를 주려서는 안 된다. 애들 크는 모습과 네

살림 늘어나는 모습을 보는 것이 내 낙이니 식량 걱정하지 마라.'

부천 한복집에 처음 오시던 날 어머니는 눈물범벅이 된 웃음으로 봉희의 손을 잡아 흔들며 장하다고 손을 흔드셨었다.

애들에게 기쁜 일이 있을 때마다 기쁨의 눈시울을 적시던 어머니, 그런 어머니를 생각하니, 어머니 아버지는 봉희네 식구 일곱을 키우기 위해 이 승에 오셨다가 다 키워놓고 다시 하늘나라로 가신 선녀와 선관 같았다.

고마움이 구구절절 떠오를 때마다 봉희는 가슴이 저리고 목이 메었다. 기도와 울음으로 밤을 새운 봉희의 눈은 퉁퉁 붓고 목소리가 가라앉았다.

어머니에 대한 은혜와 아쉬움으로 눈물짓던 봉희는 극락왕생의 축원으로 보답하고자 수없이 절을 하고 뇌까렸다. 지혜와 능력을 키워 주시고 칭찬과 격려로 용기를 주신 어머니는 봉희의 정신적 지주이셨다. 어머니가 계셨기에 봉희는 이 세상을 무서움 없이 잘 헤쳐 오늘에 이르른 것이다.

두 분이 병원도 모른 채 비둘기처럼 다정하게 봉희의 곁에 계셨고, 노약하셔서도 아장아장 함께 산책하시며 어린 아기처럼 웃음으로 봉희를 기쁘게 하셨던 어머니가 하늘나라로 가셨다. 봉희는 하늘이 무너지고 땅이 꺼지는 아픔과 허탈감을 어디에 대고 형언할 수 없어 정신없이 어머니를 부르며 엉엉 울었다.

다음날 장례식이 시작되었다.

삼일장을 치르는 동안 스님들이 염불해 주시고 준식의 어머니 아버지도 열심히 기도하였다. 극락왕생하시어 성불하시라고 쏟아지는 눈물을 닦지도 않으신 채 밤낮없이 기도해 드렸다.

장삿날이 되었다. 정중히 발인제를 올리고 절을 하는데 갑자기 어머니의 비명소리가 들려왔다.

"어머니! 어머니!"

할머니를 외쳐 부르던 준식의 어머니(봉희)께서 정신을 잃으셨다. 냉수를 마시고 정신이 드신 어머니는 다시 울기 시작하였다.

"어머니! 어머니! 정말 가시는 거예요? 봉희를 남겨두고 정말 가셔요? 평생을 의지하고, 깊은 사랑으로 키워 주시며 손자들까지 성심으로 키워 주신 어머니! 봉희 꽃을 피워 주시고 그냥 가셔요?"

한 번도 맘 놓고 울어본 적이 없는 어머니는 할아버지가 돌아가셨을 때도 할머니 맘 아프실까 봐 맘 놓고 울지 못하시더니, 할머니가 돌아가셨다. 가시는 길에 짐이 될까 봐 소리 내어 울지 못하고 한없이 뜨거운 눈물만 흘리시던 어머니께서 가슴속에 맺힌 생부모와의 사별과 정들었던 할머니와의 이별의 아픔을 한꺼번에 폭발시키듯 쏟는 뜨거운 눈물과 진통의 고통 소리가 애간장을 녹이고 있었다.

어머니의 뜨거운 눈물은 장례식에 참석한 조문객들의 마음도 아프게 했다. 조문객들도 엎드려 울었다. 어떤 조객은 자기 슬픔에 소리 내며 통곡을 했다. 마당은 울음바다가 되었다.

어머니의 가슴속에 맺혀 있던 한과 아픔, 고마움의 모두를 털어놓도록 잠시 모두가 함께 울었다. 아버지와 준식은 어머니를 부축하며 진정시켰다.

"이제 그만 하세요. 하관 시간을 맞추어 드려야죠."

그러자 어머니는 할머니께 큰절을 올리면서 아픔이 한꺼번에 떠오르는지 허둥대고 있었다. 너무나 슬프게 우시는 어머니를 보고 주변 사람들도 함께 울어 동네가 울음바다가 된 듯했다.

"어머니! 그만하세요. 정신 차리세요!"

어머니는 준식을 잡고 더욱 슬프게 우셨고, 아버지와 식구들이 말리자 정신을 차리신 어머니는 휘청거리는 다리를 하고 영구차에 오르셨다.

할머니는 봉희산에 할아버지와 합장을 해드렸다.

온 가족이 삼우제에 다녀왔다. 어머니는 끊임없이 기도하셨다. 매일 상식을 올리고 매주 재일과 49재에는 절에 들어가서 49재와 천도재를 올렸다. 100일제를 절에서 모시고 어머니는 산소에 들렀다.

봉희는 부모님 산소 앞에 두 손을 모으고 기도했다. 부모님 산소 앞에 재배를 올리고 두 손을 합장하고 기도를 드렸다. 극락왕생을 기원하는 기도에 이어 맏딸로서 삼남매의 의리를 지켜 가문 잘 이어가 부모님을 기쁘게 해드리도록 혼신을 다할 것을 굳게 약속하고 다짐했다.

명절이나 제삿날은 봉희의 처소에서 30여 명의 가족이 모였다.

어릴 적 이야기와 부모님이 들려주신 이야기들을 해가며 근검절약과 함께하는 삶의 본보기를 보여주신 부모님을 더 존경하며 서로 챙겨주고 의리 있게 지냈다.

봉희는 이제 동생 영란과 기석의 사랑, 아들 준식, 관식, 진식의 효도와 격려 속에 날마다 바쁜 행사를 만들어 즐기고 노란 병아리처럼 커가는 손주들을 지켜보는 기쁨으로, 또 그 기쁨을 주고받는 낙으로 산다.

여름 방학을 앞두고 영란과 기석이 봉희를 찾아왔다.

"언니! 어머니, 아버지 공경하고 효도하느라 수고했어요. 우리들은 공부한다는 핑계로 부모님께 제대로 못해 드렸어요. 시대가 많이 변했어요. 부모님은 연세가 있어 여행 한 번 못해 드렸지만 언니 오빠가 국내관광 잘 시켜 드렸잖아요. 이제 기석이도 정년이 가까워지니 언니 오빠 모시고 넷이서 해외여행 한 번 갔다 오려고 해요."

봉희는 귀를 의심했다. 상상하지도 못한 해외여행 소리에 봉희는 가슴이 두근거리고 어린애처럼 기뻤다.

"뭐라고? 해외여행을? 그 비싼 돈을 들여 비행기를 타? 부모님도 안 타보신 비행기를…?"

"언니, 내가 대학 졸업여행과 신혼여행을 다녀온 서유럽을 가려고 7월 초 날짜를 잡아 예약을 했어요."

기석도 처음 가보는 코스라고 했다. 설레임과 비행기 타는 두려움까지 느껴졌다. 영란은 봉희와 기석, 정민과 함께 15박 16일 여행을 떠났다. 비행기를 탔는지 내렸는지도 모르게 방안에 앉은 것처럼 편안한 기내에서 봉희는 눈 아래 깔려진 신기한 경치를 내려다보다 잠이 들었다.

영국, 프랑스, 독일. 스위스, 이탈리아에서 숙식을 하며 관광을 했다. 눈 앞에 펼쳐진 경치와 서양 사람들의 얼굴 모두가 신기해 보였다.

수백 년 된 뾰족 건물과 아름다운 성당들은 봉희를 놀라게 했다. 세계 3대 박물관과 프랑스의 궁전, 미술관은 마치 천국에 온 듯한 황홀경에 빠지게 했다. 프랑스의 유명한 에펠탑도 보고, 세계 3대 지붕인 알프스 산에 오르니 만년설과 빙하가 보였다. 이야기만 듣던 스키장도 구경했다.

이탈리아에 와서 많은 사적을 관광하며 영란과 기석은 쉴 새 없이 설명하고 이것저것 이야기를 해 주었다. 처음 먹어보는 양식과 경치들은 배고픈 줄 모르고 두리번거리게 했다.

봉희는 영란과 기석의 손을 잡았다.

"고맙다. 천국이 어디 있니? 천국 구경시켜 주었어…."

"언니, 나도 처음엔 그런 생각이 났어요. 정말 별세계가 많지요?"

"그래, 정말 좋구나!"

부모님 닮아 착하고 이해심 크구나 싶었다. 집에 돌아오니 아들 셋이 이모 삼촌께 고맙다고 환영 회식을 준비했다.

그 다음 해 5월이 되자 어버이날을 앞두고 준식이 내외가 캐나다 여행권을 준비하여 네 식구가 출발했다.

"한 번 바깥세상 구경했으면 됐지, 또 무슨 여행이냐?"

"지금 건강하실 때 한 번 더 다녀오세요. 우리도 부모님 핑계 삼아 바람도 쐬려구요."

11박 12일 코스였다. 여기는 신대륙으로 유럽풍과는 아주 달랐고 고층빌딩들이 시가지를 꾸몄다.

세계 3대 지붕의 하나인 로키산맥을 버스와 설상차로 올라갔다. 말 만 듣던 초원에서 마차도 타고 하늘을 쳐다보니 쪽빛 하늘은 손에 잡힐 듯하고 맑은 공기는 오장육부를 말끔히 씻어 주는 듯했다.

이래서 사람들은 등산도 하고 여행을 돈 아까운 줄 모르고 다니는가 싶었다. 설상차를 타고 빙산에 오르니 눈 아래 깔려 보이는 빙산과 빙하들은 끝없는 우주 속에 거대한 자연을 보여주고 미비한 인간의 존재를 실감케 했다. 그 작은 욕심과 자존심도 단숨에 뽑어 버리고 싶었다.

나이아가라 폭포를 들렀더니 그 폭포의 반은 캐나다요, 반은 미국이라 했다. 오목조목 아기자기한 우리나라가 천국이라 생각하고 살고 있는 봉희는 넓고 높은 자연 속에서 심호흡을 해 봤다. 아들 며느리가 고마웠다. 봉희는 며느리 성희의 손을 꼭 잡았다.

"참 좋다. 참으로 좋은 세상 구경 잘 했구나."

둘은 서로가 밝은 미소로 쳐다보았다. 준식은 아버지, 며느리는 봉희의 손을 잡고 여행코스를 예습해 와 재미있게 설명하며 다녔다. 어떤 사람 내외는 일 년에 한두 번씩 해외여행을 다닌다며 이들 4식구를 부러워했다.

캐나다를 다녀오니 미국에 다녀온 느낌이다.

"이제 비행기를 두 번씩이나 탔으니 이만해도 원이 없다."

기다리던 가족들은 봉희와 정민의 흡족하고 고마워하는 모습을 보고 기뻐들 했다.

어버이날 경로잔치에서 쓰려고 준비했던 수건을 장례식 날 쓰게 되었다.

다시 49재와 100일제에 참석해 주신 조객들을 위해 진식이 수건을 준비했다. 어머니는 할머니 안 계신 방을 하루에도 몇 번씩 드나드시면서 눈물을 흘렸다.

어머니는 할머니 천도재를 지내던 날, 피난길 포격 속에 돌아가신 부모님과 아버지(정민)의 부모님 천도재도 함께 지내 드렸다. 제사를 모르고 지내던 준식의 집은 할머니가 돌아가시면서 그해 추석부터 할머니 할아버지 제사와 1.4후퇴 때 돌아가신 아버지와 어머니의 친부모님 제사를 돌아가시던 날짜를 어림하여 제삿날로 정하여 지내기 시작했다. 할아버지는 9월, 할머니는 3월, 어머니의 친부모님은 양력 1월 어느 날을 잡아 제사를 모셨다.

할아버지 할머니 제삿날에는 낮에는 산소에 다녀오시고 저녁에는 제사를 지냈다. 친 조부모님 제삿날엔 북쪽을 향해 두 분이 기도하고 제사를 모셨다. 어머니는 여섯 분의 조상님을 절에 모시고 3년에 한 번씩 천도재를 지내면서 먼저 간 동생들의 영혼을 위로하였다.

할머니와 할아버지가 안 계신 허전함을 노인정에 계신 노인들에게 정성을 다해 보살핌으로써 달래셨다.

어머니 삼년상을 지내고 10여 일이 되었다.

봉희는 부모님 대신 동생들과 애들을 데리고 조상님께 감사히 생각하고, 가문을 잘 지켜 부모님의 사랑에 보답해야 한다는 생각에서 영란과 기석, 그리고 세 아들을 불러 가족회의를 했다.

"애들아, 부모님이 안 계시니 우리가 힘을 합하여 저승에 계신 부모님을 기쁘게 해 드리고 싶구나. 우리 일곱을 사랑으로 키워 주신 부모님의 사랑 씨앗인 우리가 뭉쳐 사랑을 키워 백배 만배 늘어나는 사랑의 열매로 키워 보고 싶구나. 너희들도 다 커서 잘들 하겠지만 기석이는 봉희산과 봉기마을을 잘 가꾸고, 준식이는 봉희마을과 복지관을 책임지고 잘 운영하여 대대로 오늘처럼 일구도록 해라. 또 둘이 주관이 되어 너나없이 합심하여 지금처럼 의리를 지켜 구김 없이 지내라. 살다 보면 고비가 없겠냐마는 그때마다 함께 모여 의논하면서 이겨내도록 하렴. 매사 영란이를 중심으로 의논하기 바란다. 영란이는 배움도 능력도 있으니 내가 걱정할 것이 없구나."

"아니! 아니! 언니, 난 공부만 했지 세상 물정을 잘 몰라요. 언니가 주가되어야 해요. 나도 언니 따라 더 많이 배울게요."

"누나! 나도 누나 따라 많이 배우고 잘 할게요."

준식도 한마디 한다.

"어머니, 지금까지 반듯하게 빈틈없이 해 오신 어머니의 뜻을 누가 마다하겠어요. 저도 열심히 할게요!"

관식과 진식도 합세했다.

"네. 어머니. 우리들도 이모, 삼촌, 형 말씀 잘 들으며 잘할게요."

"고맙다. 너희들 맘을 읽으니 여한이 없구나. 모두 바쁘겠지만 둘째, 셋째 며느리가 재치 있고 솜씨 있어. 관식이 댁은 복지관과 경로당, 진식이 댁은 봉희마을, 한복마을을 관리 분담해 잘 운영했으면 한다."

"네, 잘 알겠습니다!"

시종여일 곁에서 지켜보던 정민은 만족의 미소를 감추지 못했다. "우리 가족 단합대회 모임은 남산 아래에 있는 그 집 한일관으로 준식이가 예약을 하렴."

부모님을 사별한 봉희는 마음이 허전하여 일이 손에 잡히지 않고 구미에 당기는 것이 없었다. 1.4후퇴때 생부모와 형제들을 사별하고 그 아픔의 상처를 씻을 겨를도 없이 양부모님의 사랑에 보답하며 허둥대다 보니 벌써

70이 넘었다.

오늘까지 키워주시고 베풀어 주신 은혜는 하늘보다 높은데 그 은혜를 생각하면 가슴이 미어지는 듯했다. 하루하루 시간이 지나면서 봉희는 정신이 들었다.

양부모님을 만나고 호강하며 오늘의 이 기쁨을 가져다주신 생명의 은인인 아저씨 바로 성희 아버지에 대한 보답이 늦었다고 생각하니 안타까웠다.

더구나 귀한 성희를 키워 며느리로 인연을 맺은 아저씨가 벌써 90이 되셨다. 봉희는 하루가 아깝다고 생각하고 아저씨 내외분께 기쁨을 드리려 시원하고 따뜻한 옷을 철 따라 해 드리고 함께 김 서방과 넷이서 가까운 관광지를 찾아 모시고 좋은 음식, 맛있다 하는 음식점을 골고루 찾아다녔다.

어느새 성희는 남매를 낳아 아들은 의사가 되고, 딸은 고등학교 교사가 되어 결혼 준비를 하고 있었다. 성희 오빠 명현도 삼남매를 키워 위의 남매는 결혼을 하였고, 막내아들은 좋은 회사에 취직을 하여 다니기 시작했다. 아저씨 내외분도 건강하고 애들 크는 보람으로 나날을 기쁘게 지내셨다.

일 년에 한 번씩 아저씨 내외분을 모시고 정민과 넷은 인천 앞바다를 찾는다. 모두 1월의 아픔과 전쟁 속에 가신 부모 형제 그리고 처자식의 명복을 빌면서 그날을 되새기고 오늘의 행복을 감사하며 더욱 건강하고 좋은 생각으로 감사하며 살 것을 다짐해 본다.

칼바람 속에서 가난으로 고생하던 시절 피난 와서 남한에 정착하면서 얼마나 많이 변했으며, 자유롭고 행복한 생활을 한 지난 일들을 이야기하면 끝이 없다. 커다란 음식점에서 풍성한 회와 해물을 먹으면서, 이전에는 구경도 못한 음식들을 골고루 맛을 보니 고향에 다녀온 듯 쓸쓸한 마음이 풀렸다.

봉희가 살던 부천과 아저씨가 살던 수원을 탐방하고 따뜻한 봄날이면 서울과 주변 사적지를 관광하고 지역의 명품을 맛보며 평양냉면집은 특별히 몇 차례씩 다녀온다.

아저씨 연세가 90이 되던 해 봉희네 전 가족은 서울에 큰 음식점에서 북과 장구를 치고 노래 불러주는 연회를 마련했다.

봉희는 아저씨와 아주머니의 손을 잡고 춤을 추다가 아저씨 품에 안겨 눈물도 흘렸다.

"아저씨, 감사합니다. 만수무강하세요. 이 좋은 세상에서 손자들 크는 모습 오래오래 보셔야지요."

"그래, 봉희야. 고맙다. 정말 굳세고 강하게 잘 살아왔구나. 우리의 만남도 인연이지? 너도 건강해라. 젊어 고생은 돈 주고 사서도 한다는데, 지혜롭고 강하게 애들도 잘 키우고 좋은 일도 많이 하는 너를 보니 기쁨에 힘이 솟는 듯하다."

아저씨는 봉희를 힘껏 껴안아 주셨다. 아저씨 품에서 떨어지지 않으려고 몸부림치던 그 포격의 현장이 생각나더니 이제는 봉희가 아저씨를 챙겨드려야 한다는 생각이 깊은 마음속에서 힘차게 솟아올랐다.

"준식아! 엄마 생명의 은인이시고 사랑하는 네 아내 성희의 아버지이신 사돈어른께서 구순을 맞이하셨구나. 내 대신 업고 장안을 한 바퀴 돌아드리렴."

준식이 장인어른을 업고 장내를 한 바퀴 도니 아저씨는 등에서 손뼉을 치며 손을 흔드시고, 가족들은 부모님의 은혜 노래를 우렁차게 불러 드렸다.

어느덧 남한에 정착하고 60년이 지난 즈음 가족들의 수는 50여 명이 되었다. 그날은 봉희와 관식이 댁이 만든 한복들을 차려입고 식당에서 나오니 길 가던 사람들은 놀라며 부러운 시선으로 쳐다보았다.

다음날 봉희마을에서는 잔치가 또 다음날에는 경로잔치가 연이어 열렸다. 봉희마을을 찾는 사람들과 상인들에게는 기념 수건을 하나씩 드렸다. 아저씨와 아주머니는 기쁨에 넘쳐 더욱 젊어지는 듯 좋아하셨다.

아저씨는 94세가 되시던 해 4식구가 절에 다녀왔다. 그날 아저씨는 저녁을 드시고 다른 때보다 일찍 자리에 누우셨다. 숨소리가 이상하다고 아주머니가 준식을 불렀다. 봉희 내외와 준식이 내외가 달려가자 아저씨는 이들의 손을 잡은 채 작고하셨다.

봉희는 서둘러 아저씨의 장례준비를 했다. 기도 속에 봉희는 아저씨의 사별을 애절히 생각하며 눈물을 참고 있었다.

다음날 입관을 마치고 봉희가 참던 아픔의 눈물이 터졌다.

"아저씨, 극락왕생하셔요."

온 가족의 슬픔 속에서도 봉희의 아픔은 더 간절했다. 꽁꽁 언 눈보라 속에 쓰러져 있던 작은 봉희를 품에 안고 팔다리를 꼭꼭 주무르며 깨어나기를 간절히 기다리시다 깨어난 봉희를 보고는 기쁨의 뜨거운 눈물을 흘리시던 아저씨. 봉희를 살려놓고 짧은 세월 보시다 가셨다고 생각하니 아쉬움과 고마움에 가슴이 저려 왔다.

장례식 날 봉희는 사랑해 준 모든 분들이 돌아가는 현실을 애도하며 슬픔의 눈물을 맘 놓고 소리 내어 엉엉 울었다. 슬픔의 소리와 비 오듯 쏟아지는 슬픔의 눈물을 보고, 조객들은 모두가 자기 설움에 큰 소리를 내며 함께 울었다.

발인식을 마치고 정민과 준식의 부축을 받으며 봉희는 영구차에 오르고 아저씨의 유해는 용인의 봉희산으로 옮겨져 아버지와 어머니 산소 아래 모셔졌다. 봉희는 아련한 아픔에 빠져 뜨거운 눈물을 한없이 흘렸다.

정민의 팔순이 되었다. 간소하게 가족 식사나 하려던 봉희에게 준식이 내외가 왔다.

"어머니! 이모와 삼촌 그리고 동생들과 의논하여 호텔 뷔페를 준비했어요."

"뭘, 그리 크게 벌리니? 그냥 엄마 생일 회식은 생략하기로 하고 봉희마을 주민을 초대하기로 하자."

"네, 알았어요."

커다란 홀에는 200여 명의 축하객이 참석하고 무대에는 의자 두 개와 커다란 상이 차려져 있었다. 단상 아래에는 악단들이 자리하고 양옆에 가족 자리가 마련되었다.

아침부터 시작되는 잔치는 영란과 기석, 그리고 세 아들이 축배와 함께 절을 하고, 손자 손녀들이 예쁜 차림으로 절을 올리는 순서로 진행되었는데 봉희는 기쁨의 눈물과 웃음으로 입을 다물 줄 몰랐다.

부모님 은혜의 노래를 반주에 맞추어 부르고 나서 손자 손녀들의 노래와 춤까지 준비되었고, 이어서 무대에서 사물놀이 공연이 끝나자 점심 식사를 시작했다. 흘러간 노래가 계속되었고, 식사 후 건배가 오가며 노래 부르고 춤을 신나게 추었다.

참가객은 너나없이 예쁜 봉희마을 한복들을 입고 있어 이색적인 축제 분위기를 이루었다.

팔순 잔치를 치르고 돌아온 정민은 기쁨을 감추지 못했다. 모두에게 감사의 인사를 나누고 봉희 내외는 늦은 저녁에 방으로 들어왔다. 정민은 봉희가 가까이 오자 봉희를 확 끌어안았다. 난생처음 느껴보는 뜨거운 포옹이었다.

으스러지듯 끌어안은 정민이 속삭였다.

"봉희야, 고맙다."

정민은 봉희를 끌어안고 방바닥을 뒹굴었다. 봉희는 멋도 모르고 결혼하던 날, 정민이 봉희를 끌어안고 어쩔 줄 몰라 하며 뒹굴던 그 날이 떠올라 가슴이 두근거렸다.

"오빠, 봉희 으스러지겠어요. 이 나이에 어디서 그런 힘이 솟았어요?"

봉희도 처음 느끼는 사랑에 뜨거운 포옹을 했다.

"내가 봉희를 못 만났다면 오늘의 이 기쁨을 어디서 갖고 와? 당신 고생하고 오늘을 지켜온 그 노고를 생각하니 결혼 처음에 만남의 기쁨보다 더 뜨겁고 감사한 마음이 생겨 당신이 이렇게 소중하고 사랑스럽구려…."

"믿음직한 오빠의 마음과 뜨겁고 깊은 사랑이 없었다면 어떻게 저 애들을 키울 수가 있었겠어요. 세 아들은 모두 오빠를 닮아 착하고 영리하게 잘 자라서 나는 힘든 줄도 모르고 기쁨 속에 키웠어요."

봉희는 정민에게 얼굴을 파묻고 기쁨의 눈물을 흘렸다.

어느새 정민의 눈에서도 눈물이 나와 서로가 눈물을 닦아주며 울다 웃다 뒹굴며 어린애들처럼 좋아했다.

"오빠! 이 봉희가 오빠의 그 깊고 뜨거운 사랑을 알고 좋아했고, 오빠의 그 사랑을 믿고 기다리며 살았어요. 빈손으로라도 건강하게 돌아오기만을 학수고대했지요. 봉희를 꼼짝 못하게 한 오빠! 감사하고 사랑해요."

둘은 결혼 60주년을 기억하며 옛날 기쁘고 힘들었던 이야기에 날이 새는 줄 몰랐다.

그해 2월 관식과 진식이 왔다.

"어머니! 말씀드릴 게 있어요."

봉희는 무슨 걱정거리라도 있나 싶어 놀란 토끼 눈으로 쳐다보았다.

"무슨 일!?"

관식이 봉희 귀에 대고 속삭였다.

"엄마, 우리에게도 기쁨의 기회를 주세요. 어머니와 아버지의 금강혼 기넘으로 지중해 여행권을 준비했어요."

"그만하라고 하지 않았니? 두 번씩이나 비행기로 장거리 여행을 다녀왔으면 됐지."

"아니에요. 이번엔 금강혼이고 건강하시니 저희들의 기쁨은 대단해요."

"여행 경험도 있으시니 이번에는 두 분이 자유롭게 여행을 재미있게 다녀오세요."

단속에 묻혀 11박 12일의 여행코스로 스페인, 튀르키에, 이집트, 그리스를 향했다. 관식과 진식이 공항에 와서 여행단에 합류시켜 주었다.

스페인은 유럽풍경을 느끼게 했고 튀르키에 박물관을 구경하니 이 세상의 보물은 모두 다 모인 듯했다. 세계에서 가장 큰 금강석이 보관되어 있다 했고, 그 속에 유물 보석, 소품들을 보면서 그 옛날 귀족들의 사치와 풍요가 눈앞에 펼쳐지는 듯했다. 독재주의와 전제주의 시대에 시달림을 받던 평민과 노예들을 생각하니 마음이 아팠다.

그리스, 이집트, 유럽에서 본 미라는 영생을 갈구했고, 피라미드 구경 갈 때 인간의 끝없는 욕심, 영생을 갈구하던 역대 왕들의 탐진치는 오늘날 관광객들에게 인생무상의 교훈을 보여주고 있다.

그래서 봉희는 빈손으로 태어나 빈손으로 가는 삶을 되새기며 오늘을 만족하고 함께 먹고 함께하는 기쁨의 마음을 다져 보았다.

돌아오는 날 관식과 진식이 마중을 나오고 두 며느리가 진수성찬을 차려 놓고 온 가족이 함께 기다렸다. 만찬이 끝난 후 봉희 내외는 기쁨과 감사의 답례를 했다.

"얘들아, 정말 고맙다. 너희들 덕분에 세 번씩이나 별세계처럼 이색적인 세상 구경과 인생 공부까지 하게 되어 여한이 없구나. 날마다 변해 가는 이 좋은 세상에서 너희들은 더 많이 오래오래 기쁨과 보람으로 살도록 건강 관리 잘 해라. 정말 고맙다."

모두들 힘찬 박수와 함께 "엄마! 아빠! 만세!" 하며 폭소를 터트렸다.

생명의 은인이신 아저씨께서 돌아가신 후 봉희는 인생무상을 되새기며 아직도 민생고에 시달리는 우리 이웃이 있다고 생각하며 나 혼자 배불리 잘 먹고 산다고 생각하니 미안하고 부끄러운 마음이 앞장을 섰다.

이제 아직도 건강하고 먹을 것이 있다는 생각에 한 번이라도 좋은 일을 해서 덜 후회해야겠다는 생각이 떠올랐다. 정민과 의논하여 봉희병원 가까이에 있는 고아원과 양로원을 찾았다.

고아원 입구에서 발을 멈추자 봉희는 가슴이 뭉클해지고 눈시울이 뜨거웠다. 70여 년 전의 자신의 모습이 생각났다. 오도 가도 못하고 의탁할 곳 없던 고아인 봉희는 부모가 버린 것이 아니고 전쟁이 만든 고아다.

오늘 이곳에 있는 20여 명의 고아는 사정이 다르겠지만 고아원 앞에 애들을 버리고 간 부모를 원망하기보다는 애처로운 생각이 앞섰다. 그 안에 있는 애들이 봉희와 형제라는 아픈 마음으로 문에 들어섰다.

원장을 만나 상황을 듣고서 갖고 간 간식과 음료, 학용품 그리고 얼마 안 되는 지원금을 내놓고 돌아왔다.

아무것도 모르는 아이들은 뛰놀면서도 정에 굶주린 열악한 환경에서 담장 밖의 애들과 다르다는 것이 얼굴에 어두운 그림자로 남아 밝은 미소의 외침이 적게 느껴졌다.

다음날에 봉희는 서대문에서 멀리 떨어진 빈촌에 있는 열악한 양로원을 찾았다. 20여 명의 남녀 노인들이 큰 방에 따로따로 모여 소일을 하고 있었다. 건강해 보이는 노인도 있었지만 대부분 허약하고 나이가 많아 보였다. 젊은 원장을 만나 양로원의 경영실태와 노인들에 대한 이야기를 들었다.

전쟁 때 고아가 되어 이집 저집 다니다가 날품 팔고 입만 얻어먹고 지내다 결혼 못한 노인들 몇이 있고, 배움 없고 재주 없어 가난 속에 처자식 모두 잃은 노인, 자식 있어도 함께 모시지 못하는 노인들 등 사정은 모두가 마음 아팠다.

봉희는 노인들 손을 잡고 밝은 미소로 갖고 간 간식과 음료를 손에 쥐어 드리고, 당부했다.

"건강하세요."

집에 돌아온 봉희는 가족들 앞에서 오늘 있었던 이야기를 털어놓았다. 가족들은 봉희의 마음을 받아들여 봉희에게 내놓은 지원금을 늘렸다. 그리고 병원에서는 의료지원을 하고 노인들께 한방 건강차를 지원하기로 했다.

고아원에는 연령대에 맞는 책들을 청계천가에 있는 헌 책방을 찾아가 선생님과 함께 골랐다. 그리고 다 읽으면 다시 서점에서 다른 책으로 교환해 주도록 하고 참고서 문제집은 선생님께 맡기고 비용을 내려 하니 서점에서 무료지원 혜택을 주었다. 대신 참고서 문제집은 새것으로 사 주었다.

하늘은 봉희를 저버리지 않았다. 고아원과 양로원 방문을 늘리니 가족들의 손길도 바빠지면서 수입이 늘어나고, 봉희마을 한복점들에서 봉희에게 지원하는 지원금도 만만찮게 늘어났다.

고아원과 양로원에 활기를 띄자 독지가들의 지원금도 늘어 시설과 환경 정비가 달라지고 마당도 넓혀 어린이들이 뛰노는 공간과 체육시설, 노인들의 쉼터도 몰라보게 달라졌다.

봉희 내외는 컴퓨터, 티비를 지원하고 어린이들의 야외활동, 취미활동을 키우도록 자원봉사대를 모집하여 주말을 바쁘게 지냈다. 어린이와 노인들의 사기앙양을 위해 인성교육과 종교 활동을 할 수 있는 기회도 만들었다.

한 달에 한 차례씩 가까운 교회 목사님과 봉희가 다니는 절에서 스님을 모셔온다. 어린이집에서는 예수님의 사랑과 부처님의 자비를 가르쳐 밝고 선한 새싹들의 마음공부를 담당하고, 양로원에서는 성경과 불경 속의 사랑과 자비의 가르침을 들려주어 번뇌 망상에서 벗어나 탐진치의 부질없는 삶을 깨우치고, 오늘 여기서 만난 소중한 인연들을 사랑과 감사하는 기쁨으로 사는 마음을 공부하여 삶에 생기를 북돋아 주려 한다.

주말이면 어린이와 노인들에게 야유회와 취미활동 등을 권장하여 일 년에 한 번씩 자기 발표 기회를 갖게 했더니 모두들 바빠지면서 생기가 도는 듯했다.

고아원과 양로원에서는 적극적인 봉희의 복지 활동에 감사하며 이름들을 바꾸었다. 고아원은 봉희 사랑의 집, 양로원은 봉희 양로원이라고 했다. 봉희는 부담감마저 갖게 되었다.

알차게 경영해 주기를 바라며 봉희는 가족들과 의논하여 사랑의 집 아이들에게 반듯하게 공부 열심히 하면 대학 졸업과 취업 알선을 해 주기로 약속했다. 노인들에게 취미활동 일거리를 드려 야외활동과 가까운 명승지 관광을 하기로 했다. 봉희는 사랑의 가족 수가 늘어나자 부자가 된 마음으로 기쁘게 뛰어다녔다.

세 번째 양로원을 찾던 날이다. 남자 노인들이 9명 있는 큰 방에 원장과 문을 열고 들어섰다. 이야기를 듣고 있던 노인들이 우리 일행을 쳐다보자 문쪽에 등을 두고 앉아 이야기하던 노인들이 고개를 돌려 일행을 쳐다보았다. 놀란 눈으로 정민을 쳐다본 노인이 벌떡 일어나 정민 앞으로 앉더니 묻는다.

"혹시 25년 전에 버스에서 옆자리에 함께 앉아 있다가 내렸던 선생님 아니세요?"

"누구신가요?"

"신당동 버스 정류장에서 함께 내려 나를 은행으로 데리고 가서 두 말없이 돈을 찾아 화장실에서 가슴에 돈뭉치를 넣어 주셨던 그 선생님 아니세요?"

"아~, 그때 만났던 아저씨이신가요? 별것도 아닌 것을 지금까지 기억하고 계세요?"

"별것이 아니라구요? 그렇게 큰돈을 주시고서는. 선생님께서 우리 가정 형편을 확 바꾸어 주셨어요. 그 돈으로 선생님 말씀대로 부모님께서 병원 다녀오시고 건강하게 사시다가 돌아가셨고, 우리 저 막내 아이 대학 등록금 내고 졸업하여 큰 회사에 잘 다녀 돈이 모이자 선생님의 은혜에 보답하고자 이렇게 복지사업을 시작했어요. 열악하지만 보람을 느끼고 싶습니다."

이야기를 듣고 있던 젊은 원장은 우리를 향해 두 무릎을 꿇고 큰절을 하였다.

"선생님의 그 은혜에 무엇으로 보답해야 할지 모르겠습니다."

그리고 사무실로 안내했다. 노인은 말을 계속 했다.

"그때는 너무 갑자기 일어난 일에 정신을 잃고 멍하니 서 있다가 정신을 차리고 선생님께 감사 인사라도 할 생각으로 선생님을 찾으니 선생님은 이미 안 보이셨어요. 그 후 저는 선생님의 모습을 하루도 잊은 적이 없고, 언제이고 꼭 선생님 만날 날을 학수고대하고 오늘까지 지냈습니다. 하늘은 무심치 않아 저의 소원을 오늘에야 풀게 되었습니다.

저는 평안남도에서 부모형제와 모두 함께 피난 오다 안양 쪽에서 서울로 들어와 갖고 있는 돈과 배움으로 장사를 시작하여 부모를 봉양하고 동생들을 잘 키우다가 친구에게 빌려준 돈을 떼어먹고 도망쳐 알거지가 되었습니다. 그렇게 고생하다 선생님이 주신 돈에서 남은 것을 갖고 피난 와서 시작했던 장사를 다시 시작했어요. 새벽에 생선 지게 지고 아침저녁 두부 장사를 시작했더니 장사가 불일 듯 잘 되었습니다.

우리 두 부부는 신이 나서 밤낮없이 뛰었고 젊어서 장사할 때보다 더 잘 되었어요. 선생님의 돈은 복 주신 돈이었습니다. 우리 집 사정이 잘 풀리고 아들이 이렇게 사업을 벌려 저는 노인들과 대화 시간을 갖고 관공서나 약국 등을 다니면서 날짜 지난 신문을 구하여 뉴스, 세상 이야기를 들려 드리고 책도 읽어 드리며 소일하고 있습니다.”

이야기를 하다 보니 같은 고향 종친으로 정민의 형뻘이 되는 사람이었다. 10년이나 더 나이가 들어 보인다던 노인은 4살 위였다. 이름이 김정범이라 했다. 둘은 반가운 마음으로 손을 잡고 흔들며 포옹까지 했다. 정민은 지금까지 외롭게 지내더니 형을 만났다고 기뻐하며 이제 형을 만나러 자주 들르겠다고 약속하고 돌아왔다.

봉희는 봉희 사랑의 집과 봉희 양로원을 자주 찾았다. 진식은 시장 안을 수시로 돌며 옷가게에서 재고품을 수집하여 사계절 옷을 전달하고 설날에는 봉희마을에서 아이들과 노인들의 한복을 선물로 전달했다.

5월과 10월에는 소풍준비를 해 주고 경로당에서 경로잔치를 할 때는 양로원 노인들도 동참하여 음식과 선물을 준비했다.

어린이들에겐 노래와 춤을 사랑의 집 선생님들이 가르쳐 경로잔칫날 노인들을 즐겁게 해드리고 연령대에 맞는 선물을 준비하여 상품권 뽑기도 했다. 잔잔하고 지루한 삶에 순간이나마 활력을 불어넣고 싶었던 것이다.

설레임의 기다림과 당신의 기쁨, 모두에게 준비된 선물을 하나씩 들고 활짝 핀 웃음으로 하루를 즐기고 싶었던 것이다. 정민은 수시로 정범을 찾아가 건강한 노인들을 모시고 가까운 관광지를 찾아 바람도 쐬어 드린다.

그럴 때면 경로당 식구들은 간식과 음료들을 준비한다. 한 달에 한 차례씩 가까운 교회 목사님과 봉희가 다니는 절에서 스님을 모셔와 사랑과 자비의 가르침을 들려준다. 번뇌 망상에서 벗어나 참 진리의 부질없는 삶을 깨우치고 오늘 여기서 만난 소중한 인연들의 만남에 기쁨과 감사하는 마음으로 마음공부하여 삶에 생기를 북돋아 주려 한다.

“어르신들! 몸도 마음도 점점 무겁고 재미있는 일이 없으시지요?”

백 살이 가까워진 할머니가 어느 날 딸을 찾아가 물었다고 한다.

"나 언제 죽니?"

몇 달 만에 다시 만나 하시는 말씀이다.

"애야, 나 죽기 싫다."

"엄마! 어찌 그런 생각이 드셨어요?"

"세상이 너무 좋아져서 다음 세상이 궁금하여 죽기 싫어!"

평생 일하시던 할머니는 집옆 텃밭에 고추, 깨, 채소를 기르시며 건강하게 사시다 그 해 겨울 99세에 감기로 돌아가셨다.

"개똥밭에 굴러도 저승보다 이승이 좋다는 말이 있지요. 어르신들의 어린 시절을 생각해 보시면 지금은 얼마나 편하고 좋은 세상입니까? 배고픔도 모르고…. 남들을 부러워하면 무슨 소용 있어요. 지금 살아있는 이 세상에서 잠시라도 기쁨을 느끼며 행복하다고 생각하면 행복한 삶입니다. 어르신들, 건강하게 오래오래 좋은 세상 구경하며 사세요. 그러기 위해서는 첫째, 잘 잡수세요. 둘째, 움직이세요. 운동을 하세요. 힘들고 귀찮다고 자꾸 누우시면 몸에 근육이 줄어 더 아프고 기운이 없어요. 셋째, 마음을 즐겁게 가지세요. 우리 한 가족처럼 아끼고 사랑하는 마음으로 서로 돕고 챙기세요. 넷째, 규칙적인 생활로 심신을 즐겁게 만드세요. 우리 모두 함께 노력해 보실까요? 건강해서야 차 타고 구경도 하시지요."

봉희만 보면 노인들은 반색을 하고 이야기에 귀를 기울였다.

봉희는 원장님과 의논하여 하루 일과표를 짜고 노인들의 활동시간을 만들었다. 기상, 식사, 산책, 취미활동, 종이접기 등 시간에 여유를 두었고, 할머니들은 장미꽃 만들기, 종이봉투 만들기 등 자료를 주고 시작하니 조금씩 관심을 갖고 섬세하게 만들었다.

남자 노인들도 일거리를 달라고들 하였다. 어르신들이 만든 것을 양로원 방 곳곳과 어린이집에 장식을 하니 좋아하셨다. 무엇인가를 일했다는 기쁨으로 노인들은 시간 가는 줄 모르게 이야기들을 하며 소일하게 되었다.

석가탄일에는 양로원에서 만든 연꽃과 연등을 어린이집과 양로원의 실내외에 매달고 온종일 불교방송을 틀어주었다. 성탄절에도 어린이집에서 만든 트리와 전구로 어린이집과 양로원 실내외에 장식을 하고 아침 일찍부터 기독교 방송을 틀어 축제 분위기와 별식들을 준비하니 설날이나 추석과 함께 기다리는 명절이 되었다.

봉희마을과 노인정 복지관에도 때가 되면 어린이집, 양로원과 함께 축제 준비들을 했다. 해를 거듭하던 어느 석가탄신일 오후에 어린이집 아이들을 양로원에서 초대했다.

"가족 찾기 게임을 시작하겠습니다."

노인들과 어린이들은 두 줄로 원을 만들고 바깥쪽에는 노인들을, 안쪽에는 어린이들을 세우고 어린이들이 배운 노래를 부르면서 노인들 앞을 지나면 어른들은 손뼉을 친다.

노래 세 곡이 끝나고 멈춰 있을 때 마주 보며 '안녕하세요?' 두 번째 돌 때는 '반갑습니다.' 세 번째 노래가 끝날 때는 멈추어 서서 노인과 어린이는 마주 보고 '사랑합니다' 한다.

"선생님은 이제 만난 어르신과 어린이는 사랑의 한 식구가 되었습니다. 나의 할아버지, 할머니요, 손자, 손녀입니다."

10살짜리 민희가 엉엉 울었다. 모두 깜짝 놀라 쳐다본다.

"내 할머니가 제일 늙었어요."

금순 할머니는 깜짝 놀라고 미안한 생각이 들었다.

"민희야, 미안해. 몸은 늙었어도 마음은 젊단다. 민희를 보니 너무 기쁘고 반갑단다."

할머니를 더 젊어지게 했더니 민희의 눈빛이 빛나고 할머니 품에 안긴다.

"사랑해요, 할머니."

다음 만남 때는 선물들을 준비했다. 노인들이 만든 선물, 어린이들은 그림, 편지 등을 선물하고, 노인과 어린이가 좋아할 과자들을 준비해 주었다.

민희는 할머니를 그렸다. 주름 있는 흰머리 그림과 주름 없는 얼굴에 검은 머리 할머니를 갖고 와서 말한다.

"할머니, 이렇게 젊어지세요."

할머니는 민희를 끌어안는다.

"민희야, 고맙다. 우리 민희, 착하고 건강하게 그리고 공부 잘 하도록 기도할게."

그리고 주머니에 넣어 온 선물들을 꺼내어 함께 먹었다.

할머니는 진한 빨간색 장미 세 송이를 민희에게 주었다.

"민희야, 첫째는 건강, 둘째는 지혜, 또 하나는 훌륭한 마음의 인격자가 되기를 바라는 마음의 선물이다."

뜻도 모르는 민희는 속으로 뇌까리며 눈물을 흘렸다.

그 후 노인들은 만남의 시간을 기다리며 그 날은 더 젊게 보이려고 단장들을 하고 평소에 소중한 선물 하나씩 준비하고 아이들을 기다렸다.

봉희가 팔순이 되던 해 민희가 6학년이 되었다.

봉희는 극구 만류했지만 가족들과 주변 사람들의 권유로 호텔에서 잔치를 성황리에 베풀었다. 어버이날이나 크리스마스 때마다 쓰던 사랑의 편지가 있다. 그 중에서 선생님이 골라온 민희의 사랑편지와 부모님 은혜 노래가 축가와 사물놀이 공연이 끝나고 낭독되었다.

"하나밖에 없는 할머니, 사랑합니다. 할머니를 만나고 민희는 삶에 용기와 희망을 알았어요. 점점 젊어지고 예뻐지는 할머니, 민희를 뜨겁게 사랑하는 할머니가 계시고 부모님처럼 챙기고 키워주신 원장선생님, 원장님이 계시고 우리의 미래를 밝혀 희망으로 키워주시는 봉희 할머니, 그리고 우리 어린이집에 함께하는 언니 오빠 동생들이 사랑으로 아끼고 있으니 세상에 무섭고 부러운 것이 어디 있겠어요. 매일 내가 열심히 노력하면 무엇이든 할 수 있다는 자신감과 믿음이 제 마음을 꼭 채우고 있어 은혜에 보답하고자 열심히 노력하여 우리 할머니 말씀대로 건강하고 지혜롭고 착한 사람으로 큰일을 하겠습니다. 취업하여 처음 타는 봉급은 우리 할머니 손에 꼭 쥐어드릴 테니 할머니 건강하게 오래오래 사셔서 기쁨의 얼굴로 저를 기쁘게 해 주세요. 이 자리에 참가하신 축하객 여러분, 정말 감사드리고 사랑합니다.”

그리고 봉희 내외에게 큰절을 하고 볼에 뽀뽀를 했다.

봉희 내외의 기쁨과 금순 할머니의 기쁨은 대단하여 눈물까지 흘리셨다. 축하객들의 환성은 민희의 미래를 축복하는 듯했다. 단상에서 내려온 민희는 금순 할머니 앞으로 달려가 품에 안기고 할머니 눈에 흐른 눈물을 닦고 얼굴을 품에 묻었다.

금순 할머니는 함경남도에서 피난 오신 전쟁고아로 결혼도 못하고 고생 끝에 양로원에 의탁했고, 민희는 어떤 할머니가 대문 앞에 놓고 이름과 출생일만 가슴에 걸어주고 간 갓난아기를 키우다 힘에 겨워 4살 때 고아원에 맡긴 아기다.

정도 사랑도 모르고 외로움 속에 살던 두 사람의 만남은 큰 축복이었다. 뒤늦게 사랑을 느낀 할머니는 민희만을 지켜보는 것이 낙이며 희망으로 건강이 점점 좋아졌다. 낯모르는 사람이 축하객 속에 왔다 갔다 하더니 사진을 찍고 봉희와 몇 마디 문답을 하고 갔다.

그날 저녁 9시 뉴스 시간에 ‘뜨거운 눈물과 뜨거운 사랑’ 이라는 주제로 잠시 봉희 이야기가 방영되었다. 지켜보던 축하객들은 가족들과 오늘의 이야기와 함께 뜨거운 박수를 보냈다.

다음날 봉희 내외는 민희가 보고 싶었다. 어린이집을 찾아 원장을 만나 민희가 보고 싶어 왔다고 했다. 원장님은 민희가 너무 당당하고 누구에게도 지지 않으려 공부를 열심히 하여 상위권에 들면서 친구들도 잘 사귀고 이해심이 많고 착하여 선생님도 고아원에서 다니는 줄을 모르셨다며 칭찬하고 계시다고 했다.

잠시 후 민희가 학교에서 돌아오자 인사를 했다. 봉희는 민희의 손을 잡고 말을 했다.

"민희야, 어쩌면 사랑의 편지를 어른처럼 잘 썼니? 그리고 어제 TV 뉴스에서 민희 이야기가 나왔는데 어린이집에서 학교 다닌다고 애들이 이상하게 생각하지 않니?"

"아뇨, 제가 제 이야기를 했어요. 내게도 할머니가 계시고 부모님 같으신 원장님, 그리고 우리 사랑 봉희 할머니 이야기를 했어요. 어렵다고 생각하는 환경일수록 더욱 당당하게 잘해서 사람들의 생각을 바꿔 주어야죠. 그리고 제가 고아가 된 것은 저의 잘못이 아니잖아요. 제가 잘못했어야 부끄럽고 기죽지요. 제가 잘만 하면 무슨 꿈이든 이룰 수 있다는 할머니와 원장님을 생각하며 열심히 노력할 거예요. 우리 어린이집의 식구들에게도 '하면 된다'라는 것을 보여 내 행복은 내가 만든다는 것을 보여주고 싶어요."

민희에게서 사랑의 믿음으로 자신감을 갖고 지혜롭게 살겠다는 굳은 의지를 읽은 봉희는 민희를 끌어안았다.

"민희야, 어쩌면 내 생각과 똑 같으니? 민희는 꼭 꿈을 갖고 성공하여 이 할머니처럼 좋은 생각으로 행복한 사람이 될 거야. 이 할머니는 민희를 만난 것이 또 하나의 행복을 얻은 기쁨이다. 고맙다. 열심히 잘해. 필요하고 힘든 일이 있으면 원장님께 말씀드려. 이 할머니가 널 손녀딸이라 생각하고 지켜줄게…."

모두의 눈은 빛났고, 민희의 눈에서 눈물이 고이더니 봉희의 품에 안기며 말한다.

"할머니, 감사합니다. 절대로 실망시키는 일은 하지 않을게요. 꼭 기쁨을 안겨드릴게요."

한동안 봉희와 민희는 포옹하고 서로 등을 쓰다듬었다.

봉희는 흐뭇한 마음으로 절에 들러 뜨거운 눈물로 감사의 기도를 올렸다. 아침에 나가 경로당, 봉희마을, 어린이집, 양로원을 한 바퀴 돌고 재래시장에서 일하는 할머니들 물건을 사 들고 집에 들어온다. 가족들과 저녁 식사를 마치고 나면 그날에 있었던 일, 힘들고 기뻤던 일, 새로운 일들을 이야기한다. 그럴 때마다 봉희는 기쁨의 미소로 칭찬과 격려를 아끼지 않는다.

80이 넘은 봉희는 건강한 몸으로 오늘도 기쁨을 만끽하는 삶에 감사하며 바쁜 걸음을 독촉한다. 못 생기고 간난한 사람, 아픈 사람들의 활짝 핀 미소는 봉희에게는 아름다운 향이다. 5월의 아카시아 진한 향기, 장미의 향기, 가을 국화의 향기보다 더 진한 향기, 모두가 향기롭고 아름답게 보였다. 오늘도 진한 향내서 아름다운 미소를 찾아 기쁜 마음으로 귀가했다.

'어머니, 사랑은 받은 기쁨보다 주는 기쁨이 크다는 것을 배웠어요. 사랑을 받을 때는 감사한 마음으로 은혜에 보답해야 한다는 부담감도 마음 한 구석에 간직했었는데 사랑을 하게 되니 주는 기쁨으로 대가 없는 사랑의 큰 기쁨을 얻게 돼요. 어머니! 어머니! 물이 높은 곳에서 낮은 곳으로 흐르듯 사랑도 위에서 아래로 흐르는 것을…. 내일 죽더라도 오늘 한 그루의 사과나무를 심는다는 스피노자의 명언을 머리에 넣고 사랑의 씨를 뿌려봅니다. 어머니 기뻐하세요. 어머니 만세.'

소리 없이 봉희는 자리를 펴고 고개를 들고 기지개를 펴듯 만세를 부르며 잠자리에 눕는다. 그리고 내일의 알찬 계획을 세우고 봉희는 깊은 잠에 빠진다.

제3편 거지와 도둑의 만남

"아버지, 도둑이 든 것 같아요."

아버지는 말이 없었다. 다급해진 아들이 아버지의 팔을 흔들었다.

"내일 아침 먹을 밥을 훔쳐 가면 어떻게 해요?"

"그냥 두어라. 우리보다 더 불쌍한 사람이 있으면 도와야지."

"그럼 내일 아침 우리는 뭘 먹어요?"

"또 얻어오면 되지."

부엌에서 밥을 들고 나오던 도둑은, 두런두런 들려오는 거지 부자의 말을 듣자 들고 나오던 밥을 다시 밥솥에 내려놓고 집 밖으로 나왔다. 담 모퉁이를 돌아서며 속으로 중얼거렸다.

"내가 도둑질을 하고 산다 해도, 어찌 거지의 밥까지 훔쳐 먹을 수 있겠는가."

거지의 집인 줄 모르고 들어간 자신이 부끄러워 머리를 긁적이며 숙소로 발길을 돌렸다. 밥 생각도 잊은 채 터덜터덜 걸어오면서, 아버지 거지의 말이 마음에 걸렸다.

'우리보다 불쌍한 사람이 있으면 도와야지.'

숙소에 도착할 때까지 도둑은 그 말을 수없이 되뇌었다. 잠자리에 누워서도 그 말이 귓가에 맴돌아 쉽사리 잠이 오지 않았다. 그는 세상에서 가장 불쌍한 사람이 거지라고 여겨 왔다.

그런데 오늘, 정작 자신이 거지보다 더 비참한 대우를 받고 돌아왔다고 느끼니, 불쾌하고도 씁쓸했다. 한참을 생각하던 도둑은 마음을 고쳐먹었다.

'그래, 불쌍한 거지를 내가 먼저 도와주자. 그러면 내가 불쌍한 사람이 아님을 보여줄 수 있지.'

그렇게 결심하고서야 겨우 눈을 감았다.

다음 날, 도둑은 난생처음 좋은 일을 하겠다는 마음으로 쌀자루를 어깨에 메고 거지의 집으로 향했다. 콧노래라도 흥얼거리고 싶었고, 발걸음은 한결 가벼웠다.

밤이 깊어지고, 눈썹 같은 초승달이 서쪽 하늘로 기울었다.

도둑은 쌀자루를 거지의 집 방문 앞에 내려놓고 돌아서려는 순간, 마당에 검은 그림자가 스며드는 것을 보았다. 아버지 거지가 집 밖 화장실을 다녀오는 길이었다. 거지와 도둑은 서로 놀라 굳어섰다.

"앗!"

"누구냐?"

"네, 어제… 밥을 훔치러 왔던 사람입니다."

"그런데 저건 뭐냐?"

"쌀입니다."

"뭐? 쌀?"

"어제 죄송해서… 쌀밥을 해 드시라고요."

목소리가 어린애라는 걸 알아챈 아버지 거지가 대번에 소리쳤다.

"그 더러운 쌀! 그걸로 밥을 해서 내가 소화를 시킬 줄 아느냐? 머리에 피도 안 마른 놈이 택한 길이 고작 도둑질이더냐? 싹수가 노란 것 같으니, 두 번 다시 내 눈앞에 나타나지 말고 썩 꺼져라!"

아버지 거지는 손을 번쩍 들고 도둑에게 성큼 다가섰다. 질겁한 도둑이 뒷걸음질치자, 그가 이를 갈며 내뱉었다.

"이 주먹이 너를 한 방 치고 후회할 것 같아 참는다. 참느라 이 주먹이 운다, 알아들었느냐? 당장 꺼져!"

얼어붙었던 도둑은 허둥지둥 쌀자루를 다시 들쳐 메고, '걸음아, 날 살려라' 하며 달아났다. 얼마를 뛰었는지 정신을 차려 보니 온몸이 땀에 흠뻑 젖어 있었고, 이미 동네 어귀까지 와 있었다. 그는 쌀자루를 홀로 삼남매를 키우는 어느 아줌마의 방문 앞에 놓듯 던져두고, 숙소 쪽으로 다시 달렸다.

동네에서 멀찍이 떨어진 숙소가 가까워지자, 도둑은 밭둑의 잡초 위에 그대로 쓰러지듯 몸을 던졌다.

잠시 후 정신을 잃었다가 눈을 뜨니, 마치 물에서 건져 올린 듯 온몸이 땀으로 범벅이었고, 팔다리는 힘이 빠져 후들거렸다.

다시 눈을 감고 잠이 들었다. 얼마 후 정신을 차린 도둑은 몸을 일으켜 앉았다. 죽음을 모면한 탓인지, 무서움과 두려움에 아직도 팔다리와 온몸이 후들거렸다.

난생처음 좋은 일을 해 보겠다고 쌀을 갖다 주면, 거지가 고맙다며 허리를 굽실거릴 줄 알았다. 그런데 고맙다는 말은커녕 벽력 같은 호통을 듣고 달아난 자신을 떠올리자, 어이가 없어 화가 치밀었다. 도둑은 후들거리는 다리를 끌고 일어나 거지의 집을 향해 "퉤!" 하고 침을 뱉었다.

'흥, 거지 주제에. 누가 불쌍하고 누가 더럽다는 거야. 재수 없게, 밥맛까지 망치게.'

수없이 침을 뱉고 숙소로 돌아와 누웠다. 그런데 막상 눕자 잠이 오지 않았다. 아버지 거지의 말이 머릿속에서 되새겨지며 가슴이 꽉 막혀 왔다. 지금껏 누구에게도 들어 본 적 없는 그 힐책….

'더러운 쌀? 그 쌀에 때가 묻었단 말인가? 불쌍한 놈, 더러운 놈, 머리에 피도 안 마른 놈, 싹수가 노란 놈….'

어린 도둑은 자신의 작은 자존심이 담배꽁초처럼 짓밟혔다고 여겨지자 억울하고 분하여 도무지 참을 수가 없었다. 두 손으로 머리를 감싸 쥐고 '엉엉' 울었다. 얼마를 울었을까. 마음이 조금 가라앉는 듯하더니 심신이 지쳐 그대로 잠이 들었다.

다음 날 눈을 떴을 때, 해는 이미 서쪽으로 기울고 있었다. 그는 다시 누워 먹는 것도 잊은 채, 거지의 말을 중얼거리다 아버지 거지를 떠올리며 지금까지 듣고 본 더러운 욕을 있는 대로 퍼부어 보고 소리 없이 울다 자다를 반복하다 일어났다.

며칠이 지났는지, 배가 고파 참을 수 없을 지경이 되었다. 그는 힘없이 늦은 저녁에 동네로 내려갔다. 사람 소리와 개 짖음이 늘 시끌대던 마을이 유난히 조용해 의아했다. 그러다 이 집 저 집을 돌며 배불리 먹고 나니 눈이 훤해지고 팔다리에 힘이 돌아왔다.

골목 어귀에 이르니 사랑방에서 웅성거리는 소리가 새어 나왔다. 그는 발을 멈추고 귀를 기울였다.

"글쎄, 지금도 귀신이 있나? 곳간에서 애 귀신 우는 소리가 잠깐도 아니고 한참 났다네."

"돌식이, 근태, 병호 셋이 재 너머 친구네 다녀오다가 밤중에 곳간 앞을 지나는데, 애 우는 소리에 어른 셋이 겁을 먹고 사람인가 확인하다가 결국 귀신이라고 하면서 서로 손을 잡고 '걸음아, 날 살려라' 하고 달아났다지."

"그날 밤에 잠도 못 자고 헛소리까지 하더니, 그 뒤로 사람들은 밤이나 낮이나 곳간 근처에 얼씬도 안 해. 늦은 저녁엔 어른 아이 할 것 없이 밖에도 안 나간다더군."

도둑은 숙소에 와서 눕다가 속으로 중얼거렸다.

'이제 나는 귀신까지 되었구나.'

생각하면 할수록 자신이 점점 약해지는 것만 같았다. 며칠을 그렇게 보내고서야, 어린 도둑은 비로소 '나 자신'을 생각하기 시작했다.

도둑은 여주 강가 빈촌에서 박 씨의 아들 다섯 중 막내로 태어났다. 착한 부모는 욕심이 없어 가난을 면치 못한 채 아들 다섯을 키웠다. 끼니는 죽으로 때우기 일쑤였고, 그마저도 서로 더 먹으려 눈치를 봤다. 옷은 형들이 입던 것을 물려 입었다.

배불리 먹고, 몸에 맞는 옷을 입고, 남부럽지 않게 살고 싶다는 생각이 무럭무럭 자라났다. 형들 앞에서는 고개 한 번 들지 못했고, 친구들도 잘 어울려 주지 않았다. 끼어들면 "젖비린내나 나는 것이 여기가 어딘 줄 알고 끼어드느냐"라며 타박을 들었다.

막내아들 준호(훗날의 도둑)는 산과 들을 헤매며 나무 열매와 밭채소를 마음껏 따먹고, 뱀·새·개구리를 잡아먹으며 배를 채웠다. 하루는 툭하면 준호를 괴롭히던 셋째 형이 해가 저물 무렵 들어오는 준호를 보자 머리통을 탁 쳤다.

"맨날, 하는 일도 없이 어디만 싸돌아다니니?"

"남이야 어딜 가든, 형이 웬 참견이야?"

말 대꾸를 한 준호는 곧바로 버릇없다며 호된 꾸지람을 들었다.

늘 혼자라고 느끼던 준호는 그 일을 핑계 삼아 다음 날 집을 나섰다. 동네에서 멀리 떠나려, 뛰다 걷다를 반복해 닿은 곳이 광주였다.

그는 산과 들을 누비며 배나 참외를 따 먹고, 밥은 늦은 시간 부엌을 뒤져 먹었다. 옷은 길을 오가다 빨랫줄에서 골라 입었고, 헛간 마루에서 자다가 문득 떠올린 곳이 산속에 있는 곳집이었다.

초상이 나야 여는 곳집은 늦은 밤에 드나들어도 걱정이 없는 안전한 보금자리였다. 처음에는 귀신이라도 나올까 무서워 잠이 오지 않았지만, 날이 갈수록 그곳이 가장 안전했다. 먹고 입고 잘 곳까지 해결되자 세상에 두려울 것이 없을 듯했고, 매일이 재미로 가득했다.

이러던 준호는 '세상에서 가장 불쌍하고 더러운 것은 거지'라고 여겨 왔다. 그런데 그 거지에게 자존심을 밟히고 나니, 왜 자신이 불쌍하고 '싹이 노란 놈'으로 보였는지 생각하기 시작했다.

'어찌하여 거지가 저리도 당당하고 자신감에 차 있을까. 저 나이의 거지와 도둑 중 누가 더 행복한가.'

며칠을 두고 생각하던 준호는 아버지 거지의 말을 자꾸 되뇌었다.

'불쌍한 놈…, 그래, 불쌍한 거지의 밥을 훔치니 내가 더 불쌍한 사람이 되었구나. 더러운 쌀? 때 묻은 쌀도 아닌데…, 정당하게 모은 쌀이 아니라는 말이겠지. 머리에 피도 안 마른 놈, 갓난아기처럼 어리고 미숙한 놈, 도둑질이나 하고 남의 눈을 피해 다니는 놈, 결국 갈 곳은 어디인가. 그래서 싹이 노란, 꿈도 희망도 없는, 상대할 수 없는 한심한 놈이라 여긴 건가. 얼마나 분노했으면….'

아버지 거지의 마음을 읽기 시작하자, 도둑 준호는 문득 깨달았다. 지금껏 누구에게도 '잘 되라'는 뜻의 따끔한 훈계를 한 번도 제대로 들어 본 적이 없었고, 자신을 돌아볼 틈도 없이 짐승처럼 먹고 입는 데만 급급하게 살아왔다는 사실을. 그 생각이 미치자 아버지 거지가 고맙고 존경스러워졌다.

도둑 준호는 아버지 거지를 찾아가기로 결심하고, 밝은 보름달이 뜨기를 기다렸다. 유난히 환한 보름달이 떠오르자, 그는 거지의 집 마당으로 들어섰다. 밝은 달을 올려다보며 서성이고 있던 아버지 거지가 물었다.

"누구냐?"

"제가…, 다시 왔습니다."

"뭐라? 두 번 다시 내 앞에 나타나지 말라 하지 않았느냐. 정말 주먹맛을 봐야 정신을 차리겠느냐?"

아버지 거지가 팔을 치켜들자, 도둑은 그 발 앞에 엎드리듯 몸을 던졌다.

"어르신, 저를 죽지 않을 만큼만 때려 주시고…, 절 가르쳐 주십시오."

그는 숨을 고르며 진심을 털어놓았다.

"어르신께서 제게 하신 힐책을 처음엔 서운하고 분해서 욕까지 했습니다. 하지만 날이 갈수록 잘못된 자존심을 짓밟고 사람답게 살라고 주신 훈계였음을 깨달았습니다. 누구에게도 들어보지 못한 그 말씀을 뒤늦게 알아듣고, 어르신의 가르침을 따라 평생 모시려 다시 찾아왔습니다. 정신 차리도록, 흠뻑 매질해 주셔도 좋습니다."

아버지 거지는 도둑의 말과 태도에서 진심을 느끼고 물었다.

"너는 누구냐?"

"여주 강가 빈촌 박 씨의 아들 다섯 중 막내 박준호라 합니다."

"무슨 생각으로 나를 찾아왔느냐?"

"어르신의 당당하고 구김 없는 기백의 훈계를 따르면 결코 후회하지 않으리라는 믿음으로, 평생 모시고 배우러 왔습니다."

"오로지 이 마음을 평생 지키고 따르겠느냐?"

"맹세코, 혼신을 다해 따르고 모시겠습니다."

도둑의 진지한 이야기를 들은 아버지 거지가 말했다.

"그래. 그럼 가서 소지품을 갖고 오너라."

도둑은 일어나 큰절을 세 번 올리고, 번개처럼 달려가 옷 몇 가지를 챙겨 돌아왔다. 아버지 거지는 준호를 데리고 방으로 들어가 잠자던 아들 태원을 깨웠다.

"이 아이가 내 아들 태원이고, 이쪽은 박준호다. 이제부터 우리는 한 식구다. 태원이는 준호를 '삼촌'이라 부르고, 준호는 나를 '형'이라 불러라."

그리고 스스로를 소개했다.

"우리는 한 할아버지 자손이니, 나는 박진호다. 그렇게 알고 지내자."

준호는 벌떡 일어나 진호에게 큰절을 올렸다.

"잘 모시고 배우겠습니다. 이 은혜, 평생 간직하고 보답하겠습니다."

그날 밤, 아랫목에 태원과 준호가 함께 이불을 깔고 하나를 덮고 잤고, 진호는 윗목에 이불을 펴고 누웠다.

태원은 금세 잠이 들었고, 준호도 심신이 지쳐 땀을 흘리며 코를 골았다. 진호는 두 아이를 바라보며 마음속으로 다짐했다.

'잘 키우리라.'

그는 준호의 얼굴을 닦아 주며 조용히 말했다.

"준호야, 너는 반드시 성공할 거야."

그러고는 잠자리에 들었다. 세상에 외톨이로 태어나 태원 하나만 의지하고 살아가려던 진호는 준호를 만난 것이 무척 기뻤다. 셋이 힘을 합하면 자신에게도 용기와 자신감이 솟는 듯했다.

진호는 어린 나이에 저지른 준호의 잘못을 천 번, 만 번이라도 용서하기로 했다. 그 어린 나이에 스스로를 찾고 찾아온 준호에게 용맹과 지혜가 있다고 여겨지니, 준호가 더욱 사랑스러웠다.

열여섯 살 준호의 이야기를 듣던 진호는 문득 자신의 자라온 길을 떠올렸다.

중학교 3학년 가을, 진호를 위해 평생을 바쳐 살아오신 어머니가 지병으로 돌아가셨다. 진호는 땅이 꺼지는 듯한 아픔 속에서 어머니의 시신 앞에 엎드려 울다 지친 기억이 떠올랐다. 어머니가 돌아가시자 의지할 곳이 사라졌다고 여긴 그는 학업을 중단하고 가출하고 싶은 충동이 불끈불끈 솟았다. 그러나 그럴 때마다 그의 앞을 지키는 아버지를 두고는 떠날 수가 없었다.

아버지의 기쁨이자 희망인 진호는 아버지를 위해 더 부지런히 보필했다. 진호의 아버지 박 씨는 대대로 후손이 귀한 가문의 외아들로 태어나 물려받은 재산이 넉넉했고, 학식도 있어 동네 사람들의 존경을 받았다.

박 대감은 결혼해 자녀를 두고 행복하게 살던 중 부모를 여의었다. 그는 아들을 더 얻고 싶어 했고, 부인 최 씨는 시부모가 돌아가신 뒤 늘어나는 살림을 감당하느라 고단했다. 박 대감이 "살림을 도와줄 겸, 아들 하나만이라도 더 낳자"며 작은 부인을 들이자고 하자, 부인 최 씨는 이를 달갑게 여겼다.

중매를 놓아 건넛마을 홍 씨 댁 규수를 알아보게 했다. 찢어지게 가난한 홍 씨 내외는 소식을 듣고 펄쩍 뛰며 반대했다.

"가난해 끼니를 때우기 어렵다 해도 딸을 팔아먹을 수야 있나."

그 말을 들은 홍경애 아가씨가 부모에게 간청했다.

"소문난 부자에 덕망 있는 대감이시라 하니 저를 시집보내 주세요."

"그 길이 얼마나 힘든 줄 아니?"

"사람 사는 게 다 그렇지 않겠어요?"

부모는 눈물로 딸의 뜻을 받아들였고 혼인날을 정했다.

박 대감은 헛간에 방을 들여 작은 부인 홍 씨를 맞아들였다. 홍 씨가 들어오자 집안에는 금세 광이 났다. 방과 마루, 곳간, 안팎 마당과 장독대까지 말끔해졌고, 반찬 솜씨도 뛰어나 온 식구가 그를 아꼈다.

집에는 머슴이 둘 있었는데, 홍 씨가 번쩍번쩍 집안을 일구는 모습을 보고는 자기 옷도 함께 빨아 빨랫줄에 널었다.

다음 날에는 옷을 하루 더 아껴 입었고, 홍 씨는 머슴들의 반찬도 정성껏 차리고 밥도 수북이 떠주었다.

박 대감은 집안 분위기가 살아나자 싱글벙글하며, 나이 차가 별로 나지 않는 장인·장모를 정성껏 모셨다. 논과 밭을 각각 600평씩 떼어 드렸고, 일은 박 대감 집의 머슴들이 도왔다. 작은 부인 홍 씨의 남동생(홍 씨보다 열 살 아래)은 학교에 보내 학비를 대주었다.

홍 씨는 박 대감의 배려에 보답하려 정성껏 안살림을 맡았다. 홍 씨가 들어오던 해, 큰 부인이 다섯 번째 딸을 낳았다. 홍 씨는 큰 부인의 산후조리를 정성껏 돌보느라 한 달 동안 문밖출입을 못 하게 하고 세숫물도 떠다 주었다.

큰 부인은 "아이 일곱을 낳았어도 이렇게 몸조리한 건 처음이오"라며 고마움을 표했다.

그리고 2년 만에 작은 부인 홍 씨가 아들 진호를 낳았다. 박 대감은 아이처럼 홍 씨 곁을 맴돌며 기뻐했다. 친정에서 사흘간 몸조리를 하고 돌아온 홍 씨는 남편의 사랑 속에 힘든 줄 모르고 지냈다. 식구들의 사랑을 받으며 진호가 다섯 살이 되었다.

진호는 아버지 무릎에 앉아 밥에 국을 말아 먹고 숟가락질을 익혔다. 어느 날 아버지 곁에 앉아 젓가락질까지 해 보려 하자, 맞은편에 있던 형들은 대견해 하며 가르쳐 주었고, 따라 하는 모습이 신기한 듯 모두 즐거워했다.

박 대감은 진호를 데리고 산과 들, 논밭을 오가며 자연공부를 시켰다. 풀·꽃·새·물고기 이름을 익히게 하고, 천자문도 가르쳤다. 진호는 형들보다 영리하고 기억력이 좋아, 박 대감은 늘 흐뭇한 마음으로 지켜보았다.

홍 씨는 예절에 어긋나는 일이 없도록 엄하게 가정교육을 했고, 덕분에 또래보다 어른스러웠다. 일곱 살이 되자 진호는 천자문을 떼고 사서삼경을 익히며 붓글씨까지 배우기 시작했다. 초등학교 입학을 앞두고 한글과 숫자 공부도 병행했다.

어느 날 아버지가 마당에서 들판의 곡식을 바라보며 벼가 자라는 이치를 이야기하던 중, 등 뒤에서 목탁 소리가 들렸다. 돌아보니 스님이 대문 앞에서 목탁을 두드리며 불경을 외우고 있었다. 돌아보니 스님은 이쪽을 향해 합장하고 인사를 했다. 진호도 스님을 따라 합장하고 절을 올렸다.

박 대감이 말했다.

"진호야, 안에 들어가 시주할 쌀을 달래 오너라."

진호는 큰어머니가 내어 준 쌀 댓되를 스님의 바랑에 넣었다. 스님이 고개를 끄덕이며 말했다.

"대감님, 저 도련님은 장차 가문을 일구어 갈 아이입니다."

그리고 "나무아미타불 관세음보살"을 염송하며 떠났다.

스님은 한 달에 한 번씩 동네를 들렀고, 그럴 때면 아버지는 스님을 사랑채에 모셔 점심 공양을 올렸다. 진호는 스님의 일거수일투족을 유심히 지켜보았다. 공양이 끝나면 스님은 밥그릇과 국그릇에 물을 부어 깨끗이 헹군 뒤 그 물까지 드셨다. 의아한 눈길로 바라보는 진호에게 스님이 일렀다.

"도련님, 없어서가 아니라, 있을수록 아끼고 알뜰히, 감사히 먹어야 합니다."

그럴 때마다 스님은 화선지에 큼직하게 고사성어를 써 주고, 뜻을 풀이하며 한 마디씩 교훈을 남기고 가셨다.

초등학교에 입학하자 진호는 행동이 점잖고 생각이 깊으며 아는 것이 많고 친구들에게 다정다감하다는 평을 들었다. 선생님과 친구들의 사랑과 칭찬을 한몸에 받았다. 진호가 공부를 잘해 상을 타오자 부모는 물론, 특히 넷째 누나 순호가 가장 기뻐했다.

진호가 중학교에 들어갈 무렵이었다. 형과 누나들과 달리 상장을 받아오는 일이 잦아지자 집안에 은근한 경쟁심이 돌았고, 셋째·막내 누나는 미워하기까지 했다. 둘째·셋째 누나는 심통을 부려 진호의 어머니 홍 씨를 괴롭혔다.

밥이 적다며 투정을 하면, 홍 씨는 자기 밥그릇의 밥을 덜어 셋째 누나의 그릇에 채워 주었다. 그러면 진호는 자신의 밥을 어머니 그릇에 옮겼고, 박 대감은 다시 자신의 밥을 덜어 진호의 그릇을 채워 주었다.

밥상머리에서 짜증을 내 홍 씨를 불편하게 만들고, 더럽지도 않은 옷을 물에 담가 빨랫거리를 괜히 쌓아 두기도 했다. 홍 씨는 모르는 척 침묵으로 일을 했지만, 진호가 보기에도 그 기색을 느낄 수 있었다. 밤이면 그는 진호를 곁에 눕히고 한마디씩 마음공부를 시키며 정신력을 키워 주었다.

"큰일을 할 사람은 '힘들다, 못 하겠다' 라는 말을 하지 않는 법이란다.

어떤 일이 닥쳐도 지혜를 짜내 인내로 해결하는 기쁨은 아무나 맛보는 게 아니지. '설움에 살찌우고 근심에 마른다' 고 했는데, 물질적인 가난보다 정신적인 가난이 더 힘들단다. 진호야, 너를 낳고 아버지가 너무 좋아서, 아무도 모르게 엄마와 외할머께 금반지까지 사 드리셨단다."

그 말을 듣고 보니 큰어머니는 예쁜 옥비녀를 꽂고 손가락에는 두툼한 금반지를 끼고 있었다. 어머니 홍 씨의 은비녀와 은반지도 눈에 띄었다. '물질에 탐을 내는 사람은 덕이 부족한 사람' 이라던 어머니의 가르침이 떠올랐지만, 진호의 마음 한편에는 불공평하다는 생각이 스쳤고, '내가 커서 꼭 어머니를 기쁘게 해 드리겠다' 는 다짐이 생겼다.

"돈은 하늘이 주는 것이니 능력을 길러라. 머릿속의 능력은 도둑맞을 일이 없다."

엄마의 말을 듣던 진호가 물었다.

"어머니, 정말 그렇지요?"

둘은 엄마 품에 안겨 한바탕 웃었다.

박 대감은 진호의 등하교 시간에 맞춰 길목에서 기다렸고, 비 오는 날이면 우산을 들고 교문 앞까지 나갔다.

그러던 중, 3학년이 되던 해 가을에 남 몰래 속앓이를 하시던 어머니가 몸져누웠다. 죽으로 연명하다가 식음을 전폐하였고, 끝내 진호와 아버지가 지켜보는 앞에서 운명하였다. 애절하게 울던 진호를 보다 못해 박 씨가 달랬고, 부자는 서로를 끌어안고 한참을 울었다.

어머니의 산소는 선산 발끝채에 모셨다. 밤마다 아버지를 끌어안고 울던 진호가 물었다.

"아버지, 산소에는 무슨 나무를 심어요?"

"글쎄다…. 향나무인가?"

다음 날, 진호는 온 산을 뒤져 향나무 묘목을 어머니 산소 앞에 심었다.

아버지의 사랑을 독차지하던 진호를 시샘하여 어머니의 마음을 왜곡하던 식구들을 떠올리니 집이 싫어졌다. 그렇다고 금이야, 옥이야 길러 주시는 아버지의 마음에 상처를 드릴 수는 없었다. 밤이면 부자는 서로를 위로하며 날을 보냈다.

형 둘이 결혼하고, 누나 둘도 시집을 가자 재산이 눈에 띄게 줄었다. 형들은 일을 하지 않고 저녁마다 친구들과 노름을 하다가 빚이 불어났고, 가세가 기울자 일꾼 하나를 내보내야 했다.

착한 박 대감은 속을 태웠다. 말로 타일러 될 일이 아니었다.

진호는 학교에서 돌아오면 틈나는 대로 머슴을 따라 일했다. 소 풀 뜯기기, 풀베기 같은 농사일에 발 벗고 나섰다. 형들이 노는 사이 공부할 진호가 땀을 흘리니 아버지의 속병은 더 깊어졌다.

"진호야, 힘들게 번 돈은 값지게 쓰고, 쉽게 번 돈은 쉽게 쓴다. 투자는 따로 있는 게 아니다. 절약하고, 일하고….."

진호는 아버지의 손을 꼭 잡았다.

"명심할게요."

그는 아버지가 주는 돈을 한 푼 두 푼 모아 쓰지 않았다. 누나들도 모두 시집보내고, 한 번은 순호 누나의 시댁을 따라가 보기도 했다.

고3이 되던 가을, 아버지의 병세가 악화되어 세상을 떠났다. 진호의 아픔은 하늘과 땅이 무너져 내리는 충격이었다. 마음속의 타격은 어느 곳에도 말로 다할 수 없었다. 아버지 산소 앞에도 향나무 묘목을 심었다. 이제 의지할 곳도, 기뻐해 주실 부모님도 없는 세상에서 무엇에 애착하고 무엇을 희망하란 말인가. 그는 한시라도 집에 머물고 싶지 않았다.

장례를 마친 뒤 학교에 나가 담임선생님께 말했다.

"학교를 그만두고 서울로 가겠습니다."

담임은 진호의 두 손을 꼭 잡고 타일렀다.

"어려움 속에서도 지금까지 잘 버텨 왔다. 마지막 석 달을 못 참으면 네가 무슨 큰일을 하겠니? 밝아지는 새 시대에 고등학교 졸업장 없이 어디 가서 대우를 받겠니. 남은 학비는 걱정 말고, 졸업식 날까지 어떤 일이 있어도 참아야 해."

담임은 그를 끌어안고 낮게 말했다.

"넌 할 수 있어."

진호의 눈에 눈물이 맺혔다. 부모의 사랑과 다르지 않은 선생님의 사랑을 그때 비로소 깨달았다.

"네, 선생님."

선생님은 그의 눈물을 손수건으로 닦아 주며 말했다.

"과연, 진호다."

졸업식 날, 진호는 졸업장과 우등상, 개근상, 교육감상을 받고 하객과 후배들의 칭송 속에 담임선생님께 감사 인사를 드린 뒤 돌아왔다.

다음 날, 그는 눈물을 훔치며 어머니가 물려 주신 금반지·은반지·은비녀와 어머니·아버지가 수시로 챙겨 주신 용돈을 깊이 간직했다. 그리고 부모님의 산소에 삼배로 하직 인사를 올린 뒤 집을 나섰다.

그는 어머니의 별세를 가슴 찢어지게 애통해 하시던 외할머니를 찾아갔다. 오랜만에 외갓집을 찾은 진호를 보자, 외할머니 내외는 반가움에 눈물을 흘리셨다.

"할머니, 일주일만 할머니 곁에서 자고 갈게요."

진호는 겉옷을 벗어붙이고 널빤지를 사 와 톱으로 자르고 대패로 밀어 방문 앞에 마루를 만들었다. 부엌을 말끔히 청소하고 대문을 달아 드렸으며, 화장실 출입이 편하도록 여기저기 손을 봤다. 앞뒤 마당에는 돌을 깔고 배수로까지 손질하다 보니 어느새 한 달이 흘렀다.

"할머니, 배낭 속에 넣을 작은 주머니를 만들어 주세요."

그가 어머니의 유물과 돈을 보여 드리자, 외할머니가 말했다.

"진호야, 우리는 집이 있으니 이게 무슨 필요가 있니. 네 아버지가 준 금반지, 외할아버지가 준 은반지와 비녀, 다 우리에겐 필요 없다. 이젠 길 떠나 새 삶을 시작하는 네게 더 긴히 필요할 것이니…."

외할머니가 챙겨 주신 배낭을 어깨에 메고, 진호는 외할머니 · 외할아버지께 큰절로 삼배를 올렸다.

"제가 모시러 올 때까지 두 분 꼭 건강하세요."

그들을 힘껏 껴안고 볼을 비비며 눈물로 하직 인사를 한 뒤, 진호는 배낭을 걸머지고 정처 없이 서울을 향해 걷고 또 걸었다. 하룻밤은 주막에서 묵고, 해가 서산에 지려 할 즈음 커다란 동네에 닿았다.

그는 깨끗한 새집 대문을 두드렸다.

"남자 어른이 계신가요? 오갈 데 없는 사람입니다. 대감님 댁에 머슴이 필요하시면 제가…."

진호를 머리부터 발끝까지 훑어본 집주인 대감은 밝은 표정으로 말했다.

"마침 사람을 구하려던 참인데, 잘 오셨습니다. 어서 들어오세요."

대감은 마님에게 알리고 저녁상을 함께 차려 안방으로 불렀다. 심 대감은 부모덕에 재산을 물려받았고, 인덕이 후한 어른이었으며, 다섯 살 · 일곱 살 두 아들을 키우며 성실히 사는 집이었다.

"오늘부터 한 식구처럼 부담 없이 지내게. 정수, 승수는 이분을 '삼촌'이라 불러라."

그는 진호를 후하게 대접하고, 사랑채에 방 하나를 내어 이부자리를 펴 주었다. 따뜻한 배려에 힘이 난 진호는 새벽에 먼저 일어나 소죽을 쒀 주고 안팎 마당을 말끔히 쓸었다. 이윽고 아침상이 차려졌다.

진호는 심 대감을 따라 논과 밭을 돌아보며 농사 준비를 시작했다. 대감은 진호가 힘이 세고 날랜 데다 일솜씨까지 야무진 것을 보고 감탄했다.

"박 서방, 젊은 나이에 일이 서투르지가 않네. 언제 배웠나?"

"네, 머슴들이 하는 일을 곁에서 지켜보며 익혔습니다."

식사 후에는 틈만 나면 정수와 승수를 번갈아 업어 주고 어깨에 태워 주며 함께 놀아 주었다. 두 아이는 서로 먼저 '삼촌'이라 부르겠다며 그를 따랐다. 따라다니는 두 아이에게 그는 한글과 숫자, 한자까지 가르쳤고, 아이들은 신이 나서 공부했다. 옛이야기를 해 주면 턱을 괴고 귀를 기울였다.

마님은 철 따라 옷을 지어 주고 수시로 별식도 챙겨 주었다. 식구들은 오순도순 지냈다.

세 해가 흘러 정수는 초등학교 3학년, 승수는 1학년에 올라 공부도 잘하고 의젓하게 자랐다. 이를 지켜본 심 대감은 오래오래 함께 살고 싶어 했다.

"박 서방, 결혼할 나이가 되었으니 중매를 서 볼까?"

"아무것도 가진 게 없는 제가… 결혼만 하면 어떻게 하겠습니까."

"둘이 벌면 더 낫지. 우리는 박 서방과 오래오래 함께하고 싶네."

심 대감 내외는 서둘러 동네 끝에 사는, 부모 잃고 외가에 의지해 지내는 심성이 고운 아씨 민혜영을 소개했고, 혼인이 성사되었다. 고마운 마음에 진호 부부는 심 대감댁 사랑채에 살림을 차리고 심 대감을 성심껏 도왔다.

결혼 이듬해, 진호는 아들 태원을 얻었다. 온 식구의 축복과 사랑 속에 아이를 키우던 어느 날부터 민혜영이 시름시름 앓기 시작했다. 더는 사랑채에 머물 수 없어 빈집 오막살이에 살림을 내었다. 태원이가 다섯 살이 되던 해, 민혜영은 세상을 떠났다.

진호는 '부모 복 없는 놈은 처복도 없다더니…' 하며, 아이를 남기고 간 아내를 떠올리다 문득 자신의 어머니 생각에 가슴이 무너지는 듯했다.

심 대감의 배려로 대감댁 산자락 한켠에 산소를 쓰고 향나무 묘목을 심었다. 심 대감댁에서는 태원을 살뜰히 돌봐 주었고, 진호는 밤낮없이 일하며 아이에게 공부를 챙겼다. 태원에게는 한글·산수·한문을 가르쳤고, 정수와 승수가 쓰다 남긴 학용품을 아껴 재활용해 가르침을 이어 갔다.

태원이 일곱 살이 되자, 심 대감댁 아이들은 중학교에 올라갔고, 진호는 태원을 데리고 심 대감집 일을 거들며 끼니를 얻어 먹고 있었다.

그러던 어느 날, 도둑이 부엌에 들어오는 일이 벌어졌다. 그 일을 계기로 시간이 흘러 이제 셋이 한 식구가 되었다. 어디서부터 무엇을 어떻게 시작해야 할지 생각하던 진호는 스님의 말을 떠올렸다.

'더러운 곳에서 얻은 돈은 더욱 귀하게 값지게 써야 한다.'

"그렇지."

그는 내일 할 일을 마음속으로 그려 보았다. 새벽녘에 잠깐 눈을 붙였는데 눈을 뜨자 준호와 태원이 보이지 않았다. 벌떡 일어나 밖으로 나가니 두 아이가 싱글벙글 웃으며 세숫대야를 들고 들어왔다.

"아버지! 삼촌이 세숫대야를 샘터 아래 모래밭에서 쓱쓱 문질러 광을 냈어요."

세숫대야는 묵은 때가 훌훌 벗겨져 새것처럼 반짝였다.

"일찍 일어났구나?"

진호가 물었다.

"어찌 그런 생각을 했니?"

준호는 얼굴이 빨개진 채 싱긋 웃었다. 난생처음 제대로 듣는 칭찬이 가슴을 뻐근하게 했다.

진호가 조용히 말을 이었다.

"어릴 땐 칭찬을 받는 게 기쁘지만, 나이를 먹을수록 남을 기쁘게 해서 그 사람이 기뻐하는 모습을 보는 기쁨이 더 크단다. 그래서 사람들이 좋은 일을 하나 봐. 다만 아직 어리면, 좋은 마음으로 한 일이 자칫 일을 그르치는 때도 있어. 그럴 땐 칭찬보다 야단을 맞게 되지. 그러니 좋은 생각이 떠오르면 먼저 어른에게 물어보고 하자. 잘못된 일은 어른이 책임지는 법이니까. '세 살 손자에게도 배운다'는 말이 있듯, 나도 너희 생각을 많이 들을 테니 우리 모두 실수를 줄이고 더 알차게 살자."

준호의 적극성과 잔머리 아닌 지혜로움이 진호의 마음을 흐뭇하게 했다.

"어서 밥 먹고, 심 대감댁에 인사 갔다 오자."

셋은 아침을 먹고 심 대감집으로 향했다.

여럿이 함께 밥을 먹고, 사람대접을 받으니 준호는 다시 태어난 듯 기뻤다.

"대감님, 제가 동생이 생겨 인사드리러 왔습니다."

"뭐! 동생?"

"네. 집안 형편이 어려워 자립해 보러 나온 아이인데, 제 고향 친척입니다. 이름은 준호입니다."

준호가 대감 내외께 큰절을 올리자 대감이 반겼다.

"잘됐구나. 동생이 생기니 의지할 데도 생기고 큰 힘이 되겠지. 다만, 박 서방이 좀 더 힘을 써야겠네…."

"네, 함께 고생하기로 했습니다. 오늘부터 일을 시작해 보려 합니다. 추수도 끝나 한가한 듯하여 집 대청소를 하려 합니다. 닭장 밑, 담장 아래 고물과 빈 병은 팔아 드릴까요?"

대감이 웃으며 손을 내저었다.

"뭐, 팔아? 청소해 주는 것만으로도 고맙지. 아무 데나 버릴 수 없는 쓰레기만 말끔히 처리해도 충분하네. 팔 수 있는 건 팔아서들 쓰게."

"네, 고맙습니다."

진호는 부엌 안쪽과 바깥 광의 쓰레기를 모두 꺼내 마당에 쌓아 두었다.

준호와 태원에게는 빈 병과 농기구 고철, 부엌에서 나온 금속 그릇을 분리해 헌 가마니에 담게 했다. 거미줄과 먼지를 털어 내고, 광에 선반을 달아 주고 곳곳에 못을 박아 정리하니 좁던 광이 훤히 넓어 보였다.

대감 내외는 하는 일마다 야무지게 잘해 놓는 모습에 기뻐 별식을 내주었다. 진호는 황토를 퍼 와 부엌 부뚜막과 벽을 손보았고, 집안은 새집처럼 말끔해졌다.

저녁을 먹고 심 대감이 말했다.

"오늘은 준호까지 일을 거들었으니, 박 서방 손이 더 빨라진 것 같구먼. 박 서방, 자네만 동생을 얻은 게 아니네. 나도 동생들을 얻은 기쁨이야. 자네를 처음 보던 날부터 마음에 쏙 들었지. 생각지도 못한 훌륭한 일꾼을 쓰게 됐고, 그뿐 아니라 정수·승수 공부까지 가르쳐, 공부하는 요령과 습관을 길들여 줬네. 나는 자네를 동생이자 선생님처럼 귀하고 훌륭한 사람이라 여겨 왔어. 정수와 승수가 벌써 고등학생이고, 늘 학년 수석이라니 이보다 큰 기쁨이 어디 있겠나. 공을 어찌 갚아야 할지 모르겠네. 오늘부터 우리, 형·형수처럼 지내세."

"이 은혜, 마음 깊이 간직하겠습니다."

심 대감은 진호를 덥석 끌어안고 등을 두드렸다. 진호의 눈가에 눈물이 맺혔다.

"형님, 아주머니. 이젠 우리 셋이 일하고 밥도 해 먹을 수 있습니다. 김치만 좀 부탁드립니다."

"걱정 마세요. 반찬은 우리 먹는 대로 함께 나눠 먹지요."

"감사합니다."

집안이 새로 이사 온 집처럼 깨끗해지자, 이웃들이 부러워했다. 셋은 마당의 고물을 종류별로 모아 쌓아 두고, 이 집 저 집에서 부탁받은 대로 청소를 다녔다. 그러자 아주머니들이 고물은 물론 수저, 놋그릇, 빛이 바랜 은수저까지 내주었다. 고물이 쌓이자 리어카를 빌리려 했는데 양이 많다고 마차를 빌려 주었다.

읍내 장날이면 고물을 팔고, 셋은 장터 먹자골목에서 순댓국이나 해장국으로 배를 채웠다. 생선과 국거리를 사 들고 심 대감댁에 돌아오면, 일곱 식구의 웃음 속에 하루가 저물었다.

진호는 고물을 팔러 다녀올 때마다 양은 솥과 냄비를 몇 개씩 사 왔다. 읍내 고물상은 물량을 넉넉히 가져오는 그들을 반겨 값을 후하게 쳐주었다. 한겨울에서 이른 봄까지는 이웃 동네를 돌며 팔아 줄 고물도 받았다.

빈 마차에 셋이 나란히 타고, 진호가 초등학교·중학교 때 배운 노래를 연이어 불러 주면 준호와 태원도 어느새 따라 부르게 되었다.

태원이 아홉 살이 되기를 기다리던 진호는 봄이 되자 아주머니께 아이들 배낭과 속주머니, 그리고 자신의 복대와 전대를 만들어 달라고 부탁했다. 아주머니는 튼튼하고 질긴 복대와 전대를 챙겨 주었다.

"형님, 태원이가 아홉 살이니 이제 서울로 올라가 공부도 가르치고, 일을 시작해 보려 합니다."

"진호가 하는 일은 걱정이 안 되니 서둘러 길을 떠나게. 그리고 여긴 자네 형 집이니, 시간 되는 대로 들르게."

"고향보다 더 잊을 수 없는 곳입니다. 형님 내외분의 은혜, 평생 간직하고 열심히 노력해 꼭 찾아뵙겠습니다."

심 대감이 말을 이었다. "먹고사는 데 돈이 뭐 그리 필요하겠나 싶어, 자네가 우리 집에서 수고한 품값을 한 번도 주지 않았네. 오늘을 기다렸지."

대감은 큰돈으로 바꾼 돈을 복대에 든든히 넣어 주었다.

"급할 때 쓰게."

아주머니는 금과 은 몇 점을 전대 주머니에 넣어 주고, 옷도 정성껏 챙겨

주었다. 모두 손을 맞잡고 포옹으로 작별인사를 나누며 눈물로 헤어졌다.

　이른 아침, 셋은 배낭을 걸머지고 빠른 걸음으로 서울을 향해 걸었다. 이틀 밤을 주막에서 묵고, 점심 무렵 서울 동대문 청계천에 닿았다. 다리 곳곳에 거지들이 모여 있었다.

　"애들아, 저분들이 '태어날 때부터' 거지가 된 건 아니란다. 배움도 재주도 없이 분수에 넘치는 욕심을 내다 빚을 지고 쫓겨, 갈 곳이 없어 그렇게 된 경우가 많지. 일하기 싫고 쉽게 살려 하면 희망을 잃게 된다. 아이들이 불쌍하구나. 가자."

　가진 것이 변변치 않아 살 만한 집을 구하기 어려웠다. 개천가 판잣집들을 돌다 보니 빈집이 하나 눈에 띄었다. 옆집 아주머니에게 물었다.

　"여기 누가 사나요?"

　"빈집이에요. 주인은 없으니 전기세만 내고 사세요."

　진호는 고맙다 인사하고 집안을 말끔히 치웠다. 곁의 중앙시장에 들러 간단한 살림 도구와 쌀, 반찬거리를 사고, 방에 불을 지펴 저녁을 보냈다.

　다음 날, 근처 학교를 찾아가 태원을 초등학교 2학년에 편입시켰다. 준호는 공민학교에 입학시켰고, 세 식구는 곧장 일을 시작했다.

　진호는 동틀 무렵 중앙시장에 들러 생선을 떼어다 팔았다.

　"생선이요, 꽁치, 고등어요!"

　새벽마다 골목을 돌다 보니, 새벽밥을 짓는 아줌마들이 여기저기서 불러 주었다. 한 번에 네 상자를 지고 나가 단골이 생기자, 하루에도 두 차례 시장을 오가게 되었다. 아침을 먹고 나면 두부 장수로 나섰다. 밥 짓던 아줌마들이 기다렸다가 두부를 사니 금세 동이 났다.

　해질 때까지 쉴 새 없이 뛰어다니다 집에 돌아오면, 준호와 태원은 밥을 지어 먹고 공부를 했다. 낮에는 동네 고물상에서 리어카 하나를 사 타이어를 갈고 페인트칠을 한 뒤 고물 수집에 나섰다. 집 앞 쓰레기통 옆에 쌓인 고물·빈병·낡은 신발·놋그릇·고철을 물 만난 물고기처럼 분주히 모아 갔다.

세 식구는 길바닥에 큰 못이나 철조각만 보여도 주워 담았다. 1년이 지나 준호는 초등학교 검정고시를 거쳐 중학교 과정을 배우기 시작했다. 준호와 태원도 돈을 벌겠다며 구두닦이와 신문 배달을 하겠다고 나섰다.

새벽밥을 먹고 신문을 돌린 뒤, "구두 닦세~!" 하고 골목을 누비면 아저씨들이 구두를 들고 나왔다.

준호는 태원에게 흙먼지를 터는 일을 맡기고, 약과 침을 발라 반들반들 광을 냈다. 신발 수가 점점 늘어나자, 태원도 제법 능숙해졌다.

방과 후 버스 정류장에서 구두를 닦으려 하자 다른 아이가 만만한 태원에게 시비를 걸며 손을 들었다.

준호가 손목을 붙잡고 말했다.

"말로 하지, 왜 손찌검이야?"

상대 아이가 버럭했다.

"여기는 내 자리야!"

정류소에서 일을 마치고 돌아오다, 찐빵·만두 가게 앞을 지날 때였다.

"와, 냄새 좋다."

태원의 말이 떨어지기 무섭게 가게 심부름하는 아이가 다가와 말했다.

"냄새 맡은 값 내!"

그러고는 태원의 머리를 치려 했다. 준호가 팔목을 잡아 비틀며 쏘아붙였다.

"야, 냄새 맛있다고 선전한 값 내!"

그때 주인아저씨가 나와 웃으며 말했다.

"그 말이 맞지."

그리고 만두와 찐빵을 두 개씩 나눠 주었다.

태원이 집에 돌아와 삼촌 이야기를 하자, 진호는 용돈을 쥐여 주며 말했다.

"가끔 군것질도 해라."

그러나 동네를 몇 바퀴 돌다 보니 더는 건질 만한 고물 쓰레기가 눈에 띄지 않았다. 진호는 방식을 바꿨다. 생활용품을 실은 리어카를 끌고 다니며 외쳤다.

"고물 파세요. 비누, 실하고 바꿉니다!"

비누·실 같은 생활용품과 고물을 맞바꾸기 시작한 것이다.

2년쯤 지나 두부 공장 아줌마가 한 아가씨를 중매했다. 어머니를 모시고 살며 아직 혼인하지 않은 아가씨였다. 서로 만나본 뒤 혼례를 올렸다.

세 식구는 개천가를 벗어나 방 세 칸짜리 판잣집으로 이사했다. 좁은 마당 한켠에는 값나갈 고물을 모아 두었다. 진호 부부가 함께 벌고 장모가 살림을 맡으니 가정은 안정되어 갔다. 새벽에 뛰는 장사로는 먹고사는 데 여유가 생겼고, 고물값은 은행에 저축할 수 있었다.

다음 해, 혜원이 태어났다. 식구가 늘고 모두가 열심히 일하고 공부하니, 진호는 힘든 줄 모르고 뛰어다녔다. 길바닥만 보면 쇳조각을 줍느라 이리저리 헤매었고, 어떤 때는 허리가 휘는 줄도 몰랐다.

어느 날, 생선을 다 팔고 돌아오던 어둠 짙은 새벽이었다. 사람 발걸음도 뜸한 시간, 땅을 살피며 걷는 진호 앞에 커다란 돈뭉치 두 개가 툭 떨어졌다. 그가 황급히 집어 들고 올려다보니, 높은 축대 위에서 어떤 남자가 통쾌하게 웃음을 터뜨렸다.

새벽의 적막을 깨는 웃음소리는 더욱 크게 울렸다. 진호는 놀라 그 남자를 향해 몇 번이고 허리를 굽혀 절을 했다.

그날, 그는 일을 마치고 아침밥을 먹은 뒤 화장실로 들어가 돈뭉치를 헤아려 보았다. 하나는 백 원짜리 100장, 만 원이었다. 그런데 다른 뭉치는 신문지를 말아 놓은 가짜였다. 놀람과 실망이 한꺼번에 밀려왔다.

진호는 슬그머니 밖으로 나왔다. 가까운 높은 곳에 교회가 보였다. 그는 교회 계단에 앉아 머리를 감싸 쥐고 울기 시작했다.

순간, 돈에 눈이 멀어 허겁지겁 달려가 신나게 집어 들고, 축대 위의 남자에게 구부정구부정 비굴하게 허리를 굽혔던 자신이 떠올랐다. 놀림감이 된 스스로를 생각하니 분하고 부끄러워 자존심이 용서하지 못했다. 그는 소리 없이 흑흑 흐느꼈다. 그때 머리 위에서 인자한 어머니의 음성이 들려오는 듯했다.

'진호야, 하늘이 주신 그 돈, 알차게 쓰고 감사해라.'

진호는 고개를 들고 정신을 가다듬었다.

"네, 어머니. 오늘을 꼭 기억하겠습니다."

떨리는 가슴을 심호흡으로 진정시키고 집으로 돌아왔다. 그는 그 돈과 심 대감댁에서 받은 돈을 보태, 한남동 한강 주변 언덕에 300평 땅을 사고도 돈이 남았다. 평소 어머니가 하시던 말씀, '돈은 땅에 묻어야 한다'를 떠올렸다.

그 일을 교훈 삼아 그 자리 근처에 창고를 짓고 고물 수집을 본격화했다. 창고는 네 칸으로 나눠 양은·고철·놋그릇·잡류로 분류해 쌓고, 병·고무신·종이 등은 고물상에 내다 팔았다. 생선·두부 장사를 부부가 함께 뛰니 수입도 좋아 갖고 있던 귀금속을 정리해 방 네 칸짜리 맞은편 집을 사기로 했다.

아내는 결혼기념으로 금반지와 목걸이를 받아 두었고, 혜원은 장모가 맡아 키우며 살림을 도왔다.

어느 날, 한 차례 고물을 수집하고 돌아오는데 뜻밖에 스님 한 분이 진호의 집을 향해 목탁을 두드리며 염불을 하며 오고 있었다. 진호는 언뜻 어릴 때의 스님이 떠올라 반가움과 호기심에 얼른 다가가 합장했다.

"스님, 어쩐 일이십니까?"

"지나던 길에 아기 울음소리가 들려 축원하던 참이었습니다."

익숙한 목소리에 진호가 유심히 바라보니, 정말로 어린 시절 만났던 그 스님이었다. 스님과 어머니·아버지의 가르침은 진호에게 지혜를 키워 준 정신적 지주였다. 그 스님이 눈앞에 있다 생각하니 반갑고도 기뻤다.

"스님! 20년 전, 여주 강가 박 씨 마을에서 뵌 그 스님이시지요?"

"아, 그 도련님? 인연이 따로 있어 또 만났군요."

"누추하지만 안으로 드시지요. 저녁 공양하고 가세요."

이른 저녁을 대접하며 오래 이야기를 나눴다. 스님이 말했다.

"소승이 여주 강변 절에 부임해 처음 가사를 입고 나섰을 때, 도련님을 뵈었지요. 그때 배운 상식과 태도를 보고, 크게 될 거라 짐작했습니다."

"스님의 법명은 어떻게 되십니까?"

"사람들은 '법안스님'이라 부릅니다. 별다른 공덕은 없지요. 제 거처는 서대문 밖 진관사입니다."

스님의 거처를 알게 되니, 부모님을 뵌 듯 반갑고 기뻤다. 그날 이후 진호 내외는 초하루마다 법안스님을 알현하고 법회에 참석했다. 석 달 뒤, '고얏집'으로 이사한 다음에는 스님을 집으로 초청해 예를 다했다.

안방은 진호 부부가, 마루 건넛방은 혜원과 장모가, 나머지 두 방은 준호와 태원이 썼다.

2년 뒤, 준호는 중학교 졸업 검정고시를 거쳐 고등학교에 진학하게 되었다.

"어느 학교에 진학하고 싶으니?"

"상고에 진학할까 해요."

준호는 야간 상업고등학교에 다니며 낮에는 고물상에서 일했다. 혜원이 태어나자 준호와 태원은 아기 울음만 나면 서로 먼저 방으로 뛰어들어가 신기한 듯 바라보며 '오빠야, 삼촌이다' 하고 좋아했다. 용돈을 아껴 장난 감을 사 주는 재미로 나날을 보냈다.

혜원이 다섯 살이 되던 해, 동생 지원이 태어났다. 집안은 축제 분위기였고, 따뜻한 방에서 온 가족이 기쁜 얼굴로 식사하고 출퇴근을 하며 사는 기쁨을 만끽했다.

진호는 가장으로서 책임을 깊이 느꼈다. 지원의 돌잔치는 스님을 모시고 조촐하게 열었다. 스님은 손자를 보는 듯 흐뭇한 표정을 지었다.

"도련님, 자식은 낳는 자랑보다 키우는 자랑이 더 기쁘다 했지요. 재산을 물려주는 것보다 능력을 키워주는 것이 더 큰 선물입니다. 교육에 대한 투자는 깨지지 않는다고도 하지요. 사람들은 재물에 탐을 내어 평생 번뇌 속에 살지만, 그게 행복은 아닙니다. 남의 돈을 보고 '돈, 돈' 하면 돈은 날아가요. 남의 강아지가 귀엽다고 만지려 따라가면, 강아지는 겁이 나 달아나 듯이요. 마음을 비우고 오늘을 감사하며 성실히 사십시오. 내 그릇이 큰 재물을 담을 그릇이 될 때까지…."

그 말은 아버지가 생전에 종종 하시던 말씀과도 닮아 있었다.

"네, 명심하겠습니다."

웃음 속에 축복과 감사의 시간을 보낸 뒤, 스님이 자리에서 일어섰다. 진호는 준비해 둔 신권을 봉투에 담아 드리며 말했다.

"많지는 않지만 제 정성입니다."

스님은 바랑에서 108개짜리 긴 염주 한 벌과 21개짜리 굵은 염주 두 벌을 내주었다.

이 무렵 태원은 중학교에 들어갔고, 준호는 상고를 졸업해 고물상에 취업했다.

어느 날, 진호가 리어카를 끌고 극장 앞 개천가를 지나는데 앞에서 쉰 즈음 아저씨 한 분이 지팡이 같은 막대로 길바닥의 담배꽁초를 콕콕 찍어 주머니에 모으고 있었다. 의아해진 진호가 물었다.

"아저씨, 그걸 무엇 하시려고요?"

아저씨가 빙긋 웃었다.

"여든이 넘으신 우리 아버지는 밥은 굶어도 담배는 못 끊으십니다. 어려운 형편에 담뱃값을 어떡하겠어요. 이렇게 막초를 주워 모읍니다."

진호가 외쳤다.

"아저씨, 잠깐만요!"

그는 근처 가게로 달려가 필터 담배 두 보루를 사와 건넸다.

"이걸 갖다 드리세요."

아저씨가 손사래를 쳤다.

"다 같이 힘들게 사는데, 이런 걸…"

"전 아직 젊으니 괜찮습니다."

"젊은이, 고맙소. 그럼 막초나 조금 가져가시오."

진호는 이어 필터 없는 담배도 다섯 보루 더 사서 건네고는 조용히 자리를 떴다.

아저씨는 "이런 일을…" 하고는 진호 쪽을 바라보며 합장해 감사 인사를 전했다.

골목골목에 널렸던 고물이 눈에 띄지 않자 진호는 소리를 높였다.

"고물 파세요! 놋그릇 파세요!"

놋그릇을 헐값에 사들이자, 돈이 귀하던 때라 너도나도 놋그릇을 들고 나왔다. 무겁고 닦아 쓰기 번거로운 데다 가벼운 양은그릇에 이어 스테인리스 그릇이 나오자 사람들 취향도 바뀌었다.

진호는 싸고 흔한 스테인리스·양은그릇은 리어카에 수북이 실어 드리고, 놋그릇은 헐값으로 교환해 받았다. 한남동 창고에는 물건이 그득하게 쌓였다.

마침 동네 고물상이 헐값에 매물로 나와 진호가 인수했다.

준호에게는 고물 수거를 맡겼다.

어느 날, 스님을 뵙고자 서대문 밖 진관사로 가던 길에 고물장수를 만났다.

"그 고물은 어디로 가져가십니까?"

"고물상으로요."

"장사는 잘 되나요?"

잠시 이야기를 나눈 뒤 진호는 연락처를 받아 두었다.

그는 녹번동 가는 버스를 타고 시외 구경을 하려 했다. 종점에서 내려 들판을 바라보니 코를 찌르는 오물 냄새가 진동했다. 서대문 밖으로 나가는 오물탱크가 벌판을 이루고 있었다. 근처 마을에서 물어보니, 그 근처는 사람도 살기 어렵고 농사도 못 지어 땅값이 아주 싸다는 답이 돌아왔다.

수소문 끝에 500평의 땅을 사서 창고를 올렸다. 그리고 아까 만난 고물장수에게 근처 고물을 모아 달라고 부탁했다. 고철·양은·놋그릇만 모으기로 하고, 일주일에 세 번(오전, 화·목·토) 만나 납품받았다. 고물장수 홍 씨에게는 일당과 수고료를 넉넉히 주었다.

수집하는 날이면 고물장수들이 이른 새벽부터 줄을 섰다. 갈수록 물량이 줄자 진호는 사들이는 값을 조금씩 올려 주었다. 그는 서울 시내 부촌 골목까지 다니며 놋그릇과 고물을 모아 창고를 가득 채웠다.

진호는 더 큰 용기를 냈다. 밤낮없이 뛰어 고물을 사들이고, 동대문에서 출발해 뚝섬으로 가는 전동차를 타고 뚝섬까지 다녔다. 서울시 채소를 재배하던 뚝섬에도 산기슭 밭마다 오물탱크가 즐비했다.

그는 창고 옆 땅 1,000평을 더 사서 창고 세 동을 새로 짓고, 고철과 놋그릇을 집중 수집했다. 고물장수 한 명을 채용해 일주일에 세 번(화·목·토 오전) 정기 수거하도록 했다.

어느덧 10년이 가까워졌다. 태원은 야간 공업고등학교를 졸업하고 라디오 수리점에 취업해 학원을 다니며 정비사 자격증을 땄다. 혜원과 지원은 진호가 틈틈이 가르쳐 공부하는 방법과 습관을 들였고 스스로 잘 따라 주었다.

이후 태원은 자동차 정비소에 다시 취업했고, 준호는 진호와 함께 고물 장사와 수집에 몰두했다.

그러던 어느 날, 국내에 고철이 모자라 고철값이 급등했다. 이어 곳곳에 고층 건물이 들어서고 서울이 넓어지면서 '구리 파동'이 일었다. 멀쩡한 전선을 노리는 도둑들까지 생겨 난동을 부리자, 결국 놋그릇까지 동원되었다.

고철과 놋그릇을 고가에 처분한 진호는 '돈은 땅에 묻어야 가지를 친다' 던 어머니의 말씀대로 수원 변두리에 2천 평과 5천 평의 땅을 샀다. 천수답을 끼고 야산을 사도 돈이 남았다.

한남동에 집들이 들어서고 대학까지 들어오자 땅값이 뛰었고, 사겠다는 사람들이 여기저기서 찾아왔다.

'땅에 묻은 돈이 어디 가랴.'

경제적 여유가 생긴 진호는 혜원과 지원의 진학에 힘을 쏟는 한편, 고물 장사도 꾸준히 이어 갔다.

그러던 어느 해, 한강 건너 신도시 개발이 진행되면서 오물 수거 밭에 있던 창고까지 개발 구역에 들었다. 땅값은 어마어마하게 올랐다. 보상으로

300평 대지에 7층 상가건물을 물려받고, 남은 땅도 팔았다.

　혜원은 명문 여대 심리학과에 다니며 영어를 부전공했고, 끝내 유학길에 올랐다. 지원은 명문 의대를 졸업해 대학에 근무하게 되었다. 세상은 급격히 바뀌었고, 자동차의 물결이 거세졌다.

　진호는 태원에게 수원 2천 평 대지에 자동차 정비업소를 차려 주고, 옆에는 타이어 매장도 냈다. 고생을 함께한 준호에게는 중고차 판매장을 맡겼다.

　그즈음 일산 신도시 개발로 창고 가까이에 아파트가 들어서면서, 그는 땅을 고가에 처분하고 일산 아파트 상가 50평과 아파트 2채를 분양받았다. 남은 돈으로는 서울 강남의 아파트 3채를 샀다.

　진호는 한남동 고물상을 정리하고 현대식 전원주택을 2층으로 지었다. 갑자기 넉넉해진 살림에 먼저 자식들 안정을 도모하고자 준호의 혼사를 서둘렀다. 학벌은 없더라도 가정교육이 반듯하고 심신이 건강한 지혜로운 여성을 찾고자 진호가 직접 면담하여 며느릿감을 골라 혼사를 치렀다.

　처음에는 학력이 높은 여성을 다소 꺼려 했으나 결국 명문대 경영학과 출신으로 성실히 살아온 집안의 아가씨를 중매했고, 여자 측에서도 더욱 적극적으로 혼사를 서둘렀다.

　며느릿감을 보러 간 자리에는 진호와 태원이 함께했다. 진호는 아가씨의 일거수일투족을 살펴 성실한 사람이라 여겨 혼사를 허락했다. 가정 형편이 나아지자 혜원과 지원은 외국에서 박사학위를 받고 귀국했다. 혜원은 모교에서 교수로, 지원도 모교 대학병원에 근무하며 대학교수가 되었다.

　수입에 여유가 생기자, 진호는 아내와 함께 고향을 찾았다. 아이스박스에 고기와 밑반찬을 담아 부모님 산소로 향했다. 산길은 사라지다시피 했고, 산소도 관리가 되지 않아 잡초가 무성했다.

향나무는 진호의 가슴께까지 자라 있었다. 진호의 가슴에 울컥 눈물이 고였다. 곁에 있던 아내가 수건으로 눈물을 닦아주며 손을 잡았다.

"세월이 많이 흘렀지요."

진호가 태어난 집 대문 앞에 들어서자, 개가 "멍멍!" 짖어댔다. 잠시 뒤 어린 남자애 둘이 뛰어나와 외쳤다.

"할아버지, 손님이에요!"

"뭐? 손님?"

큰형이 뛰어나와 의아한 눈으로 진호 부부를 바라보았다.

"큰형! 저, 진호예요. 진호."

"뭐? 진호? 이게 어찌 된 일이냐…."

큰형은 진호를 덥석 끌어안았다. 꿈인지 생시인지, 눈물을 글썽이며 그를 안으로 이끌었다.

"어머니, 진호가 왔어요. 진호가…."

머리가 백발이 되고 귀와 눈이 어두워 몸져누워 있던 큰어머니가 진호의 손을 꼭 잡고 눈물을 흘렸다. 진호 부부가 절을 하려 하자, 손을 저으며 말했다.

"내 몸이 아프니 절은 그만두고, 이야기나 하렴."

그동안의 사정을 대강 나누었다. 큰형네는 삼남매를 두었고, 큰아들은 벌써 장가를 들어 아이 셋을 두고 살았다. 농토는 하나둘 팔려 나가 선산까지 남의 손에 넘어갔고, 이제는 조금 남은 농사와 아들이 트럭을 몰며 이쪽저쪽 장사를 한다고 했다.

그때 점심상이 나왔다. 몇십 년 만에 맡아 보는 칼국수 냄새였다. 진호가 웃으며 말했다.

"형수님, 더 주세요."

형수가 웃었다.

"맛있는 칼국수 솜씨는 소문났지. 작은어머니 생전에 배운 손맛이란다."

식사를 마치고 집안 이야기를 더 들었다. 진호는 가져온 고기와 과일을 내려놓고, 큰어머니 손에 봉투를 살짝 쥐어드렸다.

"큰어머니, 다시 들를게요. 꼭 건강하세요."

그 길로 외가댁을 찾아갔다. 외할아버지는 작년에 돌아가셨고, 외삼촌은 정년퇴임 후 외할머니를 모시고 살고 있었다. 진호는 외할머니와 외삼촌을 얼싸안고 한참을 울었다. 외할아버지 산소에 성묘를 다녀온 뒤, 진호 부부는 외할머니 곁에서 하룻밤을 보냈다.

가져간 밑반찬과 고기를 구워 먹으며 다섯 식구가 환담을 나누었다.

다음 날 아침, 고기와 과일을 외할머니께 드리고, 봉투 두 개를 꺼내 외할머니와 외삼촌의 손에 쥐어 드렸다.

"할머니, 얼마 후에 다시 들를게요. 제 생각하시면서 건강하세요."

외할머니는 눈물을 흘리며 기쁨의 손짓을 하셨다.

아침 일찍 심 대감댁을 찾았다. 형님 내외만 집에 있었고, 아이들은 서울에서 직장에 다닌다고 했다.

"형님! 아주머니!"

"듣던 목소리네. 진호 목소리 같은데…."

형님이 뛰쳐나오자 형수도 반색하며 마중을 나왔다. 심 대감은 진호를 끌어안았다.

"그동안 얼마나 고생이 심했니?"

"고생은요. 젊어 고생은 돈 주고 사서도 한다고 하잖아요. 보람으로 지냈습니다. 모두 형님 내외의 음덕이지요. 절 받으세요."

넷은 서로 맞절을 하고 자리에 앉았다. 한참 이야기를 나눈 뒤, 형수가 끓인 된장찌개에 열무김치를 얹어 밥을 비벼 배부르게 먹었다.

"형님, 다시 찾아올게요. 의논드릴 일도 있어요."

"그래, 바쁜 와중에 찾아와 내 마음을 기쁘게 해 주었구나. 어쩐지 아침에 까치가…."

진호는 가져온 반찬과 고기, 과일을 내려놓고 봉투를 건넸다.

"많지는 않지만 제 마음입니다. 거절하지 마세요."

뿌리치는 손을 꼭 잡고 덧붙였다.

"우리 태원이 엄마 산소에 들렀다 올라가 조만간 다시 오겠습니다."

그렇게 웃음과 눈물로 작별인사를 나누었다.

아직 해가 남아 고찰 신륵사를 한 바퀴 둘러보고 내려오는데 맞은편에서 누가 외쳤다.

"야, 진호야!"

고등학교 3학년 때 반장이던 광남이었다. 두 사람은 뜨거운 악수와 포옹을 나누고, 지난 이야기와 동창 소식을 주고받았다. 그러다 진호가 궁금해하던 담임선생님 소식을 들었다. 선생님은 정년 후 전원생활을 하시러 읍내 가까운 시골에 집을 마련해 살고 계시다는 것이다.

광남을 앞세워 읍내에서 과일과 고기를 사고, 봉투를 마련해 선생님 댁을 찾았다. 사모님이 문을 열고 말했다.

"친구분과 신륵사 바람 쐬러 가셨어요. 지금쯤 도착하셨을 거예요."

그 길로 다시 신륵사로 달려갔다. 마당에는 선생님이 친구분과 나란히 서 계셨다.

진호는 달려갔다.

"선생님! 저 진호예요, 진호!"

"뭐? 진호?"

선생님이 큰 눈을 더 크게 뜨더니, 진호를 덥석 끌어안았다. 고3 때 억세게 안아 주시던 그 팔로, 이번에도 있는 힘을 다해 그를 붙들고 어쩔 줄 몰라 하셨다. 벌써 일흔다섯쯤 되어 보였다.

진호는 선생님과 친구분을 모시고, 맛집으로 소문난 갈빗집으로 갔다. 다섯이 함께 자리를 잡았다.

학교 시절 이야기와 지난 세월의 사연으로 꽃을 피운 뒤 선생님 댁으로 돌아왔다. 선생님 내외 앞에서 진호 부부와 광남, 셋이 큰절을 올렸다.

집 안팎을 한 바퀴 둘러보고 "다음에 다시 들르겠다" 약속을 드린 후 고기와 과일을 전하고 봉투도 정성껏 건넸다. 선생님은 손사래를 치며 사양했다.

"선생님의 사랑이 아니었다면 제가 지금 이 자리에 설 수 없었습니다. 제 마음속에 깊이 자리한 선생님의 사랑, 지혜와 용기를 심어주신 그 큰 사랑, 평생 간직하고 있습니다. 해마다 한 번씩 꼭 찾아뵙겠습니다."

인사를 마치고 진호는 광남의 주소와 연락처를 받고 헤어졌다. 광남은 초·중·고 동창회장을 맡아 사업을 추진하느라 바쁘다고 했다. 보고 싶던 이들을 만나고 나니 진호의 마음은 날아갈 듯 기쁘고 흐뭇했다.

어머니의 제삿날은 9월 18일이었다. 삼년상이 되던 해, 아버지가 작고하셔서 아버지 제삿날은 9월 17일이 되었다. 사람들은 두 분이 천생연분이라 말했다.

태원 엄마의 제삿날은 5월 18일이다. 엄마 얼굴조차 기억 못 하는 어린 아들을 두고 떠나던 날을 떠올리면 진호는 눈앞이 캄캄해졌다. 눈을 편히 감지 못하던 아내를 생각하면 가슴이 저렸다.

마침 날이 밝아 심 대감의 도움으로 아내를 이장하고 눈물로 발길을 돌렸다. 그는 부모님과 아내의 제삿날을 한 번도 잊은 적이 없었다.

매해 제삿날이면 오전 11시에 촛불을 켜고 냉수 한 그릇을 떠놓고, 지방을 써 붙인 뒤 재배하며, 아픈 이별의 슬픔 속에서도 극락왕생을 빌며 기도했다. 혜원 엄마를 만난 뒤로는 장인 제사도 잊지 않았다.

집으로 돌아온 진호는 이제부터 시작할 일들을 차분히 계획하기로 했다. 그는 부모님을 기쁘게 해드리겠다는 마음으로 선산을 다시 사서 넓혔다. 선산은 2만 평, 산은 4만 평이 되었다.

초등학교 5학년 때, 아버지를 따라 선산을 돌며 조상님들 산소를 가르쳐 주시던 날이었다.

"아버지, 산이 크네요."

"골짜기를 경계로 이쪽은 우리 산이고, 저쪽은 민 대감댁 산이란다. 그 산도 우리 산만 할 거야."

어린 진호의 눈에, 민 대감댁 산은 높고 바위가 여러 개 솟아 있어 동화 속 풍경 같았다. 계곡 바위틈에서 졸졸 흐르는 샘물은 마치 동화 속 토끼가 물 마시러 올 듯 아름다워 보였다.

'저 산을 사서 샘물을 약수터로 만들면 좋겠다'는 욕심 아닌 욕심도 품어 보았다.

세월이 흘러 4만 평의 산을 둘러보며 진호는 '이 사실을 아버지가 아셨다면 얼마나 기뻐하실까' 하고 아쉬움과 뿌듯함을 함께 느꼈다.

이듬해 윤달을 맞아 산소 정리를 외삼촌과 상의했고, 진호는 아끼던 순호 누나의 매형을 불렀다.

진호는 어릴 적 기억을 더듬어 누나네 집을 찾아갔다. 대문 안으로 들어서며 외쳤다.

"매형님, 어디 계세요?"

누나가 뛰어나왔다.

"누구세요?"

"누나, 나야. 진호…."

"뭐? 내 동생 진호?"

"응, 맞아. 누나."

순호 누나는 달려와 진호의 가슴에 얼굴을 묻었다.

"진호가…? 진호야! 지금까지 생사도 모르고 기다리던 네가…."

방 안으로 들어가 한참이나 옛이야기를 나누는데, 매형이 들어왔다. 놀람과 반가움 속에 서로 끌어안고 좀처럼 떨어질 줄 몰랐다. 누나가 차려 준 점심을 맛있게 먹은 진호가 웃으며 말했다.

"누나, 요리 솜씨 참 좋으시네요."

작별인사를 하고 준비해 온 선물을 차에서 내려놓은 뒤, 매형을 모시고 외삼촌댁으로 갔다. 외삼촌까지 함께 모시고는 진호의 생가로 향했다.

"형수님, 칼국수 먹으러 왔어요?"

집에 들어가 큰형을 불러 세 사람을 마주 앉힌 뒤 진호가 말을 꺼냈다.

"의논드릴 일이 있어요. 도회 생활을 한 번 해 보시면 어떨까요. 내년부터는 부동산 중개인 제도가 바뀌어 자격증 따기가 어려워질 것 같아요. 그런데 올 12월에 마지막으로 비교적 수월한 자격시험이 있습니다. 이번이 기회인 것 같아, 세 분이 '죽기 살기'로 준비하시면 될 듯해서 책을 사 왔습니다."

그는 부동산 중개인 자격시험 문제집 세 권을 꺼내 놓았다.

"앞으로 석 달이 남았습니다. 열심히만 하시면 해낼 수 있어요. 한 번 해 보세요."

모두를 집에 바래다 드린 뒤, 진호는 서울로 돌아왔다. 돌아오자마자 준호를 불렀다.

"준호야, 이제 고향 부모님을 찾아뵈러 가자."

준호의 가슴은 터질 듯 기뻤다.

다음 날, 진호는 선물을 챙겨 준호의 고향으로 달렸다.

"준호야, 쌀자루 갖고 오던 일… 생각나니?"

"형! 옛날 얘기 안 하기로 하셨잖아요."

준호는 진호의 팔에 얼굴을 묻고 응석을 부렸다.

"그래, 내 동생 준호가 영리하고, 심지도 깊고, 인내심도 있어 잘 참았지. 자랑스럽다. 힘들었지?"

"아뇨. 재미있었고, 나날이 행복했어요."

"젊어 고생은 사서도 한다더니, 성인들 말씀 그대로구나."

오랜만의 둘만의 시간은 짧았다.

"이쪽이에요."

동네 한가운데, 대문도 담도 없는 집 앞에 섰다. 준호는 차에서 뛰어내리자마자 집 안으로 달려갔다.

"엄마! 엄마!"

"누구냐?"

방문을 열고 나온 준호의 어머니 뒤이어, 아버지가 신발도 못 신은 채 마당으로 달려 나왔다.

"엄마! 준호야, 준호!"

"뭐? 준호라니…."

어머니는 넋을 놓은 듯 서 있었다. 준호와 진호가 어머니를 부축해 방으로 모셨다.

"죽은 줄 알았던 준호가 온 거야?"

어머니는 준호를 끌어안고 엉엉 울었다. 준호가 말했다.

"엄마, 아버지…. 저를 키워 주시고 가르쳐 주신 형님이에요."

둘은 부모님께 큰절을 올렸다. 부모님은 진호의 손을 꼭 잡았다.

"우리가 못한 일을 이렇게…."

고맙고도 반가워 어찌할 바를 몰라 하셨다. 지난 이야기를 대강 나눈 뒤, 진호가 말을 꺼냈다.

"저는 여기서 조금 떨어진 샛별마을 박씨댁 막내아들 박진호입니다. 아저씨, 족보가 있으실까요?"

"그럼, 있지요. 굶어도 양반이라 족보는 갖고 있다오. '양반은 조상 덕, 상놈은 나이 덕'이라 했지요."

족보를 펼쳐 확인해 보니, 진호는 큰고조댁, 준호는 작은고조댁의 후손으로 두 집안은 10촌간이었다. 다만 두 고조할아버지의 살림은 달랐다. 진호의 고조는 장손으로 재산을 이어받아 공부해 큰 벼슬을 했고, 준호의 작은고조는 재산도 배움도 없어 후손들이 가난을 면치 못했다. 같은 후손이면서도 살림 사정 탓에 서로 오가지 못한 채 지내 온 것이다.

진호는 준호의 아버지께 다시 한번 절을 올렸다.

"제게 9촌 되시는 아저씨이십니다."

인사를 나누고는 덧붙였다.

"이제 준호가 자주 찾아뵐 겁니다. 기운 내시고 건강하세요."

그는 선물과 봉투를 준호 어머니 손에 조심스레 쥐어 드리고 자리를 나왔다.

이튿날, 진호는 준호 · 태원 부부를 불러 앉혔다.

"바쁘다 보니 너희들 신혼여행도 못 다녀왔구나. 아기 낳기 전에 넷이서 11박 12일 코스로 유럽을 다녀오너라. 며느리 영란이가 세상일에 훤하니, 앞장서서 코스 예약하고 안내해서 알차게 다녀오거라."

꿈에도 생각 못 한 제안에 아이들 넷은 서로 놀란 얼굴로 마주 보다가 벌떡 일어나 외쳤다.

"아버님, 감사합니다."

정월 대보름을 쉰 뒤, 진호는 서울과 읍내의 나무시장을 돌고 과수농장을 찾아다니며 산의 조경을 의논했다. 샘물 바닥에는 깨끗한 조약돌을 깔고, 벽은 바윗돌로 둘러 약수터로 만들었다. 약수터에서 내려오는 골짜기 물과 곳곳의 물줄기를 한데 모아 산 아래로 수로를 냈다.

산소를 한 바퀴 돌 수 있도록, 입구는 길가에서부터 아스팔트를 깔고 200평 규모의 주차장을 마련했다. 산소로 오르는 길에는 흰 조약돌을 깔았다.

약수터 맞은편 높은 자리는 자연 그대로의 느낌을 살려 조경했다. 소나무, 아카시아, 단풍나무, 벚나무, 뽕나무 등을 심어 철 따라 꽃과 색이 조화를 이루게 했다. 무공해의 청정지역으로 두고, 밤나무와 감나무 150주를 들였다. 골짜기 이쪽에는 사과, 매실, 복숭아, 은행, 살구, 호두, 대추 등 계절마다 바뀌는 과수를 식재했다. 과수농장 관리사와 정원사를 대동해 조성했고, 산등성 경계에는 적송과 잣나무를 드문드문 심었다.

산소 뒤에는 팔각정 둘레로 담을 두르고, 안쪽에는 개나리·진달래·영산홍을 심었다. 팔각정 뒤에는 넝쿨장미를 올려 봄부터 가을까지 산소가 꽃과 향기에 잠기도록 했다. 산소 아래 300평은 밭으로 가꾸고, 그 안쪽 300평을 다져 집과 창고를 지었다. 마당 끝에는 10평 남짓한 정자를 튼튼하고 예쁘게 단장했다.

윤4월이 되자 진호는 어머니와 태원엄마, 외할아버지, 장인어른을 이장했다. 아버지 산소 옆에 어머니를 모시고 성묘를 드린 뒤 어머니 발끝에 태원엄마의 묏자리를, 어머니 곁에는 외할아버지 내외의 묏자리를 마련했다. 조금 떨어진 곳에는 장인·장모의 묏자리를 잡았다.

첫날에는 진호 어머니와 외할아버지 산소를 이장했고, 다음 날에는 서울 망우리 공동묘지에 모셨던 장인을 옮겼다. 미리 준비해 둔 묘석을 세우고 산소 정리를 마쳤다. 무엇보다 곁에 있던 아내와 장모님이 더없이 기뻐했다. 장모님은 날 가는 줄 모르고 아이들을 키우고 사위를 돕는 일이라면 물불을 가리지 않으셨다.

   한남동 집으로 이사하며 외할머니를 모셔왔다. 아래층에는 진호 부부와 장모, 외할머니가 살고, 2층은 태원과 지원이 쓰며 해외를 오갔다. 장모님은 외할머니를 친어머니처럼 모시며, 시어머니를 모시듯 정성을 다했다. 걱정하던 부동산 중개인 시험에는 세 분이 모두 합격했다.

   진호는 큰형에게 일산에 부동산 사무실과 자그마한 식당을 내주고, 아파트 한 채를 증여했다. 외삼촌에게는 종로상가 1층에 부동산 사무실을 마련해 드리고, 작은 아파트 한 채를 사 드렸다. 순호 누나의 매형에게는 수원 영통에 부동산 사무실을 내주고, 작은 아파트 한 채를 사 주었다.

   강남 아파트 세 채는 큰 평형으로 바꾸어 태원·준호·혜원에게 하나씩 나눠 주었다. 심 대감댁 정수와 승수가 살도록 일산에 아파트를 마련해 주고, 강남에는 사무실 두 곳을 내주었다. 세무사·법무사 자격을 갖추고 경험을 쌓은 정수와 승수는 그 사무실에서 진호의 재산관리를 돕게 했다.

   세무·법무·경영학을 배운 며느리 영란은 틈틈이 공부하며 재산관리를 맡았다. 준호의 아내도 야무지게 복지 공부를 해 사회복지사 자격증을 취득했다.

   태원이 경영하는 자동차 정비공장 옆에 타이어 판매소를 내어 처남 홍진종에게 맡겼다. 준호의 중고차 판매장 입구에는 2층 현대식 집을 지어 준호의 큰형과 부모님이 살도록 했고, 수위 업무를 겸하도록 했다.

   진호가 마음에 안정을 찾자, 생가를 기둥과 지붕만 남기고 현대식으로 개조해 사랑채까지 재건축했다. 둘째 형이 그 집에 살며 고향을 지키고, 산소 주변 조성과 관리를 맡도록 했다.

   산에 과일나무가 어느 정도 자라자, 2층집에는 준호의 둘째 형이 들어와 살며 과수원과 산소 관리를 맡았다. 일손이 부족할 때는 일꾼을 사서 쓰고,

때때로 정원사를 불러 나무 손질을 했다. 밤나무가 자라자 준호의 둘째 형 광호는 밤나무 아래에 벌통을 몇 개 들여놓았고, 꿀이 늘어나자 꿀통도 더 들였다.

밤·감·사과 등 과일을 따기 시작하자, 진호는 해마다 몇 차례씩 가족 모임과 동창 모임을 열었다. 정자에 앉아 환담을 나누고, 파라솔 다섯 개 아래 불판을 놓아 고기를 굽고 준비한 반찬과 밥을 나누어 먹었다.

이런 풍경은 어디서도 보기 어려웠다. 산 경계를 따라 돌을 깔아놓은 산책로도 인기가 많았고, 모일 때마다 약수터 물을 물통에 받아갔다.

진호의 부모님과 태원엄마의 제삿날이면 준호네 형제들도 빠짐없이 모였다. 제사·명절·야유회 날이면 가족잔치가 벌어졌고, 9월 28일 선생님 생신에는 반(班) 동창 정기모임을 가졌다.

동창회 간부나 가까운 초·중학교 동창 모임도 여기서 열다 보니, 산소 앞 주차장이 비좁을 때가 많았고, 연중 내내 시끌시끌했다. 가을 모임에는 과수원 과일을 한 상자씩 골고루 담아 선물했고, 연중 제사에는 양질의 개량종 과일로 제수를 마련해 지냈다. 가족들은 늘 풍성함 속에서 나날을 보냈다.

그럴 때마다 진호는 누구 모르게 눈물을 훔치곤 했다. 어머니·아버지·태원엄마와 함께하지 못한 아쉬움이 가슴을 저렸다. 늘 곁에 계시진 않지만 하늘나라에서 지켜보며 '힘내라, 고진감래다' 하시던 음성이 들려오는 듯했다. 그는 하늘을 올려다보며 마음속으로 말했다.

'어머니, 아버지, 진호가 많이 컸습니다. 감사합니다.'

진호는 두 형님의 조카들에게 트럭 한 대, 집 한 채, 작은 승용차 한 대씩을 사 주었다. 조카들은 여주 특산품을 새벽마다 서울·일산·수원의 단골상회에 직거래로 납품하며 지냈다. 형제들의 살림이 안정되자 진호는 아내와 가끔 고향을 찾아 바람을 쐬었다.

선생님 댁에 편의시설을 해 드리려고 찾아뵈었다. 내부 구조를 손봐 입식 부엌과 수세식 화장실을 들이고, 전반을 현대식으로 개조해 드리니 진호의 마음도 흐뭇했다. 동창회장 광남을 만나 점심을 함께하며 동창 소식을 듣고, 보고 싶은 친구들 소식도 챙겼다.

동창회에 나가 보니 모두가 예전보다 삶의 여유가 생긴 듯했다. 광남이 "요즘 동창회 기금 모금중"이라며 사업 이야기를 전하자, 진호는 무기명으로 초·중·고에 피아노 한 대씩을 기증하고, 운동장 정지작업과 쉼터 놀이·운동기구 정비까지 지원했다. 장날 읍내를 구경하다가 곁에 서 있던 원기웅을 발견하고 말을 걸었다.

"야, 기웅이 아니냐?"

"누구시더라…?"

"나 진호야, 진호."

"아, 초등학교 5학년 때 네 누나 시집갔지? 그때 네가 날 데리고 가서 맛있는 것 많이 먹였고, 네 어머니가 한 보따리 싸 주신 거…, 난 평생 잊지 못했다."

"그래, 기웅아. 요즘은 어떻게 지내니?"

진호는 기웅을 차에 태우고 생선과 고기, 과일을 몇 가지 사서 그의 집으로 갔다. 집은 예전 그대로였고, 두 아들은 군 복무를 마쳤다고 했다. 가난 때문에 중학교에 진학하지 못했던 기웅은 여전히 진호를 따르고 좋아했다.

"시골에서 뭐 변한 게 있겠어. 농사 조금 짓다 보면 그날이 그날이지…."

기웅은 두 아들을 데려와 인사시켰다. 둘 다 착하고 성실해 보였다.

"기웅아, 너를 닮아 아들들이 건강하고 착하구나. 얘들아, 서울 가서 살아 볼 생각은 없니?"

희망을 찾기 어려웠던 아들들과 기웅의 눈빛이 번쩍였다.

"애들이 서울 가서 뭘 하겠어?"

"힘들어도 해 보겠니?"

"네!"

"그럼 옷과 소지품을 챙겨, 함께 가자."

두 아들은 들뜬 마음으로 따라나섰다.

"기웅아, 걱정 마. 고생 없이 어찌 낙이 오겠니. 몇 년만 참아 보자."

"그래, 고맙다."

둘은 손을 굳게 잡고 헤어졌다.

진호는 기웅의 두 아들을 태원에게 데려다주며 말했다.

"아버지 친구 아들들이니 맡아 함께 일하고, 학원에 보내 정비사 자격증을 따게 해 주려무나."

태원은 정비사들을 불러 각각 책임을 맡겨 일과 교육을 병행하게 하고, 야간 학원에 등록시켰다. 1년 만에 두 형제는 정비사 자격을 취득했고, 태원은 그들을 다른 정비소에 취업까지 알선해 주었다.

의욕이 강한 두 아들은 손재주와 이해가 빨라 정비소에서 3년 동안 돈을 모았고, 마침내 형제가 함께 작은 정비소를 차렸다. 진호가 설비를 지원해 개업했고, 기웅이도 개업식에 참석했다.

진호는 가끔 시골에 내려가 기웅과 함께 식사하고, 초등학교 운동장을 거닐며 함께하던 기억을 되살렸다. 교문 앞에서, 눈·비 오던 날 우산을 들고 기다리시던 아버지 모습이 번쩍번쩍 떠올랐다.

'그래, 아버지가 서 계시던 자리가 바로 저기였지…'

그는 교문 앞 공터 한켠 200평을 사서 간이음식점과 정자를 지었다. 아침·저녁에는 손자·손녀의 손을 잡고 등하교하는 할아버지·할머니가 눈비를 피해 쉴 수 있도록 쉼터를 마련하고, 대화와 친목의 자리로 쓰게 했다.

점심에는 어르신들께 따뜻한 국수·라면을, 하교 시간에는 어린 후배들에게 어묵·떡볶이를 한 컵씩 무료로 대접하고, 다른 시간에는 유료로 운영했다. 동창회가 운영을 맡았고, 졸업생들이 너도나도 지원금을 보탰다.

눈비 오는 날 출입구에 줄을 서서 손을 호호 불며 신발을 벗고 우산을 털던 기억이 떠올라, 진호는 건물 출입구와 화장실 출입구까지 마루 발판을 놓게 했다. 교실 앞에도 발판을 깔아 신발을 벗고 우산을 털고 들어가기가 한결 수월해졌다.

넓은 운동장 변두리에는 나무를 두 줄로 심고, 그 사잇길에는 아스팔트를 깔아 보행을 안전하게 했다. 학교도 단장이 된 듯 기뻐했다. 진호는 광남에게는 자신의 무기명 기부 사실을 밝히지 말아 달라 당부하고, 동창회 기금도 내어 우수 졸업생과 극빈 가정 학생들의 학비를 보조하도록 했다.

어느 날 점심 무렵, 진호는 진관사에서 법안스님을 찾아뵈려고 버스에서 내려 산길을 걸었다. 앞서가는 한 할머니가 손자·손녀의 손을 잡고, 배낭 가득 무언가를 담은 채 무거운 발걸음으로 산을 향해 가고 있었다. 산속에 집도 없는 길이라 의아해 뒤따라가는데, 할머니가 말했다.

"여기는 길이 아니에요. 저쪽으로 가세요."

"할머니는 어디로 가세요? 집도 없는 산속에…"

잠시 뒤, 굴 같은 움막 앞에 이르렀다. 할머니가 가방을 내려놓으며 말했다.

"여기가 우리가 사는 곳이에요."

불도 물도 없는 산속에서 어린 손주 둘과 함께 홀로 사는 사연이 믿기지 않았다.

"어쩌다 여기까지…, 왜 이곳에서 사세요?"

"아들이 빚을 내 식당을 차렸다가 불이 나 집도 돈도 다 잃었지요. 며느리는 도망가고, 갈 곳이 없어 하는 수 없이 이 움막을 짓고 넷이 살았는데…, 아들이 병이 나 세상을 떴어요. 그 뒤로 셋이 지냅니다. 시장에 나가 남은 음식이나 재고·불량품을 얻어다 먹고요. 오가던 등산객들이 돈을 주면 그걸로 쓰고…."

이야기를 들은 진호의 가슴이 먹먹해졌다.

그 무렵 진호는 법안스님을 여러 차례 찾아뵈었다. 살림에 여유가 생기자 승용차를 한 대 올리며 말씀드렸다.

"스님, 기름값은 걱정하지 마세요."

스님은 장거리 법회나 행차 때에만 차를 타고, 근처 시내는 늘 걸어 다녔다.

"내 일생 고생을 선택했는데, 어찌 호사만을 바라겠습니까."

그 차는 신도들의 편의와 행사 때의 기동력을 위해 쓰였다. 주차장과 차고도 마련해 드렸고, 차는 언제나 차고에서 잠을 잤다. 법안스님은 언제나 신도들을 위해 무엇을 할지 생각하며, 매일 부처님 앞에 앉아 정진했다.

아무것도 모른 채 부처님 앞에 합장해 수없이 정성을 다해 소원을 비는 신도들을 위해, 스님은 어려운 불법을 쉽게 풀어 신도들이 부처님의 가르침을 알고 편안히 마음공부를 할 수 있도록 법요집을 집필했다.

'내 법명이 법안이니, 어려운 불법을 편안한 불법으로 돌려 신도들을 돕자.'

스님은 말했다. 부처님은 법당 안의 부처님 한 분만이 아니다. 천상천하 곳곳이 부처님의 자리다. 부처님의 마음은 우리 중생의 마음이고, 부처님의 몸은 우리의 몸이며, 부처님의 법은 곧 우리 중생의 법이자 생활이다. 부처님의 자비와 사랑은 우리 마음의 자비와 사랑과 다르지 않다. 선행도 악행도 다 내 마음에서 비롯되니, 내 마음을 닦아 이 세상을 불국토로 만들 오빠와 재상봉어 보라고 했다.

그 가르침은 신도들의 심금을 울렸고, 너나없이 법회에 참석하려 했다.

진호도 스님이 준 염주를 손에 들고 법당에서 기도했다. 마음이 한결 편안하고 넓어졌다. 스님의 말씀 하나하나를 되새기다 보니 산속 움막의 할머니 얼굴이 떠올랐다.

'개처럼 벌어 정승처럼 써라', '네 것 내 것에 집착하지 말고, 돈은 돌고 도는 법, 함께 살고 함께 먹고 함께 사는 법'이라는 말을 마음에 새기며 집으로 돌아왔다.

진호는 준호와 세 남매를 불러 말했다.

"남을 돕는 일을 한 번 해 보고 싶구나. 무료 양로원과 고아원을 지어볼까 한다."

모두가 찬성했고, 힘을 보태기로 했다.

고양시 신도시 개발에서 제외된 산속, 교통이 불편하고 집들이 허물어져 가는 구역에서 집 몇 채와 공터 1,000평을 저렴하게 사들였다. 시가지 변두리 길가에서 500m쯤 떨어진 그 땅에 고아원과 양로원을 지었다.

현대식 건물에 잣나무·은행나무를 심고, 마당 한가운데 느티나무를 세웠다. 등나무 그늘 쉼터, 운동·놀이 시설을 마련해 작은 고아원과 양로원이 알차게 꾸며졌다.

5층 본관에는 '향나무 집'이라는 간판을 내걸었다.

고아원 운영은 원칙을 세웠다. 혜원의 제자 가운데 관련 전공 졸업생을 채용해 사립 유치원 수준의 양질 교육 환경을 갖추고, 원생들은 시내 초·중·고등학교에 다니게 했다. 대학 진학까지 지원하고, 취업알선까지 이어 가는 것을 목표로 삼았다. 고아원생은 시청·구청 추천을 받아 면접을 거쳐 선발했다.

양로원도 20명을 정원으로 정해, 고아원과 같은 절차로 면접·선발했다. 소문이 나자 '유료 양로원도 지어 달라'는 요청이 이어졌고, 몇 년 뒤 유료 양로원을 추가로 지어 다시 20여 명을 모셨다.

고아원과 양로원의 공사를 마치고 개원하던 날, 진호는 진관사 산속의 움막집을 찾아갔다.

할머니와 세 식구를 데려왔다. 손자 주현, 손녀 주영은 남녀 구분에 맞춰 방을 배정하고 보육 선생님의 지시에 따라 생활 습관 일정을 따르기 시작했다.

금분 할머니는 눈물을 글썽이며 진호에게 감사 인사를 전하고, "아직 젊고 일할 수 있으니 주현이와 주영이를 키우는 기쁨으로 식당에서 일하겠다"고 했다.

진호는 혜원에게 사정을 알리고 배려를 부탁했고, 금분 할머니는 평일에 조리사들을 따라 식당보조를 맡겼다. 금분 할머니가 일하는 모습을 본 건강한 어르신들은 어린이 방 청소·빨래·손질을 도왔고, 남자 어르신들은 마당의 잡초를 뽑고 채소를 가꾸었다.

유료 양로원에는 남녀 노인 20명이 고가의 비용을 내고 입소했다. 무료 양로원 어르신들은 기가 죽어 있었고, 유료 양로원 어르신들은 어깨에 힘이 들어간 모습이었다.

식사 시간은 남자 어르신 먼저, 이어 여자 어르신이 하도록 시차를 두어 운영했다. 두 팀의 테이블을 달리하고, 식판에 음식을 담아 받아가 먹게 했는데, 서로의 식판을 보고 모두 놀랐다.

유료 어르신들은 '우리 쪽이 더 나을 것'이라 생각했고, 무료 어르신들은 '혹시 잘못된 게 아닌가' 걱정했지만, 식판은 똑같았다. 유료 측은 조금

언짢았고, 무료 측은 감사한 마음으로 남김없이 알뜰히 먹었다.

식사 후 직원이 모두를 모아 알렸다.

"식사는 영양사가 균형을 고려해 최선의 양질로 제공하고 있습니다. 유료 어르신들은 자녀분들이, 무료 어르신들은 저희 '향나무 재단'이 비용을 충당하여 똑같이 준비합니다. 잘 드시고 건강을 챙기세요. 직업에 귀천이 없듯, 사람은 귀하고 천한 구분이 없습니다. 여기서 일하는 선생님들도 저도 같은 식사를 합니다."

"아~."

서로 말도 섞지 않던 두 팀은 그때부터 대화를 시작해 점차 가까워졌다. 좌담회에서 자기소개가 이어지자, 젊어 고생하며 살아온 분들이 유료 쪽에도 있었고, 젊어서 호강만 하며 일하지 못한 사연을 지닌 분들도 무료 쪽에 있음을 알게 되었다.

모두가 이를 교훈으로 삼아 '이제부터라도 좋은 생각, 좋은 일을 하자'고 다짐했고, 힘든 일은 서로 나서서 맡고, 무료 어르신들의 건강도 함께 살피고 위로했다.

바쁜 와중에도 진호는 무료 어르신 좌담회에 참석했다. 그때 한 노인이 스스로 일본 사람이라고 밝히며 이야기를 꺼냈다.

일본이 우리나라를 지배하다 패망해 철수하게 되자, 대부분의 일본인은 일본으로 돌아갔다. 우리 국민을 착취해 재산을 쌓은 일부는 미련을 버리지 못해 눌러살았고, 그중 한 젊은이는 35년간 부모덕에 호의호식하며 조선 사람을 노예처럼 부리던 버릇을 고치지 못했다. 해방 이후 조선에서 더는 일본인 행세를 할 수 없게 되자, 분노한 민심에 몰매를 맞아 죽는 일도 벌어졌다.

일본어만 강요하던 그들은 정작 한국어를 한 마디도 못해, 은행 창구에

서 벙어리처럼 '이거 주세요' 같은 몇 마디를 흉내 내며 돈을 찾고 거스름
돈을 받아 나와서는 골목 아이들 말씨를 따라 한국어를 배워야 했다.

그 젊은이는 돈 많은 집 아들로 돼지처럼 먹고사는 데만 익숙한 채 말도
통하지 않아 심심해졌다. 그러다 길바닥에 떨어진 것을 줍는 사람을 보고
장난을 치고 싶어졌다.

그는 백 원짜리 돈뭉치 세 덩어리를 만들겠다며, 진짜 돈 만 원과 똑같은
크기의 신문지 두 뭉치를 만들어 금고에 넣었다. 그리고 다음 날, 새벽 어
둑한 시각, 땅을 두리번거리며 바쁘게 걷는 한 젊은이 앞에 신문지 뭉치 두
개를 휙 던졌다.

그 젊은이는 개가 고기를 보듯 달려가 두 뭉치를 움켜쥐고 구부정거리며
고마워하는 몸짓을 보였다. 그 모습이 우스워 그는 새벽 적막을 깨며 통쾌
하게 웃었다.

그런데 날이 새어 금고를 확인하니, 진짜 돈 한 뭉치가 사라져 버렸다.
신문지 대신 진짜 돈뭉치를 던져 버린 것이었다. 젊은이는 가슴이 벌렁거
리고, 그만 놀라 머리를 싸매고 울었다.

그 일 이후 재앙이 찾아왔다. 부모가 돌아가시고 돈은 점점 줄었으며, 집
안에 틀어박혀 살다 혼기가 지나 결혼도 엄두 내지 못했다.

배움도 재주도 없어 일할 길이 막히자, 아이들 따라다니며 배운 말로 간
신히 신분증을 만들고 주민등록증을 받아 살림을 잇긴 했지만, 끝내 독거
노인이 되어 판잣집에서 구걸로 연명했다. 동사무소의 신고로 구청을 거
쳐 여기까지 오게 되었다. 마치 타국에 버려진 고아처럼.

그 이야기를 듣던 진호의 심장이 덜컥 내려앉았다.

'그날의 돈뭉치 만 원…. 그 노인의 실수 덕분에 내가 살았구나.'

세상 인연이란 얼마나 무서운가. 진호는 그 일본인이 불쌍해, 잘해 드려
야겠다는 마음이 꿈틀거렸다.

"어르신, 정말 고생하셨네요. 이젠 마음 편히 어린 시절처럼 행복하게 지내세요."

일본인은 진호의 손을 잡고 말했다.

"고맙습니다."

며칠 뒤, 남자 어르신 방 좌담회에서였다. 둘러앉아 이야기를 나누다 끝날 무렵, 한 어르신이 진호에게 다가와 물었다.

"혹시… 젊은이?"

"누구신가요?"

"20년 전, 동화극장 앞 냇가길, 그리고 성동구청 마당…, 그때 내게 담배를 사 주신 젊은이 아니세요?"

"아…, 그 일을 기억하세요? 어르신의 효심이 감동이었어요. 저는 어려서 부모님을 여의어 해 드리고 싶어도 드릴 이가 없는 아픔이 있었지요. 그동안 어떻게 지내셨어요?"

"아들 둘을 간신히 가르쳤더니…, 착실히 취업했지요. 며느리도 착하고, 손주들까지 잘 큽니다. 늙은 나를 늘 보살필 수 없어 여기에 보냈지만, 주말이면 네 식구가 찾아옵니다."

"어르신의 효심에 복이 따랐네요. 집안이 잘 풀리고, 자손들도 효를 본받았으니 저희가 더 고맙습니다. 여기선 마음 편히 지내시고, 운동도 하시고, 건강만 챙기세요. 불편한 점은 언제든 말씀해 주세요. 저희는 어르신들을 부모님처럼 모시고, 아이들은 아들딸처럼 보살피려 합니다."

그 뒤로 무료 어르신들은 옛날의 행복했던 이야기를, 유료 어르신들은 젊은 날의 힘들었던 이야기를 풀어놓으며 서로의 삶을 이해했다. 모두 한 식구, 친구, 형 · 아우가 되어 재미있게 지냈다.

진호는 변화하는 시대에 맞춰, 건강하신 노인과 어린이들을 위해 일일 관광과 야유회, 유적지 답사, 자체 행사로 고아원 아이들과 함께하는 시간, 음악회·무용, '일일 할머니·할아버지 찾기', 체육대회, 선물 나누기 등을 기획해 활기와 보람을 더했다.

절에서 스님을 모셔와 재미있는 이야기로 마음공부도 했다. 밝게 자란 아이들은 초·중등학교에서 우수한 성적과 모범을 보였다. 금분 할머니의 손자·손녀도 대학에 진학해 명문대 장학금을 받았고, '향나무 집'의 소문은 서울시청과 청와대까지 퍼져 시장 표창과 대통령 표창을 받았다.

진호는 준호와 태원에게 모교 방문을 시켜 해마다 어려운 후배들을 위한 장학금을 기부하도록 했다.

준호가 아들을 낳자, 다음 해 태원도 아들을 낳아 두 집 모두 세 남매를 두게 되었고, 혜원은 대학교수인 남편을 만나 남매를 보았다. 지원도 모교 의대 교수가 되었고, 며느리는 내조에 전념하며 한남동 진호의 집 2층에서 살림을 하면서 요리학원에 다니는 등 취미활동을 이어갔다.

진호는 부러운 것 없이 외할머니와 장모님을 모시고 구경 다니고 맛집을 찾느라 바빴다. 아흔이 된 외할머니는 여전히 정정하셔서 '외출' 소리만 들려도 아기처럼 기뻐하셨다.

외할머니의 구순 잔치는 남산 아래 한일관에서 베풀었다. 친척과 식구들만 모여도 백 명은 되어 보였다. 외삼촌이 외할머니를 업고 입장하셨고, 외할머니는 색동저고리와 빨간 치마에 구슬 달린 배씨댕기를 쓰고 천진하게 좋아하셨다.

외삼촌은 홀 안을 한 바퀴 돌고, 가수의 노래와 무용수의 춤이 어우러져 방안은 축제 분위기에 휩싸였다.

진호는 어머니 모습을 떠올리며 치미는 눈물을 가까스로 눌렀다. 이어 꽃다발과 선물을 안겨 드렸고, 진호와 외삼촌은 축하객 전원에게 수건과 기념품을 나누고 갈비로 점심을 대접했다.

이듬해 10월엔 장모님의 팔순 잔치를 외할머니 때와 같이 열었다. 가족들은 두 잔치에 이어 '향나무 집' 버스를 타고 서해안 · 남해안 · 동해안 해변을 5일간 관광하며 처음 맛보는 해산물의 별미에 크게 기뻐했다.

미처 하지 못했던 여행도 챙겼다. 외삼촌 · 큰형 · 순호 누나 부부까지 여섯 명에게는 지중해 10박 11일 여행권을 준비해, 사회경험 많은 외삼촌이 모시고 다녀오도록 했다.

그 다음 겨울에는 준호의 형 부부와 진호의 둘째 형이 농한기를 이용해 일본을 다녀오게 했다.

가족들의 권유로 혜원은 진호 내외와 심 대감 내외를 위한 캐나다 여행권을 준비해 직접 모시고 다녀왔다. 난생처음 비행기를 탄 진호는 심 대감과 함께하니 더욱 감개무량했다. 혜원이 내외가 곳곳을 안내하고 별미를 맛보게 하며, 별세계 같은 풍광을 보여주었다.

로키산맥과 나이아가라 폭포의 절경을 보고 돌아오니, 자신의 존재가 한없이 미미하게 느껴지는 한편, 우주의 거대함 앞에서 마음은 오히려 더 넓어지는 듯했다.

진호의 눈에는 힘들고 불쌍한 사람들이 부쩍 많이 보였다.

'더 좋은 일을 해 보이겠다'는 천심이 연기처럼 모락모락 피어올랐다. 그는 진관사를 찾아 늘어나는 신도들의 편의를 위해, 매월 초하루와 보름 아침 9시에 서대문 전차 정거장 근처에 봉고 두 대를 배치해 운행했다. 또 스님이 집필한 책과 월간 회보를 만들어 신도들이 불법 공부를 편히 할 수 있도록 하고, 서로의 기쁜 소식도 전했다.

부처님오신날(사월초파일)에 드는 비용은 진호가 부담했고, 수건을 기념품으로 준비했다. 신도들이 합심하면서 친목이 두터워졌고, 행사가 끝나면 간단한 대회도 열어 상품을 나눴다.

　스님들이 폭넓은 불도를 닦으시도록 선방도 마련해 드렸다. 법안스님은 용기를 내어 책을 쓰고 설법을 이어가며, 틈나는 대로 이웃 동네를 순회해 축원을 했다. 진호 내외는 정정하신 스님을 모시고 인도를 다녀왔다.

　'불교의 발상지' 라 하는 그 땅에서 스님은 부처님의 발자취를 짚어 가르침을 설명하셨다. "백문이 불여일견" 이라 하시며, 진지하고 뜻깊은 여정이 되도록 이끌었다. 진호 내외도 부처님 앞에 더 가까이 가는 심정으로 눈여겨보고, 스님의 말씀에 경청했다.

　진관사로 돌아온 스님은 진호의 두 손을 꼭 잡으셨다.

　"소승이 도련님과 전생에 어떤 인연으로 이승에서 다시 만나, 부처님 가까이 갈 기회를 얻었는지…. 그 고마움, 무엇으로 다 표현하겠습니까. 관세음보살."

　스님은 흐뭇해 하셨고, 보름이 넘는 장기간의 여행도 꿋꿋이 잘 다녀오셨다.

　귀국 후에는 보고 들은 성지의 모습, 부처님의 발자취와 가르침을 회보에 연재했다. 갈수록 진호 내외는 진관사를 찾아 법안스님을 뵙고, 불전에 합장해 감사 기도드리는 기쁨이 커졌다.

　그러던 어느 날, 여든여덟이 되신 법안스님이 법당에서 아침 예불을 올리고 계셨다. 염불과 목탁 소리에 힘이 없어 이상히 여긴 스님들이 달려가 보니, 스님은 꿋꿋이 앉은 채 목탁을 든 손 그대로 좌탈입정하신 것이었다. 비보를 들고 달려간 진호가 보았을 때, 스님은 법당에 평온히 누워 계셨다.

　스님들의 염불과 신도들의 흐느낌 속에 모두가 법안스님의 극락왕생을 빌었다. 진호 내외는 스님들 뒤에 앉아 합장하고 기도했다.

　진호의 마음은 부모를 잃었을 때보다 더 큰 아픔으로 저려 왔다. 어린 시절 뵙고, 다시 만나 삶의 지혜와 용기, 극기를 키워주신 정신적 지주였기 때문이다. 소리 내 울 수 없는 절집의 장례법을 따라 진호는 합장한 채 눈물로 조용히 통곡했다.

스님들과 의논해 장례를 준비하고 치렀다. 장례를 마친 뒤, 진호는 매주 천불공양을 올리고 49재를 모셨으며, 스님들을 따라 100일 기도에 전념했다. 매일 기도가 끝나면 스님의 영정 앞에 엎드려 소리 없이 흑흑 울었다.

어느 순간, 답답하던 가슴이 탁 트이듯 마음이 편안해졌다. '스님의 극락왕생'을 되새기며 밖으로 나오니, 이미 스님의 사리탑 앞에 서 있었다. 그는 자신도 모르게 합장한 채 몇 바퀴를 탑돌이했다.

그 후로 법안스님의 기일이면, 진관사에서 성황리에 법회와 제사를 올리고 불경을 독송했다. 겨울이 깊어지기 시작하는 11월 14일, 눈이 오든 안 오든 신도들은 진관사를 찾았고, 법안스님의 염불과 설법이 담긴 테이프를 틀어놓고 함께 염불하며 뜨거운 마음으로 감사 기도를 드렸다.

스님의 설법 테이프는 녹음해 소중히 보관했고, 양로원과 한남동 집에서 수시로 들으며 마음공부에 몰두했다.

외할머니가 아흔다섯이 되자 외삼촌이 모셔 가려 했지만, 할머니는 "너희 짐이 되기보다 진호네 집에서, 진호 장모와 함께 마음 편히 지내겠다"고 하셨다.

노쇠해 가는 할머니를 보며 진호는 안타까운 마음에 할머니를 업고 마당 정원을 한 바퀴씩 돌았다. 할머니가 좋아하는 노래를 부르면, 할머니는 흥얼흥얼 따라 부르다가 그의 등에 기대 아기처럼 잠들곤 했다. 구청에서는 백세 장수 잔치를 베풀어 주었다.

진호에게는 손자 손녀가 모두 여덟이었다. 준호네는 삼남매를 두었고, 그중 큰아이는 초등학교 6학년이 되었다. 태원은 아들 둘과 딸 하나, 혜원은 남매, 지원은 아들 둘과 딸 하나를 두었다.

요즘 진호의 가장 큰 기쁨은 지원의 아이들과 함께 시간을 보내며 외할머니 곁을 지키는 일이었다.

외할머니 연세가 백네 살이 되던 어느 날, 저녁을 잘 드시고는 "진호야, 외삼촌이 보고 싶다" 하셨다. 말씀이 평소와 달라 외삼촌 내외가 곧 달려왔다. 침대에 누워 계신 할머니는 진호의 손을 꼭 잡고, 외삼촌 내외, 그리고 진호 내외와 장모의 손을 번갈아 잡으시며 말씀하셨다.

"고맙고…, 수고들 했어."

밝은 미소를 짓고 눈을 감으셨다. 숨이 잠시 가빠지더니, 고요히 잠드셨다. 심장이 멈춘 것을 확인한 진호와 외삼촌은 장례 준비에 들어갔다.

장모가 준비해 둔 노란 수의를 곱게 입혀 드리고 입관했다. 건강하고 깨끗하게 장수하시다 떠나신 외할머니는 영구차에서 내려 수많은 화환 속에서 외할아버지 곁으로 가셨다.

진호와 외삼촌은 누구보다 깊이 슬퍼했다. 어려움 속에서 아들을 키우고, 딸을 먼저 떠나보낸 뒤에도, 외할머니는 어머니 대신 진호를 돌보며 살아온 영원한 지팡이 같은 분이었다.

정성껏 장례를 모시고, 백수 장수하신 외할머니를 기려 외할머니·외할아버지 산소 앞에 예쁜 상석을 세웠다. 49재, 100일제, 삼년상을 마치고서야, 진호는 어머니 아버지께 제대로 못해 드린 것이 한으로 남았던 마음이 숙원이나 풀린 듯 조금은 놓이는 것을 느꼈다.

혜원·지원 남매를 길러 주고 살림을 도와준 장모의 노고를 가슴에 새기며, 진호는 장모님을 모시고 가까이·멀리 구경도 다니고 소문난 맛집을 찾아 즐겼다.

지원의 세 남매에게는, 예전 태원과 혜원을 가르치던 때처럼 한글·한자·숫자 공부를 더 재밌고 여유롭게 가르치다 보니, 시간 가는 줄 몰랐다.

어느 날, 진호는 옛날 자신의 모습이 떠올라 처음 서울에 올라와 살던 판잣집을 찾아가 보고 싶었다. 골목길로 들어서니 골목은 여전했지만 판잣집은 사라지고, 그 자리에 2층짜리 독서실 건물이 들어서 있었다. 아직 가난을 벗어나지 못한 동네라 시설은 낙후되고 빈약했다.

진호는 이곳이 '서울 삶의 출발점'이라 생각하니 가슴이 두근거렸다. 진호는 독서실을 찾아가 관리자와 만났다. 이용 인원, 월수입과 경영비를 살피며 운영 방안을 의논했다. 책걸상과 도서 열람대, 시건장치를 교체하고 도서를 확충하는 환경개선 보조금을 지원하기로 했다.

월수입이 부족한 부분은 보전하고, 독서실 이용은 무료로 전환하며 우수 학생에게는 학비 지원까지 약속했다. 어려운 환경 속 숨은 인재를 키우는 일 또한 이웃과 나라를 위한 길이라 여기니 마음이 흐뭇했다.

마침 지원의 아들이 초등학교에 입학해 며칠을 따라가 보았다. 교문 앞의 부모·조부모 모습은 천차만별, 가정환경도 제각각이었다. 곳곳에 여전히 어렵게 사는 이들이 눈에 들어왔다. '가난은 나라님도 못 구한다' 지만, 내가 할 수 있는 일은 무엇일까.

교실을 둘러본 진호는 도서와 학용품 기증이 좋겠다고 판단해 학년부장을 만나 상의했고, 곧장 도서 구입과 학용품을 지원했다. 담당 선생님은 "빈부 격차 탓에 수업 진행이 어려웠는데, 절약과 아껴 쓰는 습관을 지도해 수업 내실을 다지겠다"고 고마워했다.

서울보다 더 열악한 고향 초등학교가 떠올랐다. 서울에 준 목록 그대로 학년별·전교생에게 기증하니, 도시와 농촌의 격차를 조금이나마 줄였다는 생각에 발걸음이 가벼웠다. 이어 중·고등학교에도 도서를 기증하고, 교실마다 사전·참고서·문제집을 비치했다. '아껴 쓰고 물려주기'를 교사들이 적극 지도하자 학력이 눈에 띄게 올랐고, 학력고사에서도 평균 성적이 두드러졌다.

세상에 좋은 일은 많고, 그만큼 쉽지 않다는 것도 배웠다.

'먹고사는 것만이 일이 아니구나.'

진호는 고아원에 컴퓨터를 보급하고, 양로원에는 방 네 곳과 휴식·모임 방에 컴퓨터와 TV를 설치했다. 원아들의 학습 수준이 높아지고, 어르신들의 건강과 사기도 오르며 컴퓨터 공부까지 시작했다.

교육 투자는 예측을 뛰어넘어 불어나기 마련이라더니, 진호는 매일 아침 눈을 뜨면 가족과 이웃에게 기쁨을 줄 방법을 찾기에 여념이 없었다. 더불어 형편이 넉넉지 못한 양로원 어르신께 잠시라도 기쁨을 드리고 싶었다.

진호는 관내 고아원 2곳과 양로원 2곳을 찾아 공동 경로잔치를 제안했고, 동사무소 복지담당은 자원봉사자 동원을 약속했다. 어린이날과 어버이날을 즈음한 일요일, 가까운 초등학교 운동장에서 행사를 열기로 했다. '향나무 집' 선생님들이 주축이 되어 준비했다.

행사 동선이 한눈에 보이도록 고아원생 명찰은 초록색, 양로원 어르신은 주황색, 행사 요원은 빨간색으로 나눠 번호표가 달린 목걸이 명찰 300개를 만들었다.

가슴에 달아 드릴 꽃 250송이, 기념 수건 1,000장, 상품과 선물용 과자·학용품도 넉넉히 준비했다. 봉사요원들은 불판을 펴 돼지갈비와 상추, 열무김치, 찰밥을 구비하고, 아이들을 위해 떡볶이와 어묵도 마련했다. 비용과 수고비 일체는 '향나무 집'에서 책임졌다.

국민의례를 거쳐 선생님 소개 후, 어린이와 노인들께 목걸이 명찰을 배부했다. 번호 순서대로 노인들이 바깥 원을 이루어 서고, 그 안쪽에 어린이들이 다시 원을 만들어 섰다.

식순에 따라 '조손 짝 맺기'를 시작했다. 음악에 맞춰 선생님 지시에 따라 노인들은 서서 손뼉을 치고, 어린이들은 할머니·할아버지를 바라보며 한 발씩 왼쪽으로 돌았다. 처음 자리로 돌아오면 서로 마주 보고 "안녕하세요" 인사했다.

노래가 이어지는 동안 한 발 한 발 왼쪽으로 움직였다가 노래가 끝나는 자리에서 마주친 할머니·할아버지와 어린이가 그날의 짝이 되어 하루를 함께 보냈다.

노래와 춤을 함께 추고, 어린이들이 달리기·공차기·줄넘기를 하면 노인들은 자기 손자·손녀처럼 응원했다. 노인들이 바구니에 모래주머니 넣기·공 전달하기를 할 때는 어린이들이 자기 짝 할머니·할아버지를 힘껏 응원했다.

이어 모두가 함께 줄다리기를 했다.

단체상으로는 '질서 지키기', '응원상'을 마련했고, 개인 경기상까지 합쳐 조손이 나눠 가질 수 있도록 두 몫의 상품을 준비했다. 팀 구성은 고아원 3팀에 학교가 추천한 영세민 어린이 20명을 보태 1팀을 만들고, 모두 고르게 섞어 4팀을 맞붙였다.

노인들은 4팀으로 나누고, 동사무소에서 보내 주신 독거노인 2팀을 더해 경기를 진행하니, 운동회 못지않은 흥겨움으로 운동장이 떠들썩했다.

점심은 조손이 짝을 지어 상을 챙겨주며 대화를 나눴다. 식사 뒤 고아원 생들은 선생님 인솔 아래 교사(校舍) 주변의 쓰레기를 주워 깨끗이 정리했고, 두 차례에 나눠 귀가시켰다. 이어 노인들도 한 번 더 주변을 정돈한 뒤 두 차례로 '향나무 집' 차량에 나눠 타고 귀가했다.

자원봉사 대원과 남은 어린이들은 운동장을 정리했고, 진호와 몇몇 봉사 요원은 뒷정리를 맡아 소각장에서 쓰레기를 태운 뒤 재에 물을 뿌려 마무리했다.

목걸이 명찰을 반납받으며 드린 기념 수건이 남아 불참한 어르신들께는 점심과 수건을 따로 전했다. 천 장을 준비한 수건 중 500장은 동사무소 · 학교 · 가정에 돌렸다.

그 다음 주에는 고향 경로잔치를 준비했다. 면사무소와 학교에 의논하고 동창회가 봉사해 하루를 즐겁게 꾸렸다. 모교 행사라 진호 내외는 장모님을 모시고 바람을 쐬어 드렸다.

70세 이상 어르신과 초등학생 두 반이 선생님 지휘 아래 참여했고, 더 많은 프로그램과 선물을 마련했다. 돼지갈비 · 찰밥 · 열무김치 · 식혜 · 떡을 내고, 학교 앞 식당에서는 어린이들을 위해 이른 저녁 떡국 · 떡볶이 · 어묵 · 국수를 준비해 흥겨운 하루를 보냈다. 상품과 선물을 들고 돌아가는 모습에, 진호는 '일 년에 한 번씩은 꼭 베풀자'고 마음먹었다.

뒷정리를 마치고 교문을 나서는데, 장모님을 부축하던 모녀의 표정이 잠시 어두워져 깜짝 놀란 진호가 물었다.

"왜요, 장모님? 어디 불편하세요?"

정신을 가다듬은 장모님이 고개를 번쩍 들며 말했다.

"아니야, 아프긴…."

집에 돌아와 들으니, 장모님이 수십 년 전 돌아가신 장인 생각에 문득 마음이 울컥하셨던 것이었다.

초등학교 교사이셨던 장인의 학교 운동회를 구경하러 갔다가 딸의 경기를 지켜보던 그날의 기억과 장인의 모습이 눈앞에 어른거려 눈물이 났다는 것이다.

가난한 살림에 외동딸이 중학교를 막 졸업하자마자 장인이 세상을 떠났고, 모실 곳이 없어 미아리 공동묘지에 모셨다. 장모는 나물 장사로 딸을 상고까지 졸업시켰고, 모녀가 시장에서 나물 · 채소 · 두부 장사를 하던 끝에 진호를 만나게 되었던 것이다.

장모는 진호라면 늘 고마움에 약해졌다. 착하고 성실하고, 딸을 끔찍이 아끼며 장모를 낳아 주신 어머니처럼 받드니, 그보다 큰 기쁨이 어디 있겠느냐는 마음으로 가사와 손자·손녀 보살피는 보람 속에 나날을 보냈다.

다시 '스승의 날'을 떠올리니 옛 선생님들의 모습이 하나하나 떠오르고 행복했던 어린 시절이 겹쳐왔다. 진호는 반장 광남을 찾아 '생존해 계신 선생님 찾기'를 시작했고, 일주일 만에 다섯 분을 모실 수 있었다.

과수원 정자에 동창 30여 명이 부부 동반으로 모여 선생님들을 모셨다. 동창 부부들이 채소·상추·쑥갓·열무김치를 준비하고, 오곡 찰밥을 지었으며, 불판에는 돼지갈비와 삼겹살이 올랐다. 관리사는 된장찌개와 맥주를 내어 식탁을 풍성하게 했다.

다섯 분 가운데 유일한 여선생님은 중학교 3학년 때 초임으로 오셨던 젊은 과학 선생님이었다. 우리 반은 물론, 다른 반 아이들까지 사로잡았던 인기 최고의 선생님. 지금은 수원 여자중학교 교장으로 재직 중이셨고, 목소리도 웃음도 예전 그대로였다. 다만 반백이 성성하고 예전처럼 날쌔게 걷던 발걸음에 품위의 무게가 살짝 얹혔을 뿐이었다.

우리의 반가움 못지않게 선생님들의 30여 년 만의 상봉도 벅찼다. 정자 마루에 오르자 동창들이 몇 명씩 큰절을 올렸고, 정자 아래 의자에 앉은 부모 세대는 큰 박수로 반가움을 더했다.

운겸의 사회로 선생님 소개가 이어졌고, 동창들의 주소와 연락처를 컴퓨터로 정리해 회장이 돌렸다. 가슴에는 카네이션을 달아드리고, 꽃다발을 전달했다.

사랑의 편지 대신 정성이 담긴 봉투를 올리고, '스승의 노래'와 교가를 제창했다. 이어 선생님들의 감회 인사, 축가, 하모니카 연주가 이어졌고, 명현이 '선생님께 드리는 글'을 낭독했다.

특히 과학 선생님이자 교장 선생님은 이렇게 말씀하셨다.

"동창회 소식을 듣고 어젯밤 잠을 설쳤어요. 가슴이 떨리네요. 바쁘다는 이유로 제 스승님들을 제대로 찾아뵙지 못하고 살아온 제 자신이 부끄럽습니다. 여러분이 제게 주신 이 고맙고 감사한 마음, 말로 다 표현하기 어렵군요. 33년 전 우리의 만남을 떠올리니, 몸은 나이를 먹었어도 마음은 그때 그 시절로 돌아가 다시 열 살은 젊어진 듯합니다. 여러분, 항상 건강하고 행복하시길 빕니다. 감사합니다."

스승님의 말씀에 모두가 뜨거운 박수를 보냈다. 식사가 시작되고, 돌아가며 맥주와 음료를 따라 드린 뒤 좌담회를 열었다. 마침 하우스에서 막 딴 토마토와 딸기가 향을 더해 주었고, 흡족한 하루를 보낸 뒤 창고에 준비해 둔 과일 한 상자씩을 선생님들께 드리고 자택까지 모셔다 드렸다.

친구들은 "어렸을 때 어려울 때마다 의지하던 선생님이 부모님처럼 따뜻하고 다정하게 느껴진다"며 흐뭇해 했고, 스승의 날 즈음해 매년 행사를 열기로 했다. 아울러 '스승님 찾기'를 계속해 가까이 계신 선생님들의 산소를 참배하는 기회도 마련했다.

여든넷이 되신 큰어머니는 목소리만으로도 진호를 알아보셨고, 찾아가면 늘 눈물을 글썽이셨다. 따뜻한 4월, 큰어머니는 작고하셨고 아버지 곁에 모셨다.

집 전체를 현대식으로 개축한 뒤, 진호는 부모님 제사나 과수원 행사로 산소에 들를 때마다 어머니와 함께 머물던 방에서 하룻밤 자고 갔다.

부모님 제삿날이면 하루 먼저 내려와 산소를 훑어보고, 아버지 제사를 모신 뒤 서울로 올라와 연이어 제사를 지냈다. 장모와 며느리들이 제사상을 깔끔하고 정성껏 차려 놓았다.

어느 날, 산소를 둘러보고 그 방에서 잠들었던 진호가 잠꼬대를 했다.

"어머니…, 어머니…."

아내가 놀라 깨우며 물었다.

"여보, 꿈을 꿨어요?"

진호의 눈에서 눈물이 흘렀다. 아내는 그 눈물을 닦아 주며 말했다.

"아직도 어린애세요?"

그리고는 남편을 끌어안아 어머니처럼 머리를 쓰다듬고 이불을 덮어 주었다. 베개 밑으로 팔을 넣어 팔베개를 해 주면, 진호는 아내의 품에 얼굴을 묻고 어머니께 매달리듯 아내를 꼭 껴안았다. 서로를 감싸 안은 채 깊은 잠에 빠지곤 했다.

스승의 날 즈음에 스승님을 모시고 야유회를 다녀온 뒤, 진호는 그 어느 때보다도 흐뭇하고 아늑한 마음이 들었다. 자신도 모르게 싱글벙글 걸음을 옮겼다. 지난 일을 까맣게 잊고 앞만 보고 달리기 바빴던 그는, 동창들과 자주 만나 학창시절 이야기를 나누며 뒤늦게 스승님을 다시 만난 셈이었다.

부모님의 사랑과 선생님들의 사랑 속에서 '모범생'이라 불리며 살면서도, 매일 떠오르는 태양의 고마움을 모르고 지낸 것처럼 '부모님이니, 선생님이니 당연히 그러시겠지' 하고 한 번도 제대로 감사하지 못한 자신이 죄스러웠다.

학교에 입학한 뒤, 진호는 매일 등교가 즐거웠다. 수업시간에 새로 배우는 것이 재미있었고, 점심시간이나 방과 후에 친구들과 신나게 뛰노느라 시간 가는 줄 몰랐다.

중학교에 들어가서는 여러 교과 선생님의 모습과 특징을 머릿속에 새기며 장점 찾기에 바빴다. 수업시간엔 선생님과 눈싸움하듯 집중하니, 시험 문제 속에서 정답이 또렷이 보였다.

큰소리 한 번 내지 않으시던 온화한 국어 선생님. 공식을 못 외운다고 손바닥을 때리시던 수학 선생님. 받아쓰기 60점 이하면 쪽지 10장을 쓰게 하셨지만 늘 부드럽던 사회 선생님. 외국어 수업에서 집착하던 대목이 나오면 갑자기 호랑이처럼 호통치셨다가도 한숨을 내쉬며 뒤에 가서 벌서라고 하시던, 그러나 한 사람씩 따로 만나면 누나 같고 친구처럼 따뜻했던 과학 선생님…. 선생님들을 만나는 그 기쁨이, 돌이켜 보니 우리에게 한 모금 한 모금 건네준 사랑이었다.

그 시절은 생애에서 가장 행복했다. 잔뼈를 굵게 하고 마음을 철들게 해주신 선생님들이 눈앞에 어른거렸다. 누구 앞에서도 떼를 쓰거나 어리광을 부려 본 적 없는 진호였지만, 오늘만은 어쩌나 아이가 되는지, 어린애처럼 선생님 품에 안기고 싶었다.

선생님들이 무섭고 어려워 가까이할 수 없고, 손은커녕 옷자락조차 잡지 못하던 그 옛날…. 그 선생님의 손을 잡고 포옹하니, 난생처음 스스로가 커졌음을, 그리고 선생님의 마음이 얼마나 큰지 느꼈다. 졸업 후 처음 뵙는 자리라 어젯밤 잠을 설칠 만큼 들떴다는 친구들도 많았다.

유일한 여선생님, 이혜랑 과학 선생님은 진호가 중학교 3학년이던 해 신규 발령을 받아 오신 아가씨 선생님이었다. 운동장 연단에서 첫인사를 하던 순간부터 아이들은 선생님을 좋아했다.

명랑하고 항상 웃음을 잃지 않았으며 편견이 없었다. 그렇다고 잘못을 그냥 넘기지는 않는, 맺고 끊음이 분명한 분이어서 더 사랑받았다.

3학년 가을, 어머니를 여의고 검은 상장 리본을 달고 등교하던 날이었다. 과학시간에 교실을 둘러보시던 선생님이 진호를 보고 물으셨다.

"진호야, 누가…?"

"네, 어머니가요."

선생님은 가까이 오셔서 진호를 끌어안았다

"마음이 얼마나 아프니…. 남자는 강해야 한다."

그리고 조심스레 머리를 어루만져 주셨다. 그러나 그때의 진호에게는 누구의 위로도 마음에 와닿지 않았다. 어머니를 잃은 슬픔이 온몸과 마음을 뒤덮고 있었기 때문이다. 그는 가볍게 목례로 답하고, 쏟아지는 눈물을 소리 없이 훔쳤다.

고등학교에 올라가서는, 날개 하나를 잃은 듯 아파할 아버지의 마음을 상하게 하지 않으려 애썼다. 일꾼이 사라진 집이 되어 집에만 가면 일꾼처럼 일을 도왔다.

고3 가을, 아버지마저 돌아가시자 담임선생님의 격려로 다시 용기를 얻었다. 그제야 부모님 사랑 못지않게 선생님 사랑도 크다는 것을 알게 되었다. 행복했던 날들을 되새기니, 눈에 보이지 않던 스승의 큰 사랑이 새삼스레 느껴져 아이처럼 기쁜 마음뿐이었다.

친구들이 학창시절 이야기를 하다, 다섯 분 선생님을 모시고 친구 열 명이 일본 여행을 다녀오자고 했다. 가정형편을 막론하고 남자 일곱, 여자 셋이 동참 의사를 밝혔다. 사회과 선생님 김상희 선생님이 말했다.

"왜 원수의 나라 일본에 돈 1원이라도 떨어뜨려!"

똘똘이 영희가 맞받았다.

"선생님, 원수를 알아야 이기지요!"

한바탕 웃음이 터졌다. 과학 선생님을 그림자처럼 따르던 길남이는 예전처럼 선생님 곁을 떠날 줄을 몰랐다.

어느새 선생님들과의 여행 약속일이 되었다. 진호는 배낭에 간단히 짐을 꾸리고, 일찍 일어나려 누웠다. 그런데 자신도 모르게 가슴이 설레 어린아이처럼 방안을 오가며 싱글벙글하는 자신을 보고는 여태 겪어 보지 못한 설렘에 놀랐다.

'왜일까?'

이혜랑 선생님을 다시 만날 기대에 마음이 부풀어 있었다. 이혜랑 선생님은 진호가 중학교 3학년이 되던 해 첫 부임을 받은 새내기 선생님이었다.

교장선생님 소개로 연단에 서서 인사하실 때, 짧은 머리에 검정 투피스를 입고 마이크를 잡은 목소리는 낭랑했고 말은 또렷했다. 생긋한 웃음을 머금고 전교생을 천천히 둘러보며 말씀하자, 아이들은 곧 귀를 기울였고, 그 순간부터 선생님을 따르고 좋아했다. 수업에선 호랑이처럼 엄했고, 개인적으로는 다정다감했다.

"밥값을 해야지. 너희가 훌륭한 사람이 되라고 부모님은 허리띠를 졸라매고 들판에서 비지땀을 흘리신다. 학교생활 반듯하게 해라. 선생님들은 부모님을 대신한다. 열심히 하지 않고 게으르고 빗나가면, 이 '사랑의 보약' 매로 바르게 키우겠다. 첫째, 아플수록 기억에 남아 같은 잘못을 반복하지 않는다. 같은 잘못을 두 번 하면 학부모를 부르거나 가정방문을 간다."

약속을 잘 지키는 사람이 되라고도 강조했다. 무섭고도 좋아서였을까, 선생님의 말씀을 거역하는 아이는 없었다. 선생님도, 아이들도 매일 즐겁게 학교생활을 했다.

진호는 부모님과 스님의 반듯한 가르침 덕에 '모범생'이란 소리를 들었고, 모든 선생님의 사랑과 친구들의 배려 속에서 부러움 없이 지냈다. 그러나 어머니가 돌아가시고 고등학교에 들어서자 가세가 기울어 머슴들을 내보내고 아버지가 직접 농사를 지으셨다. 큰소리를 모르던 아버지는 형들에게 잔소리를 하지 않으려 일을 도맡았고, 진호는 방과 후와 주말마다 아버지를 따라 논둑 풀베기, 김매기, 곡식 가꾸기, 소똥 치우기까지 알아서 했다.

저녁이면 아버지가 말했다.

"진호야, 공부만으로도 힘든데 집안일까지 그렇게 해서 어떡하니? 잠도 자야지."

"아버지나 어서 주무세요. 전 공부나 할게요."

"수업시간에 졸면 어쩌라고⋯."

진호가 아버지 두 손을 꼭 잡았다.

"걱정 마세요. 학교에선 선생님과 눈싸움하듯 수업이 재미있고, 집에 와서 일하니 근육도 붙고 더 건강해져요. 밥맛도 좋고요."

아버지는 진호의 등을 쓰다듬으며 말씀하셨다.

"진호가 없었으면 내가 무슨 재미로 세상을 살았을까."

그리고 진호에게 팔베개를 해 주셨다.

"아버지, 건강하게 오래오래 사세요. 제가 커서 잘해 드릴게요."

그러던 아버지를 고등학교 3학년 가을에 여의고 나니, 부모 없는 세상에는 기쁨도 희망도 없었고 집이 싫어졌다. 졸업을 포기하려던 진호의 손을 잡고 지혜와 용기를 주셨던 선생님의 모습에서, 부모님과 다름없는 또 다른 뜨거운 사랑을 느꼈고 그 사랑 덕에 졸업할 수 있었다. 은사님들을 다시 만난다는 것은, 지금까지 까맣게 잊고 있던 크고 뜨거운 사랑을 되찾는 기쁨이었다.

고등학교 때 담임선생님을 찾아뵈었을 때는 "선생님, 고맙습니다. 선생님 덕분에 이렇게 컸습니다"라며, 기쁨으로 보답하고 싶은 마음뿐이었다.

그런데 오늘의 이 설렘은 조금 달랐다. 어린 나이에 순수하게 좋아했지만 가까이 다가가지 못했던, 존경하던 그 스승님의 손을 살짝 매만지거나 옷깃을 스치는 일조차 상상도 못 했던 시절⋯. 이제는 우리 열 명이 오붓하게 시간을 함께 보내고, 손을 잡고 매달릴 수 있다니 생각만 해도 진호의 가슴은 두근거렸고 기분이 좋았다.

　잠을 청하다가도 뒤척이다가, 결국 뜬눈으로 밤을 지새우고 새벽에 잠깐 눈을 붙였다. 벌떡 일어나 아침밥을 먹고 공항에 도착했을 때, 열다섯 명이 모두 모여 있었다. 간단한 배낭을 멘 모습은, 수학여행을 제대로 못 가 본 친구들이 '이번이야말로 알찬 수학여행'이라며 상기된 얼굴로 싱글거리게 했다. 며칠 새 선생님들은 더 젊어지신 듯했고, 친구들은 어린애가 된 듯 분위기가 흥겨웠다.

　진호는 좌석표를 돌리다가 맨 끝에 남은 세 장을 들고 과학 선생님과 길남이에게 각각 한 장씩 건넸다. 과학 선생님 양옆으로 진호와 길남이 자리를 잡았다. 중학교 때부터 과학 선생님을 그림자처럼 따르던 길남은 선생님의 손을 잡고 좌석에 모셨다.

　열다섯 명의 좌석을 확인한 뒤, 과학 선생님 옆 빈자리에 앉으려니 진호의 가슴이 덜컥 떨렸다. 허리를 굽혀 인사하자 선생님이 말씀하셨다.

　"어서 와, 진호야. 수고했다. 이렇게 선생님들을 생각해 주는 너희들, 보기 힘들어."

　그 말과 함께 선생님은 진호의 손을 잡아 앉히셨다. 진호는 소원이라도 푼 듯 선생님의 손을 덥석 잡고 마구 비볐다. 선생님의 어깨에 얼굴을 살며시 대고 비비기도 했다.

　어머니 외에는 누구에게도 정을 드리고 '좋아한다'고 표현해 본 적 없던 진호였다. 따뜻한 누나 같은 선생님께 사랑을 표현할 수 있어 더없이 좋았다. 길남이 웃으며 물었다.

　"진호야, 선생님이 그토록 좋아?"

　"그럼! 어젯밤에 잠도 제대로 못 잤는걸…."

　선생님은 진호를 품에 끌어안으셨다.

　"선생님! 길남이가 질투해요."

"걱정하지 마. 나의 선생님은 누구도 빼앗지 못할 테니까."

길남이 또 한 번 웃겼다.

얼마간 회포를 풀고 나서 진호가 물었다.

"선생님, 선생님은 아이들을 끌어당기는 마력이라도 있으세요?"

"글쎄다. 내가 제대로 해 준 것도 별로 없는데…. 이것도 우리의 인연이지. 그 인연은 하늘이 주신 것 같구나. 나, 이름이 세 가지야. 이 이야기는 난생처음 하는 말인데…."

진호와 길남은 특보를 듣는 듯 귀를 쫑긋 세웠다.

"하나는 부모님이 지어 주신, 주민등록에 기재된 이름이고, 두 번째는 어른들·친구들·제자들이 날 부르며 놀리기도 했던 별칭이야. 세 번째는… 대학 입학 등록금을 내고 서울의 입학식을 기다리다 지루해져 부모님 계신 고향에 내려갔을 때 생긴 거지. 세 달을 맹숭맹숭 보내자 시간이 아깝더라고. 그래서 시골 애들이 다니는 서당(글방)을 찾아갔어. 우리 아버지와 또래인 남궁두 선생님이 '여자 대학생이 왔다'고 반가워하시며 이것저것 가르쳐 주셨지. 그러다 내 사주풀이를 해 주시고, 창호지를 차례로 접어 작은 붓으로 예쁘게 써 주셨어. 그 가운데 지금도 기억나는 말이 '너는 국록을 먹을 사주'였어. 그리고 호(號)를 지어 주셨지. 나는 속으로 '호요?'라 물었었지. 호는 유명한 사람만 갖는 줄 알았거든. 그 호 이야기는 지금껏 누구에게도 해 본 적이 없어. 괜히 말하면 다 코웃음 치고, 마구간의 소도 웃을 것 같아서…. 그래서 물었지. '호가 뭐예요?'"

순간 진호와 길남이 동시에 외쳤다.

"뭔데요?"

"'금랑(金浪)'이라 하셨어. '비단금', '물결랑'. 그 뒤로 혼자 '금랑'을 여러 번 되뇌었지. 국록을 먹으며 국가에 보답하고, 만나는 모든 이에게 비단 물결처럼 출렁이며 기쁨을 주라는 뜻인가 보다…. 하지만 나는 그런 재주가 없다고만 생각하며 지냈어. 서당 선생님은 사주에 드러난 내 천성을 좋게 표현해 주신 것 같아. 학창 시절 내내 선생님들이 '너는 늘 밝고 명랑해서 좋구나' 하시던 말씀이 떠올랐고, '내가 국록을 먹는다면 꼭 선생님이 되고 싶다' 는 마음이 커졌지. 선생님들을 좋아해서 졸졸 따라다니고, 장난치기를 좋아했고, 또 만나는 선생님마다 장점을 찾아 배우려 노력했어. 아이들을 위해 무엇을 어떻게 해야, 장차 도움이 되는 선생님이 될까, 그 생각을 하며 아이들과 보내는 시간이 내겐 큰 기쁨이자 보람이었어. 예쁘고 공부 잘하고 형편 좋은 집 아이들은 나 아니어도 잘 큰다. 그래서 가난하고 결손가정 아이들, 재주 없고 빗나간 '문제아' 들에게 더 다가갔지."

길남이 끼어들었다.

"아, 선생님! 과학 시간에 교과서 안 가져온 학생은 손바닥 때리셨죠? 그런데 서울서 전학 온 민철이는 과학 시간마다 손바닥을 맞았어요. 다른 시간엔 몰라도 과학 시간만 되면 책상 위가 깨끗했거든요. 그런데 그 어려운 과학 시험은 늘 90점 이상이었잖아요."

"우리 반에도 그런 여학생이 있었지. 지금 생각하면, 그 아이들과 더 많은 시간을 함께하지 못한 게 아쉽고 미안해. 그 애들은 서울에서 퇴학되어 전학온 경우가 많았고, 결손가정으로 애정 결핍이 심했어. 그래서 선생님의 사랑을 받으려고 일부러 책상 속에 있는 책을 꺼내 놓지 않았던 거야. 그런 아이들과 너무 가까이하면 더 빗나갈까 봐, 어느 정도 거리를 두고 지켜봤지. 그 여학생에게는 점수 발표 때마다 공개적으로 칭찬했지만, 사적으로 다가갈 여유가 없었어. 미안하게도 수업 끝나면 가끔 신문지에 뭔가를 싸 들고 달려오곤 했지…. 아이들에게 사랑을 받았으면서도 내가 사랑을 온전히 건네지 못한 게 마음 아프다."

어느새 비행기는 일본 공항에 도착했다. 선생님을 좋아하던 아이들은 짝을 지어 선생님들의 '호위병'이 되었다. 일본은 섬나라라서인지 제주도에 온 듯한 느낌이 자주 들었다.

서울 거리를 떠올리며 '선진국'에 대한 호기심으로 두리번거렸지만, 고층 건물은 거의 보이지 않았고 작고 단단한 집들이 다닥다닥 늘어섰다. 대문도 창문도 모두 작았다. 차도도 넓지 않았으며, 길거리에는 휴지 한 장 없이 깨끗했다.

사람들은 텅 빈 길에서도 좌측통행을 지켰고, 둘셋이 길을 가득 메우고 다니는 모습은 보기 어려웠다. 곳곳의 신사는 깔끔하게 관리됐고, 온천 지역에 가니 아직도 연기를 뿜는 지열지대와 이글거리는 용암을 관람할 수 있었다.

큰 시장에 들어서니 우리나라 재래시장이 떠올랐다. 다만 작은 가게들마다 별미 음식과 상품이 가지런하고 깨끗하게 놓여 있어, 말하지 않아도 '질서'가 느껴졌다. 처음 맛보는 음식들도 입에 맞았고, 신기함이 오래 남았다.

어린이도 노인도 걸음이 바빠 보였고, 친절하며 부지런하다는 인상을 받았다. 호기심 가득한 일정으로 바삐 관광을 마치고 저녁을 먹은 뒤 우리 일행은 숙소 가까운 야외 공간에 자리를 잡고 오늘의 이야기를 풀어놓았다.

"길 가다 작아 보이는 노인들은 일본 분들이야. 그래서 예전에는 '작은 섬나라 사람'이라며 별칭으로 부르기도 했지. 그런데 요즘 아이들은 동서양 가릴 것 없이 체격들이 크지…."

사회 선생님이 말을 이었다.

"서양 사람들 체격이 상대적으로 크지? 옛날 우리 조상들도 평균 키가 150cm 남짓이었다는데, 식생활이 달라지면서 우리나라 아이들 체격도 점점 커지고 있어. 물론 크다고 다 좋은 건 아니야…."

"왜 고층 건물이 거의 없고 집들이 그렇게 작아요?"

과학 선생님이 설명했다.

"일본은 화산·지진·태풍 같은 천재지변이 잦아. 그 속에서 살아온 사람들이라 건축 구조가 그렇게 갈 수밖에 없었지. 피해를 줄이려면 사람이 해결할 수 있는 능력에 한계가 있고, 천재지변은 예측과 예방이 어렵거든."

"그런 일본이 어떻게 선진국이 되었을까요?"

"'뭉치면 살고 흩어지면 죽는다'는 말 알지? 어려움 속에서 뭉쳐야 한다는 걸 절감한 일본인들은 지도자를 중심으로 단단히 결집했어. '나'보다 '우리'라는 생각으로 단결하고, 법과 질서 속에서 근검절약하며 '나라의 발전이 곧 나의 발전'이라는 일념으로 국민 각자가 나라의 명예를 걸고 반듯하게 살아온 거지."

"어떻게 그렇게까지…."

"그건 국가의 방침과 가정교육·학교교육을 통해 국민성이 길러진 결과야. 가정교육이 얼마나 엄격한지, 딸을 낳으면 친구 집에 보내 효와 예의범절을 가르치기도 해. 가정과 국가에서 '어머니의 힘'이 큰 영향력을 가졌고, 일본 여성들의 가정생활 역할도 알다시피 크고…. 그러니 일본이 선진국으로 성장할 수밖에 없었지."

예전부터 가난한 집 아이들이 성공한 사례가 많았다. 그건 교육의 힘이다. 어려운 환경 속에서도 일본은 국민교육으로 인재를 길러 육지로 진출해 세력을 넓히려 했고, 우리나라와 중국을 넘보며 우리나라를 35년간 착취했다.

그러나 하늘은 이를 용서치 않았고, 패전의 쓴잔을 마신 뒤 스스로 힘을 길러 과학을 발전시켜 전자제품 등 문명의 이기를 개발했고, 세계 전시장으로 나가 국위와 부를 쟁취했다. 얼마나 머리가 비상했으면, 오래된 이야기이긴 하지만 얼음의 나라 알래스카에 냉장고를 팔아 돈을 벌었다고 하지 않나.

일본에서 수출되는 모든 제품은 나라의 명예를 걸고 내보내 세계의 인정을 받는 물건이 되었다. 요즘 일본의 젊은이들은 조상 덕에 어깨를 펴고 전 세계를 누비지만 그 정신만은 잊지 말아야 한다.

과학 선생님은 대학원 졸업여행으로 유럽을 다녀왔단다.

"이탈리아 식당에서 우리 대학원생 30여 명이 식사를 하고 있었는데, 일본인 대학생 단체가 옆자리에서 의기양양하게 밥을 먹더니 보란 듯 팁을 두둑이 놓고 가더라고…. 그걸 본 원장 교수님이 대표를 불러 웃으며 말씀하셨어. '우리는 팁, 한 푼도 내지 말자. 허례허식으로 우리의 기를 꺾으려는 저 아이들을 흉내 내거나 신경 쓸 필요 없다. 우리는 우리의 품위를 지키며, 배운 사람답게 젊잖게 처신하자.'"

국어 선생님도 말씀하셨다.

"외국을 한 번 다녀오면 누구나 애국자가 된다네. 어른들이 '남의 경치를 보고 생각 한 번 해 봐!' 하시던 말이 있어."

1950년대까지 긴 잠에 빠져 있던 우리나라는 식민의 치욕과 전쟁의 고통을 겪으며 일본인과 맞닿는 과정에서 불붙은 애국으로 무섭게 달라졌다. 어느 교실 벽에 붙어 있던 '모방은 자살이다' 라는 표어가 생각난다. 난 그 말을 '모방은 칭찬이다' 로 바꾸고 싶다.

이웃집, 이웃 나라의 장점을 살펴 우리 집을 더 낫게 바꾸는 것, 그게 곧 배움이기 때문이다. 선인들은 '재산을 물려주는 것보다 능력을 물려줘라' 하셨다. 대대로 내려온 재산을 물려주기에만 급급해 교육을 소홀히 한 집안은 발전이 없었고, 허리띠를 졸라매며 자식을 가르친 부모는 가문을 부강하게 일궜다.

우리나라는 금수강산으로 세계에서 손꼽히게 살기 좋은 나라다. 우리 국민의 머리 또한 세계가 인정한다. 국민교육의 중요성을 깨달은 지금, 초·

중・고가 의무교육이 되고 교육・복지 투자가 선진국에 들어선 오늘, 아직 아래로 단단히 다져지지 못한 국민정신을 생각하며 '교육'을 다시 떠올려야 한다. 부디 모두 뚜렷한 국가관의 충효 교육, 따뜻한 사회복지 교육, 그 속에서 가장 현명한 삶을 찾는 기본 교육을 통해, 국가의 고마움・사회의 고마움・가정의 고마움 속에서 건강하고 지혜롭고 덕성 있는 '나'를 가꿔야 한다. 더불어 사는 삶을 만드는 것, 그것이 우리 모두의 행복이 아니겠는가.

좌담회를 통해 진호는 새로운 공부를 했다. 모두 고개를 끄덕이고는 늦은 시간 잠자리에 들었다.

이튿날, 그동안 겉으로만 훑어보던 곳들을 관람료를 내고 제대로 구경했다. 일본의 역사관, 학교, 신사, 온천, 관공서 어디를 가든 깔끔하고 질서 있는 생활, 근검절약과 친절 등 배울 점이 많았다. 소문난 음식점에서 저녁을 먹고 기념품을 한 가지씩 사서 서로 나누고 다시 저녁 모임을 가졌다.

"아쉬운 시간이니, 우리 지금까지 지내 온 이야기들을 한 번 들어보자!"

과학 선생님의 말씀에 광남부터 시작하기로 했다.

광남은 고등학교를 졸업한 뒤 변호사 사무실에서 일하며 야간대학 경영학과에 진학했다. '다하지 못한 공부의 아쉬움에 밤잠을 네 시간 이상 자본 적이 없다'고 했다. 근검절약과 근면한 학업 끝에 일본에서 경영학 박사학위를 받고 회사를 키워, 지금은 다섯 개 회사를 거느린 회장이 되었다고 했다. 모두 놀라움의 박수를 보냈다.

다음은 한의원을 운영하는 송영은.

중학교를 졸업한 후 한약방에 취업하여 잔심부름을 하며, 그 어려운 한자 공부를 밤새워 했다. 방이며 화장실 벽에 약초의 효능을 써 붙여 놓고 공부했고, 주인에게 침술을 전수받았다. 십여 년을 함께하니 '주인보다 더 잘한다'는 소문이 나 손님이 늘었고, 서울에 한약방을 차린 뒤 한의대가 생기면서 한의사를 채용해 한의원을 경영하고 있다고, 겸손하게 웃으며 말했다.

"와~!"

축하의 박수가 이어졌다.

시의원을 지낸 인혁은 고등학교를 졸업하고 고향에서 부모님을 모시며 양계·양돈을 했다. 어려운 가정의 후배들에게 학비를 지원한다는 소문이 돌아 주민들의 추대로 시의원을 지냈고, 지금도 작은 복지시설을 찾아 소일한다고 했다.

"와~ 멋있다!"

중학교 때 배구선수였던 영삼은 규숙을 만나 '우리가 못한 소원, 일찍 돈 벌어 아이들 키우는 보람이라도 찾자' 하며 작은 살림을 키웠고, 두 아들을 운동선수로 키워 하나는 골프선수, 하나는 농구선수로 대기업에 근무한다고 했다.

"와, 대단하다!"

중등 교장이 된 호경은, 중학교 졸업 후 선생님 댁에 머물며 초·중·고생을 가르치는 가정교사로 지냈다. 대학도 입주 가정교사로 고학하여 교사가 되었고, 지금은 어려운 제자들에게 장학금을 지원하고 있다고 했다.

운겸은 홀어머니를 모시고, 중학교를 졸업한 후 고등학교에서 학교 일을 도우며 학비 보조를 받아 졸업했다. 이후 취업해 '면학의 꿈'을 이루고자 야간대학을 나왔고, 박사과정을 밟아 현재는 대학 강의를 나간다고 했다. 뜨거운 박수가 오가는 가운데, 과학 선생님이 말했다.

"길남아, 너도 한 번 말해 봐!"

"저는 과학 선생님의 영향을 많이 받았어요. 고교 진학은 꿈도 못 꾸던 제게 '고등학교는 나와야지'라는 선생님 말씀을 듣고, 관내 고등학교들을 살펴보다가 신설고를 찾았죠. 이사장님을 뵙고 고교 진학의 꿈을 말씀드렸더니, 이사장이신 교장선생님이 '신설교이니 고생 한 번 해 볼래?' 하시더군요. '고생이 문제겠습니까. 저는 어떤 일이든 열심히 하겠습니다' 라고 했더니 이사장님이 입학금과 학비를 면제해 주시고, 운동부 창설과 육성까지 책임져 주셨어요. 저는 핸드볼팀을 만들고, 눈만 뜨면 선수 훈련에 매달렸지요. 시골 동네라 논밭 일도 해야 했습니다. 아이들은 거름과 오줌 냄새를 싫다며 코를 막았지만, '부모님이 하시던 일을 왜 나는 못 하나' 싶어 제가 앞장서서 논밭을 가꿨습니다. 시·군 대회에서 핸드볼 우승을 하자 신설학교의 명예가 시·도에 알려졌고, 신입생이 눈에 띄게 늘었지요. 제가 궂은일을 마다하지 않고 해치우니 담임선생님은 심부름을 자주 시키셨고, 사모님은 절 불러 샘에서 물을 길어 오라 하셨습니다. 아무렇지 않게 학생의 인권을 짓밟는 듯해 마음속에서 뭔가가 불끈 솟아 올랐지만 꾹 참았습니다. 부모님이 쌀과 반찬을 대주시는 것만으로도 감지덕지였지요. 돈을 아끼느라 겨울에도 연탄을 때지 않고 냉방에 책을 겹겹이 깔고 그 위에 이부자리를 펴고 잤습니다. 그때는 왜 그렇게 추웠는지…. 그래도 젊고 건강했고, '꿈을 이루겠다' 는 일념이 저를 지켜 준 것 같습니다. 농고가 상고로 전환되면서 이사장님의 배려로 저는 더 열심히 공부했고, 신입생 모집에도 공을 세웠습니다. 고등학교를 졸업한 뒤 검정고시로 교사 자격증을 취득하니, 이사장님이 저를 모교로 불러 봉직하게 하셨어요. 그 고마움에 밤낮없이 학생지도, 학부모·졸업생 관리, 신입생 모집에 혼신을 다했습니다. 한 학급으로 개교했던 모교는 지금 36학급의 종합고로 성장했고, 질적 향상을 위해 인문계 정예반을 운영해 명문대 입학 실적도 꾸준히 올렸습니다. 기숙사까지 지어 후배 양성의 기틀을 마련했고요. 3대 이사장님과도 가족처럼 지내며 아껴 주십니다."

"와~ 와! 못 말려!"

뜨거운 갈채가 쏟아졌다.

"와~. 다른 학교 졸업생들과는 다르다 했더니, 정말 모두 칠전팔기의 정신으로 삶을 헤쳐 왔구나. 고맙다, 고마워."

모두 손에 손을 잡고 어깨동무를 하며 포옹했다.

친구들의 이야기를 들은 진호는 지금까지 너무 쉽게 살아온 자신이 부끄럽고 한 일이 없다는 생각이 들어 옆에 쥐구멍이라도 있으면 들어가고 싶었다.

다음 날 아침, 아침 식사 후 소문난 온천을 찾아 모두 목욕을 하고 공원을 산책했다. 점심을 먹고 공항에서 머무른 뒤 귀국 비행기에 올랐다. 이혜랑 선생님 곁에 앉은 진호가 말했다.

"선생님, 여행이 너무 즐겁고 보고 배운 것도 많아요."

"그래, 그래서 사람들이 여행을 다니나 봐. 여행이나 등산을 많이 하는 사람들은 대개 마음이 넓고, 보는 안목도 넓어지는 것 같아."

"선생님은 언제나 명랑하시고, 생각이 미래지향적이면서도 긍정적이세요. 그래서 아이들을 늘 혼내시면서도 결국엔 100% 용서해 주셨죠."

진호의 손을 잡은 선생님이 미소 지었다.

"너, 눈빛과 생각이 보통 아이들과는 달랐지 않니?"

셋은 소리 없이 낄낄 웃었다.

"사람은 크면서 부모 · 스승 · 친구들의 사랑 속에서 은연중에 배우고 닮아 가나 봐요. 우리 친구들 모두 선생님들을 많이 닮았어요."

"그런가?"

"그래서 '군자삼락'이 있잖아요. 좋은 부모, 좋은 스승, 좋은 벗을 만나는 건 행운이죠. 선생님, 평생 하신 일 중 가장 보람된 일은 무엇일까요?"

"글쎄, 사람마다 다르겠지만 나는 '교육'이 가장 중요하고 보람된 일이라고 생각해. 나는 죽었다 다시 태어나도 중학교 선생님이 되고 싶어. 심신의 변화가 가장 큰 사춘기에 갈팡질팡하는 학생들에게 희망과 용기를 주고, 백 번 천 번을 용서하며 시시각각 변하는 모습을 지켜보는 기쁨은 누구도 쉽게 느낄 수 없는 교육자의 보람이거든. 그만큼 교육이 중요하고 또 무섭기도 하지…."

진호는 '앞으로도 길남이와 과학 선생님을 더 가까이 찾아 배우겠다'는 생각으로 가슴이 벅차올랐다.

공항에 내려 이른 저녁을 먹고, 다섯 명의 친구들은 선생님들을 모시고 피곤함도 잊은 채 아쉬운 작별인사를 나눴다.

돌아오는 길에도 진호의 머릿속은 '교육' 생각으로 꽉 차 있었다. 사회와 가정을 가꾸는 일도 결국 교육이라는 생각이 들자, '내가 할 수 있는 일은 무엇인가'로 생각이 모였다. '교육에 보탬이 되는 일이라면…' 진호는 독서 교육을 떠올렸다.

진호는 수원으로 내려가 준호와 태원을 만나 점심을 함께했다.

"얘들아, 우리는 수원 시민 덕택에 돈을 벌고 살고 있으니, 수원 시민께 뭔가 보답을 해야 하지 않겠니?"

"형! 형은 철없던 제게 지혜와 용기를 주시고, 극기를 가르쳐 주신 아버지 같고, 선생님 같고, 좋은 친구 같은 분이십니다. 형님을 만난 건 하늘이 제게 주신 행운이에요. 저는 형님이 하시는 일이라면 천국도 지옥도 마다하지 않고 따라가겠습니다. 말씀만 하세요."

태원도 거들었다.

"아버지, 저도 삼촌과 같은 마음이에요. 존경스러운 아버지를 모시고 사는 기쁨으로 살고 있어요."

"고맙다. 너희들이 착하고 성실하게 따라준 건 내게 큰 행운이야. 너희들이 없었다면 내가 누구를 의지하고 살았겠니. 내가 친구들과 스승님들을 모시고 일본 여행을 다녀오면서 '교육'의 중요성을 다시 배웠다. 우리가 교육에 도움이 될 만한 일을 하자고 생각했지. 수원 시민께 독서 기회를 넓혀 '수준 높은 시민, 살기 좋은 수원'에 보탬이 되도록 도서관을 하나씩 지어 기증했으면 한다."

"우린 먹고사는 것만 생각하느라 거기까진 미처 못 갔네요, 형님! 대찬성입니다. 허리띠 졸라매고 꼭 해요."

준호와 태원이 적극 호응하여 셋은 시청을 찾아갔다. 시내 야산 공원에 접한 시유지에 도서관을 지어 기증하겠다는 뜻을 밝히자, "그게 숙제였습니다"라며 환영을 받았다.

먼저 청명산 자락에 400평 부지를 허가받고 도서관 설계를 논의했다. 최신 설비와 쾌적한 환경에 동선을 입체적으로 설계해 모범 도서관을 지었다. 장서는 독지가들의 기증 도서로 채워지기 시작했다. '청명시립도서관' 현판 아래 돌기둥에는 '기증자 박준호 사장'이라는 이름이 새겨졌다.

개관식 날 진호도 참석했다. 준호는 시장으로부터 감사패를 받았고, 진호는 개관 기념 수건 500장을 도서관장에게 전달했다. 기관장들과의 오찬을 마치고 돌아온 준호는 저녁 자리에서 진호와 태원과 함께 식사를 하다 진호의 품에 안겨 흐느꼈다.

"형! 무식한 장사꾼을 이렇게 사회의 물결 속으로 밀어 넣어 저를 성장시켜 주시니…."

"우리 모두 세상만사 배우며 사는 거지. 너희가 커야, 내가 너희를 키운 보람이 있지."

이듬해, 숙지산에도 400평 규모의 '숙지시립도서관'을 건립했다. 현판 아래 돌기둥에는 '기증자 박태원 사장'이 새겨졌고, 개관식에서 태원은 공로패를 받았다. 두 아이가 보람을 느끼도록 기회를 주는 일은 진호에게 더 큰 기쁨이었다.

　독서 활성화를 위해 길남이와 진호는 이혜랑 선생님을 찾아갔다. 선생님은 진호의 등을 두드리며 말했다.
　"장하다, 장해."
　그리고 도서관 연간 운영 사업 계획서에 참고할 내용을 적어 주었다.
　'초등부 · 중등부 · 성인부 · 경로부로 구분하여, 연중 도서관 애용자 · 다독자 · 독후감 현상 모집을 진행. 개관기념일에는 도서관장 표창, 시민의 날에는 시장상, 우수작은 일간지에 소개하고 신문사 사장 표창을 건의.'
　환경이 좋은 도서관은 시민들이 자주 찾았고 양질의 책들도 늘어났다. 준호와 태원은 개관 기념행사 때마다 도서관에 기부를 이어 갔다. 개관 1주년 행사를 마친 뒤 길남과 과학 선생님을 모시고 저녁을 대접했다.
　식사 후 선생님이 책이 든 봉투를 진호에게 내밀었다.
　"선생님, 이게 무슨 책이에요?"
　"너희가 그렇게 열심히 사는데, 나도 뭔가 해야지. 그래서 지나온 나의 기쁨을 엮어 보았어. 기쁨과 사랑 속에 살아온 행복의 삶, 그 옛날처럼 다시 만날 수 없는 제자들에게 고마운 마음으로 가까이 가고 싶었거든. 그 시절을 떠올리는 기쁨의 순간을 만들고자 자서전을 썼어. 나를 사랑해 주던, 밝고 아름답던 그 젊음들을 하나하나 떠올리며…. 만나지 못하는 아쉬움을 이렇게 달래고 싶었단다."
　"선생님! 정말 대단하세요. 옛날이나 지금이나 선생님의 밝고 따뜻한 웃음과 사랑은…."
　작별인사를 마치고 돌아오며 길남과 진호는 '선생님 자서전을 제자들과 후손들이 읽게 하려면 어떻게 할까' 의논했다. 관내 초 · 중 · 고 도서관에 기증하자고 뜻을 모았고, 진호는 너무 기뻐 출판 비용을 내고 싶다는 충동이 솟았다. 두 사람은 선생님을 다시 찾아가 뜻을 밝혔다. 그러나 선생님은 펄쩍 뛰었다.

"안 된다. 안 돼! 뒤늦게 제자들에게 진 사랑의 빚을 갚아 보려는 나의 기쁨을 앗아가서는 안 돼. 사람들은 흔히 '스승의 사랑과 은혜'를 말하지만, 나는 제자들의 사랑과 존경을 받으며 반평생을 살아왔다. 그 사랑과 존경의 나날을 떠올리면 헤아릴 수 없는 빚을 진 마음이고, 그때 그 시절의 제자들 모습을 되살리며 되풀이되는 기쁨 속에 오늘의 나는 늘 웃음과 행복 속에서 지낸단다. 다시 대면하기 어려운 그 얼굴들을 글을 통해 만나고 싶고, 수없이 많은 얼굴에 기쁨과 행운을 더해 주고 싶은 나의 기쁨이니, 남다른 너희 뜻은 고맙지만 이번만은 나에게 양보해 다오…."

"선생님, 또 쓰신 것 있어요?"

"그래. 아직 밝히긴 이르지만, 내 천직인 교직을 행복으로 살다 보니 곳곳에서 보람을 느끼며 사는 사람들이 얼마나 많을까 생각하게 되었지. 만약 내가 다시 태어난다면, 존경받는 정치가, 보람 있는 사회복지가, 하늘이 준 재복을 선하게 쓰려 애쓰는 사람…. 치열한 경쟁 속에서도 능력을 갖추고, 가화만사성의 평범한 삶 속에서 마음의 고향을 이웃과 함께 나누는 사람…. 누구나 겪는 삶의 고통을 극기와 인내로 이겨 내고, 그 고통이 준 교훈을 감사로 바꾸어 보람을 만드는 사람…. 그리고 끝으로는 자연과 친구, 이웃과 흥겹게 노래하고 글을 지어 아픈 마음을 달래고 싶은 사람 말이다. 그래서 '마음의 날개'라는 10부작을 구상해 5권으로 엮어 보고 싶은 소망이 있어. 언제 그 소망이 이루어질지는 알 수 없지만, 너희를 만나 소원을 털어놓으니 답답하던 속이 뻥 뚫리는 기분이구나."

"선생님, 만약 그 책들이 잘 팔리면 수익금은 어디에 쓰고 싶으세요?"

"수익금? 읽어 주는 것만으로도 만족인데 돈까지야…. 그래도 조금이라

도 생긴다면, 먼저 내 곁에서 수고한 사람들에게 보답하고, 학창 시절 도와
주지 못해 지금까지 힘들게 사는 제자들과 그 자녀들의 학비를 지원하고
싶다. 나와 함께하는 신도들의 가정 복지를 위해 절에도 보시하고, 그래도
여유가 있으면 내가 근무했던 모교 장학금으로 보태고 싶구나. 우습니? 욕
심도 많고 꿈도 많지…."

"선생님, 정말 대단하시고 자랑스러워요. 우리가 그런 스승님을 모셨다
는 사실만으로도 어깨가 으쓱해져요."

"고맙다. 너희가 극기와 인내로 노력해 사회 곳곳의 거목으로 서 있는
게, 모든 선생님들의 보람이지."

진호는 선생님의 뜻에 따라 자서전을 7개 시·군·구의 중·고등학교를
중심으로 400여 권 기증했고, 졸업생 대표들에게도 책을 배포했다. 선생님
이 근무했던 학교의 제자와 졸업생들이 책을 가져가고, 도서관에 비치된
책을 읽은 학생·학부모·교사·졸업생들이 찾아 호응하자 3판까지 인쇄
되었다. 가까이 있던 제자들은 출판 격려와 축하의 뜻으로 기금을 보탰고
얼마간의 출판기금이 쌓였다.

"선생님, 선생님 글이 재미있어서 3판까지 나왔어요!"

"뭐! 3판?"

"네. 선생님은 언제나 기쁨과 웃음을 만드는 창작의 샘을 갖고 계신가 봐
요. 선생님만 뵈면 참 기뻐요."

청명시립도서관을 개관한 지 3년 차 되던 해, 일산 '향나무 집' 가까이에
일산시립도서관인 '향목시립도서관'을 기증·개관했다. 해를 거듭할수록
건축 기술이 발달해 보다 현대적이고 쾌적한 시설과 환경의 도서관을 지
을 수 있었다. '향목시립도서관' 현판 아래에는 '기증자 박혜원 교수'라는
글귀가 새겨진 돌기둥이 세워졌다. 진호의 가족들은 도서관에 지속적으로

관심을 갖고 해마다 시민 독서 활성화 계획에 따라 보시를 하며 연중행사를 기쁨으로 삼았다.

3년 차 되던 해, 진호는 청명시립도서관을 찾았다. 열람실에 들어서니 몇 자리만 비어 있었고 실내는 꽉 차 있었다. 모두 독서에 여념이 없었다. 서가를 천천히 돌다 보니 이곳저곳에 꽂힌 선생님의 자서전 표지가 눈에 띄었다.

진호의 가슴은 두근두근 뛰고 얼굴이 달아올랐다. 우리 선생님 책을 붙잡고 좋아하는 표정들이 마치 자신을 반기는 듯 기뻤다.

중학교 때 시험 시간표가 발표되면 아이들은 과학책을 들고 다녔다. 자율학습 시간과 점심시간, 쉬는 시간마다 교실을 순회하시던 선생님은 "과학 시험은 맨 끝날인데 벌써부터…?" 라고 웃으시곤 했다.

"과학 시험 잘 보려고요!"

"수업시간에만 잘 들으면 90점은 기본이지."

말씀은 그렇게 하면서도 아이들과 함께 웃어 주시던 선생님…. 선생님은 다 아신다. 아이들이 좋아하는 선생님 과목을 더 열심히 공부한다는 것을.

진호도 좋아하는 선생님 과목은 더 즐겁게 파고들었고, 마음에 덜 맞는 과목은 소홀히 한 적이 있었다. 모든 과목에 충실해야 한다는 걸 알면서도, 사춘기 마음은 사랑이 먼저 사로잡곤 했다.

진호는 길남과 자주 선생님을 찾아가며 늘 지혜와 사랑을 배웠다. 손자·손녀들이 자라나는 시대는 갈수록 세대 차가 눈에 띄게 커졌다. 바구니와 보따리를 들고 다니던 세대는 가고, 이제는 안방에 앉아 인터넷으로 곳곳의 특산물, 나아가 국제 시장의 명품까지 배달받는다.

전화번호를 눌러 통화하던 기성세대는 문자로 소통하는 세대 앞에서 구세대가 되었다. 초등학생 손자는 인터넷 '척척박사' 가 되어 가니, 아는 체하지 말고 '주는 대로 먹고, 고맙다, 맛있다' 하며, 바쁘게 뛰는 이이들의 뒷다리를 잡지 말아야 한다.

선생님 앞에서는 누구나 어린아이처럼 말과 행동이 비슷해진다. 젊은 아이들 앞에서는 때로 '똑똑한 바보'가 되는 편이 세상이 더 밝고, 모두가 행복하다.

"아버지, 바쁘세요?"

손자 정환이 중학교에 들어간 기념으로 휴대전화를 사 준다며, 아들 지원이 함께 가자고 왔다. 마침 심심하던 차라 진호는 지원을 따라 휴대전화 대리점으로 들어갔다.

몇 해 전 '최신형'이라며 샀던 휴대전화 '준'은 매대에 보이지 않았다. 손에 쏙 들어가고 기능도 좋다던 그 기종이 왜 안 보일까 궁금해 하는 진호에게 정환이 말했다.

"할아버지, 우리 집에 '대통령 할아버지'가 구형 휴대전화를 쓰시는데 제가 어떻게 신형을 사요. 그래서 제가 바꿀 때 할아버지 것도 같이 바꿔 드리려구요."

"내 휴대전화도 최신형이고, 기능도 다 쓰지도 못하는데 무슨 소리냐?"

지원이 거들었다.

"아버지, 휴대전화는 카메라가 계속 신형으로 나오고 기능이 무궁무진해요. 요즘 60~70대 어르신들도 다 스마트폰을 쓰십니다. 아버지 것과 스마트폰은 기능이 천지 차이에요. 아깝다면 지금 건 어머니께 드리고, 아버지는 스마트폰으로 업무를 더 간편하게 보세요."

의논을 마친 두 사람은 진호의 기기를 최신형 스마트폰으로 바꿔 주었다.

정환은 진호의 손을 꼭 잡고 말했다.

"할아버지, 제가 천천히 설명서 보면서 사용법을 가르쳐 드릴게요."

진호가 다소 부담스러워하자 정환은 덧붙였다.

"요즘은 100세 시대예요. 이제 '7학년'이신 할아버지가 '10학년'이 되시려면 아직 한창이죠. 급변하는 사회에서 제자리걸음이나 뒷걸음질하면 설움 받아요."

진호는 손자의 말을 듣자, 어느새 어른이 된 듯한 정환이 자랑스럽게 느껴졌다. 예전엔 문맹이니 컴맹이니 하며 컴퓨터 교육을 강화했지만, 지금처럼 급변하는 전자파의 시대에 적응하지 못하면 '폰맹'이 되어 끌려가는 삶이 될 것 같다는 생각이 번쩍 들었다. '죽는 날까지 배워야 한다'는 선인의 말도 떠올랐다.

새 스마트폰을 들고 정환에게 배우기 시작하니 전화와 문자만으로 만족하던 진호는 끝없이 넓은 미지의 세계를 읽고 헤쳐 갈 수 있다는 기쁨을 다시 느꼈다. 스마트폰 하나 들었을 뿐인데 모르는 게 줄고 막힘이 없었다.

예쁜 꽃과 애견을 보면 사진을 찍어 손자에게 보여주고, 달력에 적던 월중 계획도 가족 생일과 주소를 저장해 두고, 모르는 단어도 길도 무엇이든 알려 주고, 듣고 싶은 음악도 즉시 들을 수 있으니, 새로운 세상에서 외로움도 모르고 나날을 보냈다.

그래서인지 사람들은 다시 젊어지는 듯했고, 잘 먹고 아프면 병원에 달려가 고쳐 주니 인간 수명은 40세에서 60세, 80세를 지나 이제 100세 시대로 접어들었다.

한발 물러서려던 진호는 '척척박사' 스마트폰이 손안에 있으니 천하를 얻은 듯 용기가 솟았다. 이른 아침부터 늦은 저녁, 잠들 때까지도 '아직 할 일이 있다'는 마음으로 스마트폰을 들고 부지런히 친구들을 찾아 나섰다.

뻐꾹샘의 꿈

·

지은이 / 이석국
발행인 / 김영란
발행처 / **한누리미디어**
디자인 / 지선숙

·

08303, 서울시 구로구 구로중앙로18길 40, 2층(구로동)
전화 / (02)379-4514, 379-4519
Fax / (02)379-4516
E-mail/hannury2003@hanmail.net

·

신고번호 / 제 25100-2016-000025호
신고연월일 / 2016. 4. 11
등록일 / 1993. 11. 4

·

초판발행일 / 2025년 9월 20일

·

·

값 20,000원

ISBN 978-89-7969-905-0   03810